国学经典

陶渊明诗集

〔晋〕陶渊明 著
徐正英 阮素雯 注评

中州古籍出版社
·郑州·

图书在版编目(CIP)数据

陶渊明诗集 /（晋）陶渊明著 ；徐正英，阮素雯注评. —郑州 ：中州古籍出版社，2012.5（2025.2重印）
（国学经典）
ISBN 978-7-5348-3833-0

Ⅰ.①陶… Ⅱ.①陶…②徐…③阮… Ⅲ.①古典诗歌 – 诗集 – 中国 – 东晋时代 Ⅳ.① I222.737.2

中国版本图书馆 CIP 数据核字（2012）第 085544 号

TAO YUANMING SHIJI

陶渊明诗集

责任编辑	张 雯
责任校对	李接力
装帧设计	张 胜
美术编辑	曾晶晶

出 版 社	中州古籍出版社（地址：郑州市郑东新区祥盛街 27 号 6 层 邮编：450016　电话：0371-65723280）
发行单位	河南省新华书店发行集团有限公司
承印单位	河南新华印刷集团有限公司
开　　本	640 mm × 960 mm　1/16
印　　张	21.75
字　　数	260 千字
印　　数	26 001—29 000 册
版　　次	2012 年 5 月第 1 版
印　　次	2025 年 2 月第 8 次印刷
定　　价	28.00 元

本书如有印装质量问题，请联系出版社调换。

前　言

呈现在读者面前的这本《陶渊明诗集》，是继《文心雕龙注译》和《诗品注译》之后，笔者为中州古籍出版社完成的第三部书稿。陶渊明（352~427或365~427），字元亮；一说名潜，字渊明；一说入宋后方更名为潜；入唐后为避讳还曾一度称深明、泉明。号五柳先生，死后朋友们私谥号为靖节先生。东晋末期南朝宋初期诗人、辞赋家、散文家。陶渊明现存作品145篇，其中辞赋文20篇，诗歌125首，诗歌中四言9首、五言116首。另外还有3首未计算在内，依次为《桃花源记》所附1首，疑为江淹拟陶诗《归园田居》其六1首，疑为晚唐人拟作《问来使》1首。有关陶渊明的家世、生平事迹、思想、田园诗内容、艺术成就及地位影响，见书后所附笔者所撰《陶渊明和他的田园诗》长文，有兴趣的读者可以参看，兹不赘述。

下面简单说一下陶集版本、陶氏享年和本书的注释评析情况。

（一）据郭绍虞先生考证，陶渊明的作品在他去世后其门生故旧可能即帮助整理在一起了，并且可能大致是按作品的创作时间顺序编辑的，只是后来不幸散逸了。约100年后，梁昭明太子萧统重新搜集整理成册，被称为陶集的最早整理者。萧统的编辑本是否按年代排列已不得而知，因为这个本子后来也亡逸了，今只保存了一篇该书的序言和一篇陶渊明的传记。

今所见最早陶渊明作品集是宋代刊刻的递修本。大致说来,南朝梁代以前是陶集的传抄时期,赵宋以前是陶集的补辑时期,两宋则是陶集的校订刊刻时期,南宋及金元转为陶集的注释时期,明朝则在递修宋刻本的同时转为评选时期,清朝则在继续递修宋刻本的同时又转为汇集和考订时期。现在流传的各种编排本,多直接或间接出自北宋的宋庠本的递修本。其诗歌分为四卷,其中四言诗一卷,五言诗三卷;文又按辞赋、记传赞述、疏祭文三卷编排。作品全部打破了年代排序。

(二)关于陶渊明的生年,主流的传统说法是生于公元365年,但笔者较为信从76岁说,认为陶渊明出生于公元352年。不过,享年63岁说毕竟出于正史记载,且为历代学者普遍接受,为了慎重起见,笔者在为每首诗歌编系作者创作年龄时,除明言创作年龄的作品之外,凡按享年推算出来的,一律两说并存。

(三)笔者这本《陶渊明诗集》是按以下体例编排的:

1. 只注评诗歌,其他作品仅作为附录供读者浏览。

2. 为了体现诗人的创作发展轨迹和心路历程,本书改为按诗歌的创作时间顺序编排,每首诗后皆系出作者的创作年龄。清楚某首诗歌具体创作年龄者,直接系出;若只考证出某诗具体创作时间者,一律两说并存,76岁说在前,63岁说在后,并在评析中简要说明理由。

3. 在众多今人译注本中,袁行霈先生的《陶渊明集笺注》当后来居上,校勘最为详审完备,故本书原诗以袁本为底本,同时参校其他时贤各本,极个别地方从众说作了改动,不出校记。

4. 因本书是准学术化的注评本,故注释重在疏通诗句大意,而不在字词的引经据典,将更多的精力放在了对每首诗歌内容的评析上。轻注释重评析是本书的基本特点。

本书广泛参考了海内外时贤的众多研究成果。应特别指出的是，笔者从王瑶先生《陶渊明集》，郭维森、包景诚先生《陶渊明集全译》，龚斌先生《陶渊明集校笺》，孟二冬先生《陶渊明集译注》，袁行霈先生《陶渊明集笺注》几书中获益尤多。王本出注简洁明了，郭、包本多为直译，龚本注释和辨析极见学力，孟本出注多而注文详，袁本析义常一语中的、深得诗人之心，各书风格皆大助笔者，使得拙稿能博采众长。借此献上深深的敬意。

本书是由我的博士生马晓玲全程协助完成的。从网查、网购、借阅各种参考资料，到打印、校对文本，再到打印校改全部书稿，马晓玲尽职尽责。真的很感谢我这位学生。为了保证本书的质量，中州古籍出版社副总编辑卢欣欣女士，虽繁务缠身，却坚持亲编拙稿，纠谬指瑕，删繁就简，惠我良多，使本书大增其色，此等精神和厚谊，令人感佩。

笔者以虔敬之心期待着广大读者教正。

徐正英

2011年10月10日辛亥革命一百周年纪念日

谨记于中国人民大学三知斋

目　录

劝农	1
停云 并序	3
时运 并序	5
荣木 并序	8
命子	10
和郭主簿二首	15
还旧居	18
庚子岁五月中从都还阻风于规林二首	20
游斜川 并序	23
辛丑岁七月赴假还江陵夜行涂口	26
责子	28
拟挽歌辞三首	31
癸卯岁始春怀古田舍二首	37
癸卯岁十二月中作与从弟敬远	41
始作镇军参军经曲阿	43
乙巳岁三月为建威参军使都经钱溪	45
杂诗十二首	47

归园田居五首	67
读山海经十三首	72
酬丁柴桑	103
酬刘柴桑	105
归鸟	106
蜡日	108
连雨独饮	109
戊申岁六月中遇火	111
和刘柴桑	113
己酉岁九月九日	116
移居二首	118
庚戌岁九月中于西田获早稻	120
五月旦作和戴主簿	122
形影神 并序	124
止酒	129
与殷晋安别 并序	132
示周续之祖企谢景夷三郎	134
丙辰岁八月中于下潠田舍获	136
悲从弟仲德	139
饮酒二十首 并序	141
赠羊长史 并序	171
诸人共游周家墓柏下	174
赠长沙郡公族孙 并序	175
九日闲居 并序	178
岁暮和张常侍	180
怨诗楚调示庞主簿邓治中	182

于王抚军座送客	185
拟古九首	187
述酒	205
答庞参军并序(五言)	212
咏二疏	214
咏三良	218
咏荆轲	222
答庞参军并序(四言)	229
和胡西曹示顾贼曹	231
乞食	232
有会而作并序	235
咏贫士七首	238
四时	255
联句	256
附录一:陶渊明其他作品	259
感士不遇赋并序	259
闲情赋并序	260
归去来兮辞并序	262
桃花源记并诗	263
晋故征西大将军长史孟府君传	264
五柳先生传	265
扇上画赞	266
读史述九章	267
与子俨等疏	268
祭程氏妹文	269
祭从弟敬远文	270

自祭文 ··· 270
附录二：陶渊明传记材料 ··· 272
　　陶征士诔并序 ··· 272
　　宋书·隐逸传 ··· 274
　　陶渊明传 ·· 275
　　陶渊明集序 ·· 276
　　晋书·隐逸传 ··· 278
　　南史·隐逸传 ··· 279
附录三：陶渊明和他的田园诗 ··· 281
　　一、陶渊明的家世 ··· 281
　　二、陶渊明的生平 ··· 286
　　三、陶渊明的思想 ··· 300
　　四、陶渊明田园诗的内容 ··· 310
　　五、陶渊明田园诗的艺术成就及地位、影响 ················ 326

劝 农①

悠悠上古②，厥初生民③。傲然自足④，抱朴含真⑤。智巧既萌⑥，资待靡因⑦。谁其赡之？实赖哲人⑧。

哲人伊何⑨？时惟后稷⑩。赡之伊何⑪？实曰播植⑫。舜既躬耕⑬，禹亦稼穑⑭。远若周典，八政始食⑮。

熙熙令德⑯，猗猗原陆⑰。卉木繁荣⑱，和风清穆⑲。纷纷士女，趋时竞逐⑳。桑妇宵兴㉑，农夫野宿㉒。

气节易过，和泽难久㉓。冀缺携俪㉔，沮溺结耦㉕。相彼贤达，犹勤垄亩㉖。矧伊众庶㉗，曳裾拱手㉘。

民生在勤，勤则不匮㉙。宴安自逸㉚，岁暮奚冀㉛？担石不储㉜，饥寒交至㉝。顾余俦列㉞，能不怀愧？

孔耽道德，樊须是鄙㉟。董乐琴书，田园弗履㊱。若能超然，投迹高轨。敢不敛衽，敬赞德美㊲？

（作于29岁时）

[注释]

①劝农：勉励重视农业耕作。②悠悠：久远。③厥（jué）初生民：语出《诗经·大雅·生民》，是说开始产生先民。一云当初的人民。厥：其，语首词。④傲然自足：是说悠闲自在，衣食自给。傲：同"敖"，悠闲。⑤抱朴含真：语本《老子》十九章，是说保持朴素本真的人性。抱朴：胸襟朴素。含真：秉性纯真。⑥智巧既萌：是说狡诈与奸巧产生以后。智：指奸诈的智慧。巧：指奸诈的技巧。既：已经；……以后。⑦资待靡因：是说供给和储备都没了来源。资：供给。待：备用，引申为储备。因：来源。⑧"谁其赡（shàn）之"二句：是说谁能让他们富足？实在是全靠贤智之人。其：语助词。赡：充足，此处是使动用法。之：指民众。⑨伊（yī）何：是谁？伊：语助词。⑩时惟：是为。后稷（jì）：周人的祖先，

相传其为姜嫄踏上帝的脚印所生,曾任虞舜时的农官,始教民耕种。⑪赡之伊何:是说如何使民众富足呢?伊何:如何。⑫播植:播种种植。⑬舜:传说中的上古帝王,五帝之一。躬耕:亲自耕种。⑭禹:夏朝的始祖,古代圣王之一。稼穑(sè):播种和收获。⑮"远若周典"二句:是说遥远的如周朝的典籍《周书》,记载八政以"食"开始。周典:指《尚书·周书》。八政:指《尚书·周书》之《洪范》篇所记载的内容,云:"一曰食,二曰货,三曰祀,四曰司空,五曰司徒,六曰司寇,七曰宾,八曰师。"始食:以"食"开始。⑯熙熙令德:和乐的美德。令:美;善。⑰猗(yī)猗原陆:美盛的田野。原陆:高而平的土地。⑱卉木:花草和树木。卉:草的总称。⑲清穆:清新温和。⑳"纷纷士女"二句:是说在贤智之人的感召下,众多男女纷纷赶农时竞相耕作。纷纷:众多。趋时:指赶农时,趁农时。竞逐:竞相追赶;你追我赶。㉑宵兴:指天未亮即起身劳作。宵:夜。兴:起。㉒野宿:夜晚宿于田野。㉓"气节易过"二句:是说耕种的时令节气很容易错过,和风泽雨的气候不会久留。意在劝人抓紧农时。气节:节气,指二十四节气,与农业息息相关。和:和风。泽:雨水。㉔冀缺携俪(lì):是说冀缺曾带妻子在田间劳作。冀缺:春秋时晋国人,早年曾安于贫贱,在田间锄草,妻子为他送饭,两人相敬如宾,后执掌晋国国政。事见《左传·僖公三十三年》。携:搀扶。俪:配偶。㉕沮(jū)溺(nì)结耦(ǒu):是说长沮、桀溺两人曾结伴并耕。沮溺:长沮和桀溺,春秋时代的两位隐士,他们二人结伴并耕于田野,孔子曾让子路向他们问路。见《论语·微子》。结耦:并耕,指两人共用耒耜翻土耕作。㉖"相(xiàng)彼贤达"二句:是说看以上那些有才德声望的人,尚且还勤于耕作呢。相:视;看。彼:那些。贤达:有才德声望的人,此指冀缺、长沮、桀溺等人。垄亩:田埂,此处代指田地。㉗矧(shěn)伊众庶:是说何况我们芸芸众生呢。矧:何况;况且。伊:此。众庶:众多的老百姓。㉘曳(yè)裾(jū)拱手:是说拖着大衣襟拱手闲坐,形容闲散、无所事事的样子。曳:拖。裾:衣襟;衣袖。拱手:两手合抱致敬。㉙"民生在勤"二句:录《左传·宣公十二年》成句。民生:人生。匮(kuì):缺乏。㉚宴安自逸(yì):犹贪图安乐。"宴"、"安"、"逸"三字意思相近,皆指闲散、安乐。㉛岁暮奚冀:是说年终有什么指望?即没有收获。㉜儋石不储:是说连很少的粮食储存都没有。儋石:一儋粮食,形容粮食极少。儋和石都是重量单位,也是容量单位,一百斤为一儋,一百二十斤为一石。㉝交至：一起到来。㉞顾余俦（chóu）列：是说看看我身边那些勤劳的同伴。顾：看。俦列：同伴。㉟"孔耽（dān）道德"二句：是说孔子乐于道德而鄙视樊须问农耕。孔：孔子。耽：乐；沉溺；迷恋。樊须：字子迟，即樊迟，孔子的学生。樊迟向孔子请教农耕遭孔子鄙视之事见《论语·子路》。㊱"董乐琴书"二句：是说董仲舒乐于琴书而不至田园。董：董仲舒，西汉学者，其专心读书而三年不到园中去之事见《汉书·董仲舒传》。履：踩踏。㊲"若能超然"四句：是说如果真能超然于衣食之上，投足到孔子、董仲舒那样崇高的道路上，即便不务农耕，怎敢不表示尊敬与赞美？言外之意是，若达不到孔子和董仲舒的美德层次，就不能不勤于农耕了。迹：足迹。高轨：崇高的道路。轨：指车辙。敛（liǎn）衽（rèn）：整理衣袖，表示恭敬。敛：指整理。衽：指衣襟衣袖。

[评析]

这是一首勉励人们重视和从事农业劳动的诗歌。有人认为作于东晋孝武帝太元五年（380）陶渊明29岁做州祭酒时；有人认为作于东晋安帝元兴二年（403）春移住南亩田舍秉耒务农时，与《癸卯岁始春怀古田舍二首》同时。我们信从前者。

诗共六章：第一章写上古先民不知耕稼的朴素生活；第二章写古代圣君贤臣无一不重视农业劳动，无一不亲自耕作；第三章写古代繁荣的春耕景象和劳动之乐；第四章写贤达尚且勤勉耕作，平民百姓更不可游手好闲，错过农时；第五章从正面勉励耕作；第六章从反面勉励耕作。全诗以上古不知耕作开始，最后以圣贤不必耕作结束，其落脚点则是圣人不事农耕的行为高不可攀，人生在世必须勤勉劳作。作者的农本思想由此可见。

理趣兼备是此诗的艺术特点。

停 云 并序①

停云，思亲友也。罇湛新醪②，园列初荣③。愿言不从④，叹息弥襟⑤。

霭霭停云⑥，濛濛时雨⑦。八表同昏⑧，平路伊阻⑨。静寄东轩⑩，春醪独抚⑪。良朋悠邈，搔首延伫⑫。

停云霭霭，时雨濛濛。八表同昏，平陆成江⑬。有酒有酒，闲饮东窗。愿言怀人，舟车靡从⑭。

东园之树，枝条载荣⑮。竞用新好，以怡余情⑯。人亦有言，日月于征⑰。安得促席⑱，说彼平生⑲？

翩翩飞鸟⑳，息我庭柯㉑。敛翮闲止，好声相和㉒。岂无他人，念子实多㉓。愿言不获，抱恨如何㉔！

（疑作于40岁时）（初春）

[注释]

①停云：凝聚不散的云。此诗仿《诗经》例，取诗歌首句中二字为题目。②罇（zūn）湛（chén）新醪（láo）：酒杯斟满新酿的浊酒。罇：酒杯。湛：通"沉"，淹没；盈满。醪：带糟的酒，即浊酒。③园列初荣：园中遍开鲜花。列：排列，众多。初荣：初开的花。④愿言不从：思念友人而不得见。愿：思念。言：语助词，无义。不从：不如愿。⑤叹息弥（mí）襟：感叹满怀。弥：满。襟：胸怀。⑥霭（ǎi）霭：云密集的样子。⑦濛濛：细雨绵绵的样子。时雨：应时的季节雨，此指春雨。⑧八表同昏：八方以外极远的地方都阴雨昏暗。八表：八方之外，泛指天地之间。⑨平路伊阻：连平路也阻塞不通了。伊：语助词。⑩寄：居处，托身。东轩：东窗。⑪春醪：春酒。此酒冬酿而春成。独抚：独饮。抚：犹把酒。⑫延伫：引颈而望，久立等待。⑬平陆成江：平地因季节雨而成江河。平陆：平地。⑭舟车靡从：欲前往而无舟车相随。靡：无。⑮载：始。荣：茂盛，变绿。⑯"竞用新好"二句：是说东园中的草木竞用新变绿的美好景色来慰藉我的情感，使我心情愉悦。新好：新的美好景色。怡（yí）：安适愉快，此处为使动用法。⑰日月于征：指时光流逝。于：语助词。征：行。⑱促席：让坐席互相靠近。促：迫近。⑲说彼平生：此处当指回忆少年时代。⑳翩翩：鸟儿轻快自得飞舞的样子㉑庭柯：庭院中的树。㉒"敛翮（hé）闲止"二句：是说鸟儿收敛翅膀，闲静地停留在

树上,互相唱和。翮:羽茎,指翅膀。止:停留。一云语助词。好声相和:以鸟相鸣求偶,比喻人的思友。㉓子:您,古代男子的尊称,这里指友人。㉔"愿言不获"二句:是说思念友人而又见不到友人,怀抱遗憾而又无可奈何。不获:得不到,指不得见。如何:指无可奈何。

[评析]

笔者信从王瑶和学术界的主流说法,这首《停云》和下面的《时运》、《荣木》三诗都有小序,序文句法相同,诗题又都仿《诗经》之例,以诗歌首句中的二字命名,当为同年所作,同作于陶渊明40岁时。关于陶渊明的享年,主要有63岁说和76岁说,我们取袁行霈76岁说。若此,《停云》等三诗作于东晋孝武帝太元十六年(391),是陶渊明闲居在老家(江州寻阳郡寻阳县上京里,今江西九江市西)时的作品。

《停云》一诗作于当年的初春,主旨明确,是思念亲友的。全诗写诗人期待能与友人把盏闲饮于东窗之下,共忆少年时的志趣和友谊。后两章对所居东园幽静美景的勾勒与诗人恬淡心境的表现,相互表里,和谐成趣。但全诗又从头至尾反复陈说了因道路阻碍与友人相会的不可能,以鸟儿"好声相和"反衬出诗人的寂寞孤独。因此,明人刘履、清人陈祚明都认为这首诗写于晋宋易代之际,实有谏阻仕宋、"托感故君"的政治寄托;当代学者则多认为,其"八表同昏"、"平路伊阻"、"平陆成江"等句有批判现实的政治寓意。我们认为,还是将《停云》理解成为一首即事兴怀的思友诗为好,因为从"岂无他人,念子实多"两句,可以感受到陶渊明似乎有一个具体的思念对象。"停云"一词后来成为思友的代称。

时　运 并序①

时运,游暮春也。春服既成②,景物斯和③。偶景独游④,欣慨交心⑤。

迈迈时运⑥，穆穆良朝⑦。袭我春服⑧，薄言东郊⑨。山涤馀霭，宇暖微霄⑩。有风自南，翼彼新苗⑪。

洋洋平泽，乃漱乃濯⑫。邈邈遐景，载欣载瞩⑬。称心而言，人亦易足（人亦有言，称心易足）⑭。挥兹一觞⑮，陶然自乐⑯。

延目中流⑰，悠悠清沂⑱。童冠齐业，闲咏以归⑲。我爱其静，寤寐交挥⑳。但恨殊世，邈不可追㉑。

斯晨斯夕㉒，言息其庐㉓。花药分列㉔，林竹翳如㉕。清琴横床㉖，浊酒半壶。黄唐莫逮㉗，慨独在余。

（作于40岁时）（暮春）

[注释]

①时运：四时运转，指春夏秋冬四季的运行，语出《庄子·知北游》。此诗仿《诗经》例，取诗歌首句中二字为题目。②春服既成：是说气候已经转暖，春天的服装已经穿得住了，语出《论语·先进》。成：就；定。③景物斯和：指春天的气息和暖。斯：则；就。和：和暖。④偶景（yǐng）：以自己的身影为伴，形容孤独。景：同"影"。⑤欣慨交心：欣喜与慨叹两种感情在心中交会。⑥迈迈：指四时不停运转的样子。⑦穆穆良朝：和美的早晨。⑧袭：外加；穿。⑨薄言东郊：到东郊去。薄：迫近。言：语助词。⑩"山涤馀霭"二句：是说青山从雾气中显现，云气萦绕在空中。涤：洗。馀霭：残余的雾气。宇：此指天空。暧：昏暗不明的样子。霄：云气。⑪翼彼新苗：是说新长的禾苗在南风吹拂下像鸟的翅膀一样微微摆动。翼：鸟翅，此处作动词，指吹拂、扇动。⑫"洋洋平泽"二句：是说湖泊涨满春水，可以洗涤精神。洋洋：水盛大、浩瀚的样子。平泽：水涨满湖，漫平堤岸。漱、濯：洗。漱原指含水洗口。⑬"邈邈遐景"二句：是说眺望远景，心中欣喜。邈邈：远的样子。遐：远。载：语助词，有"乃"的意思。瞩（zhǔ）：注目；眺望。⑭"称（chèn）心而言"二句：是说就本心而论，人的需要也容易满足。清陶澍注《陶靖节集》此二句作"人亦有言，称心易足"，今人多从之。意为人们常说，符合心愿，就容易满足。可备一解。称：符合。⑮挥兹一觞

(shāng)：举杯一饮。挥：倾杯而饮的动作。觞：指酒杯。⑯陶然：快乐的样子。⑰延目：放眼远望。中流：水中央。⑱悠悠清沂（yí）：涨满的湖水忽然像是悠悠的鲁国沂水，言外之意是说联想起了曾晳"浴乎沂"的悠然生活态度。沂：沂水，河名，在山东省南部和江苏省北部。⑲"童冠齐业"二句：儿童与成年人，学完功课，悠闲地唱着歌儿，一道往回走。典出《论语·先进》，孔子的学生曾晳谈自己的理想时称："冠者五六人，童子六七人，浴乎沂，风乎舞雩，咏而归。"童：儿童。冠：冠者，指年满二十岁的成年人。古代男子二十岁行加冠礼，表示成年。齐业：完成课业。齐：通"济"，完成。⑳"我爱其静"二句：是说我爱曾晳闲静的人生态度，日夜向往不已。寤（wù）寐（mèi）：代指日夜，从早到晚。交挥：交心，此指向往。㉑"但怅（chàng）殊世"二句：是说但是令人哀伤的是，我与曾晳生非同时，他是那样遥远，不可追慕。怅：惆怅，因失意而哀伤。殊世：不同时代。追：追慕；追随。㉒斯晨斯夕：这样的早晨这样的夜晚，即一天到晚。斯：语助词。㉓言息其庐：止息在这样的草庐，即在家中休息。言：语助词。㉔分列：指分行栽种。㉕翳（yì）如：茂密成荫的样子。㉖清琴横床：素琴横放在床上。㉗黄唐莫逮：是说赶不上黄帝和唐尧时的太平盛世。黄：黄帝，传说中的上古帝王，三皇之一。唐：唐尧，传说中的上古帝王，五帝之一，尧曾封于唐（今山西临汾），故称。逮：及，赶上。

[评析]

　　学术界多认为这首《时运》诗和上首《停云》诗作于同年，时在暮春，当为陶渊明40岁时。笔者取袁行霈的陶渊明享年76岁说，因依袁说推算，陶渊明40岁为东晋孝武帝太元十六年（391），时作者正好闲居在家，故有此诗。若依陶享年63岁的主流说法，则其40岁的春天已入刘裕幕府，不可能写此在家闲居的诗。

　　《时运》内容明确，写暮春独游。全诗四章，层次分明，第一章、第二章写出游所见，山水春光，令人心悦神怡，尤其以鸟翼的扇动，形容春风吹拂下的禾苗新姿，惟妙惟肖，作者的陶然自乐触手可感。第三章由所见转写所思，思不得与古代贤人神交之失落，感情由欢乐转为哀伤。第四章写归庐闲居,明写闲居环境之幽静,实慨古圣难追之孤寂。至此,作者诗序中所说的"欣慨交心"的双重情感表达无遗。正如袁行霈所说:"暮春之景,隐居之乐,怀古之情,浑然交融,渊明之性情与人格毕现。"只是渊明之乐在表层,易为人知;渊明之慨在深层,不易为人知罢了。

荣　木 并序[1]

荣木,念将老也。日月推迁[2],已复九夏[3]。总角闻道[4],白首无成[5]。

采采荣木[6],结根于兹[7]。晨耀其华[8],夕已丧之[9]。人生若寄[10],憔悴有时[11]。静言孔念,中心怅而[12]。

采采荣木,于兹托根。繁华朝起,慨暮不存。贞脆由人[13],祸福无门[14]。匪道曷依,匪善奚敦[15]?

嗟余小子,禀兹固陋[16]。徂年既流,业不增旧[17]。志彼不舍,安此日富[18]。我之怀矣,怛焉内疚[19]。

先师遗训[20],余岂之坠[21]?四十无闻,斯不足畏[22]。脂我行车[23],策我名骥[24]。千里虽遥,孰敢不至[25]?

(作于40岁时)(夏季)

[注释]

①荣木:即木槿(jǐn),为木本植物,夏天开花,朝开暮落。一云指繁荣之树。此诗仿《诗经》例,取诗歌首句中二字为题目。②日月推迁:是说日月运行,时光流逝。推迁:推移变迁;运行。③已复九夏:是说已经又到夏季了。复:又。九夏:夏季。夏季三个月,共九十天,故称。④总角闻道:是说少年时代已经懂得了圣贤之道和做人的道理。总角:古时儿童的发型,结发成两角,代指少年。⑤白首:代指老年。⑥采采:茂盛的样子。⑦结根:扎

根。兹:此。⑧华:同"花"。⑨衷:凋零。⑩人生若寄:是说人生在世,好像远行的旅客寄宿一样,比喻人生短暂。⑪憔悴有时:是说到一定时间就会变得憔悴和衰老。⑫"静言孔念"二句:是说静下心来仔细地想一想,内心确实很惆怅哀伤。言:语助词。孔:甚;很。中心:心中;内心。而:语助词。⑬贞脆由人:是说人的年寿长短取决于人个人本身。贞脆:坚贞与脆弱,既指人的年寿长短,又暗指人的操守。⑭祸福无门:语出《左传·襄公二十三年》:"祸福无门,惟人所召。"是说灾祸与幸福的降临,没有别的原因,完全是由个人行为招致的结果。⑮"匪道曷依"二句:是说不依靠正道依靠什么,不勉励善行勉励什么?匪:同"非"。曷:同"何",什么。奚:什么。敦:敦勉;勉励。⑯"嗟余小子"二句:是说感叹我的天性这样固执鄙陋。嗟:叹词。余:我。小子:自谦词。禀:禀性。天性。固陋:固执鄙陋,见识短浅。⑰"徂(cú)年既流"二句:是说时光已经流逝,学业比过去没有增加。徂:往;逝。年:岁月,时光。旧:指过去。⑱"志彼不舍"二句:是说虽然志在于学习,但却安于饮酒。自责废学耽酒。彼:指学业。一云指"道"。安:习惯于。日富:指醉酒,语出《诗经·小雅·小宛》"壹醉日富"。⑲怛(dá)焉内疚:忧惧不安。怛:忧虑恐惧。内疚:因亏欠而内心不安。⑳先师:指孔子。遗训:死者生前留下的教导。㉑之坠:即"坠之"(动宾倒装),坠落它,指遗忘它。㉒"四十无闻"二句:语出《论语·子罕》,是说过了四十岁仍无所成就,也不必恐惧紧张。意在自警自勉,老而奋起。闻:有所成就而名声在外。斯:这。㉓脂:油,这里作动词,用油涂车轴润滑行车。㉔策:马鞭,这里作动词,用鞭打马。骥:骏马。㉕孰:谁。

[评析]

依袁行霈的陶渊明享年76岁说,这首《荣木》诗创作于东晋孝武帝太元十六年(391),陶渊明在家闲居时。与前两首四言诗《停云》、《时运》创作时的年龄遭部分学者质疑不同,这首四言诗创作于陶渊明40岁的夏季是学术界的共识,因诗中有"四十无闻,斯不足畏"的自勉之句,而且序中有"日月推迁,已复九夏"的季节说明。前两首诗的创作时间也是由此诗推断出来的,它们是创作于同年的、形式相关的三首组诗,只是写定的季节先后不同而已。

诗人自称此诗"念将老也",是为感念老之将至、"白首无成"而作。全诗写朝开夕落的木槿花诱发的人生联想与感悟。共四章,第一章写"人生若寄,憔悴有时"的感伤;第二章写依道从善的心愿和对人生正道的坚守;第三章写无所作为的内疚和自责;第四章写不忘先师遗训、励志奋起的决心。可见,此诗虽为叹老而作,实际上渊明并非一味叹老,他念念未忘进德修业,一则可测其为出仕之前所作,二则可知儒家思想对其影响之深。

命　子①

悠悠我祖,爰自陶唐②。邈为虞宾,世历重光③。御龙勤夏,豕韦翼商④。穆穆司徒,厥族以昌⑤。

纷纭战国,漠漠衰周⑥。凤隐于林,幽人在丘⑦。逸虬绕云,奔鲸骇流⑧。天集有汉,眷余愍侯⑨。

於赫愍侯,运当攀龙⑩。抚剑风迈⑪,显兹武功。书誓河山,启土开封⑫。亹亹丞相,允迪前踪⑬。

浑浑长源,郁郁洪柯⑭。群川载导,众条载罗⑮。时有语默,运因隆寙⑯。在我中晋,业融长沙⑰。

桓桓长沙,伊勋伊德⑱。天子畴我,专征南国⑲。功遂辞归,临宠不忒⑳。孰谓斯心,而近可得㉑。

肃矣我祖,慎终如始㉒。直方二台,惠和千里㉓。於穆仁考,淡焉虚止㉔。寄迹风云,寘兹愠喜㉕。

嗟余寡陋,瞻望弗及㉖。顾惭华鬓,负影只立㉗。三千之罪,无后为急㉘。我诚念哉,呱闻尔泣㉙。

卜云嘉日，占亦良时[30]。名汝曰俨，字汝求思[31]。温恭朝夕[32]，念兹在兹[33]。尚想孔伋，庶其企而[34]。

厉夜生子，遽而求火[35]。凡百有心，奚特于我[36]！既见其生，实欲其可[37]。人亦有言，斯情无假[38]。

日居月诸[39]，渐免于孩[40]。福不虚至，祸亦易来[41]。夙兴夜寐[42]，愿尔斯才[43]。尔之不才，亦已焉哉[44]。

（约作于42岁时）

［注释］

①命子：教子；训示儿子。②“悠悠我祖”二句：是说我家遥远的祖先始于尧帝。悠悠：遥远。爰：语助词。陶唐：即尧，传说中的上古帝王，五帝之一。因尧始居于陶丘（山东定陶），后为唐（山西临汾）侯，故称陶唐氏。③“邈为虞宾”二句：是说在遥远的过去先祖尧之子亦为舜帝的上宾，历经数代又得中兴。虞宾：舜帝的上宾，指尧之子丹朱。虞为传说中的远古部落，舜为该部落的领袖，相传尧将帝位禅让给了舜，故虞指舜；舜帝以上宾之礼优待尧的儿子丹朱，故虞宾指丹朱。重光：重显荣光，指家族中兴。一云重重叠叠，荣光相传不绝。④“御龙勤夏”二句：是说先祖御龙氏曾效命于夏朝，豕韦氏又曾辅佐商朝。御龙：尧传到夏朝时的后代。勤：效力；服务。豕（shǐ）韦：尧传到商朝时的后代。翼：辅佐。⑤“穆穆司徒”二句：是说西周时肃穆的陶叔任司徒要职，陶氏家族又得昌盛。穆穆：仪容庄美。司徒：指西周时的陶叔。西周始置司徒一职，掌管土地和人民，陶叔曾任此职。厥：其。⑥“纷纭战国”二句：是说到了战国时代纷争丧乱，东周王室颓败衰落。纷纭：纷争丧乱的样子。漠漠：寂静荒凉。衰周：指衰败的东周王室。⑦“凤隐于林”二句：是说在战国乱世中，包括陶氏家族在内的贤者像凤凰隐于山林一样隐居而不仕。幽人：幽居之人，即隐士。⑧“逸虬（qiú）绕云”二句：是说乱窜的虬龙环绕云间，奔腾的鲸鱼掀起巨浪。形容秦末群雄竞起。一云指周末而非秦末。逸：奔跑。虬：无角龙。⑨“天集有汉”二句：是说上天成就了大汉王朝，并眷顾我祖陶舍奉为愍侯。集：成就，使……成

功。有：语助词。愍（mǐn）侯：指陶舍，曾随汉刘邦打天下，封愍侯，其封地在今河南开封。⑩"於（wū）赫愍侯"二句：是说愍侯陶舍得到了追随帝王建功立业的机遇。於赫：感叹词。运：时运。攀龙：以攀附龙凤比喻跟随开国君主建功立业。⑪抚剑风迈：是称颂陶舍持剑超迈的英姿和武功。风迈：如风之超迈。⑫"书誓河山"二句：是说汉高祖刘邦书写誓言分封诸侯，陶舍封地在开封。书誓：书写誓言，指分封诸侯，详见《史记·高祖功臣侯者年表》。启土：指分封土地。⑬"亹（wěi）亹丞相"二句：是说勤勉的丞相陶青确实能继承弘扬父辈的功业。亹亹：勤勉不倦的样子。丞相：指陶舍之子陶青，其汉景帝时官至丞相。允：确实。迪：追蹈，指继承。前踪：前代足迹，指前辈事业。⑭"浑浑长源"二句：是说陶氏家族像大河一样源远流长，像大树一样根深叶茂，喻陶氏盛况。浑浑：大水流动的样子。郁郁：草木茂盛的样子。洪柯：大树。⑮"群川载导"二句：是说陶氏家族的后代虽然像众多的河流和树枝一样支脉分散，但都导源于同一鼻祖。载：开始。导：指导于源头。条：枝条。罗：罗列。⑯"时有语默"二句：是说时运有盛有衰，因而个人的际遇也有起有落。时：时运。语默：显露与隐没，代指出仕与隐逸，词出《周易·系辞》。隆窊（wā）：地势隆起与低洼，指兴盛与衰落。⑰"在我中晋"二句：是说在我东晋的时代，长沙郡公陶侃功业显著。中晋：晋代的中世，指东晋。业：功业。融：光明显著。长沙：指陶渊明的曾祖父陶侃，其在晋明帝时平定苏峻有功，封长沙郡公。⑱"桓桓长沙"二句：是说威武的长沙郡公既有功勋又有美德。桓桓：威武的样子。陶侃谥号为"桓"。伊：语助词。⑲"天子畴（chóu）我"二句：是说天子赐我陶氏代代世袭的爵位，掌有独自决断征伐南方诸侯国的大权。畴：使相等，此指功臣死后子孙袭封，世世与先人相等。专征：独断征伐，古侯伯有大功者，赋予独自决断征伐的权力。南国：国之南部，陶侃镇武昌，都督荆、江等八州诸军事，荆、江二州刺史，地属南国。⑳"功遂辞归"二句：是说陶侃功成身退，辞归故里，面对荣宠不迷惑。辞归：陶侃逝世前一年，曾上表恳请辞职回乡。忒（tè）：差错；迷惑。㉑"孰谓斯心"二句：是说陶侃这种功成身退的思想境界，近世很难再得。㉒"肃矣我祖"二句：是说自己的祖父庄重严肃，谨慎行事，始终如一。肃：庄重严肃。祖：祖父，陶渊明的祖父为陶茂，任武昌太守。㉓"直方三台"二句：是说自己的祖父以人品正直著称于宫廷内外，他的恩惠使所管辖的全郡百姓都和悦。直：正直。方：方正。三台：尚书（中台）、御史（宪台）、谒者（外台）的合称，犹指宫廷内外。千里：指太守管辖的一郡区域。㉔"於穆仁考"二句：是说自己的父亲性情淡泊。於穆：赞叹词，犹叹"美啊"。仁考：指故去的父亲。陶渊明之父名不详，有陶逸、陶回、陶敏等说，有人称曾做过太守。焉、止：语助词。㉕"寄迹风云"二句：是说自己的父亲托身于风云之上（一云暂时托身于仕途），不因有无官职而有所恼怒和喜悦。寄迹：托身。风云：一云指风云之上，喻官场之外；一云喻仕途官场。置：废止；废置。㉖"嗟余寡陋"二句：是说感叹自己孤陋寡闻，学识浅薄，仰望前辈而不如。嗟：感叹。㉗"顾惭华鬓"二句：是说很惭愧自己两鬓已白，还孤身一人，与影子为伴。指渊明没有儿子没有弟兄。顾惭：但惭。负影：以身载影，即与影为伴。负：指以身载物。㉘"三千之罪"二句：是说在各种罪过中以无子为最大。三千：犯五刑罪的有三千种，以不孝为最大，见《孝经》。在三不孝中又以无子为最大，见《孟子·离娄上》。其他二不孝，一为做不义之事而有辱父母名声，二为家贫不能养父母而又拒绝做官。急：指最重要。㉙"我诚念哉"二句：是说我正在为无子犯愁的时候，听到了你降生的啼哭声。诚念：确实忧虑。呱（gū）：婴儿啼哭声。㉚"卜云嘉日"二句：是说为你占卜生辰，日期时辰都吉利。卜：古人用龟甲卜卦预测吉凶。占：古人用蓍草占卦预测吉凶。㉛俨：恭敬；庄重。求思：人坐而思考，表情庄重。古人取名与字意思相近，渊明为长子所取名和字出自《礼记·曲礼》"俨若思"。㉜温恭朝夕：《诗经·商颂·那》原句，此是希望儿子陶俨能时时保持温和恭敬的品性。㉝念兹在兹：《尚书·虞夏书·大禹谟》原句，原指念念不忘某件事情，此是希望儿子陶俨要时刻牢记自己名字的含义。㉞"尚想孔伋（jí）"二句：是说往上想起了孔子之孙孔伋对孔子所创儒学的继承，希望陶俨能学习孔伋，振兴陶氏祖业。尚：上。孔伋：孔子的孙子，字子思，孔子儒学的忠实继承者，作《中庸》，孟子曾受业于他的门人。庶（shù）：希望。其：指陶俨。企：企及；赶上。而：语助词。㉟"厉（lài）夜生子"二句：典出《庄子·天地》，是说生癞疮的人夜半生了个儿子，赶快举火照视，只怕儿子长得像自己。渊明此处是希望儿子不要像自己一样老而无成。厉：同"疠"，

命子　13

癞。遽（jù）：匆忙。㊱"凡百有心"二句：是说凡是人都有此心，何独自己如此。凡百：凡百君子的简称，凡是人。心：指望子成才之心。奚：何。特：独。㊲"既见其生"二句：是说既然看到儿子降生了，确实希望他能有出息。可：可人，即喜人，指有出息。㊳"人亦有言"二句：是说人们也都经常这样说，这种望子成才之心最不掺假。斯：此。㊴日居（jī）月诸：《诗经·邶风·日月》原句，感叹时光一天天地流逝，犹云一天啊又一天。居、诸：皆语助词"乎"，表示感叹。㊵渐免于孩：是说陶俨已渐渐脱离孩提年龄而长大。㊶"福不虚至"二句：渊明告诫儿子要谨慎处事，提醒他幸福不会凭空而至，灾祸则容易招来。虚：凭空。亦：则。㊷夙兴夜寐：《诗经·卫风·氓》原句，早起晚睡，此处勉励陶俨勤奋不懈。㊸愿尔斯才：希望你成才。斯：同"澌"，尽。一云是。㊹"尔之不才"二句：是说假如你不成才，也就罢了。亦已：也就罢了。

[评析]

这是一首陶渊明教育长子陶俨的诗。关于此诗的写作时间，有作于29岁、38岁、42岁三种说法；当时陶俨的年龄亦有刚出生、2岁前、3岁、14岁四说。依诗句所言作者生陶俨时已"顾惭华鬓（但惭愧两鬓花白）"，当不会在29岁；又依诗句所言教育陶俨时俨已到了"渐免于孩（渐渐脱离了孩童的年龄）"，当不至于才3岁；再说，给一个3岁的孩子大讲家族史，他也未必听得懂；还有，全诗前六章都在浓墨重彩地描述荣耀的家族史，其目的在于教育儿子别像自己一样没出息，希望他"夙兴夜寐，愿尔斯才（早起晚睡，勤奋努力，望你成才）"，重振陶氏祖业祖风，但诗的结尾却是"尔之不才，亦已焉哉（你不成才，也就罢了）"。这种反常态度似乎说明渊明已看出了陶俨不爱读书没出息的苗头，笔者据此臆测，陶俨总该到了学童年龄。若这一臆测不太荒谬的话，依袁行霈的陶渊明35岁生俨说，此诗作于东晋孝武帝太元十八年（393）陶渊明42岁时似更合理些。

全诗共十章：第一章追溯唐、虞、夏、商时代陶姓氏族的由来；第二章、第三章追述汉代陶舍和其子陶青的功德和伟业；第四章写陶青之后未有显者，至东晋始有曾祖陶侃封长沙郡公；第五章述长沙郡公昭著的功业与德操；第六章述祖父及父亲的正直、淡泊的德操；第七章感叹自己的一事无成及盼望得子的急切心情；第八章写为子命名及名字的含义；第九章写望子成才；第十章写诫子谨慎处事，勤勉努力。重门阀是魏晋士大夫共有的极浓的思想情结，就连陶渊明这样的大隐也未能超越，诗名本为训示儿子，然多半内容却是追述先祖功德，渲染家族荣耀，由此可见门阀等级观念在时人心中是多么的根深蒂固。不过，陶渊明毕竟是陶渊明，他在炫耀家族显赫的同时，却特意赞颂了曾祖父的功成身退、祖父的正直惠和、父亲的淡泊名利，并希望儿子成才又不勉强儿子。这使得渊明的境界高出时人一筹，也使这首诗的境界高了一层，胜过王粲思亲诗、潘岳家风诗、陆机与弟诗等同类之作。前半安闲文雅，后半情感真挚，是此诗写作上的特点。

和郭主簿二首[①]

其　一

蔼蔼堂前林[②]，中夏贮清阴[③]。凯风因时来[④]，回飙开我襟[⑤]。息交游闲业[⑥]，卧起弄书琴[⑦]。园蔬有馀滋[⑧]，旧谷犹储今。营己良有极，过足非所钦[⑨]。春秫作美酒[⑩]，酒熟吾自斟。弱子戏我侧[⑪]，学语未成音[⑫]。此事真复乐[⑬]，聊用忘华簪[⑭]。遥遥望白云，怀古一何深[⑮]！

（约作于45岁时）（中夏）

[注释]

①郭主簿：名字事迹不详。主簿：官职名，主管簿籍文书。魏晋以后为统兵大臣幕府中的重要幕僚。②蔼蔼：茂盛的样子。③贮：储存；收藏。④凯风：南风。⑤回飙（biāo）：回旋的风。⑥息交游闲业：是说停止官场中的交往，优游在书琴等闲业当中。息交：停止交往。游：悠闲从事。一说驰心其间。闲业：与官场"正业"相对而言的书琴诗文等。⑦卧起弄书琴：一说或卧或起，读读书，弹弹琴，很休闲。一说不论躺下还是起来，都手不释卷，手不离琴，很勤奋。弄：闲弄。⑧馀滋：繁殖生长有余。一说余味。⑨"营己良有极"二句：是说经营自己的生活诚然有极限，超过了需求就不是自己所羡慕的。一说自己的生活所需很有限，多余不是自己所羡慕的。良：诚然；确实；很。极：极限；限度。过足：超过满足，即多余。⑩舂（chōng）：捣掉谷类的壳皮。秫（shú）：黏稻。⑪弱子：幼子。⑫未成音：吐字不清。⑬复：语助词。⑭聊：赖以；暂且。华簪（zān）：华贵的发簪，代指做官，因古代的官帽需用发簪绾牢在发髻上。⑮怀古：指怀念古代的圣人。一何：多么。

其 二

和泽周三春，清凉素秋节①。露凝无游氛②，天高风景澈③。陵岑耸逸峰④，遥瞻皆奇绝。芳菊开林耀⑤，青松冠岩列⑥。怀此贞秀姿，卓为霜下杰⑦。衔觞念幽人，千载抚尔诀⑧。检素不获展⑨，厌厌竟良月⑩。

（约作于45岁时）（秋季）

[注释]

①"和泽周三春"二句：是说温和湿润遍春季，清新凉爽在秋季。和泽：温和湿润。周：遍。三春：春季的三个月。素秋：秋天。"素"为"白"，古代以五色配五方和四季，春行于东而尚青，夏行于南而尚朱，秋行于西而尚白，冬行于北而尚黑，中尚黄，故称"秋"为"素秋"。②露凝无游氛：是说露水凝结为霜，天空没有飘游的雾气。形容秋高气寒。游氛：飘游的雾气。"氛"为"气"。③风景澈：风景清澈，是说秋天的空气与光线给人以透明澄

清的感觉。④陵岑（cén）耸逸峰：是说秀逸的山峰高高耸立。陵：大山。岑：小而高的山。逸：独特。⑤芳菊开林耀：是说菊花盛开灿烂，使整个树林都显得明亮起来。⑥青松冠岩列：是说青松覆盖岩石而排列成行。冠：覆盖。⑦"怀此贞秀姿"二句：是说芳菊和青松怀抱坚贞秀美的品质，卓然而立，好像严霜下的英雄豪杰。贞：坚贞，正直。姿：犹"资质"，本质。卓：直立。⑧"衔觞（shāng）念幽人"二句：是说每次饮酒就会想起那些隐士，千百年来秉持菊松的节操。衔觞：口衔酒杯，指饮酒。"衔"为口衔，"觞"为酒杯。幽人：幽居之人，指古代隐士。抚：秉持。尔：你们，指菊松。诀：要诀，即法则，引申为节操。⑨检素不获展：一说是自我检查回顾平素的志向，多没能获得施展。一说是检索平时的信札，都未能获得展读你（指郭主簿）的音信。素：平素，指平时、平生。展：施展。一说展读。⑩厌厌竟良月：一说是闷闷不乐竟到了深秋的十月。一说是安然静居终到美好的秋季。厌厌：一说精神不振、心情不悦的样子。一说安静的样子，指安然静居。竟：终；至。良月：一说指十月。一说指好月份，即美好的秋季。

[评析]

传统主流观点认为，这两首和诗约作于东晋元兴元年（402），诗人时年38岁。袁行霈则依诗句"弱子戏我侧，学语未成音"和诗人幼子陶佟两岁的时间推测，两诗当作于东晋太元二十一年（396），诗人时年45岁。此题两首作于同年，一首作于夏天，一首作于秋天。

第一首以轻松愉快的笔触叙写自己闲适自足的田园生活。正如袁行霈所分析的："堂前林"、"凯风"、"回飙"等客观之物都与诗人建立起了亲切的关系，或为他贮存清阴，以备随时汲取；或为他解开衣襟，用凉爽沁其心脾，仿佛老朋友一般。又有幼子戏侧，牙牙学语。在这样的环境中，读书抚琴，丰衣足食，享受天伦，暂忘功名。然而古代圣贤仍牵动自己的情怀，诗的格调恬淡闲适。清阴可贮，"贮"字之用，活绝妙绝；"春秋"二句，自然天成；"弱子"二句，情趣无限。第二首写秋景之美，秋气之寒，秋天之清澈，秋峰之特立，更突出秋菊秋松的贞秀之姿。"通过对秋景的描绘和对古代幽人的企慕，既表现了诗人对山林隐逸生活的热爱，也衬托出诗人芳洁贞秀的品格与节操。"（孟二冬语）两诗的格调是卓奇劲拔。其共同之处是，皆以怀念古人作结，第一首为"怀古一何深"，第二首则为"衔觞念幽人"；两诗又同以写乐始，同以抒慨终。第二首不同于第一首的写法是，所写客观之物，多为象征意象，秋菊、青松，皆象征高洁坚贞的人格。

还旧居①

畴昔家上京②，六载去还归③。今日始复来，恻怆多所悲④。阡陌不移旧，邑屋或时非⑤。履历周故居，邻老罕复遗⑥。步步寻往迹，有处特依依⑦。流幻百年中，寒暑日相推⑧。常恐大化尽，气力不及衰⑨。拨置且莫念，一觞聊可挥⑩。

（约作于45岁或32岁时）

[注释]

①旧居：当指上京陶渊明故居。②畴昔：往昔。畴：发语词。上京：陶渊明居所之一，当在庐山附近，今江西省星子县县城西。③六载去还归：是说离开六年后又迁回来居住，不是指六年之中经常往还。④恻怆：伤痛。⑤"阡陌不移旧"二句：是说田间小路依旧未变，村舍房屋有的则已面目全非。阡陌：田间小路，南北为"阡"，东西为"陌"，亦代指田野。移：改移，即改变。邑屋：村舍。或时非：有的与当时不一样了，指有的房屋已经坍塌。⑥"履历周故居"二句：是说步行绕着故居转一圈，看到邻居老人很少还有活下来的。履历：脚步所至，即步行经过。周：绕；全。复：还。⑦有处特依依：是说有旧迹的地方特别令人留恋不舍。依依：留恋的样子。⑧"流幻百年中"二句：是说人生百年无时不在流动幻化当中，寒暑交替，每天都在不

停地推移。流幻：流动变化，指时光不停地流逝。一说指人生漂流动荡，踪迹不定。百年：指人的一生。日相推：每日相推移，形容时光流逝得很快。⑨"常恐大化尽"二句：是说我常常担心自己还没活到体力完全衰竭的年龄就死亡了。大化尽：指生命结束，即死亡。"大化"原指人从生到死的变化，分婴儿、少壮、老年、死亡四个阶段（详见《列子·天瑞》），后代指生命。不及：未到。衰：衰竭的年龄，指五十岁。详见《礼记·王制》。⑩"拨置且莫念"二句：是说抛开幻化之事且不去想它，一杯清酒聊可一饮而尽。拨置：拂开弃置，指抛在一边。觞：酒杯，指酒。聊：暂且。挥：一饮而尽的动作。旧说振去余酒。

[评析]

此诗的创作时间颇难确定，依次有东晋太元二十一年（396）、义熙元年（405）、义熙七年（411）、义熙八年（412）、义熙十三年（417），南朝宋永初二年（421）、永初三年（422）等七种说法。这里暂从袁行霈东晋孝武帝太元二十一年（396）说，是年作者45岁或32岁。

陶渊明的旧居有浔阳柴桑、上京、南村等几处，其数次移居的时间和来龙去脉众说纷纭，此诗所指"还"的"旧居"为何处，亦见仁见智，分歧均出在对诗首二句"畴昔家上京，六载去还归"句意的理解上。笔者以为，这两句诗的意思说得很明白，就是原来居住上京，六年前离开了，现在又搬迁了回来，也就是说这次"还"的"旧居"是上京。并不是像一些著名学者所理解的那样，诗人从这个"旧居"迁移到了上京，迁到上京后又回来，回来后又回去，六年内曾不停地在旧居与上京之间来回走动，今天终于要真正回到这个"旧居"长期居住下去了。诗写诗人回到阔别已久的上京旧居，见邑屋非而邻老亡，顿生悲慨之情。在追寻旧迹中，怀恋过去；在怀恋过去中，悲人悲己；进而悲叹人生：悲叹岁月易逝，人生无常。其中"常恐大化尽，气力不及衰"二句对自己不能全寿而终的忧虑尤为深刻，颇能引人共鸣。忧虑衰老是人的普遍心理，言未及衰老而人生提前谢幕,其悲则自然更翻深一层,也许这里面暗蕴有诗人对社会动荡不安的感慨或更多的难言之隐吧。难怪有人称这是一首凄凉的人生怨歌。

庚子岁五月中从都还阻风于规林二首①

其 一

行行循归路②,计日望旧居③。一欣侍温颜④,再喜见友于⑤。鼓棹路崎曲⑥,指景限西隅⑦。江山岂不险,归子念前途⑧。凯风负我心,戢枻守穷湖⑨。高莽眇无界⑩,夏木独森疏⑪。谁言客舟远⑫,近瞻百里馀⑬。延目识南岭,空叹将焉如⑭!

(作于49岁或36岁时)(五月中)(其二同此)

[注释]

①庚子岁:指东晋安帝隆安四年(400)。都:指京都建康(今南京)。规林:地名,在浔阳附近,疑在今安徽省宿松县长江岸边。②行行:走了又走。循归路:顺着回家的道路。指从江陵赴京都建康办完公事后,又从建康还江陵,途经老家浔阳省亲。③计日:计算着日子,即算着天数,表示心情急切。④一欣侍温颜:是说首先感到欢欣的是得以侍奉母亲。温颜:温和慈祥的容颜,渊明早年丧父,此专指母亲。⑤友于:代指兄弟,语出《尚书·君陈》。⑥鼓棹(zhào):划船。崎曲:同"崎岖",此指水路港道弯曲。⑦指景限西隅(yú):是说眼看着太阳已经落在了西边的一角。指:顾;看。一说用手指。景:同"影",指太阳。限:停止。隅:角落。⑧念前途:忧虑回家的路程,暗喻仕途的艰险。⑨"凯风负我心"二句:是说南风违背我急归省亲之心,不得不收桨停船困守在荒僻的湖滨。凯风:南风。戢(jí):收拢。枻

(yì)。短桨。穷：荒僻偏远。⑩高莽眇无界：是说高深茂密的草丛辽远无边。莽：灌木丛，此处可能指草丛。眇：通"渺"，辽远。⑪夏木独森疏：是说夏天的树木挺拔茂盛而分披有致。独：独特挺拔。森疏：扶疏，即枝叶茂盛而分披有致。⑫客舟：客人所乘之船。"客"为诗人自称。⑬百里余：指船离家乡的距离。⑭"延目识南岭"二句：是说放眼望去已能辨识出家乡的庐山，空自叹息将怎么前往。延目：放眼瞭望。识：辨别；辨识。南岭：指庐山，因庐山在长江南，故称。一说"南岭"为庐山一高峰名，故代指庐山。焉如：何如，即何往。一说怎么前往。一说往哪里去。

其 二

自古叹行役①，我今始知之。山川一何旷②，巽坎难与期③。崩浪聒天响④，长风无息时⑤。久游恋所生⑥，如何淹在兹⑦！静念园林好，人间良可辞⑧。当年讵有几？纵心复何疑⑨？

[注释]

①行役：指因公出行。②一何：多么。"一"为加强语气的助词。③巽(xùn)坎难与期：是说风浪难以预料。暗喻政治风浪。巽坎：《周易》八卦中的两个卦名，"巽"的卦象代表风，"坎"的卦象代表水。与期：预期，即预料。④崩浪聒(guō)天响：是说滔天巨浪震天响。崩浪：崩裂的巨浪，形容浪大滔天。聒天：震天。多声乱耳为"聒"。⑤长风：大风。⑥久游恋所生：是说长时间在外游宦做官，就会怀恋父母和故乡。游：游宦，在外做官。所生：生身父母，渊明早年丧父，此当指母亲。一说泛指父母和故乡。⑦如何淹在兹：是说为何滞留在此地。淹：久留；滞留。兹：此，当指规林。似亦暗示官场。⑧人间良可辞：是说世俗官场确实应该辞掉。人间：世俗社会，当指官场。良：确实；实在。⑨"当年讵(jù)有几"二句：是说人生壮年能有多久？放纵情怀又有什么可犹豫的呢？当年：壮年。讵：岂。一说曾；才。纵心：放纵情怀，不受世俗约束。复：又。疑：疑虑，指犹豫不决。

[评析]

这两首诗是陶渊明的归乡省亲之作，当作于东晋安帝隆安四年

(400）五月，是年作者49岁。据专家考证，在东晋末年国事日非之际，桓玄以反昏庸专权的司马道子起家，并于隆安三年（399）攻灭盟友荆州刺史殷仲堪，遂权倾朝廷，约此时征陶渊明为其幕僚。隆安四年春，桓玄都督八州及扬、豫八郡诸军事，领荆州、江州刺史，驻扎荆州（治所在今湖北江陵）。在桓玄幕府中任职的陶渊明，奉桓玄之命从荆州出使京都建康（今南京市），完成使命后，水路返荆州，途中路过江西，准备顺道回家省亲，然而被大风阻在途中，亲人、故乡在附近而不得见。这两首诗即写诗人受阻的情景与急于见到慈母及家人的心情。

  第一首主要写思乡之切。首写一天天赶路，计算着日程算望见故居的时间，其思乡之切不言自明。次写想象见到慈母和兄弟的融融情景，孝悌之情，溢于言表。又写路曲、日短、山险、风逆，困守在将见家乡的穷湖，其情绪由欢转怨。又写夏木遮挡视线，影响眺望家乡，美景又添怨情。末写庐山隐约可辨而无法到达，悲叹之情更是直言抒出。可见，以"怨"凸显思亲真情是此诗的成功所在。其"崎曲怨地，限隔怨日，凯负怨风，森疏怨木，层层添苦"（明黄文焕语），写"怨"愈深，游子思亲之情愈真，因除风之外，其他阻隔都是诗人自己的感觉。所以此诗被前人称为"至情流露"的范例，"一片游子思归真情，急于到家，偏为风阻，触目生怨，觉路为之曲，日为之限，夏木为之蔽，使于千载而下，犹觉至情流露"（清吴瞻泰辑）。

  第二首主要写思隐之切。首叹行役之苦；次忧仕途难料，风险多多；再写思念亲人，抱怨滞留途中；又写怀念园林，厌倦官场；末写趁着壮年及时归隐，放纵情怀。"以归隐之愿作结，是渊明一贯写法。"（袁行霈语）与第一首重在"叙"不同，这一首重在"议"，句句直写胸臆，表露心迹。多以自然界暗喻或暗示政界，是此诗又一特点。如以"山川"、"崩浪"、"长风"暗喻仕途风险，以"在兹"、"人间"暗示世俗官场,以"园林"代指世俗之外等。这一手法无疑增强了此诗的形象性。当然,就艺术感染力而言,稍逊于第一首。

游斜川并序[①]

辛丑正月五日[②],天气澄和[③],风物闲美[④]。与二三邻曲[⑤],同游斜川。临长流,望曾城[⑥],鲂鲤跃鳞于将夕[⑦],水鸥乘和以翻飞[⑧]。彼南阜者,名实旧矣[⑨],不复乃为嗟叹[⑩]。若夫层城,傍无依接[⑪],独秀中皋[⑫],遥想灵山,有爱嘉名[⑬]。欣对不足[⑭],率尔赋诗[⑮]。悲日月之遂往,悼吾年之不留[⑯]。各疏年纪乡里[⑰],以记其时日[⑱]。

开岁倏五十[⑲],吾生行归休[⑳]。念之动中怀[㉑],及辰为兹游[㉒]。气和天惟澄[㉓],班坐依远流[㉔]。弱湍驰文鲂[㉕],闲谷矫鸣鸥[㉖]。迥泽散游目[㉗],缅然睇曾丘[㉘]。虽微九重秀,顾瞻无匹俦[㉙]。提壶接宾侣,引满更献酬[㉚]。未知从今去,当复如此不[㉛]。中觞纵遥情[㉜],忘彼千载忧[㉝]。且极今朝乐[㉞],明日非所求。

(作于50岁时)(正月五日)

[注释]

①斜川:地名,当在今江西都昌附近星子县境内。②辛丑:指东晋安帝隆安五年(401)。一说"辛丑"为"辛酉",指南朝宋武帝永初二年(421)。③天气澄和:即天澄气和,指天空清朗、气候和暖。④风物闲美:是说风光景物宁静美好。⑤邻曲:邻居;邻里。⑥曾(céng)城:与下文"层城"同,山名,今名乌石山,一名江南岭,在庐山北。⑦鲂(fáng)鲤跃鳞于将夕:是说在夕阳下,鲂鱼、鲤鱼跃出水面,鳞光闪闪。鲂:赤尾鱼。⑧水鸥乘和以翻飞:是说水鸥乘着和风上下翻飞。和:和风。⑨"彼南阜(fù)者"二句:是说那南面的庐山,久负盛名,我已很熟悉了。南阜:南面的大山,指庐山。

"阜"为"大"。名实旧：名字确实很旧，不新鲜了，指很熟悉的意思。"旧"转意"熟"。⑩不复乃为嗟叹：是说不用再为它作诗赞叹了。复：再。乃：如此。⑪傍无依接：指曾城山高耸独立，不与其他山相连。⑫独秀中皋（gāo）：是说秀丽的山峰独自挺立在水泽中间。或是说山峰独自秀美于水泽中间。皋：水边高地。⑬"遥想灵山"二句：是说遥想那神仙所居的昆仑山中的曾城山，就更加喜爱眼前这座同名的曾城山的美名。灵山：指昆仑山，西起帕米尔高原东部，横贯新疆、西藏间，东延入青海境内，神话中为西王母及诸神仙所居，故称"灵山"。有：助词。嘉名：美名。⑭欣对不足：是说欣然面对曾城美景，不足以尽兴。⑮率尔：轻率、爽快，此指即兴。袁氏依旧注改"率尔"为"共尔"，即共同。"尔"无义。⑯"悲日月之遂往"二句：是说悲叹日月不停地流逝，伤悼我的年岁难以留住。遂：连贯不断。一说竟。⑰疏：分条记录。⑱其：指此次游赏活动。⑲开岁倏五十：是说新年忽然已五十岁。一说"十"作"日"，意为新年忽又过了五天。开岁：始岁，即新年。⑳吾生行归休：是说我的生命行将结束。归休：归于休止，指死亡。㉑动：震动；激荡。中怀：怀中，即心中。㉒及辰：及良辰，指趁着好日子。为：做。㉓惟：句中助词，起强调作用。㉔班坐依远流：是说按次序围坐在远去的溪流之畔。班坐：依次列坐，指按年龄长幼依次围坐。"班"为"次"。依：偎依，指靠近。㉕弱湍（tuān）驰文鲂：是说在舒缓的溪流中快速穿梭着带花纹的鲂鱼。弱湍：舒缓的水流。㉖闲谷矫鸣鸥：是说空旷的山谷中高飞着鸣叫的沙鸥。闲谷：空旷而幽静的山谷。矫：矫健，指矫健高飞。㉗迥泽散游目：是说广阔的湖水荡开了眺望的目光。迥：远，此处指广。散游目：使游赏的目光散开，流观四方。㉘缅然睇（dì）曾丘：是说陷入沉思地凝视着曾城山。缅然：沉思的样子。睇：凝视。㉙"虽微九重秀"二句：是说曾城山虽然比不上昆仑山九重的秀美，但环顾四周已没有可比美的山峰。微：无；逊于。九重：指昆仑山的曾城山，其山共有九重，故又称"层山"。匹俦（chóu）：匹敌，指对等。二人为"匹"，四人为"俦"。㉚引满更献酬：是说斟满酒杯，轮番互相敬酒。引：斟酒。更：更替；轮番。献酬：互相敬酒。主人敬客人酒为"献"，客人敬主人酒为"酬"。㉛不（fǒu）：同"否"。㉜中觞纵遥情：是说饮酒过半到了半醒半醉的状态时放纵高远的情怀。中觞：饮酒至半。遥：高远，指超然物外。㉝千载忧：千年以来人们永恒的忧愁，指死亡。㉞极：尽。

[评析]

传统的观点，或认为这首《游斜川》作于东晋安帝隆安五年（401）陶渊明37岁时，或认为作于南朝宋武帝永初二年（421）陶渊明57岁时。袁行霈据渊明甲子纪年习惯和此诗序文中"辛丑正月五日"的明确纪年，确信此诗作于安帝隆安五年（401）隐居时期"无疑"。笔者以为袁说凿凿，实可信从。袁氏还依诗歌首句"开岁倏五十"确信渊明这年正好50岁而不是37岁。宋代以来，虽然关于此诗首句原文是"开岁倏五十（新年忽然五十岁了）"还是"开岁倏五日（新年忽然过去了五天）"的争论一直在继续，但笔者以为，作"五十"而不作"五日"是早可以定论的了。道理很明白：一则作"五十"才能与下句"吾生行归休（我的生命行将结束）"的叹老贯通，且诗人50岁后此类感叹衰老死亡的诗文句子颇多；作"五日"则上下句意思不搭界，诗人不可能为新年又过去了五天而恐惧死亡将临。二则作"五十"与序文中所提同游的每个诗人在诗中"各疏年纪乡里（各自分别写上自己的年龄和籍贯）"的要求相一致；作"五日"则如上要求落空，且与序文首句"辛丑正月五日"的意思重复。更何况作"五日"没有更早的版本依据。详论可参看龚斌注本"按语"。据此，这首诗作于陶渊明50岁时当不应再成问题。

这是陶诗中的名篇。正如孟二冬注本所说："此诗的序文是一篇精美的山水游记，言情并茂，充满诗情画意，与诗歌交相辉映，自然浑成。"袁行霈注本对此诗特点的把握和在文学史上的定位最为准确，认为："渊明多有田园诗，而山水诗仅此一首。首尾感岁月之易逝，中间描写山水景物。'弱湍驰文鲂'以下四句，描写工细，上承玄言诗之山水描写，下开谢灵运山水诗之先河。渊明斜川之游盖仿王羲之兰亭之游也，《游斜川序》与《兰亭集序》，《游斜川诗》与《兰亭诗》相对照，悲悼岁月之既往，感叹人生之无常，寓意颇有相近之处。唯《游斜川序》朴实简练，仅略陈始末而已，不似《兰亭集序》之铺陈且多抒情意味也。"不可忽视的是此诗中间八句景物描写的情致和意蕴：一是斜川风物的闲静美，天空的清朗，气候的和暖，溪流的舒缓、清澈，山谷的空旷，游目的闲散，都无不蕴涵着诗人脱俗的隐者情怀；一是斜川风物的健动美，快速穿梭的游鱼，矫健飞翔的鸣鸥，独秀中皋的山峰，又都无不暗示着诗人豪迈的品格和涌动的胸怀。至于个别古代学者由此所深挖的政治寓意，诗中倒未必有。而两种意蕴的凸显，又无不与诗句中的点睛之字有关，"弱湍"之奇，"散"字之妙，"驰"字之动，"矫"字之健，历为赏诗者所叹服。

辛丑岁七月赴假还江陵夜行涂口[①]

闲居三十载[②]，遂与尘事冥[③]。诗书敦宿好[④]，林园无俗情。如何舍此去[⑤]，遥遥至西荆[⑥]。叩栧新秋月[⑦]，临流别友生[⑧]。凉风起将夕[⑨]，夜景湛虚明[⑩]。昭昭天宇阔，皛皛川上平[⑪]。怀役不遑寐，中宵尚孤征[⑫]。商歌非吾事，依依在耦耕[⑬]。投冠旋旧墟，不为好爵萦[⑭]。养真衡茅下，庶以善自名[⑮]。

(作于50岁或37岁时)（七月）

[注释]

①辛丑岁：指东晋安帝隆安五年（401）。赴假：一说回家休假。一说销假复职。两说皆通。江陵：荆州治所，今湖北江陵。涂口：地名，在今湖北安陆县境内。②闲居三十载：疑指陶渊明29岁为江州（治所在今江西九江）祭酒，少日自解归，至47岁复在荆州桓玄幕府任职，中间闲居的约二十年时间。"三十"疑为"二十"之误，形近易讹。③尘事：世俗之事。冥：远离；隔

绝。④诗书敦宿好：是说闲居可以增进平素对诗书的爱好。诗书：原来特指《诗经》和《尚书》，后亦泛指书籍。敦：厚，指加厚、增加。宿好：宿昔的爱好，即昔日的爱好，平素的爱好。⑤如何：为何。舍此：指舍弃田园生活。"此"指"林园"。⑥遥遥至西荆：是说自浔阳向西到江陵路途遥远。浔阳距江陵约一千二百里水路，行至涂口，还有遥遥七百里，故称。西荆：荆州，因在京都西，故称。⑦叩枻新秋月：一说摇动船桨，击碎了水中的新秋明月。一说叩击船舷面对新秋明月。皆通。叩：敲击。枻：一说船舷，即船的两侧立板。一说短桨。新秋：秋季为七、八、九三个月，时在七月，故称。⑧临流别友生：是说在江水边上与朋友话别。疑渊明途中曾一度与朋友相聚。临流：面对江流，指在江边。友生：朋友。⑨凉风起将夕：是说将近傍晚时凉风吹起。⑩夜景湛虚明：是说月光皎洁，夜色清澈空明。夜景：夜影，即月影，指月光、月色。"景"同"影"。湛：清澈；澄清。虚明：空明。⑪"昭昭天宇阔"二句：是说明亮的天空寥阔无际，皎洁的江面一片宁静。昭昭：明亮。皛（xiǎo，又读jiǎo）皛：明亮的样子。⑫"怀役不遑寐"二句：是说心中惦记着公务而无暇安睡，半夜尚且独自远行赶路。役：指职事、公务。不遑：不暇，没有工夫。寐：睡眠。中宵：半夜。⑬"商歌非吾事"二句：是说像宁戚那样唱悲歌而热心于求官，不是我所愿意做的事，我所留恋的是长沮、桀溺那样隐居躬耕的生活。商歌：悲凉音调的歌或商这个地方音调的歌。代指自荐求官。"商"为五音之一，或指朝代名。典出《离骚》及王逸注、《吕氏春秋·举难》、《淮南子·道应》、《史记·鲁仲连邹阳列传》等。春秋时期，卫人宁戚为求在齐桓公手下做官，赶车经商到齐国，宿于齐都都门外，见齐桓公出城，便敲击牛角高唱商音悲歌，引起齐桓公的注意。齐桓公召见与语后，发现宁戚是个人才，便任其为大夫。依依：依恋；留恋。耦（ǒu）耕：两人并耕，代指隐居躬耕。典出《论语·微子》，春秋时期长沮、桀溺两位隐士并力躬耕，孔子让子路向他们打听渡口，反被劝避世躬耕。⑭"投冠旋旧墟"二句：是说弃官返回家乡旧居，不为高官厚禄所牵怀。投冠：扔掉官帽，指弃官辞职。旋：返。一说立刻还。旧墟：荒废的旧居。好爵：好的爵位，指高官厚禄。萦（yíng）：缠绕、束缚，此指牵怀、困扰。⑮"养真衡茅下"二句：是说在简陋的茅屋下修养真性，希望借以保全自己的名声。养真：修养真性。衡茅:简陋的茅屋。"衡"同"横",横木为门。"茅"为茅屋。庶:庶几,差不多,表示希望。以:借以;以此。善自名:完善、保全自己的名声。一说善于保持自己的名声。一说保持自己的善名。后一说法普遍但似不妥,"善"为"完善"或"善于"更合语法和渊明本意,不当自吹己善。

[评析]

这首诗作于东晋安帝隆安五年(401),作者时年50岁。陶渊明大约此时已在荆州刺史桓玄幕府供职一年余,他回到浔阳老家休假一段时间,于七月重赴荆州任职,此诗便写于赴荆州途经涂口时。

这是一首倦游之作。其较前《庚子岁五月中从都还阻风于规林二首》晚了年余,不难看出,诗中表达的归隐情绪更浓了。全诗可分三层:首六句写对二十年田园闲居生活的留恋和对选择宦游的迷茫,表达自己钟情诗书、喜爱闲静的天性与本志。中八句写旅途孤情。其中对旅途晚景夜色的描绘,恬静空阔,清澄皎洁,以此映衬出诗人的清澄之心,反托出诗人的孤征之情。诗人的怀役不寐,舍田园而入仕途的自我责问,重重忧思和反省,多可从这一层的夜色描绘中感知一二。末六句写决心弃官归隐。诗人表明,不仅将努力摆脱高官厚禄的诱惑,涵养自己的本真性情,而且还希望自己能保全名节。后者也许不能排除诗人对政治形势的觉察与考虑。"安闲可爱"(清张潮等人语)是人们对此诗风格的共识。"篇中澹然恬退,不露怼激,较之楚《骚》,有静躁之分。"(清蒋薰语)不仅与《离骚》比如此,即便与渊明自己同写行旅、表达同样情怀的《始作镇军参军经曲阿》、《庚子岁五月中从都还阻风于规林二首》相比,这一"闲""静"的风格特点也颇为明显。

责 子[①]

白发被两鬓[②],肌肤不复实[③]。虽有五男儿[④],总不好纸笔⑤。阿舒已二八⑥,懒惰故无匹⑦。阿宣行志学⑧,而不爱文术⑨。雍端年十三,不识六与七。通子垂九龄⑩,但觅梨与栗。天运苟如此⑪,且进杯中物⑫。

(约作于50岁时)

[注释]

①责子:责备诸子。②被(pī):通"披",覆盖、下垂。③不复实:指肌肉松弛,不再坚实。实:坚实;结实。④五男儿:陶渊明有五个儿子,大名分别叫俨、俟、份、佚、佟,小名分别叫舒、宣、雍、端、通。这首诗中皆称小名。⑤总不好纸笔:是说都不爱学习。⑥二八:十六岁。⑦故:同"固",仍然。无匹:无比,无人能比。⑧行志学:行将十五岁。行:将;行将;马上。志学:志于学习的年龄,指十五岁。《论语·为政》:"子曰:吾十有五,而志于学。"后人遂以十五岁为志学之年。⑨文术:指读书、写字、算术一类的事情。⑩垂九龄:将近九岁。垂:将近。⑪天运:天命;命运。苟:如果;假如。⑫杯中物:指酒。

[评析]

关于这首《责子》诗的创作时间,学术界有三种推算方法,一种推算为东晋安帝隆安五年(401),一种推算为安帝义熙四年(408),一种推算为义熙六年(410)。依陶渊明享年76岁说,作者时年50岁或57岁或59岁;依陶氏享年63岁说,作者时年37岁或44岁或46岁。对读"白发被两鬓,肌肤不复实"二句,似与50岁或46岁的年龄比较吻合。我们依据袁行霈先生的陶渊明享年76岁说,故将此诗系于渊明50岁时。

陶渊明有五个儿子,大名分别叫俨、俟、份、佚、佟,小名分别叫舒、宣、雍、端、通。此五子非一母所生,关于渊明二妻的生子情况,历来众说纷纭,各地陶氏宗谱记载也各不相同。有的认为,除长子陶俨为前妻所生外,其余四子皆续妻翟氏所生,其中三子陶份、四子陶佚即诗中所说的雍、端为孪生;有的认为,前四子陶俨、陶俟、陶份、陶佚皆前妻所生,翟氏生陶佟一人,中间相隔四年。还有前妻生前三子、后妻生后二子或有妻有妾同年生三子和四子等说法。现在学术界比较倾向于陶氏前妻生前四子、续妻生第五子的说法。

这首诗所表达的作者的思想感情很值得玩味,其题目明明为《责子》,意当为责备几位儿子,但诗的语气似非针对诸子所言,而是在自言自语、自叹命运,并不像其《命子》、《与子俨等疏》两作品,有针对性地对孩子提出希望与要求,只是在以戏谑的口吻自述诸子的不成器中,让人隐约感觉到,陶渊明的价值观是希望孩子热爱学习,其落脚点则是顺应天命。关于陶渊明在对孩子的成才问题上是否脱俗通达的问题,杜甫和黄庭坚有截然不同的看法,袁行霈笺注本对此有精辟的分析,颇会诗人之心,能启迪读者心智,现转录于此以共享:"杜甫《遣兴》曰:'陶潜避俗翁,未必能达道。观其著诗集,颇亦恨枯槁。达生岂是足,默识盖不早。有子贤与愚,何其挂怀抱。'黄庭坚《书渊明责子诗后》曰:'观渊明之诗,想见其人岂弟慈祥,戏谑可观也。俗人便谓渊明诸子皆不肖,而渊明愁叹见于诗,可谓痴人前不得说梦也。'此后或为杜辩,或为黄辩,仁者见仁,智者见智,莫衷一是。霈案:渊明期望于诸子甚高,而诸子非俛俛于学,盖事实也。然渊明并不过分责备之。失望之中,见其谐谑;谐谑之馀,又见其慈祥。一切顺乎自然,有所求而不强求,求而得之固然好,不得亦无不可。渊明处世盖如是而已。"当然,其实杜甫(包括后来的苏轼)这里也是戏言而已,并非真的嘲笑陶公,他们也知道陶渊明在孩子的成才问题上是通达的,杜黄之辩不妨视为一段文坛佳话。因此,情真意切而又笔调轻松,风趣幽默,是此诗最突出的特点。

拟挽歌辞三首①

其 一

有生必有死，早终非命促②。昨暮同为人，今旦在鬼录③。魂气散何之？枯形寄空木④。娇儿索父啼，良友抚我哭⑤。得失不复知，是非安能觉⑥？千秋万岁后，谁知荣与辱？但恨在世时，饮酒不得足⑦。

（约作于45岁或32岁时）（以下两首同此）

[注释]

①拟挽歌辞：《文选》录其第三首，题《挽歌诗》。挽歌为哀悼死者的歌，据说最初是牵挽柩车的人唱的歌，所以叫挽歌。后来人死后亲朋故旧多唱挽歌表示哀悼，挽歌遂成为一种诗体。《文选》卷二十八选三国魏缪袭《挽歌诗》，《北堂书钞》卷九十二有西晋傅玄《挽歌》，《文选》卷二十八选西晋陆机《挽歌诗》。审读陶渊明此三首诗，其立意似有模拟缪、傅、陆等人《挽歌诗》的痕迹，可能因此而题为《拟挽歌辞》也未可知。②"有生必有死"二句：意为有生死是自然规律并没有长短之分，是说人有出生必然有死亡，早死也算不上命短。终：指死亡。命促：生命短促。③"昨暮同为人"二句：是说昨天晚上还同为活着的人，今天早晨就列在鬼的名录中了。录：名录；簿籍。④"魂气散何之"二句：是说魂气飘散不知到哪里去了，只留下枯槁的尸体寄存在棺材里。枯形：枯槁的形体，指尸体。空木：中空之木，指棺材。⑤"娇儿索父啼"二句：是说小儿子哭泣着索要父亲，好朋友抚摸着我的尸体痛哭。娇儿：爱子，指小儿子。索：索要；寻找。⑥"得失不复知"二句：是说得与失已经不再知道了，是和非还怎么能够感知得到呢？觉：感知。⑦"但恨在世时"二句：是说只遗恨活着的时候没有把酒喝够。但：只。恨：遗恨；遗憾。

其 二

在昔无酒饮,今但湛空觞①。春醪生浮蚁,何时更能尝②?肴案盈我前,亲旧哭我傍③。欲语口无音,欲视眼无光④。昔在高堂寝,今宿荒草乡⑤。荒草无人眠,极视正茫茫⑥。一朝出门去,归来良未央⑦。

[注释]

①"在昔无酒饮"二句:是说过去活着的时候没有酒喝,现在白白地将空杯装满清酒摆在那里。但:徒然;白白地。湛:澄清。一说盈满。此处用作动词,"装满清酒"的意思。空觞:空酒杯。②"春醪生浮蚁"二句:是说新酿的春酒上面泛着蚂蚁似的浮沫,什么时候再能让我品尝一下?春醪:春酒,春天酿出的新酒。浮蚁:新酿的酒面上泛起的浮沫,形似蛆蚁。更:再。③"肴案盈我前"二句:是说盛满菜肴的几案摆满我的面前,亲人朋友在我身旁痛哭。肴案:指摆在供桌上的盛满酒食的木盘。"肴"为荤菜。傍:通"旁"。④眼无光:指看不见。⑤"昔在高堂寝"二句:此二句是以尸体身份在出殡之前预言出殡之后的归处,因还未出殡,意为过去在人间居住,现在则要安葬在田野了。是说过去在高堂上寝卧,如今却要横躺在长满荒草的地方。高堂:指人间居处。宿:住宿,指安葬。荒草乡:指坟地。⑥"荒草无人眠"二句:此二句底本无,注本和《乐府诗集》本加上,仍是以尸体身份预言安葬之后所处孤寂荒凉的环境。是说荒凉的草地上没有人来睡眠,竭尽视力所及看到的只是茫茫一片。极视:竭尽视力所能看到的地方,也可理解为竭力瞪大眼睛看。茫茫:空旷辽阔而模糊的样子。⑦"一朝(zhāo)出门去"二句:意为一旦安葬就不可能再回来,是说一旦离开家门而送殡出去,想要再归来确实遥遥无期(一说将永远归于无尽的黑暗之中)。一朝:一旦;一日。出门去:指出殡归葬。良:确实;诚然。未央:未尽,没有尽头,指遥遥无期。一说"归来"指"归于";"未央"即"未旦",指无尽的黑暗。

其 三

荒草何茫茫,白杨亦萧萧①。严霜九月中,送我出远郊②。

四面无人居，高坟正嶕峣③。马为仰天鸣，风为自萧条④。幽室一已闭，千年不复朝⑤。千年不复朝，贤达无奈何⑥。向来相送人，各自还其家⑦。亲戚或馀悲，他人亦已歌⑧。死去何所道？托体同山阿⑨。

[注释]

①"荒草何茫茫"二句：是说荒野草地多么空旷无际茫茫一片，唯有白杨树在秋风中萧瑟作响。亦：语中助词，无义。萧萧：风吹草木摇落之声。②"严霜九月中"二句：是说在浓霜已降的农历九月中，送我的灵柩出殡到远郊之外安葬。远郊：城外为郊，周制：离都城五十里为近郊，百里为远郊。此处指比较远的野外。③"四面无人居"二句：是说安葬我的地方很荒凉，四面都没有人居住，一座座高坟正耸立在那里。嶕（jiāo）峣（yáo）：高耸的样子。④"马为仰天鸣"二句：是说为主人拉灵车的有灵性的马仰面朝天为我发出长嘶悲鸣，无灵性的秋风也为我别自发出萧瑟的哀响。自：别自，指自觉地。萧条：犹"萧萧"，见注①。⑤"幽室一已闭"二句：是说墓穴一旦封闭以后，就永远也不会再见天日了。幽室：黑暗的屋室，指墓穴。已：已经；……以后。千年：指永远。复：再；又。朝（zhāo）：早晨，指天日。⑥贤达无奈何：是说贤士和达人对这种有生必有死的规律也没有办法。贤达：贤士和达人，指有才德、有学问、有声望的人。无奈何：无可奈何，没有办法，无能为力。⑦"向来相送人"二句：是说刚才为我送葬的人，各自回到了自己的家中。向来：当初，指刚才。⑧"亲戚或馀悲"二句：是说亲戚或许还留下一些悲伤难过之情，其他人则很快忘掉而已经开始哼歌欢唱了。⑨"死去何所道"二句：是说死去了还有什么可说的，把身体托付给大自然，与山陵混同一体罢了。何所道：有什么可说的。"道"为"说"。托体：把身体寄托在某处。同：混同；融合为一体。山阿（ē）：山陵，山冈，代指大自然。"阿"为大丘陵。

[评析]

关于这三首《拟挽歌辞》（或称《挽歌诗》）的写作时间，历来存在两种说法。其主流观点是作于南朝宋元嘉四年（427）九月陶渊明去世前的两个月，与《自祭文》同时。其主要理由是《自祭文》开篇明言写作时间为"岁惟丁卯，律中无射"（"丁卯"即宋元嘉四年；"律中无射"即农历九月），而《拟挽歌辞》第三首"严霜九月中，送我出远郊"亦明言严霜九月安葬自己，与《自祭文》的月份完全吻合。另一种非主流观点认为，这三首《拟挽歌辞》非与《自祭文》作于同时，不是临终前所作，而是壮年时期一场大病中的作品，或当时名士爱自作挽歌风气下的壮年戏作或拟作。其主要理由是第一首中有"娇儿索父啼"之句，无论陶渊明的享年取何家之说，临死时孩子都不可能这么小。笔者以为，非主流说的理由倒很有实证性和说服力。至于主流说的挽诗与祭文"九月"相吻合的理由，说服力反倒不太强，不能算作实证。万一是巧合呢？悲秋是中国文人的意识积淀，万一挽诗是为烘托悲情气氛有意将自己的死设想在"天寒夜长、风气萧索、草木凋零"的秋天呢？袁行霈笺注本说："据拙作《陶渊明年谱汇考》，其幼子佟盖生于渊明四十三岁，既称'娇儿'，当在三四岁间，即渊明四十六岁前后。"笔者信从袁先生的推测思路，而又对其结论有所修正。依生活经验，三四岁的幼儿对父亲的去世是不懂得哭泣的，会以为是躺在那里睡懒觉，懂事知哭泣当在八九岁的年龄，且"娇儿"即"爱子"，未必专指三四岁之间的幼儿，八九岁仍可昵称为爱子。据此，笔者愚测，这三首《拟挽歌辞》似当作于东晋安帝元兴元年（402）陶渊明51岁时（与逯钦立所测年龄正合，然因逯氏主陶享年63岁说，故相差13岁）。

　　陶渊明这三首所写内容是一个整体，假设了从去世到安葬的全过程，"首篇乍死而殓，次篇奠而出殡，三篇送而葬之，次第秩然"（清邱嘉穗语）。品读三诗，参读历代评论赏析文字，深感袁行霈笺注本的简短［析义］最得精髓，最启笔者心智，清人吴淇对第三首的赏析细腻入微，亦颇可取，故转录于此，以代己评，并拟在两贤基础上略作补充，以就教于方家。"此三诗全是设想之辞。渊明或设想自己死后情况与心情，或以第三者眼光观察死后之自己，以及周围之人之事，而自身这一主题反而客观化，构思巧妙之极。其一，写刚死之际，乍离人世恍惚之感。娇儿、良友、是非、荣辱，全无意义，'但恨在世时，饮酒不得足'，诙谐中见出旷达。其二，写祭奠与出殡，一反上首之诙谐旷达，字里行间透出些许悲哀。其三，写送殡与埋葬，尤着笔于埋葬后独宿荒郊之寂寞。'亲戚或馀悲，他人亦已歌'，观察人情世故透彻，笔墨冷峻、率直、深刻。渊明认为人本身禀受大块之气而生，死后复归于大块，此乃自然之理。直须顺应大化，无复忧虑也。"（袁行霈语）因三首之中，第三首艺术成就最高，"三篇中末篇尤调高响绝，千百世下，如闻其声，如见其情也"（清温汝能语），所以《文选》卷二十八只选了三首中的这一首，后人评析此首也最细微，清人吴淇《六朝选诗定论》可谓代表："挽歌本以送死，通篇虽代死者之言，实以'送'字为主。'荒草'二句，是于未送之先，先于荒郊之外，立下一个排场，一句写得极惨。不知此中往古来今，已不知断送过多多少少人矣。送死未必皆九月，但上句是地气之惨，取九月严霜，与天气惨相凑，以见惨之极耳。但曰'出远郊'，不言所出之自，盖永与家别，其家中之事有不忍提起者矣。'四面'二句，申写远郊，后'幽室'二句是竖断古今之界，此二句横截断人鬼之界，言自此以后，只与鬼邻也。'马为'二句，写此幽室未闭之一刻。古人殉葬多用平生所乘马，马有觉，故为仰天而鸣，若有思主之意。风无知，与人无情，亦为萧条。然此虽可哀，其无知之形骸，犹在三光之下，及幽室一闭，即无知之形骸亦不在人间，故曰'千载不复朝'。言之不足，又申以'贤达无奈何'，真惨之极矣！'向来'一句，应前'送我'句，相送之人，各有家可归，而已有家不能归也。'亲戚'二句，只就人情近处指点出自此以后再无复有人理论。末二句，以旷达句作结。孔子曰：众生必死，死必归土，是谓返本，更何哉！钟嵘评诗，列元亮于中品，为其自成一家，非正宗也。如此一篇，却是合作。自为写景论之，'荒草''白杨'亦是人家林墓中寻常之物。曰'茫茫'，曰'萧萧'，亦是寻常写草写木字面。曰'何'，曰'亦'，亦是诗人眼前几个虚字。只是安插妥当，锤炼精工，一字不可移易，令人读之，心魂警动。后又入'风为自萧条'一句，在俗手定将'风'字夹写在'荒草'二句之内，只是一层惨；他却曰自萧自条，全部假荒草白杨，而荒草白杨凡若凭之为势者，其惨又加一层矣。夫荒草白杨无知，风亦无知，独风下加以'为'字者，风吹无所不到，能侵及无知之形骸也。自其序事写情言之，死者当从家中送起，诗却截断，而于后面送者之归，补出'家'字。自出远郊，至闭幽室，送者多矣，为时亦久矣，独写马写风，而不及人者，举其无情无知者，而人之有情不必言，且留为后'亲戚'二句地步，及送者归家地步。'亲戚'二句好在'或''亦'二字，他人已歌，即亲戚在或然之间，只未得未归之前，片时之哭耳。夫幽室之闭，悠悠千载，以送者片时之哭校之，济得甚事？真可痛也。自其格调音节论之，自'萧'字起韵至'朝'字止，凡五韵，序送死之事已毕，却得'千年不复朝'重唱一句，转入别调，另换一韵，不复序事，只反复咏叹，惨哀不可胜言矣！按挽歌昉于缪袭，以此歌比较之，其旷达处相同，而哀惨过之，陆机三章虽佳，风骨则减矣。"此外，读此三首诗，还有几点需要注意：其一，有生必有死是贯穿这三首诗的共同主旨。其二，三诗前后相接，用的是顶针续麻法。第一首以"饮酒不得足"为结语，第二首则以"在昔无酒饮"写起，且前八句全写死者接受酒和下酒菜的祭奠，既和生前酒杯常空形成鲜明对比，同时其酒徒设而无人喝，又与生前能喝而无酒形成相辅相成关系，同为人生遗憾。第二首以出殡送葬作结，第三首则以送葬到墓地写起。其三，第三首共十八句，其精彩结穴之处集中在最后六句。首先是参透了人情世故。死者一旦棺入墓穴，送殡者便完成使命，自然纷纷散去，各自回家。有血缘关系者可能想到死者还有点难过，而与死者关系不深者，前来送葬，本就是礼节性的应酬，丧礼一毕很快就忘掉，去干自己该干的事情，甚至歌唱。诗歌揭开这一现实，正说明他看透了世俗人情。其次是反用了《论语·述而》所记孔子参加吊唁活动之后一天不唱歌之意。孔子作为有修养者的代表，是出于道义才吊唁当天不唱歌的，并非出于真难过，陶诗反用其意而不露痕迹，可为化典高手。再次，直言世俗人情，不仅体现了陶渊明的达观和无矫饰，更体现了其诗风和人格的可贵。

癸卯岁始春怀古田舍二首①

其 一

在昔闻南亩②，当年竟未践③。屡空既有人，春兴岂自免④？夙晨装吾驾，启涂情已缅⑤。鸟哢欢新节，泠风送馀善⑥。寒竹被荒蹊，地为罕人远⑦。是以植杖翁，悠然不复返⑧。即理愧通识，所保讵乃浅⑨。

（作于52岁或39岁时）（始春）（其二同此）

[注释]

①癸卯岁：指东晋安帝元兴二年（403）。始春：春天开始。怀古田舍：怀古于田舍，即在田舍中怀古。②在昔：过去。南亩：本泛指农田，此指陶渊明的一处耕地。陶渊明的田产不止一处，有南亩、西田、下溪田等。③未践：没有去亲自耕种过。④"屡空既有人"二句：是说甘于贫穷已经有颜回这样的人了，春耕开始我怎么能不参加呢？言外之意是说我贫穷得像古代的颜回一

样，颜回"忧道不忧贫"，而我却做不到，所以只能自己种地谋食。屡空：食用常常缺乏，指贫穷。既有人：已经有人，指孔子的学生颜回。春兴：指春耕。"兴"为开始。自免：自我免除，指不参加。⑤"夙(sù)晨装吾驾"二句：是说一早便准备我的农具和车马，刚一启程，心就已经远飞到田中去了。装：整理装备，指准备。启涂：启程。"涂"通"途"。缅：遥远。⑥"鸟哢(lòng)欢新节"二句：是说鸟儿鸣叫欢迎新的季节到来，温和的春风送来不尽的善意。哢：鸟鸣。泠(líng)风：和风；小风。一说清凉的风。馀：丰富饱和，与《和郭主簿（其一）》"园蔬有馀滋"之"馀"义同，可译为"不尽"。⑦"寒竹被(pī)荒蹊"二句：是说寒竹覆盖了荒废的小路，南亩因人迹罕至而感觉偏远。被：通"披"，覆盖。蹊：小路。为：因为。⑧"是以植杖翁"二句：是说因此那位荷蓧丈人才悠然自得地耕作，不再返回世俗的尘世。意为荒僻的南亩，恰是隐居的好处所。植杖翁：放下拐杖而耕作的老翁，即通常所说的"荷蓧丈人（用拐杖挑着锄草工具的老人）"，春秋时代一位隐居躬耕的老人，子路落在了孔子后面，曾向他问孔子的去向，他批评孔子四体不勤、五谷不分，并留子路住宿。详见《论语·微子》。⑨"即理愧通识"二句：是说信奉隐居躬耕之理，虽有愧于识见通达之士，但是所要保全的难道是浅陋吗？即：靠近，就，此处指信奉、坚守。理：指隐居躬耕的道理。通识：识见通达之士。具体所指，一说为孔子，一说为陶渊明时代与世沉浮的人士。所保：指名节。讵(jù)：岂。

其 二

先师有遗训，忧道不忧贫①。瞻望邈难逮，转欲志长勤②。秉耒欢时务，解颜劝农人③。平畴交远风④，良苗亦怀新⑤。虽未量岁功，即事多所欣⑥。耕种有时息，行者无问津⑦。日入相与归，壶浆劳近邻⑧。长吟掩柴门，聊为陇亩民⑨。

[注释]

①"先师有遗训"二句：是说先师孔子有遗留下来的教导，君子担心的是道得不到推行，不担心个人的生活贫穷。遗训：遗留下来的训示、教导，指

《论语·卫灵公》中孔子的言论:"子曰:'君子谋道不谋食。耕也,馁在其中矣;学也,禄在其中矣。君子忧道不忧贫。'"道:治国之道。②"瞻望邈难逮"二句:是说仰望孔子遗留下来的教导,高远而不可企及,所以转而要立志于长期从事农耕劳动。长勤:长期勤苦,指农耕劳动。③"秉耒(lěi)欢时务"二句:是说手持农具愉快地干着农活,微笑着劝勉农夫热爱劳动。时务:按时节应做的事务,指农活。解颜:舒展开的颜面,指面呈自然的笑容。④平畴交远风:是说平坦的田野上吹来了远方的习习春风。平畴:平坦的田野,指经自己的劳动整治过的田野。交:交遇,指风吹过。⑤怀新:含有新的生机。⑥"虽未量岁功"二句:是说虽然没有估量一年的收成,但眼前劳动这件事本身就给人带来了许多欢欣。量:计算;估量。岁功:指一年的收成。即事:即目所见之事,指眼前所遇见、所做的农活。⑦"耕种有时息"二句:是说耕种之余有时休息一会儿,没有过路的人打听渡口。意为可以充分享受安静,没有人来打扰。问津:问渡口,指问路。典出《论语·微子》,春秋时期,两位隐士长沮、桀溺正在并力耕作,孔子让子路向他们打听渡口,他们反而嘲讽孔子,还劝子路跟随他们隐居躬耕。诗人此处以古代隐士长沮、桀溺自比。"津"为渡口。⑧"日入相与归"二句:是说太阳落山的时候,与农夫们结伴一道回家,回家后提着酒慰劳左右邻居。壶浆:以壶盛浆,指酒。⑨"长吟掩柴门"二句:是说掩闭住柴门长吟诗句,暂且做一个种田的农民。陇亩民:田野之人,即农民。"陇"通"垄","垄"和"亩"都是田埂的意思,代指田野。

[评析]

这是陶渊明较有代表性的两首诗,作于东晋安帝元兴二年(403)春,是年诗人52岁或39岁。此前,陶渊明在荆州刺史桓玄幕府任职,因母亲去世,于安帝隆安五年(401)冬辞职,还浔阳居丧,诗即写于居丧期间。这期间发生了桓玄攻陷京都建康总揽朝政、改元篡逆的重大事件,该事件对陶渊明隐居躬耕是有催化作用的,两诗诗意与当时动乱的政治背景不无某种联系。

诗题为"怀古田舍",就是在田野的茅舍中怀古。诗人通过怀古言志，表现了对归耕田园的喜悦，以及远离污浊世俗的决心。第一首主要是怀念春秋末年的隐士荷蓧丈人；第二首主要是怀念春秋末年的隐士长沮、桀溺。正如清吴瞻泰辑《陶诗汇注》卷三所说："题曰《怀古田舍》，故二首俱是怀古之论。前首荷蓧丈人，次首沮、溺，皆田舍之可怀者也。古来唯孔（子）、颜（回）安贫乐道，不屑耕稼，然而邈不可追，则不如实践陇亩之能保其真矣。"在综合二诗的具体内容方面，元人刘履《选诗补注》卷五则勾勒较详，颇合诗歌原意："其言圣人忧道而不忧贫，而我瞻望远不易及者，盖犹有饥馁之累，不免务为农作，而转欲忘（志）其长勤也。然既能忘（志）其勤劳，且耕且种，即事欢欣如此，其于忧贫也复何有哉！观其日入而归，壶浆相劳之后，而又长吟以掩柴门，则其气象悠然，有非言语可得而形容者矣。"今人袁行霈对二诗结构模式和艺术旨趣的感悟最得诗人之心："此二诗结构相似，先说孔子、颜回之忧道不忧贫自己难逮，转而躬耕以谋食。继而写躬耕之乐、田野景物之可爱，并以长沮、桀溺等人自况。末尾表示躬耕隐居之决心。由此可见渊明虽接受儒家思想，但比孔子更为实际。'平畴交远风，良苗亦怀新。'良苗人格化。'亦'字，可见己心与物妙合无垠，与其《时运》'有风自南，翼彼南苗'有异曲同工之妙。苏轼曰：'非古之耦耕植杖者，不能道此语；非世之老农，不能识此语之妙。'（《东坡题跋》）'虽未量岁功，即事多所欣。'得道语也。做事原不必斤斤计较其结果，愉快即在创造之过程中。亦即只管耕耘，不问收获之意也。"需要补充说明的是，两首诗中各寓一对古人，相互反照，对深化诗歌寓意有不可忽视的作用，如第一首以颜回反衬荷蓧丈人，第二首以孔子反衬长沮、桀溺。两处反衬，不仅使作品悠然意远，而且使诗歌低昂起伏，又凸显了诗歌"怀古"题目的点睛之妙。同时，诗中对田园风光和田园生活的描写，生动传神，充满浓郁的情趣，对读者有很强的感染力。至于"鸟哗"、"泠风"、"平畴"、"良苗"等诗句的妙处,"馀善"、"欢"、"解颜"、"交"、"亦"等字词的妙用,古人评点已多,只待读者去会心了。

癸卯岁十二月中作与从弟敬远①

寝迹衡门下②,邈与世相绝③。顾眄莫谁知④,荆扉昼常闭。凄凄岁暮风,翳翳经日雪⑤。倾耳无希声,在目皓已洁⑥。劲气侵襟袖⑦,箪瓢谢屡设⑧。萧索空宇中,了无一可悦⑨。历览千载书⑩,时时见遗烈⑪。高操非所攀,谬得固穷节⑫。平津苟不由,栖迟讵为拙⑬?寄意一言外,兹契谁能别⑭?

(作于52岁或39岁时)(十二月中)

[注释]

①癸卯岁:指东晋安帝元兴二年(403)。从弟:堂弟。敬远:陶渊明的堂弟,不仅两人的父亲是兄弟,两人的母亲也是姊妹,渊明居母丧期间,与其同居柴桑,志趣相投。②寝迹衡门下:是说隐居茅屋中。寝迹:停息行踪,指隐居。衡门:横木为门,指简陋住所。"衡"同"横"。③世:世俗,指官场。④顾眄(miàn)莫谁知:是说四周顾看没有一个认识的人。顾眄:左顾右盼。"眄"为斜视。⑤翳(yì)翳:阴暗的样子。经日:整日,一整天。⑥"倾耳无希声"二句:是说侧耳细听没有一点声音,放眼望去已是洁白一片。希声:没有声音。"希"为"无",《老子》:"听之不闻名曰希。"在目:在眼前,指放眼看。皓(hào)已洁:"已皓洁"的倒文。"皓"为"白"。⑦劲气:强劲的寒气。⑧箪(dān)瓢谢屡设:是说即使像颜回那样一箪食一瓢饮的粗茶淡饭我都不能常设。意为生活很贫困,常常断炊。典出《论语·雍也》:"子曰:'贤哉,(颜)回也!一箪食,一瓢饮,在陋巷,人不堪其忧,回也不改其乐。'"谢:谢绝;断绝。设:陈设。⑨"萧索空宇中"二句:是说冷落空荡的房屋中,全然没有一件值得高兴的事情。宇:房屋。了:完全;全然。一说竟然。⑩历览:遍览。⑪遗烈:指古代节操高尚的仁人贤士。一说指遗业,即

伟大的功业。⑫"高操非所攀"二句：是说古代仁人贤士的崇高节操不是我这样的人所能够追攀得上的，我只是错谬地得到了他们固守贫穷的气节。非：不是。谬得：谦辞。⑬"平津苟不由"二句：是说假如不肯走那平坦的仕途大道的话，隐居躬耕又何尝是笨拙的选择呢？平津：平坦的大道，喻仕途。"津"为渡口，此处指道路。苟：假如；如果。由：遵循。栖迟：游息，指隐居。讵：岂，即何尝、怎么。⑭"寄意一言外"二句：是说上一句话之外寄有深意，我们二人这种心灵的契合又有谁能识别呢？寄意：寄托深意。一言：指上句"栖迟讵为拙"。契：契合；默契。

[评析]

这首诗与前两首《癸卯岁始春怀古田舍》作于同年诗人52岁或39岁时，只是前两首作于年初，此诗作于年末而已。应该说陶渊明写这首诗时比写前两首诗时对官场仕途更加心灰意冷，因为此时即十二月桓玄已正式篡晋称帝，改元永始，致使社会形势更加混乱，国家政局更加动荡不安。故诗题虽为赠从弟，实则为言志之作。

此诗首四句写欲有所为而不得，遂退而隐居，与世隔绝。次四句写室外的风雪天气和雪景，以表现自己的孤寂心情。再四句写自己衣食不继的贫困生活、冷落空荡的室内情景和百无聊赖的心情，以揭示躬耕隐居生活的艰辛。下六句借对古代仁人贤士的赞美与向往，表达自己坚持隐居、固穷守节的决心。最后两句写自己的难言之隐及从弟敬远与自己的心灵契合，点出诗题。如果说《癸卯岁始春怀古田舍》重在表现诗人不以躬耕为耻的思想，则此诗重在表现诗人不以无财为病的思想，境界更高一层。读此诗，既让人感受到一种澡雪精神、高旷情怀，更让人感受到一种松柏气骨、磊落人格。

就艺术成就而言，"倾耳无希声，在目皓已洁"两句已成为历受称赞的雪景名句，其描绘暮雪轻盈洁白形象传神，引人遐想。正如前人所说："只十字，而雪之轻盈洁白尽在是矣，后来者莫能加也。"（宋罗大经语）"渊明咏雪，未尝不刻画，却不似后人黏滞。愚于汉人得两语，曰'前日风雪中，故人从此去'；于晋人得两语，曰'倾耳无希声，在目皓已洁'；于宋人得一语，曰'明月照积雪'，千古咏雪之式。"（清沈德潜语）另外，语意层层转折，曲终点题是此诗结构上的一个特点。

始作镇军参军经曲阿①

弱龄寄事外，委怀在琴书②。被褐欣自得，屡空常晏如③。时来苟冥会，宛辔憩通衢④。投策命晨装⑤，暂与园田疏⑥。眇眇孤舟逝，绵绵归思纡⑦。我行岂不遥，登降千里馀⑧。目倦川途异，心念山泽居⑨。望云惭高鸟，临水愧游鱼⑩。真想初在襟，谁谓形迹拘⑪。聊且凭化迁，终返班生庐⑫。

（作于53岁或40岁时）

[注释]

①镇军参军：镇军将军的参军，此指镇军将军刘裕的幕僚。曲阿：古县名，治所在今江苏丹阳。②"弱龄寄事外"二句：是说少年时即寄身于世事之外，倾心于琴书之中。弱龄：少年；年少。事：世事；人事。委怀：寄托情怀，指倾心。"委"为安置。③"被（pī）褐（hè）欣自得"二句：是说就是穿粗布衣服也欣然自得，经常食用缺乏也很安然。意为安于贫贱而欣喜自得。屡空：食用常常缺乏，指贫穷。晏如：犹安然。④"时来苟冥会"二句：是说如今做官的时运来了，暂时与我自然相会，我将回车，在仕途的大道上逗留休息一下。时来：指做官的时运、机会到来。苟：暂且；假如。冥会：默契，指时运自然来相会。宛辔：犹屈辔，放松马缰绳，指回车，即驾车往回走。通衢（qú）：大路，喻仕途、官场。⑤投：舍弃。策：手杖。⑥疏：疏远，指分

别。⑦"眇（miǎo）眇孤舟逝"二句：是说随着遥远的孤舟渐渐逝去，绵绵不断的思归之情愈加萦绕在心头。眇眇：遥远的样子。绵绵：连绵不断的样子。归思：思归，指思归之情。纡（yū）：萦绕。一说郁结不解。⑧登降：指上山下山，长途跋涉。⑨"目倦川途异"二句：是说看倦了一路上的异乡景物，一心思念自己山水田园中的旧居。川途：指山水路途。诗人先走水路，又走山路。⑩"望云惭高鸟"二句：是说看到云中自由高飞的鸟儿和水中自由漫游的鱼儿，自己的内心就感到惭愧，语本《庄子·庚桑楚》。是后悔自己不该为步入仕途而失去自由。⑪"真想初在襟"二句：是说只要纯真的本性始终存于胸中，虽然步入官场，行为也不会受到束缚。真想：纯真朴素的思想，指与世俗相对立的纯真本性。初：全；始终。一说原本。⑫"聊且凭化迁"二句：是说既然时运与我默然相会，就暂且顺遂自然去做官，但最终还是要返回到隐居之所的。化迁：自然造化的变迁。班生庐：班固所向往居住的草屋（见班固《幽通赋》），指仁者隐居之庐。"班生"即班固，东汉史学家、文学家。

[评析]

东晋安帝元兴二年（403）十二月，桓玄篡位，三年（404）二月建武将军刘裕率刘毅、何无忌等人聚兵讨伐，桓玄溃逃。三月刘裕入首都建康（今南京），出任镇军将军、徐州刺史，都督徐州等八州诸军事，军府设在京口（今江苏镇江），遂征辟陶渊明为镇军府的参军。这首诗即为53岁的渊明应征从浔阳赴京口途中经刘裕的故乡曲阿（今江苏丹阳）时所作。

路过征己者的故乡而作此言志抒怀诗，大有深意，全诗集中表达了诗人欲仕又隐、暂仕终隐的矛盾心态和感情。一方面，诗人生性自然，寄情于世俗之外、琴书之中，无意于仕途官场；而另一方面，又生计维艰，偶然的做官机会不期而至。一方面，刘裕起兵当时代表了匡扶晋室的正义事业，不免激发出诗人一丝欲有所为的热情；而另一方面，刘裕将来是否会如法炮制桓玄代晋自立的阴谋，又不得而知，难免担忧。既怕出仕有违自己的天性与初衷，又虑政治动乱时期前途未卜，同时又欲有所作为，就是此诗对诗人心情的真实写照。首写少年天性，再写抱着随时归隐的态度暂时出仕，次写对田园生活的怀恋与不舍，又写面对自由的鸟儿、鱼儿的羞愧，后写对天性的坚守，终写返回田园的归宿。为表达此种情感，全诗选用了一系列对应词语，涉仕途者，选了"苟"、"憩"、"暂"、"聊且"等词语；而涉天性、田园者，则选用了"常"、"绵绵"、"纡"、"念"、"终"等词语。短暂与长久两类词语，迥然分明，相得益彰，妙趣可观。"高"字与"游"字写鸟和鱼，更是凸显对自由向往的神来之笔，为全诗的诗眼。

乙巳岁三月为建威参军使都经钱溪[①]

我不践斯境，岁月好已积[②]。晨夕看山川，事事悉如昔。微雨洗高林，清飙矫云翮[③]。眷彼品物存，义风都未隔[④]。伊余何为者，勉励从兹役[⑤]。一形似有制，素襟不可易[⑥]。园田日梦想[⑦]，安得久离析[⑧]！终怀在归舟，谅哉宜霜柏[⑨]。

（作于54岁或41岁时）（三月）

[注释]

①乙巳：指东晋安帝义熙元年（405）。为：任。建威参军：指建威将军刘敬宣的参军。使都：出使京都。钱溪：地名，当为今安徽省池州市贵池区梅根港。一说非梅根港，地址不详。②岁月好已积：是说时间已经很久了。好已积：已好积，即已甚多。"好"为"甚"。"积"为"多"。③清飙矫云翮（hé）：是说清风托起云中的飞鸟。飙：疾风。矫：高举。翮：鸟羽根茎，鸟的翅膀，代指鸟。④"眷彼品物存"二句：是说这里的万物生机勃勃，令人眷恋，春风适宜无所阻隔。品物：万物，主要指景物。存：指仍和以前一样存而未改。义风：适宜的和风。"义"为"宜"。未隔：无所阻隔，指全都很融

洽。⑤"伊余何为者"二句：是说我这是为什么呢？辛劳地从事这种差役。伊：语助词。勉励：辛劳努力。⑥"一形似有制"二句：是说自己既已步入仕途，形体似乎受到制约，但本心是不可改变的。一形：一身。素襟：平素的胸襟，即本心，主要指原有的志向。⑦日：每日；天天。⑧离析：分离。⑨"终怀在归舟"二句：是说自己所牵怀的还是最终乘舟回归田园，自己的节操确实应该像霜雪中的松柏一样坚贞。

[评析]

这首诗的写作时间题目说得很清楚，作于东晋安帝义熙元年（405）三月诗人54岁或41岁时。东晋安帝元兴三年（404），刘敬宣任建威将军、江州刺史，镇守浔阳。是年六月赴任刘裕镇军将军府的参军。也许因刘敬宣镇守的地方在陶渊明的老家，所以他又改任了刘敬宣的参军。安帝义熙元年（405）三月，刘敬宣上表自求解职，陶渊明奉命出使京都，也许就是借祝贺安帝复位的机会为刘敬宣上辞职表的。刘敬宣既然辞职，陶渊明自然也要随着罢归。有趣的是，不仅刘敬宣任职仅短短一年时间即辞职，而依诗题"为建威参军使都（任建威将军的参军出使京都）"的"为"字看，陶渊明似是刚任刘敬宣的参军就代其进京辞职的。就诗意言，陶渊明的心情是舒畅的，因为刘裕击灭篡权的桓玄，安帝从荆州回京都复位，毕竟表面上使政局恢复了正常秩序。这首诗与前面《始作镇军参军经曲阿》、《庚子岁五月中从都还阻风于规林二首》、《辛丑岁七月赴假还江陵夜行涂口》三诗主旨相同，都是表达不乐于奔走于外而心怀归隐之情。这种心情除诗人的本性使然之外，恐怕主要还是感受到了时事的不可为。诗人实在是因生活贫困、为生活所迫不得已而出仕的。

此诗主要通过对途中景物的描绘，抒发思乡之情和梦归田园之念。其绘、其情、其念，袁行霈笺注本的分析已先得我心，兹转录于此，以飨同好，"钱溪者，渊明旧经之地，风物佳胜，记忆犹新。

今复经此地，风物未改，而己身为行役所制，竟不得自由，一似义风壅蔽。故怀念故园，终将归去。'义风都未隔'，乃一篇之关键。渊明以己身与品物对照，或隔或不隔，大相异趣"。

杂诗十二首①

其 一

人生无根蒂，飘如陌上尘。分散逐风转，此已非常身②。落地为兄弟，何必骨肉亲③！得欢当作乐④，斗酒聚比邻⑤。盛年不重来⑥，一日难再晨。及时当勉励，岁月不待人。

(约作于54岁时)（以下十一首同此）

[注释]

①杂诗：指内容庞杂不固定的诗。《昭明文选》卷二十九李善注说："五言杂者，不拘流例，遇物即言，故云杂也。"②"分散逐风转"二句：感叹人易衰老，是说人就像随风飘转的尘土，没有永恒不变之身，眨眼之间就已不是原来的自己了。常：永恒不变。③"落地为兄弟"二句：是说随风飘转的尘土一旦落地就成为兄弟了（喻指人一降生到尘世上就应亲如兄弟），何必亲骨肉才相亲相善呢？落地：指尘土落地。一说指人降生。为兄弟：语本《论语·颜渊》："四海之内，皆兄弟也。"④欢：好朋友。一云欢乐。作：制作，指享受。⑤斗酒聚比邻：是说准备好几斗薄酒，招集邻居们欢聚。斗：古代酒器。聚：招集；邀请。比：近。⑥盛年：壮年。

[评析]

注①中已解，按《昭明文选》卷二十九李善注王仲宣《杂诗》的说法，是"五言杂者，不拘流例，遇物即言，故云杂也"，也就是说因为它的内容很庞杂，不固定，遇到什么写什么，所以叫杂诗。《昭明文选》按三十九（有版本按三十八）大类文体选录作品，大类之下再按题材分若干小类，"杂歌"、"杂诗"、"杂拟"则属于按题材所分的小类中没办法归类的三种，所以，萧统便将它们放在"游仙"题材之后垫底了，可见其地位并不重要。估计陶渊明这一组十二首诗歌，也是因为内容庞杂，表现什么的都有，不好起名字才叫做《杂诗》的吧。仔细品味这十二首诗的内容，确实较杂，从明人黄文焕、清人蒋薰、方宗诚，到今人王瑶先生为代表的众多学者，都对这十二首诗的创作时间和整体内容有所辨析和评论，然而笔者还是更倾向于袁行霈先生与众不同的说法。袁氏笺注本认为，这一组《杂诗》当大致作于东晋安帝义熙元年（405）陶渊明54岁时，而不是前八首和后四首分作于东晋安帝义熙十年（414）和东晋安帝隆安五年（401）两个相差十三年的年份中，其内容也不是如众人所说的前后两类，而是多类："大概包括以下方面：人生无常，盛年难再（其一、其三、其六、其七）；岁月不待，有志未骋（其二、其五）；不求空名，愿不知老（其四）；拙于谋生，慨叹贫苦（其八）；掩泪东游，羁役思归（其九、其十、其十一）；其十二似有残缺，从所存六句看，似亦感叹人生无常者耶？"

　　第一首主要写人生飘忽不定，短暂无常。但细细品味，这是陶渊明对人生所作的理性思考，全诗表达了环环相扣的三层意思：前四句为第一层，揭示和慨叹人身易老、人生短暂的不可抗拒；中四句为第二层，自然提醒人们，在短暂的人生当中，应该相亲相善，珍惜友情，善待自己；末四句为第三层，在提醒的基础上，又自然深入一层，告诫人们，正因为人生短暂，所以要勤奋偃偨、努力做人。如果说第二层是诗人紧扣第一层要人们提高生命质量的话，那么第三层则是诗人呼应第一层更要人们提高生命价值。第三层尤其是"盛年不重来，一日难再晨"两句，历受赞誉，被清人陈祚明称为"《十九首》岂能过之"（《采菽堂古诗选》卷十四）。笔者甚至认为，这一层不妨视为全诗的结穴所在。从艺术表现手法上讲，此诗"盛年"二句也是最值得称道的，诗人主要是将时间的长久与时间的短暂两个对应的概念自然地镶入了这两句诗中。古人将男子21岁至30岁这十来年的时间视为盛壮年，十年在人的一生中占去的时间虽然不算短，但也是很快就会过去的；而一个早晨，在人的一生中则更是短如一瞬。所以，诗人用"不重来"警示人们盛年不可长恃，又用"难再晨"告诫人们一日不可暂忽，也就是要人们从每一天的一点一滴的短小时间珍惜起，才能保证较长的盛壮年宝贵时段得到充分利用，使其作用得到充分发挥。两句看似分说，实则既是对应关系，更是因果关系，同时，还为下面全诗点题之句"及时当勉励"的"及时"提供了理由和依据。

其 二

白日沦西河①，素月出东岭②。遥遥万里辉，荡荡空中景③。风来入房户④，夜中枕席冷⑤。气变悟时易，不眠知夕永⑥。欲言无予和⑦，挥杯劝孤影⑧。日月掷人去，有志不获骋⑨。念此怀悲凄，终晓不能静。

[注释]

①沦：沉；落。②素月：皎洁的月亮。东岭：似指庐山。③景（yǐng）：同"影"，指月光。④房户：房门。⑤夜中：夜半，即半夜。⑥"气变悟时易"二句：是说由气候的变化意识到季节变更了，晚上失眠睡不着才体会到了夜长。气：气候。夕：指夜。永：长。⑦无予和（hè）：无和予，没人应答我。和：应和。予：我。⑧挥杯：举杯。⑨"日月掷（zhì，旧读 zhí）人去"二句：感叹光阴虚度、抱负不得施展，是说光阴抛开人而匆匆离去，虽有志向却无由获得展示。不获骋：没有机会获得展示。

[评析]

"这首诗写秋夜之景与凄凉的感思，'日月掷人去，有志不获骋'是诗人孤独苦闷、心怀悲凄的原因所在",孟二冬译注本对这首诗的主旨所作的如上揭示言简意赅,深得我心,不再赘言。

不过,囿于笔者所见,历代学者喜欢这首诗的主要理由似乎更是它的艺术成就。此诗艺术的主要特点是其以成功的白描手法写出了清澈凄婉的秋夜境界。正如清人方东树在《昭昧詹言》卷四中所说:"此篇亦无奇,但白描情景,空明澄澈,气韵清高,非庸俗摹习所及。"袁行霈笺注本对这一境界的创造作了具体分析:"首四句,两两相对,绘出月光中一片皎洁世界,且极具动感。'不眠知夕永',非失眠者不能体会'夕永'二字。'挥杯劝孤影',写尽寂寞孤独之状,李白《月下独酌》盖出于此。'日月掷人去,有志不获骋',言时光流逝。屈原《离骚》:'日月忽其不淹兮,春与秋其代序。'曹植《箜篌引》:'惊风飘白日,光景驰西流。'与此二句有异曲同工之妙。"其次是诗句中有些字用得很妙。妙字的运用,不仅将一些颇难捕捉的情态准确地捕捉到了,而且形象地传递给了读者,如"'欲言无予和,挥杯劝孤影'二语,妙在'欲'字、'劝'字,于寂寞无聊之况,得此闲趣。周青轮谓遣闷妙法。予谓渊明怀抱,独有千古,即此可见。'日月掷人去','掷'字亦新亦妙"(清温汝能语),此三字对全诗不仅有画龙点睛之妙,而且无半点人工雕琢之痕。

其 三

荣华难久居,盛衰不可量①。昔为三春蕖,今作秋莲房②。严霜结野草,枯悴未遽央③。日月有环周,我去不再阳④。眷眷往昔时,忆此断人肠。

[注释]

①"荣华难久居"二句:是说荣华难以长久停留,盛衰也难以预计。荣华:植物的花。居:停留。量:预计;估量。②"昔为三春蕖(qú)"二句:

是说往日是春天艳丽的荷花,今天却变作了秋天的莲蓬。三春:春季的三个月,分孟春、仲春、季春,指春天。蕖:芙蕖,荷花的别称。莲房:莲蓬。④"严霜结野草"二句:是说浓浓的寒霜凝附在野草上,野草(或说荷叶)枯萎衰黄尚未马上枯死掉。结:凝结;凝附。枯悴(cuì):枯萎憔悴。遽(jù):立刻,马上。一说就。央:尽,指枯死掉。④"日月有环周"二句:是说日月和野草都有循环往复的周期,我一旦死去就不可能再生还。环周:循环往复的周期。去:指死去。不再阳:不再生还。

[评析]

这首诗的主旨是感叹人生易逝、荣华难久。抒写这种感叹,本来是古诗中的常态,没有什么新鲜的,然而此诗的特别之处在于,是拿草木、日月与人生相比较,比较的结果则是人生不如草木,"草木枯萎可以再生,日月没去可以转还,人死之后却不会再生,因此诗人深深地眷念着青春时代的美好时光"(孟二冬语)。这样一来,此诗就不可与一般的感叹人生短促的同类诗歌等而视之了,因为它对人生易逝的揭示深入了一层。同时,又使读者切身感受到了诗人极度哀伤无奈的情感冲动,真正打上了感人的凄婉色彩。还有,"严霜结野草"句中"结"字的巧妙运用,"枯悴未遽央"句对残荷、野草半死半生状态的形容,也强化了此诗的凄婉情调和感染力量。这就决定了此诗多有胜过同类古诗之处。

其 四

丈夫志四海,我愿不知老①。亲戚共一处,子孙还相保②。觞弦肆朝日③,樽中酒不燥④。缓带尽欢娱⑤,起晚眠常早。孰若当世士,冰炭满怀抱⑥。百年归丘垄,用此空名道⑦?

[注释]

①志四海:志在四海,或说有四海的志向,即志向远大。语出曹植《赠白马王彪》诗"丈夫志四海"原句,曹诗原意即表不得志的郁闷。"四海"指

中国四周的"海疆",古人认为九州之外为东、南、西、北四海,故泛指天下。不知老:不知老之将至。语本《论语·述而》"发愤忘食,乐以忘忧,不知老之将至云尔"句。②"亲戚共一处"二句:是说亲戚们能够生活在一起,子孙们互相保护、相安无事。相保:相互依靠;相互保护。一说"保"解作"安",一说解作"爱"。③觞弦肆朝日:是说每天从早到晚陈列酒宴和音乐。觞:酒器,代指酒宴。弦:乐器部件,代指音乐。肆:陈列。朝日:当作"朝夕"。④樽(zūn)中酒不燥:酒杯中酒不空,即天天有酒喝。燥:干。⑤缓带:放宽衣带,指放纵情感,无拘无束。⑥"孰若当世士"二句:是说怎能像当下的世俗之士,义利交战于胸中,而整天痛苦不堪呢?冰炭:指冰凌和炭火,二者不相容,比喻贪利和求名两种思想相互对立。典出《淮南子·齐俗训》,云:"贪禄者见利不顾身,而好名者非义不苟得,此相为论,譬如冰炭钩绳也,何时而合?"满怀抱:指心里整天想的就是这些名和利的问题。⑦"百年归丘垄"二句:是说人死之后都是一样地归进坟墓,哪还需要用这空名称道呢?

[评析]

笔者以为,这首诗表达的思想紧承第二首,是陶渊明在"有志不获骋"之后所作出的退而求其次的选择,那就是他要尽情地享受眼前的真乐:"亲戚共一处,子孙还相保"的天伦之乐,"觞弦肆朝日,樽中酒不燥。缓带尽欢娱,起晚眠常早"的闲适之乐!这种快乐,在自相残杀的晋宋乱世,其实也已属于奢望了。同时,诗人还对那些因追名逐利而内心常怀痛苦的"当世士"予以调侃,认为人死则结局相同,身后本不需要什么虚名的。当然,袁行霈笺注本对此诗主旨提出了与历代学者见解不尽相同的一家之言,认为首句"丈夫志四海"不仅不是写诗人自己,甚至也不包括诗人自己,是写与诗人人生观相对应的其他人的。这样,这首诗所表达的就不是诗人"四海"之志"不获骋"之后退而求其次的自乐思想了,而是一开始表达的就是与世俗对立的自乐思想。现录此备参:"以'丈夫'与'我'对举,'丈夫志四海',则'冰炭满怀抱',而所得不过'空名道'而已,我愿与'亲戚共一处',以安享天年耳。"

这首诗的用字之妙已为前人发现,如明人黄文焕认为末句"用此空名道"的"用"字和"道"字用得尖冷,否定力强;清人孙人龙认为"樽中酒不燥"句中的"燥"字用得新奇等,都是确评。

其 五

忆我少壮时,无乐自欣豫①。猛志逸四海,骞翮思远翥②。荏苒岁月颓,此心稍已去③。值欢无复娱,每每多忧虑④。气力渐衰损,转觉日不如⑤。壑舟无须臾,引我不得住⑥。前涂当几许?未知止泊处⑦。古人惜寸阴⑧,念此使人惧。

[注释]

①无乐自欣豫:是说没有遇到高兴的事情,自己也常常感到愉悦。自:一说自己,一说自然,皆通。豫:即"乐"、"悦"之意。②猛志:壮志。逸:奔跑,指超越。骞(qiān)翮:展翅高飞。"骞"为高飞;"翮"为鸟羽毛的根茎,代指鸟翅。远翥(zhù):远飞。"翥"为飞举。③颓:衰败、坠下,这里指消逝。此心:指前两句的壮志之心。稍:稍微,指渐渐。去:消去;消减。④"值欢无复娱"二句:是说遇到值得高兴的事情,内心也不再会感到愉快了,常常是更多的忧虑。值:遇到。复:再,又。每每:常常。⑤转觉日不如:是说慢慢觉得一日不如一日了。转:渐进之意,是魏晋常语。如:及。⑥"壑舟无须臾"二句:是说时光就像壑水中的小船没有片刻停留,牵引着我无法留住年华。壑舟:用词和典故出自《庄子·大宗师》,云:"夫藏舟于壑,藏山于泽,谓之固矣;然而夜半,有力者负之而走,昧者不知也。"原文是比喻死生有命,是人所不能干预的。陶渊明这里借用"壑舟"一词,意思有变化,似由山谷中被人半夜背走的小船改为在急流中飞速行驶的小船,比喻时光流逝不止。"壑"为山谷,这里似改指河流、急流。须臾:片刻。住:住年,即留住年华。⑦"前涂当几许"二句:是说前面的道路尚不知还有多远,也不知道停泊的地方,喻指尚不知有多少来日,也不知生命的归宿。前涂:指来日。"涂"通"途"。止泊处:停船的地方,喻指人生的归宿。⑧惜寸阴:

语本《淮南子·原道训》，云："故圣人不贵尺之璧，而重寸之阴，时难得而易失也。"

[评析]

人过半百就到了回忆过去的年龄，这首诗就是陶渊明从回忆过去写起的。全诗明显分为三个层次。"忆我少壮时"等首四句为第一层，回忆自己没事偷着乐和壮志超群的青壮年时代。这时，不仅志向远大，而且情绪乐观，充满了勃勃生机。壮志当是兼济天下，而不可能仅仅是独善其身。虽然陶氏在别的诗中屡屡表达"少无适俗愿，性本爱丘山"的意思，但充满理想是每一位青年男儿的本能与本性，陶渊明也不可能逃离这一法则。所以笔者宁愿相信他在这首诗中所说的"猛志逸四海，骞翮思远翥"是真心话，而将上面的类似表达理解为诗人理想破灭、参透人生之后的自我慰藉。其壮志不仅可能有大济东晋苍生之愿，甚至还可能有收复中原之愿，其"少时壮且厉，抚剑独行游。谁言行游近，张掖至幽州"（《拟古》其八）可证。"荏苒岁月颓"等六句为第二层，由回忆过渡到目前，由"昔我"渐到"今我"。诗写随着时光的流逝，自己感到不仅气力渐衰、一日不及一日，而且昔日的壮志也渐渐减退，内心充满许多忧虑。过去不遇高兴事而高兴与现在遇着高兴事也高兴不起来，心态上形成了极大的反差。之所以如此未老先衰和过早"心死"，说到底，其根本原因无疑在于"有志不获骋"，当时的社会没有也不可能使他的理想得以实现。"壑舟无须臾"等末六句为第三层，写由回忆与比较引出的感慨。眼见时光飞逝，自己却白首无成，想起古代圣贤的轻尺璧而重寸阴之训，他有些惊恐不安了，因为他的心并未真死。"看来诗人对于世事、对于理想的追求，在隐居之后并未忘怀。"（刘文忠语）正如袁行霈笺注本所说："自叹年老无成，而仍欲有为也，故诗末曰'念此使人惧'。倘完全心灰意冷，则无须惧矣。"仅此，即可证明，陶渊明一生从没有真正完全超脱过，不论他在一些作品中表白得多么闲适、多么心静如水。他的内心深处始终处于超脱与忧患的矛盾痛苦之中。层次感强，诗意层层翻转，由过去写到眼前，由眼前写到未来，由未来写到感慨，逐步深入；时间由年龄段写到年，由年写到月，由月写到日，逐渐具体，清晰可鉴。

此诗化用《庄子》"壑舟"之典而又改动得趣味横生；用字如"自欣豫"之"自"、"逸四海"之"逸"字等，形象巧妙，都是此诗艺术上历受称道之处。

其 六

昔闻长者言，掩耳每不喜①。奈何五十年，忽已亲此事②。求我盛年欢，一毫无复意③。去去转欲远，此生岂再值④？倾家时作乐，竟此岁月驶⑤。有子不留金，何用身后置⑥？

[注释]

① "昔闻长者言"二句：是说小时候常捂住耳朵不喜欢听老人们回忆平生、谈论衰老及亲朋凋零等事。语本陆机《叹逝赋序》，称："昔每闻长老追计平生，同时亲故，或凋落已尽，或仅有存者。"② "奈何五十年"二句：是说无奈五十年后，忽然自己也亲身经历起这类感叹衰老的事情了。五十年：当指掩耳不听老人叹老之后的五十年，不应当指五十岁，若五十岁则当直言"奈何五十岁"。亲：亲历。一解作"近"。③ "求我盛年欢"二句：是说重温我盛年时期的欢乐，再也唤不起一点儿当时的心境了。求：反求、重温，指回过头来重新感受。盛年：壮年。④ "去去转欲远"二句：是说时光匆匆离去，渐渐离盛年越来越远了，今生哪还能再逢盛年？转：一说渐渐。一说转而，即反而。欲：通"愈"。值：逢；遇。⑤ "倾家时作乐"二句：是说倾尽家中所有资财及时行乐，以了结迅速流逝的余年。岁月驶：即"驶岁月"，行驶的岁月，指迅速流逝的时光，这里当指诗人晚年剩余的时间。⑥ "有子不留金"二句：是说像疏广一样，有子孙而不留金钱给他们，怎么用为身后置办产业呢？此二句用西汉疏广事，《汉书·疏广传》载：因疏广将告老还乡时汉宣帝

赏赐的金钱都用来宴请族人亲朋了,其子孙让族中老人劝疏广留些金钱为子孙们置田产。疏广对族人说:"吾岂老悖不念子孙哉?顾自有旧田庐,令子孙勤力其中,足以共衣食,与凡人齐。今复增益之以为赢馀,但教子孙怠惰耳。贤而多财,则损其志;愚而多财,则益其过。且夫富者,众人之怨也;吾既亡以教化子孙,不欲益其过而生怨。"

[评析]

这首诗以今昔对比手法指出人生易老、盛年难再重逢的客观规律,以豁达的心态表露了及时行乐、欢度馀年的心迹,袁行霈先生所谓"自叹盛年已逝,欲肆意以乐馀年也"是对此诗主旨的准确概括。值得注意的是,诗人这种"乐馀年"心迹的表达,蕴涵着对功成身退理念的服膺和对功成身退一类先贤人物的推崇和效法。这种推崇、效法甚至钦羡,意不可低估,它绝不仅仅是一种颐养天年的生活态度问题。从诗末二句"有子不留金,何用身后置"写西汉疏广之事不难看出,疏广深层的人生思考是如何培养后代的健全人格和健康的生活意识问题。不夸张地说,这一问题,是历朝历代人尤其是贵族阶层普遍存在而又从来没有得到过很好解决的重大社会问题。疏广之举是明智之举,疏广之言是大智之言,而陶渊明这首钦羡效法疏广之诗,亦无疑是智者之诗,不可等闲而视之。

从艺术上讲,此诗对比手法的运用颇为成功,尤其全诗"昔闻长者言,掩耳每不喜"的起句,生动形象,颇为新鲜,有引人入胜之妙,所以曾被古人评为"起处章法甚佳"(清温汝能语)。

其 七

日月不肯迟①,四时相催迫②。寒风拂枯条,落叶掩长陌③。弱质与运颓,玄鬓早已白④。素标插人头,前涂渐就窄⑤。家为逆旅舍,我如当去客⑥。去去欲何之?南山有旧宅⑦。

[注释]

①日月不肯迟:日月运行不肯放慢速度。迟:徐行,即放慢速度运行。

②四时：春夏秋冬四季。③陌：田间小路，南北向为"阡"，东西向为"陌"。④"弱质与运颓"二句：是说虚弱的体质与时光一起衰老，黑色的双鬓早已变白。弱质：虚弱的体质；柔弱的体质。运：时运，即时光流转，节序变化。颓：颓败，指衰老。玄：黑色。⑤"素标插人头"二句：是说白色的标记插上人头，前面的道路就逐渐变窄，意为白发在头，有如标记，就意味着来日不多了。素标：白色标记，指白发在头，犹若标记。涂：通"途"，道路。就：趋向；靠近。⑥"家为逆旅舍"二句：是说家就像是迎接客人的客店，我就像那将要离开客店的客人。为、如：两字同义，互文，好像，好比是。逆：迎，即迎接。旅：客人。舍：客店。当：将要。⑦"去去欲何之"二句：是说快快离去，准备到哪里去？庐山附近有陶氏祖先的坟地。去去：指快速离去。何之：即"之何"，到哪里去。"之"为"往"、"到"。南山：指庐山，因该山在陶渊明家乡浔阳（今九江市）南。旧宅：指祖先坟地，这里指陶氏家族墓地。陶渊明《自祭文》说："陶子将辞逆旅之馆，永归于本宅。"

[评析]

　　此首与前几首一样，都是时光流逝、人生易老之叹，而此首的特殊之处在于对死亡的态度表达得最为明确，那就是视死如归。他把家视为旅店，把人生视为暂住旅店的远行客人，而却将他们陶氏家族的祖坟视为自己的"旧宅"即永远的归宿。笔者以为，此诗表现出的这种少有的生死达观精神，不仅超越了历代不少仁人智士，甚至也超越了他自己在《形影神·神释》中所表达的"纵浪大化中，不喜亦不惧"的淡然态度，而是将死亡当做了精神家园，自己很乐意匆匆赶往那里，同其《自祭文》中"陶子将辞逆旅之馆，永归于本宅"所表态度相同，真是有点步庄子"鼓盆而歌"之后尘了。当然，笔者前已说过，陶渊明在不同作品中表达出的人生观或生死观常常是不一致的，有时差别较大，有时甚至是相互矛盾的，这也许就是文人的特点吧。

　　就艺术而言，笔者以为其"寒风"二句描述形象，萧瑟之气读之令人感同身受；"素标"一句用语险而比喻切，强化了此诗的阳刚之气;"逆旅舍"二句虽本自《古诗十九首》等"人生如寄"、"忽如远行客"之意象,而以"家"为旅店的意象创造,仍更为明晰而富有新意。上述种种,表明此诗从思想到艺术都有自己的特点。

其 八

代耕本非望,所业在田桑①。躬亲未曾替,寒馁常糟糠②。岂期过满腹,但愿饱粳粮③。御冬足大布,粗絺以应阳④。政尔不能得,哀哉亦可伤⑤!人皆尽获宜,拙生失其方⑥。理也可奈何,且为陶一觞⑦。

[注释]

① "代耕本非望"二句:是说靠做官食俸禄本来不是自己的愿望,自己所从事的事情在于耕田植桑。代耕:指出仕做官。官吏以俸禄代替种田的收入,不耕而食,故曰"代耕"。语本《孟子·万章下》"禄足以代其耕"句。业:从事于某事。② "躬亲未曾替"二句:是说亲自参加农业劳动从来没有停止,但仍受冻挨饿,常常以糟糠为食。躬亲:亲身。"躬"为"身"。替:废;停止。馁(něi):饥饿,这里指忍受饥饿。③ "岂期过满腹"二句:是说哪里敢奢望有超过填饱肚子之外的要求,只希望能吃饱大米和粗粮。过满腹:吃得过饱,指超过生活的最低需要。粳(jīng):大米。一说"粳粮"为一个词,不能拆开,指粗粮。④ "御冬足大布"二句:是说抵御寒冬有粗布衣就满足了,夏天有粗葛衣遮蔽骄阳就可以了。御冬足大布:即"御冬大布足"。"大布"即"粗布"。絺(chī):葛布。葛茎长二三丈,纤维可织布。应:应付、应对,指遮蔽。阳:指夏天的骄阳。⑤ "政尔不能得"二句:是说仅是如此也不能得到,悲哀啊,也实在令人悲伤。政:通"正",晋宋人常用语,解作仅、止、即使等。尔:如此;这些。可:应该。⑥ "人皆尽获宜"二句:是说人们都能尽其所能获得适当的谋生方法,而自己却性情笨拙,谋生无方。宜:适当。拙:自谦词,性情笨拙。生:谋生。失:失去,即没有、无。方:方法、办法。⑦ "理也可奈何"二句:是说有道的人受穷是常理,

这是无可奈何的事情,暂且为快乐而一饮吧。理:常理;天理。陶:乐。

[评析]

　　封建时代在官场讨生活,其物质生活无疑是优越的,而作为食优渥俸禄的官场人物,陶渊明毅然决然退出官场而躬耕田园、自食其力,自有其退出官场的必然性。撇开他的个人性格不说,处于晋宋乱世,篡逆不断,其公理似当不复存在。按理说,远离无公理的官场而靠种田吃饭、养家糊口应该是不成问题并且是最心安理得的事情,可此诗反映的情况并非如此。诗人常年努力耕作而不废,结果却是衣不御寒、食不果腹,连最基本的生存保障都没有,竟"寒馁常糟糠",常常以糟糠充饥,这就令人大感不解了。更令人大感不解的是,"人皆尽获宜"即别人又都自有生存办法,活得很好。这就是此诗的深刻之处,它以自己为例揭示出了一个问题,那就是当时不仅仅是官场无公理,整个社会处处都没有公理可言了。面对这样一个社会现实,诗人的情绪和情感波动我们还是从诗中看得比较清楚的,他有抱怨,有牢骚,同时也多了一份坦然,并不像有的学者所评论的那样"悲愤要远远越出诗中婉微的词语",诗人在这首诗中只是巧妙地予以婉讽。这一婉讽和自嘲,前人早已发现:"既曰'失方',又曰'理也',自嘲自解。"(明黄文焕语)袁行霈笺注本也说:"躬耕不替而不得温饱,此乃理乎?答曰:'理也。'然则此'理'不亦有失其为理者欤?怨中有坦然之情,坦然中复有怨语。"笔者以为,陶渊明将自己力耕而受穷的遭遇解释为一种常理,既是一种婉讽与自嘲,也是一种智慧,同时也确实反映出诗人当时怨中见坦然的一种心境。他毕竟修炼到了一定境界,面对社会不公,已习惯于以酒自抚自慰了。

　　至于此诗写作上的成功之处,古人多已有发现。如明黄文焕《陶诗析义》卷四称:"沃仪仲曰:一句一转,古诗之最变幻。"也就是说层层转折是此诗诗意表现上的最突出特点。细读此诗,确实是叙议结合、层层跌转，一、二两句言耕田植桑是自己的志趣，三、四两句则转为努力耕作却饥寒交迫；"岂期"四句讲自己生活上并无过高奢望，仅羡温饱而已，"政尔"两句旋即反跌，言温饱可望而不可得；"人皆"二句自嘲钻营者富、守道者贫，"理也"二句则婉讽整个社会常理之不公。三次转折真可谓委曲变幻之致。又如，就此诗结构的上下呼应而言，清人邱嘉穗在《东山草堂陶诗笺》卷四中称："以'田桑'二字总起，中间'衣食'二项，应上田桑，妙在不排。"古人还以为，此诗的语言特点是质朴无华，多用晋宋时的日常词语："语质率，自不近。'政尔不能得'句法，晋时人质语，后人不能道。"（清陈祚明语）今天读之，个别句子未必通俗，但在晋时，可能确实质俗。

其　九

遥遥从羁役，一心处两端①。掩泪泛东逝，顺流追时迁②。日没星与昴，势翳西山巅③。萧条隔天涯，惆怅念常飧④。慷慨思南归，路遐无由缘⑤。关梁难亏替，绝音寄斯篇⑥。

[注释]

①"遥遥从羁役"二句：是说离开家乡到遥远的外地去做小官吏，一心而作两种打算，既想做官从役，又想回家。从：做；为。羁役：羁旅行役，指在外做官吏。"羁"为留住；"役"为当差、供职。两端：两头，一指官府，一指家。②"掩泪泛东逝"二句：是说抹着眼泪乘船东去，顺流而下追随时光的变迁。掩泪：以手拭泪。泛：指乘船浮行。追时迁：既有追赶时间的表面意思，似又有顺遂时势变迁的深层含义。③"日没星与昴（mǎo）"二句：是说太阳落山星辰显现，星宿的态势是忽而又隐没在西山的山峰中。星与昴：两种星宿的名字星宿与昴宿，二十八宿之二。这里当泛指星空。势：态势。翳：不明，这里当为隐没的意思。以星座的时而出现时而隐没间暗示水路弯曲、行船疾速。西山：当指庐山，因诗人顺江东行回头向西看。④"萧条隔天涯"

二句:是说远隔天涯的任职地荒凉寂寞,心情惆怅时常常思念平日的家居生活。萧条:这里有环境荒凉和心情寂寞双重含义。常飧:即常餐,这里指平时的生活。"飧"同"餐"。⑤"慷慨思南归"二句:是说悲叹地盼望着南归家乡,可是路途遥远又没有理由。慷慨:这里似不能作意气激昂讲,当是悲叹感慨之意。南归:浔阳在长江南,故称。遐:远。由缘:缘由,即理由。因公务在身,故称无理由。⑥"关梁难亏替"二句:是说在外所任的官职差使既然难以辞掉,音信又断绝,所以只有将内心的情感寄托在这首诗篇之中了。关梁:关隘和桥梁,代指在山水阻隔的远方任职行役。亏替:废止,指停止履行职责,即辞职。绝音:指与家人音信断绝。寄:指寄托情感。斯篇:这首诗。

[评析]

对这首诗主旨的理解,除个别人如清代马墣牵强附会作政治影射和《易卦》之象的联想外,古今颇为一致,认为抒写的是诗人羁旅行役即外出仕宦之苦和眷恋家乡之情。此诗最值得关注之处是"一心处两端"句,它不仅最能见出陶渊明在此诗中的真实矛盾心情,甚至可以代表陶氏一生在仕与隐的人生选择上从未真正解决的内心矛盾与痛苦。为何矛盾?不出仕吧,建功立业是男子本性,总该有所作为,更为现实的问题是,不出仕而靠辛勤耕作是无法养家糊口的,这一点上首诗中已说得很明白。生存毕竟是人的第一需要,生存得到保障的基础上才能奢谈其他,尤其是精神。出仕吧,既有悖于自己的天性,又要舍弃亲情,更主要的是生当乱世,公理不在,出仕不仅不能有所作为,还不得不为浊世而扭曲甚至丧失灵魂。笔者以为,这种灵与肉的冲突终生折磨与煎熬着陶渊明,即使在他决定终生不再复出的后半生,这种内心的矛盾冲突也从来没有完全消解掉,只是逐渐淡化了而已。据此,"一心处两端"之句不可小觑。另外,全诗的认识价值也不可忽视:诗从出仕时的矛盾心态起笔;次写赴任途中所见所感;再写任中寂寞思乡,欲归不得;末写寄情于诗篇。从头至尾全围绕着一个"内心矛盾"在倾诉,从中不难感受出一个活生生的陶渊明。

笔者以为，此诗表现上的特点主要是语言的双关，致其思想表达有些婉转曲折之感。比如，"顺流追时迁"句，表面看是说乘船赴任，顺江东下，然味之则不免使人感觉有"聊且凭化迁"（《始作镇军参军经曲阿》），即不得已而顺遂时势变迁之意，似乎是自己在说服自己顺应一下世俗吧。再如，"萧条隔天涯"句，表面看似写自己的任职之所落后荒凉，深层实则在写诗人自己内心的寂寞孤独。又如，诗末"关梁难亏替"句，表面看似写山关江湖的阻隔，致使无法回家或互通音信，实则深层表达的仍是自己仕与隐的矛盾心情。正因其语涉双关或不同层次之含意，致使此诗"句意曲"（明黄文焕语），也致使后注者多有歧解。不论它是此诗的优点还是缺点，但它是此诗的特点则是无疑的。

其 十

闲居执荡志，时驶不可稽①。驱役无停息，轩裳逝东崖②。泛舟拟董司，悲风激我怀③。岁月有常御，我来淹已弥④。慷慨忆绸缪，此情久已离⑤。荏苒经十载，暂为人所羁⑥。庭宇翳馀木，倏忽日月亏⑦。

[注释]

① "闲居执荡志"二句：是说追忆闲居之时秉持着放任自由的心志，那种时光疾驶而过已不可挽留。执：秉持；持有。荡志：放纵之志，即放任不受拘束的自由心志。稽：留止；延迟。② "驱役无停息"二句：是说受到差遣，不得停息地行役在外，正乘坐着有帷幔的车子赶往东崖。役：行役，指在外奔波履行职责。轩裳：有帷幔的车。"轩"为一种有篷与顶供大夫以上身份的人乘坐的便车。"裳"为车帷。逝：往。东崖：地名，可能指庐山东侧的某地。③ "泛舟拟董司"二句：是说乘着小船拜谒刘裕，凛冽的寒风激荡我的胸怀。拟董司：据推测，这里有可能指陶渊明元兴三年（404）拜见刘裕之事。拟：向。此指拜见。董司：即董督，当似指其时实际的当权者刘裕。④ "岁月有

常御"二句：是说岁月运行有常规，我东来任职已滞留官位很久了。常御：常规，指固有的运行规则。"御"为驾驶车马，这里指运行。淹：滞留，这里指长期为官。弥：久。⑤"慷慨忆绸缪"二句：是说回忆起往日与朋友们的深情厚谊，不觉感慨万分，可惜这种情谊已离我而去很久了。绸缪：缠绵，情谊深厚的样子。⑥"荏苒经十载"二句：是说不知不觉地经历了十年时光，这十年中偶尔受到人事的束缚出仕任了官职。袁行霈注本称："渊明自晋安帝隆安二年（三九八）入桓玄幕，至安帝义熙元年（四〇五）写此诗，前后凡八载，举其成数为'十载'。荏苒：时间渐渐过去。暂：偶或。张相《诗词曲语辞汇释》：'暂，犹偶也，适也。'十载不可谓短暂，但其间断续出仕，故言偶或为人所羁也。羁：拘系，束缚。"龚斌校笺本称："渊明于太元二十一年丙申（三九六）初仕江州祭酒，至义熙元年乙巳（四〇五），首尾共十年。"徐按：袁、龚两说所断此诗写作时间相同，而上推陶氏出仕时间相差二年，各有其理，录此并存，以代己注。⑦"庭宇翳馀木"二句：写田园荒芜，岁月空逝。是说庭院居处为众多树木所遮蔽，转眼之间时光已逝去。"翳"为遮蔽；"馀"为"饶"，即丰富、众多。日月：指时光。亏：损耗。

[评析]

笔者基本信从孟二冬、袁行霈两注本先后对此诗主旨的概括与简略分析："这首诗仍表现'一心处两端'的痛苦心境。出仕行役，为人所羁，身不由己，岂如闲居时那般放任不羁，自由自在。所以诗人身在仕途、心早归还，其中寄寓着深沉的感慨。"（孟二冬语）"此诗亦写行役之愁。亲朋疏远，田园换物，不胜感慨之至。闲居既感岁月不待（如开首二句所言），出仕又悲为人所羁，然则不知如何是好，诚所谓'一心处两端'也。"（袁行霈语）不难看出，孟、袁两先生对这首诗所表达出的陶氏的思想感情的体会还是有些差异的。孟先生似认为，陶氏"一心处两端"的痛苦，是诗人身在官场而心向田园，但又身不由己；袁先生似认为，陶氏的"一心处两端"之苦，是诗人闲居为虚度光阴而不安，出仕又为受人所羁、失去亲情而不甘，苦恼的是不知如何做出选择。细味此诗诗意，作者似确有厌倦官场行役而向往田园之意，同时，按袁行霈笺注本所附《陶渊明年谱简编》内容看，陶渊明确实在这一年辞官归隐了，并且终生未再出仕。但是，正如笔者前几首的评析中所说，这并不等于陶渊明在仕与隐的人生抉择上内心深处不存在矛盾和痛苦了。如果说孟先生的简析看到的是此诗直接表达出来的诗人的思想感情的话，袁先生的分析则看到的是蕴藏在此诗深处的诗人的真实情感和痛苦。可以想见，陶渊明不仅为辞官做出过痛苦的选择，辞官归隐后在复出与否的问题上，内心深处仍一直存在着"不知如何是好"的矛盾与痛苦。另外，还需要说明一点，两位先生都谈到此诗表达陶渊明不愿出仕"为人所羁"的问题，笔者以为，陶氏诗中所谓"暂为人所羁"之"人"，应该理解为"人事"而不宜理解为具体的某"人"。两位先生所解析"为人所羁，身不由己"、"出仕又悲为人所羁"，似易给人一种错觉，好像陶渊明之所以厌倦官场，是因为官场有个具体上司在束缚着他的缘故。实际上陶渊明不习惯官场的基本原因，无非一是官场人际关系复杂，二是世俗事务繁杂而已，这些束缚了他的个性，而人事关系和世俗事务都可用"人事"来概括。如此理解，才更为切合诗中陶氏原意。

其十一

我行未云远，回顾惨风凉①。春燕应节起，高飞拂尘梁②。边雁悲无所，代谢归北乡③。离鹍鸣清池，涉暑经秋霜④。愁人难为辞，遥遥春夜长⑤。

[注释]

① "我行未云远"二句：是说我离家行役还没有多久，就已到了春天，回想此前，还正悲风凄凉呢。行：行役，即出仕在外。远：指时间久。多说指空间距离远，似不安。回顾：回想；回忆。一说回头看，似非。惨风：悲风，指凛冽的寒风。② "春燕应节起"二句：是说春天燕子顺应时令而回来，在

屋中绕梁高飞，拂起梁上阵阵尘土。节：时节、时令、季节。③"边雁悲无所"二句：是说春天来了，在南方越冬的北部边塞的大雁悲伤没有栖息地，也顺应时节变化飞归北方的故乡了。无所：没有处所，指没有栖息地。代谢：来者叫"代"，去者叫"谢"，合之为更迭、交替，此处当指顺应时令变化。一说指大雁一群接一群，陆陆续续，亦通。④"离鹍（kūn）鸣清池"二句：是说离群的鹍鸡在清池中鸣叫，回顾它所经历过的酷暑、凉秋和寒霜。鹍：鹍鸡，一种似鹤而身色黄白的水鸟。⑤"愁人难为辞"二句：是说春燕、边雁都有了归宿，就连失群孤鸣的鹍鸡也有自己的处所，唯有我这个行役在外的愁人有难言之隐，因痛苦失眠而感到春夜特别漫长。愁人：诗人自指。难为辞：难于用言辞表达，当指有难言之隐，不便表达。"为"可解为"用"。一说感情复杂，无法用语言表达，亦通。

[评析]

这是一首行役中的伤春诗。其特别之处在于："古人悲秋，公独悯春，天下皆春，偏有摇落之感。"（清陈祚明语）是的，自古感伤之诗多写秋，而此诗却伤春，并且写得如此感人！不仅如此，此诗的特别之处还在于："渊明之伤春，正与宋玉之悲秋同一凄怆，何分境候哉！"（清温汝能语）人所共知，宋玉的《九辨》是悲秋之作中的代表者，而陶渊明此诗的水平高就高在写春竟写出了悲秋的味道，并与宋玉悲秋名作有异曲同工之妙！他是如何写出这种"与宋玉之悲秋同一凄怆"味道的呢？笔者以为，他成功地运用了触景生情的对比法。春天来了，春暖花开，万物复苏，只只春燕顺应时令变化，欢快地回家了，成群边雁也顺应时令的变化，陆陆续续地北回故乡，到沼泽中安居了。相比之下，自己却孤独一人行役在外，有家难归，人不如鸟。所以在人鸟对比描写中不悲而悲，"悲秋"情调自然而生。也正如此，诗人在听到经历了酷暑、凉秋和严冬而至阳春失群的鹍鸡孤独鸣叫声之后，同病相怜，诱发悲伤，使此诗的"悲秋"情调更浓一重。然而未想到的是，就是这只失群孤鸣的鹍鸡，其鸣叫的地方竟是"清池"！"清池"是鹍鸡的栖息地，即这类水鸟本来的家。原来与诗人同病相怜的水鸟也比自己强，也有自己的归宿。一个行役在外的诗人，既失群，又无家，是真正人不如鸟了，其"悲秋"情调又浓一层。由此不禁令人联想到元代马致远的《天净沙·秋思》之悲秋的写法，其以"小桥流水人家"与主人翁反比，以"枯藤老树昏鸦"与主人翁类比，结果是主人翁双重不如，所以抒写"断肠人在天涯"之情为感人之绝唱。说不定，马致远应该是借鉴了陶翁此诗"悲秋"的笔法，也未可知。

其十二

嫋嫋松摽崖，婉娈柔童子①。年始三五间，乔柯何可倚②。养色含津气，粲然有心理③。

[注释]

①"嫋（niǎo）嫋松摽（biāo）崖"二句：是说柔弱细长的松树苗高高地长在山崖上，好像是美丽柔嫩的美少年。嫋嫋：纤长柔弱的样子。摽：高耸的样子。婉娈（luán）：少年美好的样子。②"年始三五间"二句：是说年龄刚十五岁左右，像高高柔嫩的树枝，是尚且不能倚重的。三五：指十五岁。乔：高耸。柯：树枝。③"养色含津气"二句：是说保养好颜色，内含津液精气，美好而有精神。色：神色；精神。津气：津液精气。粲（càn）然：一说美好的样子。一说鲜明的样子。一说笑的样子。心理：神理，即精神、神气。

[评析]

这首诗的真伪和位置曾有异议。宋人汤汉《陶靖节先生诗注》认为，这首诗与十一首写叹老、行役不同，又加之苏轼《和陶诗》中无此首，所以认为此诗可能属于另出而放置《归去来兮辞》之后。后来清人陶澍注《靖节先生集》，以各本皆题《杂诗》十二首，只有加上此首才足十二首之数为由，又将此诗重移《杂诗》

之末。

　　近现代以来，学人普遍认为此诗可能是残篇，其内容也较难理解。现在多信从明人黄文焕、清人邱嘉穗的"比喻"说。黄文焕《陶诗析义》卷四称："嫋嫋之松，足以摽崖。初为弱枝，后成苍干，其质有之也。婉娈柔童，同彼嫋嫋，然由始计后，脆质岂如乔柯之足恃，唯咽津导气则几矣。语最曲。"邱嘉穗《东山草堂陶诗笺》卷四说得更为明确："比也，通篇俱指嫩松说，而正意自可想见，'童子'句亦喻嫩松也，意公以松自居，望后生辈如嫩松之养柯植节也，故附篇末。"在古人探讨的基础上，王瑶先生《陶渊明集》注释本简要概括其主旨为"这是一首咏松的诗，童子也借以喻松；松树幼时虽为弱枝，但如得善养，必可成为高干大树"。孟二冬、郭维森、袁行霈各注本先后大体信从王瑶说，并更强调此诗寄期望于后生这一点。"这首诗借咏幼松以喻童子，幼松培育得当，便可成材，童子也是如此，寓有把希望寄托于新生后辈之意"，孟二冬这段文字可为代表。可见，前修时贤对这首难解之诗的认识正在逐步趋向清晰和一致，笔者选录以示尊重，并代愚评。

归园田居五首[①]

其　一

　　少无适俗愿，性本爱丘山[②]。误落尘网中[③]，一去三十年[④]。羁鸟恋旧林，池鱼思故渊[⑤]。开荒南野际[⑥]，守拙归园田[⑦]。方宅十馀亩[⑧]，草屋八九间。榆柳荫后园，桃李罗堂前。暧暧远人村，依依墟里烟[⑨]。狗吠深巷中，鸡鸣桑树巅[⑩]。户庭无尘杂[⑪]，虚室有馀闲[⑫]。久在樊笼里，复得返自然[⑬]。

(作于55岁或42岁时)(春季)(以下四首同此)

[注释]

①园田居:陶渊明居舍名,在庐山附近,渊明少时曾居住于此,三十年后又重归此处居住。②"少无适俗愿"二句:是说自己从小就没有适应世俗的愿望,性情本来就热爱大自然。俗:世俗,指追求做官。愿:一作"韵","愿"为主观愿望,"韵"为自然品性,与下句"性"重复,不如"愿"、"性"对举,主观、客观错落有致。丘山:大自然。一说特指园田居附近的庐山。③误落尘网中:是说自己错误地进入了官场。尘网:世俗的罗网,比喻官场。④一去三十年:是说自己一离开"园田居"就三十年没回来。依袁行霈说,渊明二十五岁离开"园田居"步入官场,五十五岁辞官重归此居舍,正好三十年。去:离开。⑤羁鸟:被束缚的鸟,指关在笼中之鸟。"羁鸟"、"池鱼"皆官场中的陶渊明自喻。旧林、故渊:皆比喻田园。⑥南野际:南面的田野之外。一说南郊野外。"际"指靠边的地方。⑦守拙:保持纯朴的本性,指不善于官场的投机逢迎。⑧方宅:即"宅方",住宅方圆四周。⑨暧(ài)暧:昏暗不明的样子;模糊不清的样子。依依:轻柔的样子。一说依稀可辨、若有若无的样子。墟里:村落。⑩"狗吠深巷中"二句:化用汉乐府《鸡鸣》"鸡鸣高树巅,狗吠深宫中"成句,将原来分写农村和宫中生活内容的两句改为合写田园生活内容。⑪户庭无尘杂:是说庭院整洁幽雅,喻指家中无俗事。⑫虚室有馀闲:是说心中空净安闲而无名利之念,语本《庄子·人间世》。虚室:虚空闲寂之室,喻指心室。⑬"久在樊笼里"二句:是说自己长期在不自由的官场,终于挣脱束缚,又重新返回大自然当中,回归了天性,获得了自由。樊笼:关鸟的笼子,比喻不自由的官场。"樊"为篱笆。自然:此处一指田园、大自然,二指人的天性,三指精神自由。

其 二

野外罕人事,穷巷寡轮鞅①。白日掩荆扉,虚室绝尘想②。时复墟曲中,披草共来往③。相见无杂言④,但道桑麻长⑤。桑麻日已长⑥,我土日已广⑦。当恐霜霰至,零落同草莽⑧。

[注释]

①"野外罕人事"二句：是说自己居住在闭塞的乡下，很少世俗的应酬，很少达官贵人前来。人事：指世俗交往、应酬。穷巷：偏僻的巷子。轮鞅（yāng）：代指车马，亦指乘坐车马的达官贵人。"轮"为车轮。"鞅"为套在马颈上的皮套。②虚室绝尘想：是说心中断绝世俗的念头。③"时复墟曲中"二句：是说时常在村落偏僻的小路上，拨开草丛相互探望。时复：时常。墟曲：村落偏僻的地方，当指田间小路。"墟"为村落，"曲"为偏僻角落。披：分拨开。④杂言：指农耕之外的话题。⑤但道：只说。长（zhǎng）：生长。⑥日：一天天地。⑦我土：指自己开垦的土地。广：扩大。⑧"当恐霜霰（xiàn）至"二句：是说时常担心的是寒霜忽然降临，庄稼掉落如同野草一样。当恐：应当担心，此指经常担心。霰：小雪珠，属于寒霜而不属于雪。莽：密生的草。

其　三

种豆南山下①，草盛豆苗稀。晨兴理荒秽②，带月荷锄归③。道狭草木长，夕露沾我衣④。衣沾不足惜⑤，但使愿无违⑥。

[注释]

①南山：指庐山。②晨兴理荒秽：是说早晨起来到田间锄掉杂草。荒秽：荒乱的杂草。③带月荷（hè）锄归：是说傍晚在月光下才扛着锄头回家。一说扛锄晚归，将月带回。带月：同"戴月"，指在月光下。荷：肩扛。④夕露：夜露。⑤不足惜：不值得惋惜。⑥但使愿无违：是说只求使我归隐耕作的愿望没有违背。但：只。愿：指过隐居躬耕生活的愿望。

其　四

久去山泽游①，浪莽林野娱②。试携子侄辈③，披榛步荒墟④。徘徊丘垄间，依依昔人居⑤。井灶有遗处，桑竹残朽株⑥。借问采薪者⑦，此人皆焉如⑧？薪者向我言，死没无复馀。一世异朝市⑨，此语真不虚。人生似幻化，终当归空无⑩。

[注释]

①久去山泽游：是说废弃山川湖泽之游已经很久了。去：离开，这里指废弃。②浪莽林野娱：是说荒废了山林野外的游玩娱乐。浪莽：浪荒，即荒废。③试：暂且。④披榛（zhēn）步荒墟：是说分拨开杂树丛，漫步在荒废的村落中。榛：杂树丛。⑤"徘徊丘垄间"二句：是说来回地行走在墓地当中，依稀可辨这里曾是人居住过的地方。丘垄：土丘田埂，这里指坟墓。⑥"井灶有遗处"二句：是说水井炉灶还有遗迹，桑树竹子还残留朽株。残：残留；残存。⑦采薪：砍柴。⑧焉如：何往，即到哪里去了。"焉"为"何"，"如"为"往"。⑨一世异朝市：即"一世朝市异"，是说经过三十年的变迁，朝廷和集市已完全变了模样。一世：三十年。朝市：朝廷和集市，指公众场所。⑩"人生似幻化"二句：是说人生好像变幻无常，但最终都应当归为寂灭。

其 五

怅恨独策还①，崎岖历榛曲②。山涧清且浅，遇以濯我足③。漉我新熟酒，只鸡招近局④。日入室中暗⑤，荆薪代明烛⑥。欢来苦夕短，已复至天旭⑦。

[注释]

①怅恨独策还：是说心情糟糕地独自拄杖归来。怅恨：失意懊恼，指情绪低落，心情糟糕。策：策杖，即拄杖。②崎岖历榛曲：沿高低不平的山地，穿过杂树丛生的曲折小路。历：走过。榛：杂树丛。曲：曲折小路。③濯（zhuó）：洗。④"漉（lù）我新熟酒"二句：是说滤好家中新酿出的美酒，炖一只鸡款待近邻。漉：漉酒，即用布过滤酒，滤掉酒糟。近局："近"和"局"皆近的意思，此处指近邻。一说聚近邻而成局，多人相聚欢饮称"局"。⑤日入：太阳落山。⑥荆薪：烧火用的柴草。⑦"欢来苦夕短"二句：是说欢乐时只恨夜晚太短，不知不觉已经又到天亮了。来：语助词。苦：恨；遗憾。夕：夜晚。复：又。天旭：天亮。"旭"为太阳初升的样子。

[评析]

《归园田居》五首组诗作于东晋安帝义熙二年（406）。依袁行霈的陶享年76岁说，是年诗人55岁；依主流的享年63岁说，是年诗人则42岁。上年（405）冬十一月，渊明辞去彭泽县令的职务，归隐田园，这组诗明显写春景，当是归隐次年所作无疑。

只做了80多天彭泽县令的陶渊明，因无法忍受官场的污浊和世俗的束缚，便借奔妹丧之故以"不为五斗米折腰"的精神，毅然决然地辞官归隐，躬耕田园，而且从此终身不再出仕。他的这一决然之举，造就了这组代表诗人风格的名作。正如孟二冬注本所说："脱离仕途的那种轻松之感，返回自然的那种欣悦之情，还有清静的田园、淳朴的交往、躬耕的体验，使得这组诗成为杰出的田园诗章，也集中体现了陶渊明真朴、静淡、旷达的风格。"

第一首总写辞官归隐之乐。全诗娓娓道来，尤其"方宅十馀亩"以下八句，勾画出了一幅平和静穆的田园风光图，仿佛带领读者参观，地几亩、屋几间、树几株、花几种，一一指点，如数家珍，恰见去忙就闲，一种刚刚挣脱沉闷官场羁绊、重获自由的如释重负之感和愉悦感跃然纸上，表现了诗人不与世俗同流合污的高洁情趣。

第二首写一心务农。不仅白日掩门、断绝尘想，而且交往淳朴、关注点转移，诗人不仅将农耕之外的话题视为杂言，而且时常担心和牵挂的也全是收成的好坏，其对淳朴田园劳动生活的热爱由此可见。

第三首写具体的耕种劳动和劳动感受。尽管久居官场的诗人并非耕种里手，甚至庄稼种得很糟糕，但他是勤劳的、尽心尽力的，一句"带月荷锄归"足见诗人在劳动生活中心境的宁静、平和与充实。诗人对自己成为陇亩民的人生选择是不后悔的，一句"但使愿无违"表明了他对理想的坚持。

第四首写探访废墟及人生感悟。今日的墓地昔日曾是人们聚居的村落，渊明由所见写到所感，感悟到了人生的无常。我们由诗人的所见所感窥视出了当时战乱的罪恶，也更理解了诗人隐居的决心。

第五首写探访废墟归途所见和归家后对近邻的款待。诗人探访完山中废墟，怀着糟透的心情回到家，热情款待近邻，通宵长饮，也许是借酒消愁、珍惜生者之意吧。

笔者以为，这组诗是按创作时间先后依次排列的，第一首乃初归田园所作，对新生存环境充满了新鲜感；第二首乃稍晚，由居住的院落写到感受田野和邻里；第三首又晚，由田野和邻里写到具体的田间耕作；第四首又晚，由耕作写到耕作余暇的探访，悲悼死者；第五首最晚，由探访写到探访归来，由悲悼死者写到共乐生者。从时间、空间，到内容、情感，都是环环相扣、层层递进的。五首诗是一个有机的整体。除如前孟二冬所说五首诗的共同风格外，各诗也不乏各自的独特之处，"初视若散缓，熟视有奇趣"（苏轼语）、"淡永"（陈祚明语）、"真景、真味、真意如化工"（方东树语）、"自具深情"（孙人龙语）、"直是一幅画图、一篇记序"（方东树语）就是古人依次对这五首诗各自特点的点睛之评，对今天的读者不无启发意义。

读山海经十三首①

其 一

孟夏草木长，绕屋树扶疏②。众鸟欣有托，吾亦爱吾庐③。既耕亦已种，时还读我书④。穷巷隔深辙，颇回故人车⑤。欢然酌春酒，摘我园中蔬⑥。微雨从东来，好风与之俱。泛览周王传，流观山海图⑦。俯仰终宇宙，不乐复何如⑧？

（约作于55岁或42岁时）（夏季）（以下十二首同此）

[注释]

①山海经：我国古代地理学名著。《汉书·艺文志》将其著录于"数术略"之"形法家"，《隋书·经籍志》则著录于"史部"。该著大约成书于春秋末年到汉代初年这段较长时期内，作者非一时一人，创作地当是以楚为中心的巴、齐之地。书中有插图，故有时称此书为"山海图"，其中《山经》先有文字后有插图，《海经》则可能先有图画后有文字，可能有古图，更有汉代所画之图，汉图与古图颇异。原图已佚，今所见图为清人补画。该书共十八卷，内容主要为民间传说中的地理知识，包括山川、道里、民族、物产、药物、祭祀、巫医等，保存了不少远古的神话传说。对古代历史、地理、文化、民俗、神话等研究均有参考价值。晋人郭璞注最早，并题图赞，清人郝懿行《山海经笺疏》最精审，今人袁珂《山海经校注》则兼采此二注而又时陈己见，为最流行注本。②"孟夏草木长（zhǎng）"二句：是说初夏的季节草木竞相生长，绕屋的树木枝叶纷披繁茂。孟夏：初夏，农历四月。夏季的农历四、五、六三个月依次称为孟夏、仲夏、季夏。扶疏：枝叶纷披四布的样子，形容枝繁叶茂。③"众鸟欣有托"二句：是说众鸟因为有了栖息处而欢欣，我也很喜欢我的茅草屋。托：依托，指栖息之处。庐：茅草屋。④"既耕亦已种"二句：是说已经耕作也已经种植完毕，时常回家读我喜欢的书。既：既然；已经。时：时常；经常。一说有时、有空。还：还家；回家。⑤"穷巷隔深辙"二句：大意为住在僻巷，很少有故人来往。是说住在偏僻的巷子里，远离轧出深深车辙的大路，经常使得老朋友的车子无法行走而调转回头。穷巷：深深的巷子，指偏僻的巷子。隔：隔离；远离。深辙：深深的车辙，因车辙多在大路上轧出，故代指大路。颇：很，指经常。回：回转，指调头。⑥"欢然酌春酒"二句：是说心中高兴斟满自酿的春酒，摘来我后园里种的蔬菜做菜肴。⑦"泛览周王传"二句：是说泛泛地浏览翻看《穆天子传》和《山海经图》。泛览、流观：都是指浏览翻阅，两句互文。周王传：指《穆天子传》。西晋太康二年（281），汲郡（治所在今河南卫辉市）人，名叫不准的盗发战国时魏襄王（或说安釐王）墓，得竹书数十车，皆先秦古籍，被称为《汲冢竹书》，其中有《穆天子传》一书。作者不详，旧题郭璞注。六卷，前五卷记周穆王驾八骏马西游的故事，为人所熟知的是周穆王与西王母宴会的情节。山海图：

指《山海经图》，参见注①。⑧"俯仰终宇宙"二句：是说俯仰之间就可以神游遍整个宇宙，我不欢乐又干什么呢？也就是说我又怎么能不欢乐呢？俯仰：低头仰头之间，形容时间很短。终：穷尽；遍：完。

[评析]

《读山海经》组诗十三首是陶渊明的代表作之一，影响颇著。关于这组诗的创作时间，有袁行霈的东晋安帝义熙二年（406）说，龚斌的义熙三年（407）说，逯钦立、郭维森的义熙四年（408）说，方祖燊的宋武帝永初二年（421）说，王瑶、孟二冬的宋武帝永初三年（422）说等。持宋初说者，主要是受明人黄文焕、清人吴菘的影响，依组诗第十一首"巨猾（臣危）肆威暴"之句，判定此组诗为刘裕弑逆篡晋之事而作；持隐居前期说者的主要依据是，组诗的第一首明确写此组诗是写躬耕闲暇的读书之乐和陶然之趣，而隐居后期，诗人饱受饥寒之苦，是不可能有"欢然酌春酒，摘我园中蔬"、"不乐复何如"的欣豫情趣的。很明显，隐居前期说甚确。至于诗中所咏所谓"巨猾（臣危）肆威暴"内容，一则各诗本就分咏《山海经》中的内容，此诗所咏臣危本属书中人物；二则该故事内容（见于《西山经》和《海内西经》），本就无关篡位问题。故笔者信从组诗作于隐居前期说，至于具体创作时间，因诗意情趣几近《归园田居》，不妨从袁行霈说，暂与《归园田居》等系于同年即东晋安帝义熙二年（406）夏，是年陶渊明55岁或42岁。

这十三首组诗有较为完备的体系：首篇可视为序诗、总帽或引子，之后十二首分咏《山海经》以及《穆天子传》中所载奇异事物。在十二首分咏内容中，前七首依次咏西王母、玄圃、丹木与美玉、三青鸟、扶桑与旸谷、三珠树与桂林及灵凤神鸾、赤泉员丘等，吟咏中融入了诗人自己的神游幻想；后五首咏夸父、精卫与刑天、臣危与钦䥫、鸱鸺与青丘鸟、共工与鲧等，其后半表现了诗人的社会思想。尤其最后一首带有总结性和史论性质，表达了诗人"帝者慎用才"的政见。

第一首备受名家重视和推崇，点评者代不乏人。因为组诗题目是《读山海经》，内容是分咏《山海经》及《穆天子传》中的奇异事物，所以，作为组诗序诗的第一首，其内容主旨自然是主要讲归隐躬耕后的读书之乐。为更好地品读此诗之妙，我们不妨先转录两位古人的点评名段以飨读者。清人王士禛《古学千金谱》卷十八串讲此诗大意说："时当初夏，草木宜长，扶疏之树，绕我屋庐，不但众鸟欣然有此栖托，吾亦爱吾庐得扶疏之荫。既耕田，复下种，还读书而候故人，吾庐之乐事尽矣。车大则辙深，此穷巷不来贵人，颇回故人之驾。欢然酌酒，而摘蔬以侑之，好风同微雨，俱能助我佳景，乃得博欢图传，以适我性。如此以终宇宙，足矣。若不知乐，又将如何哉！"如果说这段文字还不足以凸显古人对此诗写归隐读书之乐主旨的说明的话，清人吴淇在《六朝选诗定论》卷十一中的一段品读文字对诗人的会心，则足以启迪读者的心智了，他说："靖节所读一种书，不专指《山海经》与《周穆传》。二书原非圣人之书，乃好事者所作，语最荒唐，只是偶尔借他消夏耳。'孟夏'二句，好读书之时；'众鸟'二句，好读书之所；'既耕'二句，生务将毕，正好读书；'穷巷'二句，人客不到，正好读书；'微雨'二句，好读书之景；'泛览'二句，好读书之法。"在前人导读的启发下，笔者参照李春芳的品读再补充一些个人感受。"孟夏"四句可为第一层，描写住宅环境的恬静幽美，暗示出读书之所。写环境之静美，诗人主要抓准了树和鸟，一个"绕"字点出了诗人住宅的环境特点，那就是茂密的绿树贮藏着惬意的清荫。"欣有托"与"爱吾庐"六字则写出了众鸟栖树与诗人托身田庐的心心相印；不仅如此，人与鸟之外的物也如此，"物我情融，最见渊明特有之意境"（袁行霈语），凸显乐得其所之情，可供读书佳境。

"既耕"八句可为第二层,叙写田园生活的闲适和陶然自得的心境,明写读书之乐。其中"既耕"二句写耕作之余有读书闲暇,"穷巷"二句写无尘事之扰有读书心境,"欢然"二句叙饮酒之乐和超脱尘网的情致,"微雨"二句写读书得天时之宜。诗人笔下的风和雨似乎都善解人意,雨是沾衣欲湿的"微雨",风是吹面不寒的"好风",为了给诗人创造惬意的读书环境和时间,它们结伴而行,轻盈地来到诗人身边,吹拂其衣襟,滋润其心田,赐给其闲暇,真是难得的读书自娱好时光。"泛览"四句可为第三层,正面点题,总写读书之乐。前二句交代读书内容和读书之法,不论是《山海经》还是《穆天子传》,都不是圣人经典,而是用来消遣的闲书,诗人向来爱读奇书,这既反映了他的闲适情怀,也反映了他超越世俗的精神追求。"泛览"与"流观"正是陶渊明著名的"好读书,不求甚解,每有会意,便欣然忘食"(《五柳先生传》)的读书方法。这种读法,给诗人带来的最大收获就是:遨游宇宙之后的不可遏止的欢乐!不必导读,读者也能感受出此诗的感情基调,那就是清人吴菘《论陶》中概括的一个字:"乐"。"结出一'乐'字,是一首诗眼"(吴菘语),前面众鸟着一"欣"字,中间着一"欢"字,结尾着一"乐"字,整首诗就是一首静静的欢欣小乐曲。这首乐曲的每一个音符似乎都是自然流出而非刻意创作的,更无雕琢施巧之嫌,也就是说,自然美是此诗艺术上的最为可取之处。清人温汝能在其《陶诗汇评》卷四中就评价说:"此篇是渊明偶有所得,自然流出,所谓不见斧凿痕也。大约诗之妙以自然为造极。陶诗率近自然,而此首更令人不可思议,神妙极矣。"尤其"微雨从东来,好风与之俱"二句,真可谓"自然淡雅,最是渊明口吻"(袁行霈语)。甚至有古人认为,从这个角度讲,常为人们所称道的《饮酒》其五反而要逊一筹了,"予谓渊明此篇最佳。咏歌再三,可想陶然之趣,'欲辨忘言'之句,稍涉巧,不必愈此"(清陈仲醇语)。笔者深有同感。

其 二

玉堂（台）凌霞秀，王母怡妙颜①。天地共俱生，不知几何年②。灵化无穷已，馆宇非一山③。高酣发新谣，宁效俗中言④？

[注释]

① "玉堂（台）凌霞秀"二句：是说玉山上的瑶台越出在云霞之上，灵秀无比；居住在瑶台上的西王母，容颜和悦而美丽。玉堂（台）：玉山上的瑶台，用瑶玉建成的台，即民间所说的瑶池，西王母的居处。《山海经·西山经》称："又西三百五十里，曰玉山，是西王母之所居也。西王母其状如人，豹尾，虎齿而善啸，蓬发戴胜（蓬头乱发，头上戴着玉胜）。"可见《山海经》所记西王母是并不美的怪物。到《穆天子传》里，则成了一个雍容平和能歌唱的美妇人。而到了《汉武帝内传》里，却成了年约三十、容貌绝世的女神，称她"修短得中，天资掩霭，云颜绝世"，并把三千年一结果的蟠桃赐给汉武帝。陶渊明所写的西王母姿容，当受《穆天子传》以来民间传说的影响。凌：越出；超越。秀：俊秀；灵秀。② "天地共俱生"二句：意为西王母长生不老，是说天地和她共同地一起生长，不知道已经历了多少岁。此二句文献依据似当为《庄子·大宗师》，原文为："大道……先天地生而不为久，长于上古而不为老。……西王母得之，坐乎少广，莫知其始，莫知其终。"大意是说"道"在天地之前就存在了却不算久，比上古时间长却不算老，而西王母得到它，可以安居少广山，没有人知道她是什么时候生的，也没有人知道她什么时候才会死。③ "灵化无穷已"二句：是说西王母变化无穷无尽，她居住的馆舍屋宇很多，也并不局限在一座山上。非一山：不止在一座山上。文献记载西王母所处的山名有如下几种：《山海经》的《西山经》说西王母居住在玉山；《大荒西经》说她住"昆仑之丘"；《河图玉版》称她住"昆仑之山"；《穆天子传》说她住弇（yǎn）山；郭璞注说她"虽以昆仑之宫，亦有离宫别窟，游息之处，不专住一山也"。故称"馆宇非一山"。④ "高酣发新谣"二句：是说西王母在欢迎穆天子举行的盛大宴会上开怀畅饮歌唱新曲，所唱的哪里是仿

效世俗中的客套应酬（或男女轻浮）之言？高：高会，指盛大宴会。发新谣：唱出新歌谣。《穆天子传》说在瑶池所行的盛大宴会上，西王母对穆天子唱的新歌谣是："白云在天，丘陵自出。道里悠远，山川间之。将子无死，尚复能来。"大意是穆天子从东方到瑶池，道路很遥远，又有山川阻隔，希望你不死的话能够再来。"发"为发出，指创作出、唱出。宁：怎；哪里。俗中言：可能指世俗中男女之间的轻浮之言。也可能指为世俗官场的客套应酬之言。似后者较胜。此句说不是仿效世俗官场的客套应酬之言，其言外之意为西王母邀请周穆王再来重访是真情实意。

[评析]

　　第二首专咏西王母。通过歌咏西王母的妙颜、长寿、神通，表达作者厌弃世俗的思想感情。首句先咏西王母的住处玉台灵秀之美，其高入云端，若隐若现，处于虚无缥缈间，重在突出西王母居住环境的脱俗。第二句正面写西王母之美，主要突出西王母的容颜美。由"妙颜"可想见西王母面容的姣好，艳丽而不失端庄；由"怡"字则又可想见其和悦、静雅的气质。三、四两句写西王母的长寿。其与天地共生同长，又不知何时而终，是庄子心目中的得道人物。若说对西王母容颜的歌咏主要是诗人吸收《穆天子传》以来民间传说的结果，写其长寿当主要是受《庄子·大宗师》的影响，目的还是凸显西王母的不凡。"灵化"二句写西王母的变化无穷和住处众多不定，目的仍然是突出她的神秘不俗，高不可测。最后"高酣"二句专写著名的瑶池之会。写瑶池之会只突出西王母的酒酣高歌和对周穆王再相邀请，而未正面写穆天子。其目的，一是展示西王母和悦之外钟情的另一面，二是凸显人神沟通的美好与脱俗，三是表述作者对世俗的厌弃之情和对超尘脱俗的向往之意。尤其全诗末句，可谓曲终奏雅，收尾点题，"'宁效俗中言'，特拈出一'俗'字，渊明平生最厌俗也。其五言《答庞参军》曰'谈谐无俗调'，或可对照"（袁行霈语）。

其 三

迢递槐江岭，是谓玄圃丘[1]。西南望昆墟，光气难与俦[2]。亭亭明玕照，落落清瑶流[3]。恨不及周穆，托乘一来游[4]。

[注释]

[1]"迢递槐江岭"二句：是说遥远又高耸的槐江山，是天帝所居住的叫做玄圃的高丘。迢递：一作遥远的样子，一作高耸的样子。此处当两义兼有。槐江岭：指神话传说中槐江上的山岭，亦可称为槐江山，为天帝居所。《山海经·西山经》载："又西三百二十里，曰槐江之山。丘时之水出焉，而北流注于泑水。其中多蠃母，其上多青雄黄，多藏琅玕、黄金、玉。其阳多丹粟，其阴多采黄金银。实惟帝之平圃，神英招司之。"大意是说再往西三百二十里叫做槐江山。丘时水就是从这座山上发源的，往北流入泑水，水中多产螺蠃。槐江山上多产石青和雄黄，多产琅玕、黄金和玉石。山的南面多产像粟粒一样的细丹沙，山的北面多产有符彩的黄金和白银。这座山实在可以说是天帝悬在半空中的园圃，神英招收人才管理着它。谓：称为；叫做。玄圃：也就是所引《西山经》原文中的"平圃"，高入云端像悬在半空中的园圃，故称。"玄"与"悬"古通用，《穆天子传》、《淮南子·地形篇》作"县（悬）"。[2]"西南望昆墟"二句：是说从槐江山向西南方向可以望见昆仑山，其神光宝气难有与之相比的。昆墟：即昆仑山。"墟"为大丘，即山岭。光气：神光灵气；珠光宝气。《山海经·西山经》称："南望昆仑，其光熊熊（它的光焰熊熊），其气魂魂（气象恢弘）。"郭璞注："皆光气炎盛相煜耀（光辉照耀）之貌。"俦：比。[3]"亭亭明玕（gān）照"二句：是说槐江山中高耸挺拔的是明亮的琅玕树在闪耀，欢畅下泻的是清澈的瑶池水在流动。明玕：明亮的琅玕树，即珠树。《山海经·海内西经》"琅玕树"郝懿行注："《玉篇》引《庄子》云'积石为树，名曰琼枝，其高一百二仞，大三十围，以琅玕为之实'。是琅玕即琼枝之子似珠者。"《本草纲目·金石部》："在山为琅玕，在水为珊瑚。"落落：同"洛洛"，水向下畅流的样子。《山海经·西山经》作"洛洛"，称："爰有淫（瑶）水，其清洛洛。"郭璞注："水流下之貌。"瑶：同《山海经·西山经》中的"淫"，瑶池。[4]"恨不及周穆"二句：是说遗恨的是没能赶上周穆

王的时代（或不能追上周穆王），搭乘他的车驾一游槐江山和昆仑山。恨：遗憾；遗恨。不及：没赶上；赶不上；不能追上。周穆：周穆王姬满，西周第五代国君。后世传说他曾周游天下，《穆天子传》即写他驾八骏马西游的故事。

[评析]

　　此诗是组诗的第三首，通过咏赞槐江山上天帝的居处玄圃，抒发了作者厌倦世俗向往仙界的遗世之情。清人马墣《陶诗本义》卷四，串讲此诗大意，不仅颇得诗人会心，而且分析得很优美，很有可读性，不妨转引与读者共享："(此诗)专言玄圃，玄圃为槐江之山，与昆仑相望，其光彩无有匹敌，其琅玕亭亭而直，其下瑶水落落而清，人不能到，惟周穆曾游之，恨不能托周穆乘舆，至其所一游也。玄圃帝乡，非凡人所能到；黄、虞三代，古之世，非今人所得游，渊明独愿游之也。"不难发现，马氏除将"光气难与俦"一句概括昆仑山恢弘气势的内容误解成槐江山之外，其他串讲都已先得读者之心。受前人启发，笔者再略作补充。此诗首句"迢递槐江岭"概写槐江山的遥远而高峻，"迢递"有形容和描写成分，写出了槐江山的境界。第二句"是谓玄圃丘"正面点出本诗咏赞的对象。玄圃是天帝居处，一个"玄"字凸显了它的特异，"玄"者"悬"也，悬在半空，既有形容所处位置之高之意，又给人一种处在虚无缥缈间若隐若现的神秘之感。虽为概写，没有描摹，朴实中仍透文采。第三、四两句"西南望昆墟，光气难与俦"是侧写法，是借写从槐江山向西南方向所望昆仑山气势以烘托玄圃所处的壮美环境。"光气难与俦"虽未见具体描摹，其评价性概写却写出了昆仑山气势的恢弘。需要说明的是，这两句是陶渊明直接化用的《山海经·西山经》记载的内容，原书不仅记载了从槐江山南望昆仑之景的情况，还依次记载了"西望大泽"、"北望诸毗"、"东望恒山"的内容，只是因陶诗篇幅而仅选最典型的昆仑山以为代表，即此，读者就已经能够感受到天帝所居之玄圃所处的特殊神秘环境了。第

五、六两句"亭亭明玕照,落落清瑶流",则是在前四句完成全面铺垫的基础上,开始对天帝所居之处玄圃进行正面的描摹与刻画。此描摹一是依《山海经·西山经》记载的内容而写,这一点从注释①的摘引文字即可发现;二则更重要的是诗人对《西山经》内容的描摹作了自己的选择与剪裁。《西山经》写槐江山内容很多,且不说将该山四周详载一遍,即注释①所引山上所产之物就有很多,而诗人在青雄黄、黄金、玉、丹粟、黄银、琅玕等众多矿产中唯选了最能展示该山形象特征的高耸挺拔而又闪闪发光的琅玕入诗,因此物远观最有直观性,最能代表该山的形象。下一句则选了此山在民间流传最为广泛最为常人所乐道的清泠清澈潺潺下泻的瑶池之水。短短两句十个字绘出了两幅图画,一幅为明亮峻拔的壮美图画,一幅为似实似幻的优美图画。合而观之,乃一幅不由人不神往的天帝居住仙景图。诗人对玄圃的咏赞与描写真可谓"渐入佳境"。至此,作者抒写自己对尘世的厌倦之情及对仙界的向往之意,也就水到渠成,自然而然了。所以末尾"恨不及周穆,托乘一来游"二句,也就自然成为全诗咏玄圃的结穴所在了。由此,联系前面已分析过的陶诗,不难看出,曲终奏雅,结尾点题,或称诗末明志,无疑是陶渊明诗歌结构的特点之一。

其 四

丹木生何许?乃在密山阳①。黄花复朱实,食之寿命长。白玉凝素液,瑾瑜发奇光②。岂伊君子宝?见重我轩黄③。

[注释]

①"丹木生何许"二句:是说丹木生长在哪里?生长在密山南面向阳的山坡上。丹木:神话传说中红色的神树。《山海经·西山经》载:"又西北四百二十里,曰崟(mí)山,其上多丹木,员叶而赤茎,黄华而赤实,其味如饴(yí,麦芽糖),食之不饥。"阳:向阳的一面,山南河北为阳。②"白玉凝

素液"二句：是说白玉是由丹水中的白玉膏凝聚而成的，瑾和瑜这两种美玉发出奇异的光芒。此二句概括的是《山海经·西山经》的一段内容："又西北四百二十里，曰峚山……丹水出焉，西流注于稷泽，其中多白玉，是有玉膏，其原沸沸汤汤，黄帝是食是飨。是生玄玉。玉膏所出，以灌丹木。丹木五岁，五色乃清，五味乃馨。黄帝乃取峚山之玉荣，而投之钟山之阳。瑾瑜之玉为良，坚栗精密，浊泽而有光，五色发作，以和柔刚。天地鬼神，是食是飨；君子服之，以御不祥。"大意是说丹水从这座峚山发源，向西流泻到稷泽，水中多产白玉。于是有玉膏涌出来，原野上一片沸沸腾腾的景象，黄帝就拿这些玉膏服食享用。玉膏中又生出黑玉来。所出的玉膏，拿来灌溉丹木，丹木经过了五个年头，开出五种颜色的花朵，更加鲜艳；结出五种味道的果子，更加香美。黄帝便采摘了峚山的玉的精华，种在了钟山的向阳处。后来便生出瑾和瑜这两种美玉，坚硬而且精密，润厚而有光泽，五种颜色发挥作用互相辉映，刚柔相济而和谐。天地鬼神拿它来服食享用；君子佩带了它，也可以抵御不祥之物的侵袭。凝素液：由素液凝聚而成。素液：白色液体，指玉膏。③"岂伊君子宝"二句：是说这些丹木美玉哪里仅仅是为君子们所喜爱，还被轩辕黄帝所看重。伊：彼。宝：以之为宝，喜爱，视为宝贝。见重：被看重。我：表亲切。轩黄：黄帝轩辕氏，传说中的上古帝王，三皇之一。

[评析]

此首诗是诗人概括《山海经·西山经》所记峚山内容而成。对读诗歌和注释①、注释②所引《山海经》中峚山内容可知，诗人在用诗歌形式概括凝练《山海经》所记内容的同时，又对其略加点染。如原文"于丹木只云食之可以不饥，此独添出可长寿命"（明黄文焕语）。黄氏所说诗人"独添出"的内容是指诗中"黄花复朱实，食之寿命长"两句。这就说明，在诗人的思想中，确有企羡长生之意。古人认为，与第三首相比，这种思想似乎更进了一步，"三章思与周穆同游，此则写为服食不死，以友黄帝"（清邱嘉穗语），可视为一家之言。因组诗各首皆借助神话故事，故"语皆幻妙，思路绝而风云通"（清邱嘉穗语）是其大致相同的风格特点。

其 五

翩翩三青鸟,毛色奇可怜①。朝为王母使,暮归三危山②。我欲因此鸟,具向王母言③:在世无所须,唯酒与长年④。

[注释]

①"翩翩三青鸟"二句:是说翩翩飞舞的三青鸟,毛色特别可爱。翩翩:鸟轻盈飞舞的样子。三青鸟:似当指一种身上有三种青色羽毛的鸟,也有解作三只青色的鸟的。《山海经·西山经》载:"又西二百二十里,曰三危之山,三青鸟居之。"郭璞注:"三青鸟主为西王母取食者,别自栖息于此山也。"《山海经·海内北经》载:蛇巫之山,"其南有三青鸟,为西王母取食,在昆仑墟北"。可怜:魏晋常用语,可爱。②"朝为王母使"二句:是说三青鸟早晨出发被西王母所使唤,晚上则回到自己的住处三危山上。为王母使:被西王母驱使、使唤,参注释①。又,《艺文类聚》卷九十一引《汉武故事》说:"七月七日,上(汉武帝)于承华殿斋,正中,忽有一青鸟从西方来,集殿前。上问东方朔,朔曰:'此西王母欲来也。'有顷(一会儿),王母至。有二青鸟如乌,侠(夹)侍王母旁。"可见,《汉武故事》认为"三青鸟"是三只青色的鸟。"为"解作"被"。三危山:三青鸟所居之山,见注释①,在昆仑山之北。③"我欲因此鸟"二句:是说我想请托这只三青鸟,全面地向西王母转达一下我的话。因:依靠;依托;凭借。指请托、拜托。具:通"俱",指全面、全部、完全、详细。言:这里有心愿、愿望之意。④须:需求;要求。长年:长寿。

[评析]

此首咏三青鸟。因在《山海经》中三青鸟是西王母的侍者,主要照顾西王母的饮食起居,因此诗人想象着能够通过它作为信使转达自己的心愿,那就是一生能有酒喝,能够长寿。读此短诗有三点值得注意。其一,与前三首一样,也可大致视为游仙诗,身处乱世,与社会现实格格不入的诗人,借着阅读《山海经》等奇异之书,表示对仙界有所歆羡是情理之中的事情。但此首与前三首相比

读山海经十三首

又明显有所不同,不论第二首的想听西王母酒酣之时高歌再邀周穆王重相会("高酣发新谣,宁效俗中言"),还是第三首遗恨不能随周穆王到玄圃一游(或向往能随周穆王到玄圃一游)("恨不及周穆,托乘一来游"),还是第四首期待能食丹木花果以求长寿("黄花复朱实,食之寿命长"),虽多融入诗人的奇思妙想,但毕竟还都有一定的严肃性。而这第五首,则直接请托三青鸟去找西王母代为转达心愿,读之总不免令人窃笑甚至捧腹。笔者以为,此诗很大程度上是在调侃,是在谐趣,读者大可不必太当真。试想,到仙界求长寿甚至求长生倒可理解,哪有打听到人家主管西王母的饮食便突发奇想,一本正经地求人家去向仙界的西王母讨酒喝的呢?你想喝酒,自己酿造不就得了(本就常自酿自饮),犯得上到仙界去请示求人吗?真是性情温和怡然自得的陶老先生,也竟玩起放笔写谐趣的乐事来了,怨不得后来纵酒狂放的李白常常效法他呢。读这首诗,我们不禁又发现了陶渊明性格和创作中的另一面:放达、诙谐。其二,在这几首近似游仙诗的诗中,陶渊明是清醒的,没有陷得太深。祈求长生和希望长寿是不一样的。前者是想长生不老,永远活下去;后者则是对自然规律很清楚,只不过希望活得时间长一些。陶渊明这首诗中所希望的"唯酒与长年"与上一首的"食之寿命长"一样,都没奢望长生不老,只不过是想多活两天而已。东汉以后生命意识成为文人诗、《古诗十九首》的主题后,关注生命、企求长寿甚至长生,成为六朝文人作品探讨的热门话题,游仙诗也便应运而生,不少作品是走得颇远的。而陶渊明能够融入大潮而又不被冲没,其诗意表现适度,足见这位智者的清醒与智慧。其三,前已说过,陶诗中对生命意义的思考最理性最深刻的是他的《形影神》组诗,其"形"、"影"、"神"既分别代表了诗人思想矛盾的三个方面,也代表了他对人生思考的三种境界。以这首《读山海经》其五与《形影神》对读,笔者以为此诗所思考的人生境界当是处于《形影神》一诗中的最低境界。《形影神》的《形赠影》中感叹人生短促，追求的是"得酒莫苟辞"即饮酒自乐终其生的境界。这首《读山海经》其五，则别无所求，一生最大的愿望是饮酒和长寿，长寿还是为了多饮酒。至于前诗《影答形》中希望立善以体现生命意义，《神释》中以无忧无惧顺其自然的心态面对人生等，这两种思考都未在《读山海经》中体现。仅此，即可说明陶渊明这组诗写在《形影神》之前，当时还没有思考到这一层，只是阅读《山海经》、《穆天子传》等杂书的过程中，兴致所至，随感而发，信笔写来而已。

其 六

逍遥芜皋上，杳然望扶木①。洪柯百万寻，森散覆旸谷②。灵人侍丹池，朝朝为日浴③。神景一登天，何幽不见烛④？

[注释]

① "逍遥芜皋上"二句：是说逍遥地游于芜皋山上，可以远远地望见扶桑树。芜皋：即无皋山。《山海经·东山经》载："又南水行五百里，流沙三百里至于无皋之山，南望幼海，东望榑（扶）木，无草木，多风。""芜"即"无"。"榑"即"扶"。扶木：扶桑，神话中树名。《山海经·大荒东经》载："大荒之中，有山名曰孽摇頵（yūn）羝（dī），上有扶木（扶桑树），柱（向上伸高达）三百里，其叶如芥，有谷曰温源谷（温源谷就是汤谷），汤（yáng）谷上有扶木，一日方至（一个太阳刚进来），一日方出（另一个太阳又正在出去），皆载于乌（它们都在三足乌鸦的背上）。"《山海经·海外东经》载："下有汤谷，汤谷上有扶桑，十日所浴（是十个太阳洗澡的地方），在黑齿北（在黑齿国的北面）。"② "洪柯百万寻"二句：是说扶桑树的巨大树枝有百万丈，四布纷披覆盖了整个旸谷。洪柯：大树枝，指扶桑树的树枝。寻：长度单位，八尺为一寻。森散：枝叶舒展四布纷披的样子。旸（yáng）谷：即汤谷，神话中太阳升出的地方。《淮南子·天文训》载："日出于旸谷，浴于咸池，拂于扶桑，是谓晨明。"③ "灵人侍丹池"二句：是说神人羲和服

侍在丹池旁边，每天早晨忙着为太阳洗澡。灵人：指羲和，神话传说中太阳的母亲。《山海经·大荒南经》载："东南海之外，甘（丹）水之间，有羲和之国，有女子名曰羲和，方（为）日浴于甘（丹）渊（在丹渊里为太阳洗澡）。羲和者，帝俊之妻，生十日。"古直《笺》怀疑此处"甘"可能为"丹"字之讹，"甘"字倒看即为"丹"。丹池：即甘渊或咸池，是太阳洗浴的地方。④"神景一登天"二句：意为太阳升天阳光普照，是说太阳一旦登上天空，什么幽暗的地方不被照亮？神景：犹灵景，指太阳，也可指阳光。"景"为"日光"。见：被。烛：照。

[评析]

此诗咏扶桑和旸谷。长在无皋山上高达几百里的扶桑树枝，覆盖着太阳出生的地方旸谷，十个太阳轮流从旸谷中升出去再转回来，它们的母亲羲和每天早晨忙着为十个太阳在丹池（或称咸池）里洗澡。陶渊明依《山海经》及《淮南子》等书所记神话传说，敷衍连缀成诗，似乎主要是表达了对光明的向往之意，最后两句"神景一登天，何幽不见烛"可证。诗人期待着太阳升空，阳光普照，照亮世上的每一个角落。从此诗不难体味出诗人的阳光心灵。然笔者读此诗，最受感染的还是扶桑、旸谷、灵人羲和、丹池、洗澡的太阳这些神话传说中的鲜活形象。借助诗句，不难想象扶桑、旸谷、丹池等所构成的仙界之境是那样地飘渺、脱俗、阔大而令人神往；灵人羲和是那样优雅而辛劳，尤其可以想象到十个太阳轮流出没于丹池洗澡时的欢快与嬉戏。此诗为读者描绘了一幅静中有动、景中有人、疏淡而又有生气的美丽图画。与美丽图画相比，诗中所流露出的思想情感倒是次要的了。

其 七

粲粲三珠树，寄生赤水阴①。亭亭凌风桂，八干共成林②。灵凤抚云舞，神鸾调玉音③。虽非世上宝，爱得王母心④。

[注释]

①"粲粲三珠树"二句：是说光彩鲜明的三珠树，寄生在赤水南岸朝阴的地方。三珠树：神话传说中树叶果实全是珍珠的树。《山海经·海外南经》载："三珠树，在厌火北（在厌火国的北边），生赤水上（生长在赤水岸上）。其为树如柏（这种树因形状像柏树），叶［实］皆为珠（树叶果实全是珍珠）。"赤水阴：赤水的南岸。水以南为阴。②"亭亭凌风桂"二句：是说高高耸立迎风的桂树，八棵大树连起来就成了一片树林。八干：八棵桂树。《山海经·海内南经》载："桂林八树（八棵桂树就成了一片森林），在番隅东。"郭璞注："八树而成林，言其大也。"③"灵凤抚云舞"二句：是说灵异的凤鸟用翅膀拍打着云彩而跳舞，神灵的鸾鸟奏出美玉般清脆悦耳的声音。此二句化用《山海经·大荒南经》所载载（zhì）民之国"爰（于是）有歌舞之鸟，鸾鸟自歌，凤鸟自舞"内容。灵凤、神鸾：各为神话传说中的凤凰鸟之一种。抚云：拍打云彩。"抚"为拍打、轻击。调：调和，指演奏。玉音：形容声音清脆悦耳，像美玉发出的一样。④"虽非世上宝"二句：是说这些三珠树、桂树林、自歌自舞的灵凤神鸾，虽然不是凡俗尘世上的宝贝，但却很讨西王母的欢心。宝：珍视；以之为宝。爰（yuán）：于是；乃。

[评析]

这首诗通过歌咏三珠树、桂林、灵凤和神鸾，表达了诗人向往升平世界的遗世情怀。这一主旨明人黄文焕和清人孙人龙早已指出过了。从注释中我们不难发现，此诗所歌咏的如上仙界宝物实非产于一地，光彩鲜明、叶子果实全是珍珠的三珠树出于《海外南经》，八棵树就成了一片桂林的桂树出于《海内南经》，而善于自歌自舞的灵凤、神鸾则又是出于《大荒南经》，它们各自分散，相距甚远，当然，更与出于《西山经》的西王母无涉。但是诗人不仅将其合而咏之，而且还凭借想象，加以点染，将它们都笼络到了西王母的名下，结穴点题称"虽非世上宝，爰得王母心"，即这些宝物虽然不见得为凡俗尘世所珍视，但是却很讨西王母的欢心。其言外之意是，世俗社会之人是不懂不配也没有资格欣赏这些宝物的，其遗世脱俗的品格不难体味。更不可忽视的是"灵凤抚云舞,神鸾调玉音"两句,歌咏的是载民之国"鸾鸟自歌,凤鸟自舞"的内容,诗人用这两句勾画出的实际上是一幅歌舞升平的美好景象。笔者臆测,里面蕴涵着的未必不是一种陶渊明神往的现实境界。

其　八

自古皆有没,何人得灵长①?不死复不老,万岁如平常②。赤泉给我饮,员丘足我粮③。方与三辰游,寿考岂渠央④。

[注释]

①"自古皆有没(mò)"二句:是说自古以来人有生皆有死,什么人能得到保佑而长生不老呢?没:通"殁",死亡。灵:福佑,保佑(从袁行霈说)。长(cháng):长久,指长生不老。多数注者"灵长"合注,或说广远绵长,长生不死;或说神圣长寿;或说延绵久长;或说与神灵一般长久。②"不死复不老"二句:是说人不死而又不衰老,虽过万年也和往常一样没变化(一说活一万岁也是很平常的事)。万岁:过一万年。一说活一万岁。平常:往常,指没有变化。一说寻常,指寻常之事。徐按:两解实区别很大,当以前解为胜,后解与前句"不死复不老"意不合。③"赤泉给(jǐ)我饮"二句:是说喝了便长生不老的赤泉水供给我饮用,员丘山上的不死之树供给我充足的粮食。赤泉:神话传说中赤色的神泉。《山海经·海外南经》载交胫国:"不死民在其东,其为人黑色,寿,不死。"郭璞注:"有员丘山,上有不死树,食之乃寿。亦有赤泉,饮之不老。"给:供给。员丘:神话传说中的山名。④"方与三辰游"二句:意为与大自然融为一体则可以长寿,是说人应当与日月星辰等大自然一同畅游,寿命哪能很快耗尽呢?方:当,应当。三辰:日、月、星,指大自然,庄子称为造物主。寿考:指寿命。"寿"为"老"。渠(jù):同"遽",急速;很快;骤然;忽然;马上。央:尽,指死亡。

[评析]

一般学者都信从北宋大文豪苏东坡的认识,他认为这组《读山海经》自第二首至此第八首的共七首作品,基本内容和格调是游仙性质，具体到各首诗陷入的程度虽有不同，但所表达的情感都是对仙界的向往，对尘世的疏离，应该是没问题的，这样理解应该是比较客观的。具体到此第八首，笔者与多数学者的认识一样，认为主要是通过歌咏赤泉之水、员丘之树、与三辰同游，表达了诗人歆羡长生和对仙界的遐想。诗人明知道自古以来人有生必有死，谁都不可能逃脱这一自然规律，但他还是遐想人如果能够不但不会死而且青春常驻永不衰老该有多好！但是如果长久的人生是缺吃少穿、饥寒交迫的人生，也没有什么意义。所以他还进而遐想不老的人生应该又是丰衣足食、优裕安康的人生。所以，诗人便在诗句中添加、点染了《山海经》中并没有的（至多是后来郭璞注所增内容）饮之不尽、食之不竭的赤泉水、员丘粮。所以陶渊明在这里遐想向往的是幸福的不死人生。我们如此理解陶渊明这首诗的主旨应该说是符合诗人本意的，诗人在浏览奇书过程中偶尔产生如上人生遐想也是可以理解的。不过，也有个别学人，对此诗诗意作了正好相反的认识，如清人温汝能在《陶诗汇评》卷四中认为："人岂有不死者？惟有寿世之术可以长恃。然纵至于不死不老，以至万岁，不异平常，则神仙亦属寻常耳，何足贵哉？句有妙语。"按温氏的理解，陶渊明的意思是如果人真的能万岁不死也就没什么意思了，神仙也没什么可羡慕的了。一是说诗人不相信人会长生不老，二是说诗人不羡慕仙界。温氏的这一理解虽未必符合此诗原意，但一则解读作品视角独特，思维新奇，颇有启示意义；二则这一认识确实与陶渊明对人生死亡长期理性思考后所得"纵浪大化中，不喜亦不惧。应尽便须尽，无复独多虑"的超然结论相一致。故录此供读者"疑义相与析"。如果说温汝能的上述之意表述得还不太明晰的话，清代另一位学人方宗诚在《陶诗真诠》中所说的话可以作为温氏言论意旨的注脚。他说："'不死复不老，万岁如平常'二句，真大彻大悟！使秦皇、汉武读之，真可破其愚也。"此论可与读者"奇文共欣赏"。

其 九

夸父诞宏志,乃与日竞走①。俱至虞渊下,似若无胜负②。神力既殊妙,倾河焉足有③?馀迹寄邓林,功竟在身后④。

[注释]

①"夸父诞宏志"二句:是说夸父立下了夸诞的宏大志向,竟然要和太阳赛跑。夸父:神话传说中的巨人。《山海经·海外北经》载:"夸父与日逐走,入日。渴欲得饮,饮于河渭;河渭不足,北饮大泽。未至,道渴而死。弃其杖,化为邓林。"大意是说夸父和太阳追逐赛跑,进入太阳炎热的光轮里,口里干渴,想要得到水喝,便到黄河和渭河里去喝水;两条河都被喝干了还不能解渴,他又想去喝北方大泽中的水。还未走到,就在半道上渴死了。临死时他扔掉手里的拐杖,拐杖立刻变成了一片桃树林。诞:夸诞。乃:竟然。竞走:赛跑。古代"走"为疾趋即跑的意思。《释名·释姿容》:"徐行曰步,疾行曰趋,疾趋曰走。"②"俱至虞渊下"二句:是说夸父和太阳同时到达虞渊的下面,好像是没有比出胜负。虞渊:即"禺渊"、"禺谷",神话传说中的日落之处。《山海经·大荒北经》载:"夸父不量力,欲追日景(影),逮之于禺谷(想在禺谷这个地方捉住太阳)。将饮河而不足也,将走大泽,未至,死于此。"郭璞注:"禺渊,日所入也。今作虞。"③"神力既殊妙"二句:是说夸父的神力既然这样特异而又奇妙,倾尽黄河中的水让他喝怎么能够呢?殊妙:非凡而又奇妙。"殊"为特殊、特异、不一般,即非凡。倾河:倾尽黄河之水;倒尽黄河之水。焉足有:何足有,即有何足,有什么充足的呢?也就是不充足。④"馀迹寄邓林"二句:是说夸父的遗迹是留下的邓林(桃林是夸父留下的遗迹),他的功业完成在身死之后。馀迹:遗迹,指夸父死前扔掉的拐杖所化作的邓林。寄:留存;留寄。邓林:桃树林。古代"邓"、"桃"音近而转读。竟:完成;成就。

[评析]

古人已述,陶渊明《读山海经》组诗从这一首"夸父追日"开始,与下面的"精卫填海"、"刑天猛志"等几首为一小组,与前面七首咏仙性质的一组主旨风格明显不同。这后一组中的前二首又是英雄赞歌，代表了鲁迅先生所论的陶渊明品格中的"金刚怒目"的另一面。古人多以为这三首诗皆有政治寄托，甚至有人认为此首"夸父追日"是诗人或欲诛讨刘裕之作，或悼为司马休之而作。这些穿凿，均可不予理会。笔者以为，此诗当主要是借歌咏夸父的追日行为，赞颂一种献身精神。《汉魏六朝诗鉴赏辞典》中所收罗忠族的赏析文字已先得我心，不妨依其思路融入个人体会，略作导读。由注释可见，《山海经·海外北经》所载，夸父追日的神话以绝妙天真的想象极度夸张地表现了先民们战胜自然的勇气和信心，所弃之杖化为邓林的结尾画面，给人以美好的视觉憧憬和无限遐想，有巨大的艺术魅力。不过，《山海经》各处对这一故事的记载，态度并不一致，其《大荒北经》所谓"夸父不量力"的说法，实则对夸父之举持的是保留态度。而陶诗歌咏此事时，一则主取《海外北经》所塑夸父之原型，而又合理吸收《大荒北经》中个别正面情节加以改造，塑造了既保持正面原型而又更加丰满的艺术形象；二则凭借个人的远见卓识对这一形象作出了独特的审美观照。开头"夸父诞宏志，乃与日竞走"二句咏夸父之志。诗人变《大荒北经》中视其为自不量力之举为"诞宏志"即产生了宏大的志向，竟然要和太阳赛跑，字里行间流露出诗人的惊叹之情，充分肯定了夸父创造奇迹的英雄气概。实际上是在赞扬一种超越世俗的崇高理想。"俱至虞渊下，似若无胜负"二句咏夸父之力。诗人将《大荒北经》所记夸父想在禺谷这个地方抓住太阳的情节，改为与太阳一起到达虞渊，暗示夸父之力足以骋其志，并非自不量力，因此他的"乃与日竞走"之志就确实是"宏志"而并非妄想了。诗人故意用"似若"两字轻描淡写，不露声色地表达了兴奋之情和对夸父的欣赏之意，同时也蕴涵着对一切奇才的肯定。"神力既殊妙，倾河焉足有"二句咏夸父之量。将《海外北经》中夸父喝干黄河、渭河水还不解渴的不近情理的情节,用反问的语气表示了一种坚信的态度,说得合情合理:夸父既然有如此特异的可以追赶上太阳的神力,喝尽黄河水又怎能解渴呢?不难感受到,这是诗人在赞颂一种博大的胸怀和气魄。诗末"馀迹寄邓林,功竟在身后"二句礼赞夸父之功。开头已述,《山海经》中夸父临死弃杖化邓林情节,创造了令人神往的瑰奇的艺术境界。而诗人陶渊明则将这一美丽而又悲壮的结尾画龙点睛地凸显为夸父惠泽后人之举:不仅点出了这是夸父临终有意为后人留下的宝贵遗产,还指出"功纵不就于生前,亦留于身后矣"(明黄文焕语),即夸父的奇功虽在他生前未成而却在他身后终于完成了,更昭示出夸父为后人幸福所表现的是一种崇高的献身精神,同时还蕴涵着诗人对这一崇高牺牲精神的仰慕与礼赞之情。

通过如上简析可以看到,"把神话原来的情节和自己独特的感受巧妙地结合了起来,熔叙事、抒情、议论于一炉,于平淡的言辞中委婉地透露出对夸父其人其事的深情礼赞"(罗忠族语),应当是此诗甚至组诗的主要特点。

其 十

精卫衔微木,将以填沧海①。形夭无千岁(刑天舞干戚),猛志故(固)常在②。同物既无虑,化去不复悔③。徒设在昔心,良晨讵可待④?

[注释]

① "精卫衔微木"二句:是说精卫鸟衔来细小的树枝,将要用它填平苍茫的大海。精卫:神话传说中的鸟名。《山海经·北山经》载:"又北二百里,曰发鸠之山,其上多柘(zhè)木。有鸟焉,其状如乌,文首、白喙(huì),赤足,名曰精卫,其名自詨(xiāo)。是炎帝之少女,名曰女娃。女娃游于东海,溺而不返,故为精卫。常衔西山之木石,以湮(yīn)于东海。"大意是说

发鸠山上多生长有柘树，树上有一种鸟，形状像乌鸦，花脑袋，白嘴壳，红足爪，名字叫精卫，它鸣叫的声音便是自呼其名。原来它是炎帝的小女儿名叫女娃的所变。女娃到东海游玩，淹死在大海里而未能回来，所以变做了精卫这种小鸟。常常衔了西山的小树枝、小石子来投到东海里，想要把东海填平。②"刑天舞干戚"二句：是说被砍下脑袋的刑天挥舞着盾牌和斧头，勇猛的斗志依然存在。刑天：神话传说中的神名。"刑天"，就是受刑砍头的意思，甲骨文、金文"天"是首（头）的样子。说明此神原无名，受刑砍头后才有了名字。《山海经·海外西经》载："刑天与帝至此争神，帝断其首，葬之常羊之山。乃以乳为目，以脐为口，操干戚以舞。"大意是说刑天和天帝争神座，天帝砍掉了他的脑袋，把他的头颅埋葬在了常羊山中。这个断头的刑天，便用他的乳头当眼睛，肚脐当嘴巴，左手拿着一面盾牌，右手拿着一把斧头，继续挥舞，战斗不止。干：盾牌。戚：古代兵器，斧的一种。故（固）：此处似作"固然"即"依然"为胜。常：一说正常、照常。一说永久的。皆通。徐按："形天无千岁（刑天舞干戚）"句，现存最早刻本毛氏汲古阁藏北宋刻《陶渊明集》十卷本作"形天无千岁"（繁体字为"形天無千歳"）。宋代有学者认为底本与下句"猛志固常在"意思不相应，经核查《山海经》所载刑天内容，断定"形天無千歳"当为"刑天舞干戚"，五字字形近致误，遂改原文为"刑天舞干戚"。但后来又有宋人认为底本不误，不能妄改，理由是《读山海经》组诗，每首咏一个神话人物，此首已咏"精卫"不可能再咏"刑天"。此后历代争议未断。笔者以为作"刑天舞干戚"合文义，作"形天无千岁"有版本依据，当暂从前说，不废后说。后说"刑天无千岁，猛志固常在"可解为精卫鸟虽然因形体受到残害而没能长命千岁，但它的勇猛精神是永远存在的。"夭"为"残害"。故录此备参。③"同物既无虑"二句：是说女娃、刑天生前既然无所顾虑，死后也就不再有什么可后悔的。同物：同于物，与一切有生命的万物相同，指生命本体，指生前。无虑：无所顾虑，指女娃游东海、刑天战天帝不顾及后果之事，暗含考虑不周意。"虑"为"顾虑"、"顾忌"、"畏惧"之意。化去：指死去。④"徒设在昔心"二句：是说精卫、刑天徒然具有往日的壮志，而良机已过岂可再等待？设：有；设置。在昔心：往日的雄心壮志，指上文的"猛志"。良晨：犹"良辰"，即大好时机。讵：岂；哪里。

[评析]

与第九首一样，古代学人多认为这首咏"精卫"和"刑天"的诗也有政治寓意。当然，凡言及陶诗政治寄托的则无一不与晋宋易代有关。为人所耳熟能详的鲁迅先生评此诗的著名文字，虽未明言政治寄托，但也意在说明陶渊明对政治的关心："就是诗，除论客所佩服的'悠然见南山'之外，也还有'精卫衔微木，将以填沧海。刑天舞干戚，猛志固常在'之类的'金刚怒目'式，在证明着他并未整天整晚的飘飘然。这'猛志固常在'和'悠然见南山'的是一个人，倘有取舍，即非全人，再加抑扬，更离真实。"(《且介亭杂文二集·〈题未定草〉（六）》笔者以为，"政治寄托"说可以不予理会，"金刚怒目"说也不妨作些适当的软化处理。遍翻当今学者之论，称此诗的主旨为歌颂了精卫和刑天至死不屈、一往无前的顽强意志和斗争精神，抒发了作者空怀抱负而不得施展的感慨，虽不能算错，但未必全合诗人本意。笔者在感受诗中赞颂英雄精神的同时，似乎品尝到了诗中"悲悯精卫、形天（刑天）之无成且徒劳"（袁行霈语）的味道。前意主要体现在诗的前四句，后意则主要体现在后四句，两意兼容似乎才是这首诗的完整主旨。先看"精卫衔微木"等前四句。这四句所咏的两个故事，已为读者所熟知。而需要注意的是，《山海经》中所记炎帝少女女娃为报东海淹死之仇而化为精卫鸟从西山所衔的填海之物，是"木石"，即树枝和石子，而陶渊明在诗中则改成了"微木"，即小树枝，这一改，则大有含意，一则"微木"对下句的"沧海"，也就是以"微"小对"沧"大。要用微小之物填平苍茫无际、深广无底的大海，其精神自然可歌可泣，所以这里歌颂了精卫的顽强意志、坚毅精神是无疑的，复仇越艰难越不易越能凸显其决心之大。二则石子虽小，但投进大海，积少成多，与"愚公移山"的故事性质一样，总还会有让大海渐渐变浅的可能性，但诗人改"木石"为"微木"后性质就不一样了，小树枝是漂浮物，投得再多，是不可能让大海的深度和广度有任何变化的，也就是说，精卫的努力完全是徒劳的，不可能向成功方向有任何前移。所以诗人的悲悯之情已蕴涵其中矣。还需要注意的是"刑天舞干戚"句中的"舞"字和"猛志固常在"的"猛"、"固"、"常"三字，从前一字可感受到无头的刑天挥舞斧头乱抡、乱砍的情景，其愤怒复仇之心毕现；后三字不论各家之注多么不同，但凸显其斗争精神长存则是无异议的。但读者在其胡抡乱砍的画面中也不免会隐隐地感受到一种悲剧气氛。再看后面四句。如果前四句是记述两事并在记述中蕴涵诗人的情感态度的话，那么，后四句就是诗人对两事的直接议论了。其中"同物既无虑，化去不复悔"两句，表面看是赞颂精卫和刑天一往无前矢志不渝的斗争精神，说其生前既然为了追求理想而无所畏惧，不顾其他，死后也没什么可后悔的，和生前一样继续斗争、复仇；但实际上诗人深层的用意恐怕是对精卫和刑天两者行为的惋惜，是说既然当初考虑不周出了人命，今天就不要再后悔什么了。其言外之意是如果当初能够谨慎一些，也就不至于今天为送命之事而做无望的复仇之举了，既然事情发生过了，也就别再后悔什么了。笔者这样解读，并非无端推测，知有今日何必当初之意是诗句中的客观存在，诗人确实对他们当初"无虑"即考虑不周，颇表遗憾。读者皆可仔细品味。如果诗人的惋惜之情在此二句中表述得还不够明晰直白的话，其结尾"徒设在昔心，良晨讵可待"二句则实在是不言而喻了。笔者以为，此二句紧接前两句，所表达的用意是一个整体，由浅到深可为三个层次：一是赞叹，认为精卫、刑天死而有"在昔心"，不改当年"猛志"，坚持复仇，精神实在可嘉，甚至令人感佩。二更多的是怜悯和同情，认为他们二人的复仇精神固然可嘉，他们为自己失去的生命讨公道，也是正义的，但他们斗争的结果肯定是一场悲剧，是不可能成功的，也正因为他们正义而又必败，所以诗人寄予的更多的是怜悯与同情。三最多的还是对精卫、刑天的叹惋。这从一个"徒"字一个"讵"字就完全可以明白诗人的用意，认为二位虽有当年的雄心、猛志，其实要想实现完全是徒劳的，是根本不可能的，这一行为本身就是自不量力的。为什么呢？因为"良晨讵可待"即生前的大好时机怎么可能重来？也就是说当时作为生命原型、生命本体的女娃、刑天不谨慎，不很好地珍爱生命、把握时机，现在死掉了，化为异物了，又要去复仇，不是异想天开吗？不是有欠明智吗？怎么可能成功呢？联系前二句之意，笔者以为，对精卫、刑天不明智之举本身的叹惋可能才是诗人写这首诗的真正用意所在，当然，也可能正是这首诗的结穴所在。

至此，我们不仅对这首诗的主旨有了新的认识，同时也感受到了此诗艺术上的成功之处，那就是将《山海经》中带有悲剧倾向的故事原型，进行艺术改造，使其更加悲剧化，因此也就更具典型性，更富感染力。

其十一

巨猾（臣危）肆威暴，钦䲹违帝旨①。窫窳强能变，祖江遂独死②。明明上天鉴，为恶不可履③。长枯固已剧，鵕鵌（鹗）岂足恃④？

[注释]

①"巨猾（臣危）肆威暴"二句：是说天神贰负的臣子危肆意地逞其凶威和暴虐，坏神钦䲹杀死天神葆江违背了上帝的旨意。臣危：指贰负的臣子名字叫危。贰负为神话传说中人面蛇身的古天神。《山海经·海内西经》载："贰负之臣曰危，危与贰负杀窫窳，帝乃梏（kǔ）之疏属之山，桎（zhì）其右足，反缚两手与发，系之山上木。"大意是说天神贰负的臣子名叫危，危和贰负合伙把一个名叫窫窳的天神杀害了，天帝把他们枷在了疏属山上，用刑具枷住他们的右足，用他们的头发反绑了他们的两手，拴在山头的大树上。诗句

当概指此事。钦䲹（pī）：神话传说中人面兽身的坏神名，《山海经》中作"钦鴀"。钦䲹（鴀）违帝旨是指他和鼓共同谋害天神葆江而被天帝处死之事。《山海经·西山经》载："又西北四百二十里，曰钟山。其子曰鼓，其状如人面而龙身，是与钦鴀（同䲹）杀葆（也作祖）江于昆仑之阳，帝乃戮之钟山之东曰崤崖。钦鴀化为大鹗，其状如雕而黑文白首，赤喙而虎爪，其音如晨鹄，见则有大兵。鼓亦化为鵔鸟，其状如鸱，赤足而直喙，黄文而白首，其音如鹄，见即其邑大旱。"大意是说钟山山神的儿子名叫鼓，形状像人的脸和龙的身子。他曾和坏神钦鴀同谋在昆仑山的南面杀死了天神葆江，天帝便把他们杀死在钟山以东一处叫崤崖的地方。钦鴀便变做大鹗，形状像老鹰，黑斑纹，白脑袋，红嘴壳，老虎爪，叫声像晨鹄，只要它一出现，就会发生大的战乱。鼓也变成了鵔鸟，形状像猫头鹰，红爪子，直嘴壳，黄斑纹，白脑袋，叫声像鸿鹄，只要它一出现，就会发生大旱灾。诗句当概指此事。②"窫（yà）窳（yǔ）强能变"二句：是说天神窫窳被臣危等杀死还能变化，唯独祖江被杀死之后也就永远地死去了。窫窳：神话传说中的天神名。强能变：勉强能变化。窫窳被杀后形体变化见《山海经》及郭璞注记载。《山海经·海内西经》载："窫窳者，蛇身人面。"《海内南经》又载："窫窳龙首，居弱水中……其状如龙首。"郭璞注："窫窳，本蛇身人面，为贰负臣所杀，复化而成此物也。""强"当解为勉强、还能够。一说指生命力强。祖江：即葆江，见注①。郭璞注："葆或作祖。"③"明明上天鉴"二句：意为上天审察善恶像镜子一样明亮，不可作恶。是说极为明亮的是上天的镜子，作恶之事不可行。鉴：镜子。此处也可理解为用镜子照、审察。履：行；为；做。④"长枯固已剧"二句：是说臣危被永久地枷在疏属山上，惩罚固然已有些过分；而钦䲹被杀后变为大鹗、鼓被杀后变为鵔鸟，又怎么足以值得凭恃而作恶呢？即不要以为他们被杀后能变成另一种鸟类，就不怕杀头而作恶。一说是臣危被永久地枷在疏属山上确实很痛苦，钦䲹和鼓被杀后变成鵔鸟、大鹗也不足凭恃。枯：桎梏，古代刑具，即枷锁，这里指用枷锁枷起来。鵔（jùn）鹗（è）：指钦䲹和鼓的变形。见注①。

[评析]

与对前两首性质的认识一样，古代学者多认为这首诗也有政治寓意，是以"巨猾（臣危）肆威暴"影射刘裕弑逆篡晋的。其实这是一种没有根据的类比。分析组诗开篇时，笔者已借用袁行霈先生的观点说过，此诗写臣危杀窫窳、钦䲹杀祖江而受到天帝惩罚的故事，其性质与刘裕弑帝篡逆是根本无法类比的。不论《山海经》中的人物原型、故事性质，还是陶诗所咏的落脚点，都是作恶者受到严惩，一被永远枷锁，一被诛杀。且前四句，叙此二事，后四句，议此二事。其议论观点非常明确，那就是"明明上天鉴，为恶不可履"，即上天明察秋毫善恶明鉴，为恶者必有恶报，恶事绝不可能做，结句"骏骎（鹗）岂足恃"强调，即便是遭恶报处死后能变成异类，也绝不能成为可以作恶的凭仗。可见，说到底，此诗的主旨就是通过咏臣危和钦䲹警示作恶行为。

其十二

鸱鴸见城邑，其国有放士①。念彼怀王世，当时数来止②。青丘有奇鸟，自言独见尔③。本为迷者生，不以喻君子④！

[注释]

①"鸱（chī）鴸（zhū）见城邑"二句：是说鸱鴸鸟出现在城邑里，这个国家便会有被流放的贤士。鸱鴸：《山海经》中的鸟名。《山海经·南山经》载："南次二经之首，曰柜山……有鸟焉，其状如鸱而人手，其音如痹，其名曰鴸，其名自号也，见则其县多放士。"大意是南方第二列山系的头一座山，叫做柜山……有一种鸟，形状像老鹰，爪子像人的手，声音像雌鹌鹑，它的名字叫做鴸，它的名字就是自己的叫声，它出现在哪个县，哪个县里被流放的贤士就多。见：同"现"，出现。放：流放；放逐；发配。士：指贤能之士。②"念彼怀王世"二句：是说想起那楚怀王之世，这种鸱鴸鸟当时它曾多次飞来，在楚国首都止息。怀王：指楚怀王。战国后期楚国国君，因屡受秦国蒙骗而多次失去合纵抗秦的机会，并听信谗言，放逐外交大臣屈原。世：此指楚怀王在位之世，即公元前328～前298年的30年时间。数来止：指鸱鴸鸟曾多次来楚都止息，暗指楚臣屈原数次被流放。③"青丘有奇鸟"二句：是

说青丘山上有一种奇鸟灌灌,自称是独自出现别人看不见。青丘:神话传说中山名。奇鸟:指神话传说中的灌灌鸟。《山海经·南山经》载:青丘之山"有鸟焉,其状如鸠,其音若呵,名曰灌灌,佩之不惑"。独见(xiàn):独自出现,指出现时它能看清别人,别人却看不见它,喻有清醒不迷惑之意。
④"本为迷者生"二句:是说这种灌灌鸟本来就是为糊涂的人而降生的,不必用来晓喻明达的人。以:用来,指用灌灌鸟。

[评析]

"读《山海经》忽联想及屈原、怀王,同情屈原之被放,而惋惜怀王之迷也"(袁行霈语)为此诗主旨。其可取之处是对《山海经》原有内容的巧妙发挥,翻出新意。先看诗的前半。鸰鹕鸟出现则其国便会有贤士遭流放,这是《山海经·南山经》原有之意和内容。而作者却由此联想而深翻一层:贤士为何遭放逐?其原因就在于国君糊涂、是非不分、忠奸不明。这本已不是《山海经》原有内容了,而诗人却又进翻一层:联想到楚怀王的糊涂,并由其糊涂推测鸰鹕鸟可能曾经多次"光临"楚都,暗示出楚国贤士、外交大臣屈原的几次被放逐。诗人所连翻的两层都是《山海经》中所没有的内容。借助咏《山海经》而咏悲剧诗人屈原,此诗思想内涵的升华不言自明。再看诗的后半。青丘之鸟是不惑之鸟,"佩之不惑"是《山海经》中的原有内容。而诗人不仅将其神秘化为隐身之鸟,以人看不见它它却可看清人暗寓其清醒不迷惑,更主要的是又连翻两层:如果说所翻"本为迷者生"一层,还可视为对"佩之不惑"内容的自然延伸或深化的话,那么所翻"不以喻君子"一层,则真可谓是诗人的天才创造了,不能不令人叹服。如果说诗歌前半由鸰鹕鸟联想到楚怀王是"设想奇绝"(清吴菘语)的话,后半由青丘鸟联想到君子不需晓寓和警示,就只能称为绝对的"出乎意料"了。读者不仅能从前面所写放士屈原和后面所写君子达人句中隐约看到诗人自身的影子,更应深刻领悟到诗人所揭示并慨叹的"鸰鹕即朱止,而无朝不有放士;青鸟不可得,而举世益多迷(糊涂)人"(明黄文焕语)的不幸社会现实。就是说,此诗的结穴所在是,诗人慨叹会隐身而又能使人清醒的青丘鸟出现在世,为何偏偏不被世人看见,致使世上多糊涂君主,并屡屡干出放逐贤士的糊涂事。

其十三

岩岩显朝市,帝者慎用才①。何以废共鲧?重华为之来②。仲父献诚言,姜公乃见猜③。临没告饥渴,当复何及哉④!

[注释]

①"岩岩显朝市"二句:是说显赫的大臣显露于朝廷官府,作为帝王一定要慎重地择用人才。岩岩:高耸威严的样子,此处代指显赫大臣。②"何以废共鲧"二句:为什么将共工和鲧废弃掉?是帝舜为除凶而采取的果断措施。废共鲧:指舜流放共工和杀死鲧之事。《尚书·舜典》载:"流共工于幽州,放驩兜于崇山,杀三苗于三危,殛鲧于羽山。四罪(四人被治罪)而天下咸服(皆服从)。""共"为共工,古史传说人物,据《尚书·舜典》及《史记·五帝本纪》载,共工是尧的臣子,试授工师之职,后与驩兜、三苗、鲧并称为"四凶",被舜帝流放到幽州。"鲧"也是古时传说人物,原始部落首领,大禹的父亲。居于崇,号崇伯,由四岳即四方部落首领推举,奉尧命治水。他用筑堤防的方法,九年未治平,被舜帝杀死在羽山(在山东郯城东北或山东蓬莱东南)。徐按:共工和鲧既是古史传说人物,还是神话传说人物,历史传说《尚书》、《国语》、《史记》与神话传说《山海经》、《淮南子》记载出入较大。《山海经·海内经》载:"祝融降处于江水,生共工。"《淮南子·天文训》载:"昔者共工与颛顼争为帝,怒而触不周之山,天柱折,地维绝。天倾西北,故日月星辰移焉;地不满东南,故水潦尘埃归焉。"《山海经·大荒北经》载:"共工臣名曰相繇……禹湮洪水,杀相繇。"《海内经》载:"洪水滔天,鲧窃帝(天帝)之息壤以堙洪水,不待帝命。帝令祝融杀鲧于羽郊。鲧复(腹,肚子里)生禹。帝乃命禹卒布土以定九州。"郭璞注引《开筮》说:"鲧死三岁不腐,剖之以吴刀,化为黄龙。"陶诗咏共工和鲧之事,可能

是读《山海经》基础上又综合史料而成,因《山海经》中只有天帝,没有帝舜。重华:舜的名字,传说中的上古帝王,五帝之一。为之:做"废共鲧"这件事。来:句末语气词。③"仲父献诚言"二句:是说管仲向齐桓公进献诚言,让远离易牙等四人,反被桓公猜疑。仲父:齐桓公对管仲的尊称,管仲是春秋初期齐国的政治家。名夷吾,字仲。在齐执政,大力进行改革,使齐桓公成为春秋时期的第一个霸主。管仲的言论见《国语·齐语》及《管子》。献诚言:进献诚恳之言,指《史记·齐太公世家》所记管仲临死前对齐桓公的建言:管仲病危,齐桓公问谁可接任相位,管仲告诫说易牙、开方、竖刁三人不可重用。管仲死后,齐桓公不听其言而重用三人,结果导致三人专权。姜公乃见猜:"乃见姜公猜"倒语。"姜公"指齐桓公,因姓姜,故称姜公。齐桓公,名小白,任齐国国君时(前685~前643年在位),任用管仲进行改革,成为春秋初期第一位霸主。晚年因重用易牙等人而致内乱。徐按:史料记有齐桓公未听管仲临终建言之事,未见桓公猜疑管仲的记载。④"临没告饥渴"二句:是说齐桓公临死告诉别人又饥又渴得不到救助时才意识到管仲建言的重要,但后悔已来不及了。告饥渴:指齐桓公因病被困宫中饥渴而死之事。《吕氏春秋·先识览·知接》载:齐桓公有病后,"易牙、竖刁、常之巫,相与作乱,塞宫门,筑高墙,不通人,矫以公令(假称这是齐桓公的命令)。有一妇人,踰垣入(翻墙进去),至公所。公曰:'吾饥欲食。'妇人曰:'吾无所得(我没有地方能弄到饭)。'公又曰:'我渴欲饮。'妇人曰:'吾无所得。'公曰:'何故?'对曰:'常之巫从中出曰:"公将以某日薨。"易牙、竖刁、常之巫相与作乱,塞宫门,筑高墙,不通人,故无所得……'公慨焉叹,涕出曰:'嗟乎!圣人之所见,岂不远哉!若死者有知,我将何面目以见仲父乎!'蒙衣袂而绝于寿宫"。

[评析]

这是《读山海经》组诗的最后一首,其主旨是感怀国家兴亡的关键在于君主能否慎用人才,真诚希望"帝者慎用才"。围绕这一主旨,诗人前四句从正面称赞帝舜严惩乱臣共工和鲧之举,后四句则从反面惋惜齐桓公重用奸臣易牙等人而被困死宫中之例。两相对比,揭示出慎用人才的极端重要性。因此诗是组诗的最后一首,所以,与此前各首相比，自身特点比较明显。其一，带有明显的总结性。组诗开篇评析时已简述，诗人写此十三首应是有完整体系的。除第一首引子之外，不论是从第二首开始的前七首所咏赞的美丽仙界，如西王母的酣饮高唱，周穆王的遨游玄圃，黄帝的服食仙药，纷披的扶桑神木，灵凤神鸾的美妙歌舞等，还是后四首吟咏的正面英雄和反面乱臣，如夸父的追日宏志，精卫的填海雄心，刑天的复仇毅力，臣危的肆虐凶暴，钦䧱的违背帝旨，贤士的被逐，迷者的不悟等，无疑都各自代表了一个方面。而唯有这最后一首，揭示的"帝者慎用才"的主旨带有普遍性。其不仅是在归纳此前各首主旨的基础上的最后总结，而且上升到了治国政见的高度，并且这一政见非常重要，颇为难得。同时还表现了诗人并未忘怀尘世的社会责任感和担当精神。其二，带有较强的史论性。此前各诗所咏内容，虽有对神话原型的延伸或改造，甚至对神话之外史实的融入，但诗人所咏内容的基础，都仍是神话内容。而这最后一首则不同，"由《山海经》所记废共工与鲧之事，联想而及齐桓公不听管仲之言，既废易牙等人又复之，感慨帝者倘不慎用才，必遭祸患"（袁行霈语），即诗是由《山海经》中的故事引发而写的，但是，其慨叹的重点和落脚点却都不是神话故事本身，而是神话之外的其他史实。即便就神话内容本身而言，也面貌大变：一则《淮南子》神话中的共工是怒触不周山的英雄，诗则未取神话之意而取结局相去甚远的《尚书·舜典》共工被流放的内容。二则鲧虽在神话中和史料中的结局区别不大，仅有被幽禁和被杀死的区别，但惩罚他的人却不一致，神话中是天帝即上帝，而史料如《尚书·舜典》、《史记·五帝本纪》中则是帝舜。三则神话中并没有惩治乱臣的重华即帝舜的名字出现，他不存于神话传说的谱系中。即便这被改用的面目全非的神话故事内容，在全诗中，也仅仅是起引子的作用。全诗重点即后半所咏的齐桓公和管仲，则完全是与神话毫不相干的春秋时期的著名历史人物了。其内容全见《吕氏春秋·先识览·知接》

和《史记·齐太公世家》。所以学术界称此诗为史论诗或咏史诗是有一定道理的。其三,此诗标志了组诗感情基调的发展结局。就感情基调而言,《读山海经》的十三首组诗,经历了一个由轻松愉快逐渐到严肃沉重的演变过程。开篇幽静温馨的环境、劳作之余的休闲心情跃然纸上,休闲中浏览闲书,俯仰中观尽宇宙,何等惬意,不乐如何!且从第二首开始的前七首写所览之景和诗中所流之情,同样是轻松快乐的,但是,也可看出,诗人快乐的情感是逐步淡化的,疑虑和沉思的情感是逐步增加的。而到了后四首,轻松愉快的心情已逐步被赞叹、惋惜、感慨、忧虑、沉重甚至悲情所取代。到了最后一首,悲情基调也已达到极致。当我们读至写齐桓公这一风云人物竟因用人不当而被乱臣活活饿死、渴死追悔莫及的最后诗句时,怎能不感慨系之!这组诗真是以诙谐之笔起,以沉重之笔落,可能正是诗人陶渊明内心境界从浅处到深处的真实反映吧。

酬丁柴桑①

有客有客,爰来爰止②。秉直司聪,于惠百里③。飡胜如归④,矜善若始⑤。匪惟谐也,屡有良由⑥。载言载眺,以写我忧⑦。放欢一遇⑧,既醉还休。实欣心期,方从我游⑨。

(约作于55岁或42岁时)

[注释]

①酬丁柴桑:赠丁姓的柴桑县令。酬:以诗文相赠答。丁柴桑:柴桑县的县令,姓丁,名不详。②"有客有客"二句:是说有客人从外地来居于此。爰:于是。止:语助词。一云止息,指居住。③"秉直司聪"二句:是说秉持正义,处事聪明,惠及所管辖的全县。司:掌管。百里:代指一县,古代的县大约方圆百里。④飡(cān)胜如归:是说采纳别人的正确意见就像回家一

样高兴。飡：同"餐"，吃，指吸取、采纳。胜：胜理，指正确的道理。⑤矜善若始：是说珍惜自己的善德，一直像开始一样。矜：敬重，珍惜。⑥"匪惟谐也"二句：是说两人不只是情感和谐，而且多有缘分相处。匪惟：即非惟，不只是；不仅仅。良由：好因缘；好缘分。⑦"载言载眺"二句：是说一边欢言一边欣赏美景，用来宣泄心中的忧愁。载：又。眺：眺望。写：同"泻"，宣泄，抒发。一云除去。⑧放欢：尽欢。一遇：犹一晤。⑨实欣心期，方从我游：此二句语序可理解为"方从我游，心期实欣"，是说刚开始交游，就两心契合，确令人欣慰。心期：两心契合；心中期许。

[评析]

这是一首赠答柴桑县丁县令的诗。柴桑县与陶渊明的家乡浔阳县相邻，离他的故里很近，并同属于浔阳郡（今江西九江），渊明去世之际浔阳县划归柴桑县，故史亦称渊明为柴桑人。进而，当今学者便多误称这首诗是赠答家乡县令的诗，实际上写此诗时渊明的家乡尚未划归柴桑。柴桑县令刘程之于元兴二年（403）弃官归隐，接替他的便是这位姓丁的县令，惜名字不详。陶渊明于东晋安帝义熙元年（405）年末辞去彭泽县令，归隐家乡，故其第二年（406）在家乡与丁县令交游并创作此诗的可能性较大。依袁行霈陶享年76岁说，时渊明当55岁。

此诗当为残篇，共两章，一章六句，二章八句，一章末显然佚去二句。甚至有人怀疑依渊明四言诗皆四章或多于四章的定例，此诗可能还佚去另外两章。一章赞颂丁县令的贤良美德，称其秉持正义，造福地方，从善如流，为善有恒。从中既可见出诗人对这位曾经的同行寄予的殷切期望，更反映出诗人政治理想中的地方官吏标准。二章写两人在一起的开怀畅谈、畅游与畅饮，表现了两人高雅脱俗的生活情趣和诗人对人间真情的期许。此诗情真意婉，神味渊咏，颇为历代诗论家如宋姜夔、清温汝能等所称道。

酬刘柴桑①

穷居寡人用,时忘四运周②。门庭多落叶,慨然知已秋③。新葵郁北牖④,嘉穟养南畴⑤。今我不为乐,知有来岁不?命室携童弱,良日登远游⑥。

(约作于55岁或42岁)(秋季)

[注释]

①酬:答。刘柴桑:柴桑县令刘遗民,彭城(今江苏徐州铜山县)人。原名刘程之,字仲思,因弃官隐于庐山西林,自称国家遗弃之民,遂改名刘遗民(有称刘裕极力推荐他出仕,坚辞不就,刘裕以"遗民"之号表彰之)。与陶渊明、周续之并称"浔阳三隐"。②"穷居寡人用"二句:是说偏僻的住处很少有人来往,有时竟忘记了四季的更替变化。穷居:偏僻的住处。寡人用:少人行,即少人来往。"用"为"行"。时:时而;有时。四运:四季运行。周:周而复始,即循环更替。③慨然:感叹时光易逝,岁月不待。④新葵郁北牖(yǒu):是说北窗外新葵茂盛。葵:蔬菜名,不是今日所说的向日葵。牖:窗。⑤嘉穟(suì)养南畴:是说南田中禾穗饱满。嘉:美。穟:同"穗"。养:育。南畴:指住处南面的一块田地。⑥"命室携童弱"二句:是说让妻子带上小儿女,选择好日子得以远游。室:妻室,当指渊明续妻翟氏。登:通"得",得以。一说成。一说登高。

[评析]

关于这首诗的写作时间,历来注家多以为与《和刘柴桑》同年,即东晋义熙五年(409)。另有义熙三年(407)、十年(414)等说。笔者以为以上诸说皆不如袁行霈的考辨有说服力,此诗当作于义熙二年(406)秋。这年,在庐山皈依佛门的刘遗民招渊明入山参加白莲社,隐居在家的渊明便作了此诗,用以酬答并婉拒刘氏。《和刘柴桑》则是三年(409)后刘遗民再次诚招渊明入庐山时渊明写的和诗。与《和刘柴桑》开句即点明所和内容不同，此诗虽题为《酬刘柴桑》，但全诗却并未提及所要酬答的内容，也未见酬答之意，只是一味地抒写自己的隐居躬耕之乐和人生情怀，可视为一首秋日抒怀诗。我们通过此诗作者的不答之答，既可感知出"陶、刘相契在形迹外"（清蒋薰语），又可感受到其诗风的洒脱。善写"忘"也是此诗一个特点，乐天却又忘记天地四时的运行变化；见"落叶"，而又"知已秋"；写快乐，却又忽"慨然"；写"多落叶"，却又忽见"新葵郁"、"嘉穟养"。可谓忘者自忘，知者自知，微微苦趣中，平添许多乐趣。"郁"、"养"二字之妙，历来受人称道。此诗也曾对唐诗写秋有影响，正如清人邱嘉穗所说，"唐人诗云'山僧不解数甲子，一叶落知天下秋'，本此"。

归　鸟

翼翼归鸟，晨去于林①。远之八表，近憩云岑②。和风弗洽，翻翮求心③。顾俦相鸣，景庇清阴④。

翼翼归鸟，载翔载飞⑤。虽不怀游，见林情依⑥。遇云颉颃⑦，相鸣而归。遰路诚悠，性爱无遗⑧。

翼翼归鸟，驯林徘徊⑨。岂思天路⑩，欣反旧栖。虽无昔侣，众声每谐⑪。日夕气清，悠然其怀。

翼翼归鸟，戢羽寒条⑫。游不旷林，宿则森标⑬。晨风清兴，好音时交⑭。矰缴奚功？已卷安劳⑮？

(作于55岁或42岁时)（秋冬）

[注释]

①"翼翼归鸟"二句：是说和谐群飞的归鸟，早晨离开林中鸟巢。翼翼：行列布散、和谐群飞的样子。一云闲适飞翔的样子。②"远之八表"二

句：是说鸟儿飞到八方极远的地方，在高入云端的山峰上休息。之：往；到。八表：八方之外极远处。岑：山峰。③"和风弗洽"二句：是说没有遇到和谐的春风，便转翅回飞以求遂自己的心愿。和风：和煦的风，指春风。弗：不。洽：和谐。翮：鸟羽茎，代指鸟翅。求心：追求心中向往的东西。④"顾俦相鸣"二句：是说众鸟相约，身影隐蔽在清荫之中。顾俦：同伴相互顾盼。"俦"为"伴"。景：影，指归鸟。⑤载：且；又。一云语助词。⑥"虽不怀游"二句：是说惟其本不想远游，所以一见树林便心生留恋，依依不舍。虽：通"惟"，语助词。怀游：眷恋远游。⑦颉（xié）颃（háng）：鸟上下翻飞的样子。⑧性爱：本性所爱。遗：遗弃。⑨驯：顺。⑩天路：上天之路，喻飞黄腾达的仕途。⑪每：每每；常常。⑫戢（jí）羽寒条：是说收敛翅膀于寒枝之上，喻归隐守贫。戢：收敛。⑬"游不旷林"二句：是说出游不远离旧林，宿栖则选择高树梢。旷：疏远；远离。标：高树梢。⑭"晨风清兴"二句：是说在晨风中兴致清爽，好听的鸟音时时互相鸣叫。清兴：兴致清爽。⑮"矰（zēng）缴（zhuó）奚功"二句：是说箭镞还有什么功效？众鸟已深藏林中，哪里还需要射者操劳？矰缴：猎取飞鸟的射具。"矰"为拴有丝绳的短箭，"缴"为系在矰上的丝绳。奚：何。已卷：已倦，指鸟已飞倦而息藏林中。一云同"捲"，收藏。

[评析]

这首《归鸟》诗作于东晋安帝义熙二年（406）秋冬，与《归园田居五首》同为由彭泽归田后所作，时渊明55岁（依袁行霈陶享年76岁说）。

全诗四章，写从官场到归隐的所历所感。一章写离林远飞而思归；二章写归路所感，归路虽遥，多有阻隔，然性爱旧林，无论何林，见则思依；三章写喜归旧林，兴奋惬意；四章写归后志趣和归后感受，永不离，栖高枝，和谐处，避射者。

全诗通用比体，富有托物言情之妙，以归鸟自比，以远飞比喻步入仕途，以归林比喻隐居，以天路比喻飞黄腾达，以栖于寒条比喻甘守贫贱，以宿森标比喻立身高洁，以矰缴比喻官场险恶等，寓意深刻。正如清人沈德潜和温汝能所说，虽不学《诗经》，却处处采用《诗经》中"比"的艺术手法，以比体为赋体，既通过对归鸟的歌颂表达自己的归隐之情，也展现出诗人孤高芳洁的情趣与心态；并且四章之间，层层转入，步步递进，颇善运用表现技巧。"清和婉约之气在笔墨之外"，"清而腴"，"逸然高蹈"等，都是古人对此诗风格的确评。

蜡　日[①]

风雪送馀运，无妨时已和[②]。梅柳夹门植，一条有佳花[③]。
我唱尔言得，酒中适何多[④]！未能明多少，章山有奇歌[⑤]。

（作于55岁或42岁时）（十二月）

[注释]

①蜡（zhà）日：蜡祭之日，古代年终大祭万物之名。按《礼记·郊特牲》的记载，每年十二月合聚万物求索诸神而祭祀，所祭主要有八神，依次为先啬、司啬、农、邮表畷（田间道路房舍）、猫虎、坊、水庸、昆虫。秦朝以后蜡日称为腊日，逐渐固定为农历十二月初八日，俗称腊八。蜡：求索，指求索诸神。②"风雪送馀运"二句：是说风雪送走了一年剩余的日子，不能阻挡春风的到来，时令已渐趋和暖。馀运：一年内剩余的时运，指岁暮。无妨：不相妨碍，指阻挡不住。时：时节；时令。和：和暖；融合。③一条有佳花：是说有一株腊梅已开出美丽的花。一说一株山楸树开出美丽的花。一条：一株；一枝。佳花：指梅花。一说"一"指一株，"条"指山楸树。④"我唱尔言得"二句：写饮酒咏诗及赏梅之乐，是说我吟诵诗歌，你称赞说得体，酒中适意何等多！唱：指吟诵。尔：你，指另一诗友。一说指梅花。言：说，指用称赏的口气说。得：得体；好。适：适意；愉悦。⑤"未能明多少"二句：是说说不清楚酒中的快乐有多少，石门山下曾有过奇妙的歌咏。多少：紧承上句"何多"，指酒中的快乐很多很多。章山：即鄣山，当指石门山。石门

山在庐山之北、彭蠡泽之西，为庐山一隅的奇观，陶渊明等人游斜川时可能到过这里并留下诗作。有奇歌：有奇妙的歌咏，指有诗作，可能指昔日陶渊明等人游斜川时所咏之诗。

[评析]

王瑶依诗末"章山有奇歌"句，判定"章山"为《山海经》中"鲜山又东三十里"的"章山"，进而推测此诗与《读山海经》作于同年，但王瑶先生所判《读山海经》创作时间不确（见《读山海经》[评析]考证），当从袁行霈先生《读山海经》系年，故将此诗暂系于东晋义熙二年（406）十二月，是年陶渊明55岁或42岁。

"这是一首即景言情的清新小诗。岁暮蜡日，为祭神之时，诗人对酒赏梅，沉醉其间，表现出悠然自适的神情意态。"（孟二冬语）笔者以为，孟二冬译注本的如上评述，颇与诗人会心，其"梅柳夹门植，一条有佳花"二句，景致和情趣尤佳，更值得称道。不过，诗的末四句，尤其末二句，是否有更深的寓意，抑或表面意思究竟作何理解，章山奇歌究竟指什么，是曾经吟咏于章山还是想象吟咏于章山等，历代学者多存困惑。清人吴骞《拜经楼诗话》卷三句句详挖其晋宋易代之际的影射之意，未免太过。而"通篇俱不着题，后四语未详其义"（清邱嘉穗语）则是事实。所以"末二句费解，故存疑可也"（袁行霈语），以待高明。

连雨独饮

运生会归尽，终古谓之然①。世间有松乔，于今定何间②？故老赠余酒③，乃言饮得仙④。试酌百情远⑤，重觞忽忘天⑥。天岂去此哉⑦，任真无所先⑧。云鹤有奇翼，八表须臾还⑨。自我抱兹独，俛俛四十年⑩。形骸久已化，心在复何言⑪！

（作于55岁至57岁或42岁至44岁时）

[注释]

①"运生会归尽"二句：是说人的生命运行必然归于终结，自古以来都是如此。运生：运行着的生命。一说指生命发展变化规律。②松：赤松子，古代传说中的仙人，神农氏时的雨师，见西汉刘向《列仙传》。乔：王子乔，名晋，东周灵王的太子，习称王子晋，好吹笙，作凤鸣，游伊洛之间，修炼于嵩山，乘鹤而去，见《列仙传》。定：究竟。何间：何处。③故老：老朋友。④得仙：成神仙。似指有成为神仙一样飘飘然的感觉。⑤试酌：初饮。百情远：指不为物累。"百情"指世俗之情；"远"有忘怀的意思。⑥重觞：再饮。忘天：似指忘己。⑦去：离开。⑧任真无所先：是说没有比听任自然更重要的了。真：本真，即自然状态。⑨"云鹤有奇翼"二句：大意当为酒后产生幻觉，似乎乘着有奇特翅膀的云中仙鹤上了天，从八荒之外忽又片刻回还。其寓意似为云中仙鹤尚且片刻回归人间，我陶渊明岂能信神求仙？倒不如听任自然。⑩"自我抱兹独"二句：是说自从我抱定这坚守本真、不为外物所惑的信念，至今已努力四十年了。独：庄子的哲学概念，可理解为根本、本真。俛俛：勤勉；努力。⑪"形骸久已化"二句：是说四十年来身体早已发生变化，而坚守本真之心尚在，初衷未改，还有什么可遗憾的呢？

[评析]

参照袁行霈的说法，此诗当作于东晋安帝义熙二年（406）至四年（408）陶渊明55岁至57岁时。道理很简单，诗中有"自我抱兹独，俛俛四十年"之句明言年龄，与他另一首《戊申岁六月中遇火》诗"总发抱孤念，奄出四十年"两句句意全同。"抱兹独"同"抱孤念"，"总发"之时为15岁及以上，15岁及以上加40为55岁及以上。而东晋安帝义熙四年（408）正是"戊申岁"，是年陶渊明57岁，诗句追忆，取其约数，正相吻合。

此诗与《五月旦作和戴主簿》主旨相近，表达了诗人的生死观。前十句，渊明认为，人有生必有死，神仙不可求，唯有知命乐天，忘记物累，忘记自己，顺随自然，才能真正得到解脱。清人马璞称"任真无所先"一句为全诗结穴所在，指出了关键，颇与诗人会心。后六句有回顾平生之意，回顾之后益加肯定自己之人生道路。"形化心在，乃一篇结穴"，袁行霈此解，也颇得诗人之意。只不过"任真无所先（没有比听任自然更重要的了）"是渊明对人生探索的结论，"形化心在（自己身体虽发生了变化，但坚持听任自然的初衷未改）"则表示了对这一结论的坚守罢了，两者并不矛盾。

语意层层转换，前后照应，是此诗历来被前人称道的一大表现手法和艺术特点。如"忘天"、"天岂去"、"无所先"三语三换意，新意迭出；"会归尽"与"久已化"、"乃言"与"何言"，前后照应，首尾相贯；"情远"与"心在"、"忘天"与"抱独"，因果分明，意蕴丰赡。

戊申岁六月中遇火①

草庐寄穷巷，甘以辞华轩②。正夏长风急，林室顿烧燔③。一宅无遗宇，舫舟荫门前④。迢迢新秋夕，亭亭月将圆⑤。果菜始复生，惊鸟尚未还。中宵伫遥念，一盼周九天⑥。总发抱孤念，奄出四十年⑦。形迹凭化往，灵府长独闲⑧。贞刚自有质，玉石乃非坚⑨。仰想东户时，馀粮宿中田⑩。鼓腹无所思，朝起暮归眠⑪。既已不遇兹，且遂灌我园⑫。

（作于57岁或44岁时）（七月）

[注释]

①戊申岁：指东晋安帝义熙四年（408）。遇火：指渊明所归的"草屋八九间"的"园田居"遭遇火灾。"园田居"在庐山附近，具体所指，看法不一，有人认为当是上京居所，有人认为不是。②"草庐寄穷巷"二句：是说

寄居在偏僻巷子的茅草屋内（或说茅草屋寄盖在偏僻的巷子之中），心甘情愿地辞退了高贵的官职。华轩：古代大夫以上官僚乘坐的华丽车子，此处代指高贵的官职。③"正夏长风急"二句：是说正当夏季，大风刮得很猛，林园和居室顿时被大火烧毁。正：当；在。长风：大风。燔（fān）：烧。④舫（fǎng）舟荫门前：一说在门前的船中遮荫。一说移居船中，停泊在门前的树荫下。⑤亭亭：高的样子。⑥"中宵伫遥念"二句：是说半夜久久地站立在庭院中遐想，仰望天空观遍整个宇宙。一：语助词。盼：凝视；环视。周：遍及。⑦"总发抱孤念"二句：是说自从青少年时代就已经抱定了严谨耿介的理念，忽然过去了四十年。总发：束发为两角。古代男孩十五岁开始束发，以表示到了成童之年。参见《大戴礼·保傅》及卢辩注、《礼记·内则》及郑玄注。奄（yǎn）：忽然；很快。出：超过。⑧"形迹凭化往"二句：是说四十年来，任凭身体自然变化，但心灵则能长久地独自安闲。凭：任凭；听凭。化：造化，即自然。往：指变化。灵府：心灵之府，即心灵。⑨"贞刚自有质"二句：是说自己本来就有坚贞刚强的品质，相比之下玉石也不是那么坚硬的。自：本来。乃：那么；就。⑩"仰想东户时"二句：是说思慕上古的东户季子时代，余粮就堆放在田野当中。典出《淮南子·缪称训》。东户：东户季子，传说中上古时代的君主，其时路不拾遗，余粮存放田间，任人取用。宿：堆放；存放。中田：田中。⑪"鼓腹无所思"二句：是说吃饱了无忧无虑，日出就起床，日落便睡觉。典出《庄子·马蹄》，指传说中的赫胥氏时代。鼓腹：拍打肚皮，表示吃饱。⑫"既已不遇兹"二句：是说既然不能够欣逢东户季子、赫胥氏那样的太平时代了，暂且就浇灌我的田园吧。兹：这，指东户季子、赫胥氏时代。遂：就。灌我园：代指隐居躬耕，自食其力。

[评析]

这是陶诗中较有代表性的一首，作于诗人辞彭泽令归隐"园田居"之后的第四年，即东晋义熙四年（408），是年作者57岁或44岁。这年夏天六月份，一场大火将渊明的八九间草屋连同房前屋后的园林化为灰烬，全家人只好临时移居在门前朋友提供的船上。经较长时间的忙乱，新秋的七月份，善后事宜始料理完，诗人便写下了这首纪实性的诗歌。至于诗人遭遇火灾的是哪处居所，因作者没有明言，仅称"草庐"而未称"旧居"，所以当为"草屋八九间"的"园田居"，而未必是不少学者所确认的上京旧居。

诗歌首十句记录遭遇火灾及处理火灾的过程。房屋园林被焚毁，似乎并没有给诗人带来多大痛苦，"他人遇此变，都作牢骚愁苦语，先生不着一笔"（清蒋薰语），他安居舟中，依旧悠然地生活。其中"迢迢新秋夕"四句，甚至被后人惊叹"燔室后"竟然"有此旷情"（清陈祚明语）。既然"甘以辞华轩"，高官厚禄都主动抛弃了，赖以生存的几间草屋在渊明心目中也就不算什么了。诗歌中八句写诗人四十年来始终坚守的品格与操守，被清人邱嘉穗称为"守义之言"。他所守之义就是自称的"孤念"（严谨耿介的理念）、"贞刚"（坚贞刚强的品质）。诗人从"总发"的十几岁立下此念，如今已近耳顺之年，任凭身体如何变化，但仍"孤介一念炯炯独存，之死靡它"（清何焯语），"灵府长独闲"，初心永不改。诗歌末六句写诗人所向往的社会理想和生存状态，被邱嘉穗称为"安命之言"。从前面已有的诗歌不难发现，末尾归结为躬耕隐居是陶渊明诗歌的普遍特点和归趣所在。但这首诗同样模式的结尾则尤为令人心动，读者可与《桃花源记》相互参看。诗人追慕的东户季子、赫胥氏时代，是一个人人富足、任取所需、无忧无虑、安闲自得、真淳朴素的理想王国，是令所有处于乱世的贤士们神往的。相比之下，渊明诗尾所选择的自己"且遂灌我园"的躬耕隐居生活，实在是"既已不遇兹"即难再欣逢那样的太平盛世之后不得已退而求其次的选择。故其思想和意蕴比起同类结尾的诗歌，自然深化、丰富了许多，可视为全诗的诗眼。

和刘柴桑[①]

山泽久见招，胡事乃踌躇[②]？直为亲旧故，未忍言索居[③]。

良辰入奇怀，挈杖还西庐④。荒途无归人，时时见废墟。茅茨已就治⑤，新畴复旧畬⑥。谷风转凄薄，春醪解饥劬⑦。弱女虽非男⑧，慰情良胜无。栖栖世中事，岁月共相疏⑨。耕织称其用⑩，过此奚所须⑪？去去百年外，身名同翳如⑫。

（作于58岁或45岁时）（春季）

[注释]

①刘柴桑：柴桑县令刘遗民，见《酬刘柴桑》注释①。②"山泽久见招"二句：是说久已被您招引入山泽，因什么事而犹豫不决未前往呢？此指之前的东晋义熙二年（406）刘遗民招陶渊明入庐山隐居事，当时渊明未答应，并作《酬刘柴桑》诗答刘。刘又招陶，故陶此诗称"久见招"。山泽：代指隐居之处，此处指刘遗民隐居的庐山。③"直为亲旧故"二句：是说只是为了亲戚故旧的原因，不忍心谈离开他们独居的事情。直：仅只；但。索居：离群独居。"索"犹"散开"。④"良辰入奇怀"二句：是说良辰美景浸入胸中，备感适意，提起拐杖返回西田房舍。奇怀：此指不同往常的情怀，很惬意。挈（qiè）杖：提起拐杖，指因精神倍爽而不需挂杖。西庐：陶渊明西田中的房舍。一说指渊明上京的旧居。一说指南村。⑤茅茨（cí）：茅草盖顶的房子。⑥新畴复旧畬（yú）：是说新开垦的田已成为熟田。一说新田与旧田都已整治好。一说为新开垦的田施肥。新畴：新开垦的田，指西田。复：一说做"更改"讲，即变成为。一说作"与"讲。一说作"又要"讲。畬：开垦三年的田地，称为熟田。一说读shē，将田中的草木烧掉，以灰作肥料。徐按：此句原文作"新畴复应畬"，袁行霈依苏东坡和陶诗本改"应"为"旧"，个人私见，若依原文，"畬"读shē，则似有理，句意为"所开新田也应该施肥了"，正与上句"茅草房已经整治好了（茅茨已就治）"语意对应，上下贯通，颇合实情。⑦"谷风转凄薄"二句：是说当东风转凉、寒气袭人的时候，春酒可以解除饥寒和劳累。谷风：东风，当指春风。转凄：转凉。薄：迫近。春醪（láo）：春酒，春天酿成的浊酒。劬（qú）：劳累。⑧弱女：喻薄酒。男：喻醇酒。⑨"栖（xī）栖世中事"二句：是说忙碌不安的世间俗事，随着岁月的流逝，已与我互相疏远了。栖栖：忙碌不安的样子。⑩耕织称（chèn）

其用:指衣食能满足所用。耕织:代指食衣。称:相当、符合、适合,指满足。⑪过此奚所须:是说吃饱穿暖之外还需求什么?奚:何;什么。须:需求。⑫"去去百年外"二句:是说匆匆一生之后,身体和名声一同消失。去去:指时间渐渐流逝。百年外:指死后。"百年"为"死"的委婉说法。翳如:犹"翳然",消失的样子。"翳"本为遮蔽的意思,转为隐没、消失。

[评析]

关于这首诗的创作时间,众说不一,有东晋义熙五年(409)说、六年(410)说、七年(411)说、八年(412)说等,王瑶、逯钦立、袁行霈、龚斌等大家,虽所申理由各不相同,但都持义熙五年(409)说。今从之。当作于是年春,陶渊明58岁或45岁时。

刘遗民、周续之和陶渊明被时人称为"浔阳三隐"。陶渊明本已隐居在家,但辞官后在庐山皈依佛门的刘遗民,又招渊明同隐庐山,参加白莲社,渊明不肯,并写《酬刘柴桑》诗答刘;而刘遗民仍未停招,再次恳请渊明入社。这首诗就是陶渊明写给刘遗民再次表明态度的和诗。诗中以坦诚的态度,表明自己不能应招的理由:一是不忍割舍亲情("直为亲旧故");二是对躬耕自给、饮酒自慰的生活很满足("慰情良胜无"、"耕织称其用");三是对身后之名已了无兴趣("去去百年外,身名同翳如")。当然,同时对官场、世俗中事更已疏远("栖栖世中事,岁月共相疏")。此诗虽题为《和刘柴桑》,但仅开头略微提及刘遗民,以下全诗则全部是抒写诗人自己的怀抱,由此诗基本可以全面窥视陶渊明的人生哲学,即所谓"既不求显达,亦不预佛门,结庐人境,躬耕守拙,亲旧不遗"(袁行霈语)。离开官场与世俗,退隐田园而又不脱离人间,同时又不像刘遗民那样求名于来世,这就是完整的陶渊明。

情真趣适,真率淋漓,以弱女喻薄酒,比喻新奇等,是此诗艺术上的可取之处。

己酉岁九月九日①

靡靡秋已夕，凄凄风露交②。蔓草不复荣③，园木空自凋。清气澄馀滓，杳然天界高④。哀蝉无留响，丛雁鸣云霄。万化相寻绎，人生岂不劳⑤？从古皆有没⑥，念之中心焦⑦。何以称我情⑧？浊酒且自陶。千载非所知，聊以永今朝⑨。

(作于58岁或45岁时)(九月九日)

[注释]

①己酉岁：指东晋安帝义熙五年（409）。九月九日：重阳节。"九"为阳数，故九月九日为重阳。"九"是最大数，且又与"久"谐音，故古人该日饮菊花酒，期盼长寿。②"靡靡秋已夕"二句：是说时序渐渐推移，已经到了秋末，凄凉的寒风与冰露同时而至。靡靡：迟迟，引申为渐渐，指时序渐渐推移。一说零落的样子。秋已夕：秋天的最后一个月，即九月。"夕"为"暮"。凄凄：寒冷的样子。交：共，俱；并。③蔓草不复荣：是说蔓生的丛草不再茂盛。④"清气澄馀滓（zǐ）"二句：是说清澈的空气荡去了所有尘埃，辽阔深远的天空显得很高。澄：澄清，用作动词，有荡涤、洗涤之义。滓：渣子，指尘埃。杳（yǎo）然：辽阔深远的样子。天界：天空。⑤"万化相寻绎（yì）"二句：是说万物变化相更替，人生哪能不辛劳？万化：指天地万物、宇宙自然的变化。一说指宇宙自然。寻绎：原指反复推求，此处指推移、更替。"寻"为次第而至，"绎"为连续不断。⑥没（mò）：死。⑦中心：心中。⑧称（chèn）：适合。⑨聊以永今朝：是说暂且（用酒）延长、留住今天。以永今朝：语出《诗经·小雅·白驹》："絷之维之，以永今朝。"原意为拴住白马驹以留住佳宾。"永"为使动用法，使……延长。一说"永"同"咏"，歌唱。

[评析]

这首诗作于东晋义熙五年（409）九月九日重阳节，是年作者 58 岁或 45 岁。重阳节是为古人喜欢的日子，因在《周易》中"九"为阳数，又为数字中的最大数，且"九"、"久"谐音，所以，古人借这一日子饮菊花酒以期长寿就是很自然的了。但是，重阳节毕竟是暮秋时节，作为年近甲子而又经历母忧、妹殇、"草庐"失火等变故的陶渊明，面对暮秋凄凉之景，诱发的则不免是万物更替、人生苦短的联想与"心焦"。全诗十六句，前八句写秋景，后八句抒哀情。写秋景笔墨重在突出秋景的凄清。凄风、寒露、枯草、凋木，以及哀蝉的离去，鸣雁的到来，无不引起诗人"万化相寻绎（万物变化相更替）"的思考。抒哀情则由物及人，落脚在人生的悲哀。既然"万化相寻绎"，作为万物之一的人岂能逃脱变化衰亡的规律？想到"从古皆有没（人生自古皆有死）"，不免悲从中来，难以自抑。最终则只能是"浊酒且自陶"，借酒消愁，"亦聊以使君所历之一日尚可长耳"（清马璞语），延长当日。

此诗是写秋诗中的名篇，受到历代论者的赞许，其艺术上的成功之处主要是写出了秋景的"静"字意境。其写静境，重在"静察物理"（清吴瞻泰语），对此，清人钟秀所编《陶靖节纪事诗品》卷二《宁静》有详细讨论，有兴趣者可参阅，其"清气澄馀滓，杳然天界高。哀蝉无留响，丛雁鸣云霄"四句，就是一幅高秋鸿雁图，空旷的境界，蝉的无声和雁的有声，一"留"一"鸣"，都无不给人一种清和静的感受。

移居二首①

其 一

昔欲居南村②，非为卜其宅③。闻多素心人④，乐与数晨夕⑤。怀此颇有年，今日从兹役⑥。弊庐何必广⑦，取足蔽床席⑧。邻曲时时来⑨，抗言谈在昔⑩。奇文共欣赏⑪，疑义相与析⑫。

（作于59岁或46岁时）（春季）（其二同此）

[注释]

①移居：迁移住所。学界多以为指东晋义熙十一年（415）移居浔阳附郭的南村，袁行霈认为何时从何地移居南村均不详。②南村：村庄名，学界多以为在浔阳城（今江西九江）南郊附郭，袁行霈认为不详在何地。③非为卜其宅：语本《左传·昭公三年》"非宅是卜，惟邻是卜"句，是说不是为了选择南村这个好宅地，而是为了选择这里的好邻居。卜其宅：用占卜的方法选择住宅地。④素心人：心境宁静淡泊之人。⑤数（shǔ）晨夕：数着晨与夕，指朝夕相处。⑥从兹役：做这件事，指移居南村。役：劳役，指搬家之事。⑦弊庐：破旧的房子。也指先人的旧宅。⑧取足蔽床席：是说只要能遮蔽床和席子有个睡觉的地方就足够了。⑨邻曲：邻居。⑩抗言：同"亢言"，高谈。在昔：过去，指往古之事。⑪奇文：好的诗文。或指自己与朋友所作诗文，或指前人所作诗文。⑫疑义：疑难问题。

其 二

春秋多佳日，登高赋新诗。过门更相呼，有酒斟酌之。农务各自归①，闲暇辄相思②。相思则披衣③，言笑无厌时④。此理将不胜⑤，无为忽去兹⑥。衣食当须纪，力耕不吾欺⑦。

[注释]

①农务：指农忙时。归：指回家。②闲暇：当指农闲时，与上句"农务"相对。辄：就；总是。③披衣：指披上衣服去串门。④厌：满足。⑤此理将不胜：是说这种乐趣难道不是很美吗？此理：一说指上述与邻里交往的乐趣。一说指从与邻里交往之乐中悟出的道理。一说指下二句所说的努力耕作、自食其力的道理。皆通。将不：岂不，犹今天的"难道不"。胜：强；美；高；好。⑥无为忽去兹：是说不要轻易地舍弃它。去兹：离开它，指舍弃它。⑦"衣食当须纪"二句：是说穿衣吃饭问题应当自己经营，努力耕作就会有收获，不至于白劳动。当须：两字义同，应当。纪：经营。力耕：努力耕作。不吾欺："不欺吾"的倒装，不欺骗我，指不会白劳动，会有收获。

[评析]

关于这两首《移居》诗的创作时间和地点，学界的主流认识虽稍有差别，但大体意向一致，有作于东晋义熙四年（408）、六年（410）、七年（411）、十一年（415）各说，均认为创作地点南村在浔阳城南郊的附郭（又称负郭），是诗人浔阳上京的居所失火后所迁之处。袁行霈则考辨认为，前人有关此二诗如上创作时间、地点的结论皆证据不足，以暂付阙如为好。但为方便编排，依王瑶先生说，暂系于晋义熙六年（410）陶渊明59岁或46岁时。

这两首诗，皆为诗人刚移居南村时所作。正如清人温汝能《陶诗汇评》所说："上章移居卜邻，得友论文；下章饮酒务农，不虚佳日。"第一首写移居南村的原因和移居后与素心人交往的乐趣；第二首写移居南村后与邻里同劳作、同游赏的友谊，及对躬耕生活的体认。两诗之乐，落脚点皆在喜得佳邻。由此不难感受到一位平易随和的大诗人心灵，又可感受到一位读书求解而又不穿凿附会的学人风范。至于两诗怡人的情趣、清真的风格、高秀的句法、霭如的语言等妙处，袁行霈[析义]感悟尤深，不妨照录于此："此二诗语言清新朴素，直如口语，然邻曲之情、力耕之乐溢于言表。

'奇文'二句向为人称道,其妙处在以最精炼之语言道出读书人普遍之体验。有素心人可与共赏奇文、共析疑义,真乃一大乐事也。此外,如'邻曲时时来,抗言谈在昔',所谈为'在昔',态度为'抗言',有此等邻曲实乃幸事。又如'过门更相呼'、'相思则披衣',亦极富情趣。"

庚戌岁九月中于西田获早稻①

人生归有道,衣食固其端②。孰是都不营,而以求自安③!开春理常业④,岁功聊可观⑤。晨出肆微勤⑥,日入负禾还。山中饶霜露⑦,风气亦先寒⑧。田家岂不苦?弗获辞此难⑨。四体诚乃疲,庶无异患干⑩。盥濯息檐下,斗酒散襟颜⑪。遥遥沮溺心,千载乃相关⑫。但愿长如此⑬,躬耕非所叹⑭。

(作于59岁或46岁时)(九月中)

[注释]

①庚戌岁:指东晋安帝义熙六年(410)。西田:住宅"园田居"西边的田地,也即他诗中所称"西畴"。早稻:各本原作"早稻"。早稻当在六月收获,九月获早稻与季节不合,若"九"作"七"则与"山中饶霜露,风气亦先寒"句意不合,旱稻四月播种,九月末十月初收获,故袁本改"早"为"旱",今从之。②"人生归有道"二句:是说人生归向道义,但穿衣吃饭本来就是归向道义的开始。言外之意是若不谋衣食,生存尚不能保证,更遑论归向道义呢?归:归向;归依。有:于。道:当有道义的意思,似与《癸卯岁始春怀古田舍》中"先师有遗训,忧道不忧贫"之"道"有相近处。一说常理,与老庄的"道"无关。一说为老庄所说的"道",训为规律、法则。固:本来。端:开始;首要。③"孰是都不营"二句:是说怎么能连穿衣吃饭这样的事情都不经营,而来求得自我心安呢?孰:怎么。一说谁。是:这,代指衣食。以:用来。④理常业:操持农活。常业:日常事务,指农务。⑤岁功:指

一年的收成。聊：略。⑥肆：从事；参加；操持。微勤：轻微的劳动。⑦饶：多。⑧风气亦先寒：是说山里的气候也比山下先冷。风气：风土气候。⑨弗获辞此难：是说但是他们不能够摆脱这种艰难辛苦的劳动。弗获：不能获得，即不能够。辞：辞掉；摆脱。⑩"四体诚乃疲"二句：是说自己的身体确实很疲乏，幸而免除了其他意外祸患的侵扰。庶：幸，希冀之词。一说庶几，即差不多。异患：意外的祸患。患，指仕途的风险。干：侵扰；干扰。⑪"盥（guàn）濯（zhuó）息檐下"二句：是说洗净手脚在屋檐下休息，喝杯浊酒放松一下心情和容颜。盥濯：洗涤。"盥"指浇水洗手，"濯"指洗脚。斗：盛酒器，此处作动词，饮一斗，代指饮一杯。襟颜：襟怀和容颜。襟怀即心情。⑫"遥遥沮溺心"二句：是说上古时期长沮、桀溺的躬耕情怀，千年之后竟与我息息相通。遥遥：遥远，此处指遥远的上古时期。沮溺：长沮和桀溺，春秋时期的两位隐士，两人隐居并耕，孔子曾让子路向他们打听渡口，他们则劝子路随其隐居。详见《论语·微子》。乃：竟然。⑬但愿：只愿；唯。⑭躬耕：亲身参加耕作。躬：身体，指亲身。非所叹：不是应该悲叹的事情。

[评析]

此诗作于东晋义熙六年（410）九月，是年作者59岁或46岁。依袁行霈笺注本的说法："渊明于安帝义熙元年乙巳（四〇五）辞彭泽令，有《归去来兮辞》，所归为园田居。义熙二年丙午（四〇六）春曾往'西畴'（西田）耕作。义熙四年戊申（四〇八）园田居遇火，暂住舟中。园田居修葺后，义熙五年己酉（四〇九）复居于此。故义熙六年庚戌（四一〇）得往西田（西畴）收早稻也。"

此诗题目虽为"获早稻"，但内容并未写秋收的具体情况，而是强调劳动的重要性以及自己在劳动过程中所得到的精神享受。就诗的内容结构而言，诗先从对力耕的认识开篇。首四句对力耕的认识可与《癸卯岁始春怀古田舍》其二并读，"怀古田舍"称难逮孔子"忧道不忧贫"的遗训，此诗则称衣食为道的开始，且两诗皆表示对长沮、桀溺等躬耕隐士的向往。很明显，就对力耕的态度而言，诗人与先贤大异其趣；就对力耕意义的认识而言，诗人的见解深刻而惊俗,读之,"觉不事生产人,反是俗根未脱,故作清态"(明谭元春语)。接四句,总提岁功,点出秋获。再四句,转写农作的辛苦。诗写收获而喜,全篇竟无一"喜"字,也许正是诗人基于对农民辛勤劳作不一定有收获的朴素认识所致吧。这正是此诗的新异之处。又四句,转写避仕途之祸而就耕的乐趣所在。"'盥濯息檐下',活画出农家生活情景,非亲身劳作者莫辨。'檐下'二字尤妙。'斗酒散襟颜',活画出劳作后渊明之形象,心情与表情均因酒而放松矣。"(袁行霈语)末四句,表示志耕不移。从以上简析可知,就此诗的艺术结构而言,层层转折是其最突出特点,也是其成功之处。正如清人邱嘉穗在《东山草堂陶诗笺》卷三所说:"陶公诗多转势,或数句一转,或一句一转,所以为佳。余最爱'田家岂不苦'四句,逐句作转。"也正因为此诗层层转折,其表达的思想认识和内容才比较全面,甚至被有些学者称为"渊明的躬耕思想与实践,以本篇反映得最为全面而典型"(郭维森语),此评似非太过。

五月旦作和戴主簿[①]

虚舟纵逸棹,回复遂无穷[②]。发岁始俯仰,星纪奄将中[③]。南窗罕悴物[④],北林荣且丰[⑤]。神渊写时雨,晨色奏景风[⑥]。既来孰不去[⑦],人理固有终[⑧]。居常待其尽[⑨],曲肱岂伤冲[⑩]。迁化或夷险,肆志无窊隆[⑪]。即事如以高,何必升华嵩[⑫]?

(作于隐居时)

[注释]

①五月旦:五月初一。和(hè):应和;和诗。戴主簿:名字事迹不详,"主簿"是官职名,主管文书簿籍,魏晋以后为统兵大臣幕府中的重要幕僚。

② "虚舟纵逸棹（zhào）"二句：是说时光迅速流逝，如放纵奔驰的小船，四季循环往复，无穷无尽。语出《庄子·列御寇》。逸：快奔。棹：船桨。回复：指一年四季周而复始。遂：于是。③ "发岁始俯仰"二句：是说新年刚开始，俯仰之间，又忽然将到年中。发岁：开岁，一年开始。星纪：泛指时间，见袁行霈考辨。奄：忽然，形容时间快。④ 悴物：干枯之物。⑤ 荣且丰：繁荣茂盛。⑥ "神渊写时雨"二句：是说天河泻下合时节的甘雨，清晨吹起祥和的南风。神渊：犹"天渊"，即天河。逮本作"神萍"，指雨师，亦通。写：同"泻"，倾注。时雨：及时雨；合时节的雨。奏（còu）：通"凑"，聚合。景风：南风，古代称夏天祥和的南风为"景风"。⑦ 来：指生。孰：谁。去：指死。⑧ 人理：人生的道理。固：本来；必然。终：指有始有终。⑨ 居常待其尽：是说安于贫困，等待命终，语出魏嵇康《高士传》佚文和晋皇甫谧《高士传》。⑩ 曲肱（gōng）岂伤冲：是说弯曲胳膊当枕头，生活虽然贫穷，但并不妨害冲虚之道。曲肱："曲肱而枕之"的省称，意为弯曲胳膊当枕头，代指贫穷，语出《论语·述而》。冲：虚，指道的最高境界，词出《老子》。⑪ "迁化或夷险"二句：是说命运在迁移变化中有平坦也有险阻，顺随自然心性，便无所谓高下和起伏了。迁化：命运依自然规律迁移变化。夷：平地；平坦。肆志：放任心性。窊（wā）隆：地形洼下和隆起，喻指失意与得意、穷与达等。⑫ "即事如以高"二句：是说遇事如果能用达观高超的态度来对待，又何必去登上华山和嵩山去得道成仙呢？即事：遇事。升：攀登。华嵩：华山和嵩山，传说中得道成仙之处，仙人居住之地。

[评析]

这是一首阐述作者生死观和人生哲学的诗。不少学者依诗句中"星纪"一词推测其创作时间为东晋义熙九年（413）陶渊明62岁或49岁时，与《形影神》组诗同时。其实"星纪"未必指丑年，故义熙九年说并不可靠（对此袁行霈有详考，可参），还是作年暂阙为好。不过其作于隐居之时当无问题。

关于时序与生死，从《诗经》到汉乐府，再到《古诗十九首》，都有思考，且愈往后的文学作品对这一命题的表现愈加浓烈，到了东晋更成为文人最热衷的命题。陶渊明此诗就是这一时风的产物。诗人从时光的流逝、季节的回环往复和景物的荣衰更替中,体悟到了人生哲理:有始必有终,人的生命有极限。由此进而认为,长生不可信,神仙不可求,穷通贵贱更不必考虑,唯有放任心性,顺随自然,豁达面对,方可达到神仙般的境界。这一点,前人早有评论:"此诗因时节之变迁,而感及于人事存亡进退之理,虽天道有盈虚,而此心确乎其不可拔,非夫知命不惑而有潜龙之德者,其孰能之?"(清邱嘉穗)邱氏之誉虽有些过,但确实抓住了此诗的思想精髓,对我们理解作品颇有帮助。

就此诗的艺术而言,"与《斜川》同而气势较遒"(清方东树),"虚舟"二句"写景如画"(清孙人龙)皆为确评。明人黄文焕在《陶诗析义》中对"神渊写时雨,晨色奏景风"二句的赏析,对我们品味此诗的艺术美颇有启迪,他说:"雨景微濛,上障天光,澄渊清澈,雨脚雨点,丝丝倒现,是时雨被神渊描写也。观早起之天色,足定其为何风,色晦风必恶,色清风必和,是景风凭晨色具奏也。炼字炼句之奇奥,前无汉魏,后压三唐。"

形影神 并序

贵贱贤愚①,莫不营营以惜生②,斯甚惑焉③。故极陈形影之苦言④,神辨自然以释之⑤。好事君子,共取其心焉⑥。

(作于62岁或49岁时)(以下三首同此)

形赠影

天地长不没,山川无改时⑦。草木得常理,霜露荣悴之⑧。谓人最灵智,独复不如兹⑨。适见在世中,奄去靡归期⑩。奚觉无一人，亲识岂相思⑪？但馀平生物，举目情凄洏⑫。我无腾化术，必尔不复疑⑬。愿君取吾言⑭，得酒莫苟辞⑮。

[注释]

①贵贱贤愚：泛指各种各样的人。②莫不营营以惜生：是说没有不千方百计来爱惜自己生命的。营营：原指往来不绝、忙碌奔波的样子，这里指千方百计地谋求。惜生：爱惜自己的生命，指求长生或求留名。③斯甚惑焉：是说"营营以惜生"的人是很糊涂的。④故极陈形影之苦言：是说所以详尽地陈述"形"和"影"的苦恼之言。极：详尽。⑤神辨自然以释之：是说"神"辨析自然之理，让"形"和"影"释怀。自然：指道家顺应自然的思想。之：指"形"和"影"。⑥"好事君子"二句：是说希望关心此事的人们，都能同意诗中所阐发的自然之理。取：采纳，指同意。其：指"神"。心：指"神"阐发的自然之理。⑦没：消亡。无改时：永恒不变。⑧常理：永恒的规律。荣：开花，指繁茂。悴：指枯萎。之：指草木。⑨"谓人最灵智"二句：是说人在天地、山川、草木中最具灵性和智慧，却反不如天地、山川长久和草木枯后又荣。一说单指人不如草木枯后又荣。独：唯独。复：副词，表示加强语气。兹：指天地、山川、草木。⑩适：刚才。奄：忽然。去：离去，指死亡。归期：指复生。⑪"奚觉无一人"二句：是说谁会感觉少了一个人，亲友是否还思念？奚：谁；何。无一人：少了一人。识：相识，指朋友。岂：表示推测，相当于"是否"。⑫"但馀平生物"二句：是说只剩下生前所用过的东西，亲友偶尔看见，会伤感流泪。平生物：指生前所用之物。洏(ér)：流泪的样子。⑬"我无腾化术"二句：是说我既然没有升腾羽化成仙的法术，必然死亡无疑。腾化：升腾羽化，指修炼成仙。必尔：必然如此，指必然死亡。复：加强语气。⑭君：指"影"。取：听取。吾："形"自称。⑮得酒莫苟辞：是说得酒便喝，不要随便推辞。苟：草率；随便。

影答形

存生不可言①，卫生每苦拙②。诚愿游昆华，邈然兹道绝③。与子相遇来，未尝异悲悦④。憩荫若暂乖，止日终不别⑤。此同既难常,黯尔俱时灭⑥。身没名亦尽,念之五情热⑦。立善有遗爱,胡为不自竭⑧?酒云能消忧,方此讵不劣⑨!

[注释]

①存生:保存生命,指长生不死。不可言:不可信。②卫生:卫护生命,指健康长寿。每:常常。拙:笨拙,指无良策。③昆华:昆仑山和华山,传说都是神仙居住的地方,游昆华指学仙。邈然:遥远。一说虚无缥缈。绝:断绝;不通。④"与子相遇来"二句:是说"影"与"形"相遇以来,悲伤和喜悦从来没有相异过。子:您,指"形"。未尝:未曾,即从来没有。⑤"憩(qì)荫若暂乖"二句:是说在树荫下休息时"影"与"形"就像暂时分别一样,而停在阳光下"影"与"形"则终究再不分离。乖:分离。终:终究,指最终,长久。⑥"此同既难常"二句:是说这种"形""影"不离的状况既然因形体的必然灭亡而难于长久,那么"影"将黯然神伤地与"形"同时灭亡。此同:指"形""影"不离、同悲同喜。黯(àn)尔:指心情沮丧的样子。一说指物体将腐败变质时黯然失色的样子。"尔"为语助词。⑦五情:喜、怒、哀、乐、怨,泛指人的情感。⑧"立善有遗爱"二句:是说立善可以将仁爱遗留于后世,受人追思,为什么不自竭尽努力去做呢?立善:古代立德、立功、立言三不朽的总称。遗爱:将仁爱遗留后世。一说见爱于后世,即被后世爱戴。胡为:袁行霈作"胡可",从众本改。竭:尽力;努力。⑨"酒云能消忧"二句:是说饮酒虽然说能消解忧愁,但与立善相比岂不拙劣?方:比较。此:指立善。讵:岂。

神　释①

大钧无私力②,万物自森著③。人为三才中,岂不以我故④?与君虽异物⑤,生而相依附⑥。结托善恶同,安得不相语⑦。三皇大圣人,今复在何处⑧?彭祖寿永年⑨,欲留不得住。老少同一死,贤愚无复数⑩。日醉或能忘,将非促龄具⑪?立善常所欣,谁当为汝誉⑫?甚念伤吾生⑬,正宜委运去⑭。纵浪大化中,不喜亦不惧⑮。应尽便须尽⑯,无复独多虑⑰。

[注释]

①神释：灵魂对问题的阐释，指灵魂对形体、影子关于人生苦恼的说明和排解。②大钧：运转不停的自然造化。"钧"本为制作陶器的转轮，此处用作比喻。私力：单独向某物用力，即偏爱。③万物自森著：是说万事万物自然而然地繁茂和显明。森：繁茂。著：显明。④"人为三才中"二句：是说人之所以居于天、地、人三才之中，难道不是因为我"神"的缘故吗？三才：指天、地、人，人居天地之中。以：因。我："神"自谓。⑤君：指"形"和"影"。⑥生：指与生俱来。⑦"结托善恶同"二句：是说"神"与"形""影"不仅互相结交依托，而且好恶一致，所以不得不衷语相告以解惑。善恶：好恶，指喜欢和厌恶。一说近于休戚相关。相语：相告，指帮对方解惑。⑧"三皇大圣人"二句：是说就连三皇这样的大圣人，也不免一死。三皇：传说中的三位上古帝王，说法不一，一般认为指太昊伏羲氏、炎帝神农氏、黄帝轩辕氏。⑨彭祖：传说中的长寿者，据说生于夏朝，是颛顼的玄孙，经商朝至周，活了八百岁。永年：长寿。⑩贤愚无复数：是说贤智和愚鲁之人的死是相同的，没有两种定数。一说贤智和愚鲁不需要再分辨。复：再；两。数：气数、定数，即命运。一说数（shǔ）为分辨或评说。⑪"日醉或能忘"二句：是说每日醉酒或许能忘记对死亡的忧虑，但酒岂不是催人短寿的东西？此二句是驳《形赠影》中主张饮酒行乐的"得酒莫苟辞"之句的。日：每日。将：岂。促龄：催促缩短年龄，即催人短寿。具：器具，指酒。⑫"立善常所欣"二句：是说立善固然可以常常带来欣慰，但身死之后谁又会赞誉你呢？此二句是驳《影答形》中主张立善求名的"立善有遗爱"之句的。当：会。为汝誉："为誉汝"的倒装，做赞誉你的事。⑬甚念伤吾生：是说过多地考虑生死问题会伤害我的生命。⑭委运：托身天运，即顺从自然。去：语末助词，表趋向。⑮"纵浪大化中"二句：是说无拘无束地把自身放到大自然的变化中去，对生存和死亡既不欣喜也不忧惧。纵浪：放浪，放松身心，无拘无束。大化：大自然的变化。⑯尽：指大化之尽，即死亡。⑰无：同"毋"，不要。复：再，起强调作用。

[评析]

"形"、"影"、"神"分别指人的形体、身影和灵魂。陶渊明之前，西汉司马迁《太史公自序》、东汉王充《论衡》的《订鬼》篇和《论死》篇就已谈论到了"形"与"神"的关系。至陶渊明所处的东晋末年，宗教神学风行，佛教的神不灭论、道教的升仙论、玄学的儒道合流论、名教的门阀论等同时泛滥。而渊明的家乡附近庐山又是南方佛教传播的中心，与他交往较多的庐山东林寺名僧慧远更是净土宗教义的大力鼓吹者。慧远在所撰写的《形尽神不灭论》和《万佛影铭》等文中，已将汉人的"形"、"神"关系扩大到"形"、"影"、"神"的关系，极力宣扬人死后灵魂可以脱离形体而独立存在并通过轮回获得来生的观点。陶渊明这组诗就是在如上背景下，针对慧远的"形"、"影"、"神"关系论而提出的辩驳观点。学界普遍认为，这组诗当作于东晋安帝义熙九年（413），是年渊明62岁或49岁。

根据孟二冬注本的概括，第一首《形赠影》写"形"对"影"的赠言，认为天地、山川之形可以永存，草木虽枯可以再生，而唯有人的形体必然要死亡消失，所以应当及时饮酒行乐。第二首《影答形》写"影"对"形"的回答，认为生命不可能永存，神仙世界亦无路可通，既然如此，倒不如努力立善，将仁爱留于后世。第三首《神释》写"神"针对"形"、"影"的苦衷和不同观点进行排解，认为长生永存的幻想靠不住，饮酒缩短寿命，立善亦得不到后人赞誉，过分忧虑生死反而会伤害生命，因此不如顺应自然，达观处之，等闲视之。由如上概括不难发现，这是一组探讨宇宙和人生哲理的诗歌，"形"、"影"、"神"既分别代表了魏晋时代文人士大夫、名教、玄学等三种不同的人生观，同时也代表了陶渊明本人思想中相互矛盾的三个方面，被袁行霈称为"渊明解剖自己思想并求得解决之记录"。应该说陶渊明对宇宙和人生思考的结果是深刻而积极的，其达观的人生态度是可取的。这三首诗颇具思想资料价值，对我们研究陶渊明的思想体系有重要意义，所以，被前人誉为

"靖节闻道,于此可证"(清张潮等三人),"先生所存,岂六朝人所能及"(清陶必铨),"入木三分"(清方东树),"达悟之言,蒙庄亦不及于此"(日近藤元粹)。

诗设"形"、"影"、"神"对话模式探讨哲理,别具一格,日人近藤元粹誉其"冲淡中自有巧致",清人陈祚明称其"有致"、"语皆生动",皆为确评。说理诗仍能写到富有韵致的境界,其艺术造诣实属难得。历代评此组诗者甚多,唐白居易和宋苏轼还分别有仿作与和诗,可见其影响之大。

止 酒[①]

居止次城邑,逍遥自闲止[②]。坐止高荫下,步止荜门里[③]。好味止园葵,大欢止稚子[④]。平生不止酒,止酒情无喜[⑤]。暮止不安寝,晨止不能起[⑥]。日日欲止之,营卫止不理[⑦]。徒知止不乐,未知止利己[⑧]。始觉止为善,今朝真止矣[⑨]。从此一止去,将止扶桑涘[⑩]。清颜止宿容,奚止千万祀[⑪]。

(约作于62岁或49岁时)

[注释]

①止酒:停止饮酒,即戒酒。②"居止次城邑"二句:是说居住在城市附近,逍遥自得很悠闲。居止:居住。"居"与"止"同义。次:近,接近。一说居住之处。闲止:闲静;悠闲无事。"止"为语末助词。③"坐止高荫下"二句:是说闲坐休息在高树浓荫之下,散步也仅限于柴门之内。止:息,休息。止:止于,即限于。荜(bì)门:用荆条、竹子等编成的门,即柴门。④"好味止园葵"二句:是说好味道只有园中的葵菜,最大的乐趣莫过于和幼儿在一起。止:只有。园葵:园中的葵菜,此处当代指园中的所有蔬菜。"葵"为葵菜,嫩叶可食。止:只有。⑤"平生不止酒"二句:是说平生不曾

戒酒，戒酒心情将会不愉快。⑥ "暮止不安寝" 二句：是说晚上不饮酒就不能安睡，早上不饮酒就难以起床。止：停止，即不饮酒。不能：指有难度。⑦ "日日欲止之" 二句：是说天天都想戒酒，但又怕戒酒后营卫二气失调不和。止：停止，戒。之：指酒。营卫：古代中医术语，指人体的营气和卫气，"营" 指脉中气血，"卫" 指脉外气血，两气调和身体就健康，失调不和就生病。止：止酒，戒酒。不理：不顺，即失调不和。"理" 为 "顺"。⑧ "徒知止不乐" 二句：是说只知道戒了酒身体就不舒服（一说心情就不快乐），不知道戒酒对自己有什么好处。⑨ "始觉止为善" 二句：是说当开始觉得戒酒是好事的时候，今天才真正戒酒了。⑩ "从此一止去" 二句：是说从今天开始一直把酒戒下去，将会到达神仙境界扶桑树生长的水边，即一直戒到成为神仙。止：止酒，戒酒。将止：将停止在，犹将到达。扶桑涘（sì）：扶桑树生长的水边，陶渊明想象为神仙境界。一说为神仙居住之处。"扶桑" 为神木名，传说为日出之处。"涘" 为水边。⑪ "清颜止宿容" 二句：意在说明戒酒可以长生不老，是说戒酒可以使清秀光洁的容颜取代衰老的容颜，何止于只活上千万年。清颜：清秀光洁的容颜，代指年轻。止宿容：犹言去衰容。"止" 犹 "代"、犹 "去"，"宿" 为旧有、原有。奚：何，怎么；哪里。止：只有。祀（sì）：年。殷商时代称 "年" 为 "祀"。

[评析]

这首诗题名《止酒》，意为停止饮酒，也就是戒酒的意思。有学者曾依自己的理解考出了此诗的具体创作时间和地点及写作原因（家人再三劝陶戒酒，为表决心而作）等，然而仔细玩味诗意，笔者以为似还是不去坐实为好。为了编年方便，暂依王瑶先生的说法，放在《形影神》一首下，系于东晋安帝义熙九年（413）陶渊明62岁或49岁时。

从表层来看，此诗题旨就是写自己戒酒的心路历程，"诗人可以辞官，可以守穷，但不可一日无酒，饮酒是他一生中最大嗜好。所以对于渊明来说，停止饮酒将是十分痛苦的事情。但诗人却以幽默诙谐的语言，说明自己对于酒的依恋和将要戒酒的打算"（孟二冬语）。具体的结构内容，大体分四个层次，"首六句叙淡朴生活及天伦之乐，令人倾慕而成沉思；次六句叙酒之不可止，诙谐风趣；后四句为过渡，似一劝一答；末四句叙止酒利身，直至成仙"（郭维森语）。此分析未必尽当，如称"一劝一答"似不合诗意，但大体上可帮助读者理出诗人思路。再深一层来审视，则宋人胡仔对此诗诗旨的认识不无道理，他在《苕溪渔隐丛话》后集卷三中说："余尝反复味之，然后知渊明之用意非独止酒，而于此四者皆欲止之。故坐止于树荫之下，则广厦华居吾何羡焉；步止于荜门之里，则朝市声利我何趋焉；好味止于啖园葵，则五鼎方丈我何欲焉；大欢止于戏稚子，则燕歌赵舞我何乐焉。在彼者难求，而在此者易为也。"当然，胡仔这种理解并不为一些学者所认可，如明人何孟春就认为华居、名利、美食、乐舞等世俗之物，陶渊明本来就是排斥的，无需说明，此诗新颖之处就在于叙写了荣华富贵好戒而酒不好戒。笔者以为，蕴涵多戒思想，是此诗内容的客观存在。再进一步升华到哲学层次来审视，此诗的旨趣在于揭示了陶渊明所崇尚的道。全诗二十句，每句用了一个"止"，二十个"止"字自有深意，"渊明能饮能止，非役于物，非知道者不能也"（清温汝能语）。尽管诗中二十个"止"字的含义不尽相同，但此创新之体的根本用意在于，从哲学高度揭示出人之荣辱祸福尤其是辱祸，往往多因不能"止"所致，力在宣扬一种"唯止能止众止"的道家思想。这是不应忽视的此诗的深刻之处。就体制而言，此诗连用二十个"止"字，前人褒贬不一，有称赞其为"创调"、"有奇致"（明张自烈语）、"出奇无穷"（清吴瞻泰语）者，也有批评其"故作创体，不足法"（清陈祚明语）、"后人不必效"（清邱嘉穗语）者。今天看来，就此体的认识意义而言，开掘了诗歌的思想深度；就其艺术而言，增强了诗歌的幽默性、诙谐性和趣味性，不失为诗中一格。不过，需要说明的是，此体可能未必始创于陶渊明，很可能陶前已有，只不过《止酒》诗得以仅存而已。

与殷晋安别并序[①]

殷先作晋安南府长史掾[②]，因居浔阳[③]。后作太尉参军[④]，移家东下[⑤]，作此以赠。

游好非久长，一遇尽殷勤[⑥]。信宿酬清话，益复知为亲[⑦]。去岁家南里[⑧]，薄作少时邻[⑨]。负杖肆游从，淹留忘宵晨[⑩]。语默自殊势，亦知当乖分[⑪]。未谓事已及，兴言在兹春[⑫]。飘飘西来风，悠悠东去云[⑬]。山川千里外，言笑难为因[⑭]。良才不隐世，江湖多贱贫[⑮]。脱有经过便，念来存故人[⑯]。

(约作于65岁或52岁时)(春季)

[注释]

①殷晋安：当指晋安郡太守殷隐，以地名称其官职。晋安郡隶属江州，江州治所在浔阳（今江西九江）。②南府：当指南中郎将孟怀玉府。长(zhǎng)史掾(yuàn)：长史的属吏，即军府中主要幕僚的属吏。③浔阳：今江西九江市。④太尉：全国军政首脑，当指刘裕，刘宋的建立者。参军：军政首脑府中重要幕僚。⑤东下：指从浔阳到京都建康（今南京），顺江东下。⑥"游好非久长"二句：是说彼此交游相善时间并不长，却一见如故，十分亲近。殷勤：情意恳切。⑦"信宿酬清话"二句：是说经过连续不断地高雅交谈，更加感觉互为亲近。信宿：一宿为"宿"，两宿为"信"，此指连续不断。酬：应对。清话：高雅脱俗的交谈。⑧家南里：在南村安家。此处可能指陶渊明自己来南村安家，也有可能指殷隐来南村安家。⑨薄作少时邻：是说作了短时的邻居。薄：语助词，无义。少：短。⑩"负杖肆游从"二句：是说凭持着手杖，纵情地结伴而游，流连忘返，竟忘记了时辰。负：凭持。一说不挂而肩担。肆：纵情。游从：共游互从，指结伴而行。⑪"语默自殊势"二句：是说彼此一仕宦一隐居本就地位不同，也很清楚终究要分别的。语默：说

话与沉默,代指仕宦与隐居,语本《周易·系辞》。殊势:"势殊"的倒置,地势不同,指情势、地位不同。当:必当;必然。乖:背离。⑫"未谓事已及"二句:是说没想到离别之事已经到来,你起程就在今年春天。未谓:没想到。"谓"为"以为"。兴:起,指起身。言:语助词。⑬"飘飘西来风"二句:比喻殷隐自西向东离去。⑭言笑难为因:是说说笑笑难再有机会。一说难以再说说笑笑为亲了。因:因缘;因由。一说亲。⑮"良才不隐世"二句:是说优秀人才不该隐遁于世,隐居的多是些地位卑贱、生活贫困的人。前句指殷隐,后句是自指。⑯"脱有经过便"二句:是说假如方便经过浔阳的时候,希望来问候一下老朋友。脱:倘若;假如;如果。念:想,有盼望、希望之意。存:存问,指问候、看望。

[评析]

旧说皆以为"殷晋安"指殷景仁,因为殷景仁原先任江州晋安郡南府长史掾,故称晋安。今人龚斌、袁行霈则依《宋书》、《资治通鉴》等史料详考后确认,殷景仁从未任过晋安郡太守及南府长史掾,也未曾到过浔阳。其说证据凿凿,可信无疑。笔者以为邓安生对"殷晋安"之解颇可信从,邓氏以为,"殷晋安"指"晋安太守殷隐","南府"乃"南中郎将府"的省文,义熙中孟怀玉曾以南中郎将、江州刺史的身份镇守浔阳。"长史"指"南中郎将府的长史"。"掾"指"南中郎将府的曹掾"。殷隐曾以"南中郎将府长史的身份领晋安太守兼曹掾"。并推定"殷晋安作太尉参军移家东下在义熙十二年(416)春"。依陶氏享年76岁说,这年陶渊明65岁。殷隐在浔阳时与陶渊明有过不长时间的交往,却结下了深厚友谊。刘裕任太尉后,召殷隐为参军,殷氏举家东迁京都赴任时,陶渊明写了这首赠别诗。

诗人与殷隐一隐一仕,志趣不同,人生选择各异,甚至陶渊明对殷隐所效力的篡晋者刘裕是看不起的,但他却能在诗歌中将人生抱负与个人友谊区别开来,道不同而相为友,不以自己的价值标准和人生追求强加于友人,也不因不同选择而影响友谊。诗歌前八句着重表达了对往日交情的留恋，如"一遇尽殷勤"、"益复知为亲"、"淹留忘宵晨"；中八句着重表达了对眼前分别的依依不舍，如"未谓事已及，兴言在兹春"、"悠悠东去云"、"言笑难为因"；末四句则表达了对友谊长存的期待，如"脱有经过便，念来存故人"。从全诗不难看出渊明对友谊的真诚与珍惜，但更可见出其对友谊的大度与平易，更深地审视，则可见出他所奉行的顺其自然理念在对待朋友人生选择上的践行。

情真意切，情辞婉转，不像《和刘柴桑》、《岁暮和张常侍》等篇直言本志，甚至末四句情致缠绵，是此诗艺术上的特点。

示周续之祖企谢景夷三郎[①]

负疴颓檐下[②]，终日无一欣。药石有时闲[③]，念我意中人[④]。相去不寻常，道路邈何因[⑤]？周生述孔业，祖谢响然臻[⑥]。道丧向千载，今朝复斯闻[⑦]。马队非讲肆，校书亦已勤[⑧]。老夫有所爱[⑨]，思与尔为邻。愿言诲诸子，从我颍水滨[⑩]。

（作于65岁或52岁时）

[注释]

①示：拿给人看。周续之（377～423）：字道祖，雁门广武（今山西代县）人，生于豫章建昌县（今江西南昌奉新），跨东晋至南朝宋两代，博通五经，入庐山事释慧远，与刘遗民、陶渊明号称"浔阳三隐"，《宋书·隐逸传》有传。祖企、谢景夷：皆为州学士，生平事迹不详。三人皆为晚辈，与陶渊明为忘年交。郎：六朝习用语，对年轻男子的通称。②负疴颓檐下：是说自己抱病在破败的屋檐下待着。疴：病。颓：损坏。③药石有时闲：是说治病的药物有时间断不用。药石：治病的药物和砭石，泛指药物。闲：间断。④意中人：所思念的人，指周续之等三人。⑤"相去不寻常"二句：是说与朋友相距不

算近,但什么原因使道路显得这么遥远呢?言外之意是人生追求不同。按:此时三位友人皆住浔阳城北,与渊明相距不近但也不算远。不寻常:不近。"寻"、"常"皆为古代长度单位,八尺为"寻",两寻为"常"。⑥"周生述孔业"二句:是说周续之传述孔子的学说,祖企、谢景夷二人也应声而至。述:阐述前人成说。响然:应声。"然"为应声的样子。臻(zhēn):至;到。⑦"道丧向千载"二句:是说孔子之道衰微已近千年,今天又重新听到了它。向:将近。复斯闻:"复闻斯"的倒装。"斯"指"道"。⑧"马队非讲肆"二句:是说马厩(jiù)旁边不是设讲经堂的地方,你们校勘经书也太辛苦。马队:饲养马的地方,指官方马厩。讲肆:讲堂,此指讲经堂。校(jiào)书:校正勘误书籍。此处"书"指"礼书"《周礼》、《仪礼》、《礼记》。⑨老夫:陶渊明自指。古代大夫七十岁退休,自称老夫。⑩"愿言诲诸子"二句:是说我愿意教诲奉劝各位一句,你们还是随我隐居在颍水旁边吧。言:语助词。诲:教诲,此指奉劝;劝说。颍水:代指隐居之地,河名,发源于河南登封市境,至安徽省境入淮河。相传上古尧时隐士许由曾隐居在颍水之滨,尧拟让天下给他,他便用颍水洗耳表示尧的话脏了自己的耳朵。

[评析]

学界对这首诗的写作时间,看法比较一致,多认为作于东晋末年安帝义熙十二年(416),袁行霈注本考论甚详,可参阅。至于这年陶渊明多大年龄,认识仍是差别很大,陶享年63岁说的主流看法认为其52岁,袁行霈则认为诗人此时65岁。笔者认为袁说更合情理,是年周续之40岁,陶渊明写这首诗时则不仅题目直呼"周续之、祖企、谢景夷"三人为"三郎",诗中称周续之为"周生",称自己为"老夫",甚至动员他们弃官归隐时竟用了"诲诸子"一语,完全是前辈教诲晚辈的口吻。如果年龄仅大出10岁左右,是不大可能用这种口气的。

此诗作于东晋末年,正是改朝换代的前夜,正在北伐的刘裕代晋之势实已渐成,陶渊明对当时的政治大势应该是看得很清楚的。同时,刘裕新任命的江州(今江西九江)刺史檀韶又是一个被正史称为"贪横、所莅无绩"的坏官。加之，周续之本来就是和陶渊明、刘遗民一样的隐居者，是著名的"浔阳三隐"之一，他却守道不终，和祖企、谢景夷在乱世去应檀韶之征，效命于这个贪横之官，在江州城北的马厩旁为檀韶讲授《礼经》并校勘其书。作为身染病疴的忘年交，陶渊明写此诗规劝此三人从己隐居也就是很自然的了。诗前六句已暗示了作者与三人人生志趣的不同，江州与浔阳并不算远，诗写病中的自己却不见三位朋友探问，明憾不探病，实叹道不同。中六句看似称颂"周生"等三人传述孔学儒业，而将高雅讲堂与粗俗马厩并提，将礼学与暴力并列，称他们在马厩旁边讲经不合适，实际上是对三人所选择的"神圣事业"的调侃与婉讽。婉讽之外，诗人对三人的劝导亦充满了真情，"念我意中人"、"思与尔为邻"温馨而真切。

　　诗歌以暗用许由典故作结，不仅内容上有曲终奏雅、点明主旨之妙，艺术上也平添了一分含蓄蕴藉之美。

丙辰岁八月中于下潠田舍获①

　　贫居依稼穑，戮力东林隈②。不言春作苦，常恐负所怀③。司田眷有秋，寄声与我谐④。饥者欢初饱，束带候鸣鸡⑤。扬楫越平湖，泛随清壑回⑥。郁郁荒山里⑦，猿声闲且哀⑧。悲风爱静夜，林鸟喜晨开⑨。曰余作此来，三四星火颓⑩。姿年逝已老，其事未云乖⑪。遥谢荷蓧翁，聊得从君栖⑫。

（作于65岁或52岁时）（八月）

[注释]

　　①丙辰岁：指东晋安帝义熙十二年（416）。下潠（sùn）：地势低洼有水的地方，这里指诗中的"东林隈"。潠：水涌出。获：收获，指本诗是在收获

时所作。②"贫居依稼穑"二句：是说隐居乡间，生活贫困，只有依靠农耕为生，努力地在东林的角落里劳作。贫居：指不受官禄而隐居。稼穑：耕种和收获，指农业劳动。戮(lù)力：努力；尽力；勉力。东林：地名，指下潠田所在的地方，有人称具体所指可能是庐山南侧的东林。隈(wēi)：山水弯曲处；角落。③"不言春作苦"二句：是说且不讲春日耕作的辛苦，经常担心的是辜负自己归隐躬耕的初衷。④"司田眷有秋"二句：是说代我看管农田的人很操心秋天的收获，捎来喜信，与我期待的年成正相合。或说主管农事的官很关心秋收，捎来口信与我戏谑。司田：古代主管农事的官，此处似指看管农田的人。陶渊明的田舍可能有农夫代为看管。眷：眷顾，即关心。有秋：指秋收。寄声：捎口信。谐：合。一说戏谑。⑤"饥者欢初饱"二句：是说常常挨饿的人，为初次吃了顿饱饭而欢喜，我一早就穿好衣服等候天亮去秋收。饥者：似作者自指，也可泛称。束带：结上衣带，指穿好衣服。候鸣鸡：指等候天亮。五更时，鸡鸣报晓。⑥"扬楫越平湖"二句：是说划船穿越过平静的湖面，泛舟随着清澈的山涧溪流迂回前进。壑(hè)：山沟。⑦郁郁：形容草木茂盛的样子。⑧闲：一说大，即响亮。一说悠缓。⑨晨开：天亮。⑩"日余作此来"二句：是说我从事这样的农耕劳动以来，已经十二年了。日：语助词，无义。此：指农耕劳动。三四星火颓(tuí)：火星向西下倾了十二次，即经历了十二年。"三四"即十二。"星火颓"指秋季。"星火"即火星。"颓"为下倾，即向下降行。每当夏历五月火星出现于正南方，六月偏西，七月以后位置开始向西下方降行，即"七月流火"。降行十二次，即经历了十二年。⑪"姿年逝已老"二句：是说姿容年华逝去，已渐衰老，但耕作之事仍未背弃。姿年：姿容与年龄。逝：逝去。一说无义，起调节音节作用。事：指从事农耕劳动之事。云：语助词，无义。乖：乖违；违背；背弃。⑫"遥谢荷蓧翁"二句：是说遥遥地向荷蓧翁致意，暂且追随你隐居。谢：致谢。一说以辞相告，即告知。荷蓧翁：春秋时期一位躬耕隐居的老人。子路跟从孔子，落在了后面，曾向他打听孔子的去向，其批评孔子四体不勤，五谷不分。详见《论语·微子》。"荷蓧"为"以杖荷蓧"的简称，用拐杖挑着锄草工具。

[评析]

这首诗作于东晋安帝义熙十二年(416)，是年作者65岁或52

岁。从义熙元年（405）十一月陶渊明54岁或41岁正式归耕田园，至义熙十二年（416）八月秋收时节作此诗，首尾已十二个年头。陶渊明坚持在农村自食其力十二个年头，并且年事已高，还亲自参加秋收，这首诗便是在下潠田野的茅舍中所写的记录秋收之作。

　　全诗的基本思路是，先写自己对亲耕收获的期待，次写参加秋收的过程，末写年老仍不违力耕志向。前四句为第一层次，既写力耕是自己获取生存资料的唯一途径，也透出春耕的辛苦，但最为关心的还是辛苦劳动的收获，这收获一是粮食，更主要的还是心灵，即通过劳动保持本真的品格。中十句为第二层次，写参加秋收，却只字未提收的什么，收了多少，而只写远赴下潠田的经过。诗人按时间空间顺序叙写，先写"司田"捎来秋稼丰收的喜信，由喜信可知陶渊明的田舍很可能有人代为看管，这一点《归去来兮辞》所谓"农人告余以春及，将有事于西畴"也可印证。次写自己半夜起床，"束带候鸣鸡"耐心等待天亮远赴下潠田的急切心情，非亲身经历者实难写出，"五字写迫不及待之心情，抵得上多少言语"（袁行霈语）！从中也透出诗人隐居生活的贫困，所谓"饥者欢初饱"，说明诗人是因经常忍饥挨饿才对前去收割庄稼这么上心的，他是想吃顿饱饭，读此不禁令人酸楚。再写赴田参加秋收的行程，这是全诗的精华所在，历受评论者赞誉，其"扬楫越平湖"六句，不仅说明下潠田离住处颇为遥远，需渡湖水，穿沟壑，还要走山路（《归去来兮辞》"或命巾车，或棹孤舟"数语也可印证），而更为重要的是描绘出了秋收路上天亮过程中栩栩如画的秋景及透出的诗人的旷达、超迈心境。写秋景，从所见、所听、所感几方面落笔，读之如临其境。其中"扬楫"二句被誉为游览妙语，"郁郁"二句声情并茂，"悲风爱静夜，林鸟喜晨开"二句尤为人称道，"静夜风更清，有似于爱静夜，炼字之妙如此"（清吴瞻泰语），"'爱'字妙，无'悲'字不妙"，"妙又不在'喜'字而在'开'字"（明钟惺语）。

写心境，则全凭读者从景句中感知，正如明人钟惺在《古诗归》卷九中所评述的："陶公山水朋友诗文之乐，即从田园耕凿中一段忧勤讨出，不别作一副旷达之语，所以为真旷达也。"末六句为第三层次，虽未脱他诗末尾表归隐之心的常例，但其不同之处明显，躬耕已多年，人亦老去，无需信誓旦旦，而是平淡如水，仅以"未云乖"、"聊得从"略表平常心而已。

悲从弟仲德[①]

衔哀过旧宅[②]，悲泪应心零[③]。借问为谁悲？怀人在九冥[④]。礼服名群从，恩爱若同生[⑤]。门前执手时，何意尔先倾[⑥]？在数竟不免[⑦]，为山不及成[⑧]。慈母沉哀疚[⑨]，二胤才数龄[⑩]。双位委空馆，朝夕无哭声[⑪]。流尘集虚坐[⑫]，宿草旅前庭[⑬]。阶除旷游迹[⑭]，园林独馀情[⑮]。翳然乘化去，终天不复形[⑯]。迟迟将回步，恻恻悲襟盈[⑰]。

（约作于66岁或53岁时）

[注释]

①从弟：堂弟。仲德：生平事迹不详。苏写本作"敬德"，渊明另一从弟叫敬远，此"仲德"可能名"敬德"，排行老二，是敬远之弟，故称"仲德"。②衔哀过旧宅：是说怀着哀伤的心情凭吊堂弟仲德的旧宅。衔哀：满怀哀伤。"衔"为口含。过：经过，有拜访、凭吊之意。③悲泪应心零：是说悲痛的泪水随着悲伤的心情而落下。应：随着。零：落。④怀人：指所怀念的人。九冥：九泉之下幽冥之处，指地下。⑤"礼服名群从"二句：是说若以礼服的亲疏关系而论，从弟名为众从之一；若以感情而论，则亲如同母所生。礼服：丧服的礼制。古代按血统的亲疏关系，把丧服分为斩衰、齐衰、大功、小功、缌麻五个等级，叫五服。群：众。⑥"门前执手时"二句：是说门前

握手话别的时候,怎么能意料到你会先去世了呢?执手:握手话别。何意:怎么能意料到。倾:倾覆,引申为死亡。⑦在数竟不免:是说在劫数当中竟然未能避免。在数:在劫数、气数当中,指遭遇厄运。"数"为自然定数、命运,此处当指厄难之运。⑧为山不及成:造山未来得及造成,比喻功业未就,语本《论语·子罕》。⑨沉哀疚:沉浸在哀痛之中。疚:痛苦。⑩二胤(yìn):两个孩子。胤:子嗣;后代。⑪"双位委空馆"二句:是说两块灵位寄托在空空的旧宅房子当中,一天到晚没有哭声,即旧宅已无人居住。双位:当指仲德与其妻子两人的灵位。诗中只写到仲德的慈母和两个孩子,未及其妻,说明他的妻子也已死亡。⑫流尘集虚坐:是说灰尘落满了为死者所设的座位。虚坐:即虚座,为死者所设的座位。⑬宿草旅前庭:是说隔年的杂草寄生在堂前庭院。宿草:隔年草。旅:野生;寄生。⑭阶除旷游迹:是说台阶上没有了人的足迹。阶除:台阶。"阶"和"除"同义,皆为台阶。旷:空,引申为荒废。游迹:游走的足迹,指人迹。⑮独:仅仅。⑯"翳然乘化去"二句:是说一旦黯然地顺应自然规律逝去,就永远不会再生还。翳然:黯然,隐蔽的样子,指死去。乘化:顺应造化,即顺应不可抗拒的自然规律,指死去。终天:终古,永久。复形:恢复人形,指再生。⑰"迟迟将回步"二句:是说脚步沉重迟缓地离开,更加悲痛满怀。迟迟:脚步沉重、行走迟缓的样子。回步:往回走,指离开。恻恻:悲痛的样子。襟盈:满怀。"襟"为襟怀。

[评析]

  这首诗,有人认为是诗人作于回柴桑旧居时,有人认为作于回上京旧居时,似皆证据不够充分,因诗意凭吊的是诗人从弟仲德的旧宅而非自己旧宅。两家旧宅是否在同一地方,在哪个同一地方,都不便轻下结论,因此创作地点和时间都难确定。不过,为了编排方便,也只好暂系于《还旧居》之下了。

  此诗通过对其从弟仲德旧宅的凭吊,表达了诗人对仲德早逝的痛惜与怀念之情。诗人与仲德虽非亲兄弟,但因两人感情深厚,因而痛惜之情尤为沉重。"慈母"以下八句从细处落笔,写得非常感人:寡奶孤孙、灵位虚座、尘阶荒院等,从"空馆"之内到"空馆"之外，一片沉寂与萧条，睹物思人，怎能不更加触动诗人的悲怀！诗末"迟迟将回步，恻恻悲襟盈"二句，从"将回步言之，转身挥涕，不堪久立。将回步又从'迟迟'言之，凝眸筋软，不能遽行。情状交现，至情哀结"（明黄文焕语）。可见，陶渊明虽然性情淡泊，但对于亲友，却是一个非常重感情的人。因为感情真切，所以此诗多随口道来之句，如"悲泪应心零"，"借问为谁悲"，"恩爱苟同生"，"何意尔先倾"，"朝夕无哭声"，"园林独馀情"，这正体现出了诗人的任真性情，不应当做败笔看。

饮酒二十首 并序①

余闲居寡欢，兼秋夜已长。偶有名酒，无夕不饮。顾影独尽，忽焉复醉。既醉之后，辄题数句自娱。纸墨遂多②，辞无诠次③。聊命故人书之④，以为欢笑尔。

（作于66岁或53岁时）（秋季）（以下二十首同此）

[注释]

①饮酒：指二十首组诗皆作于饮酒之后，故名，并不全是歌咏饮酒内容的。写饮酒内容者为其一、其三、其七、其八、其九、其十三、其十四、其十八、其十九、其二十等十首。②纸墨遂多：是说诗稿于是就逐渐多了起来。③辞无诠次：是说诗篇没有选择和编次。一说指诗中所用词语没有选择和章法次序。辞：指诗。一说指词语。诠：选择。次：编次。一说次序。④聊命故人书之：是说暂且让老朋友把它抄写出来。

[评析]

据诗序及第十九首"遂尽介然分，终死归田里。冉冉星气流，亭亭复一纪"诗句所述，此二十首诗均作于陶渊明辞彭泽令"一纪"即十二年后的秋天。诗人辞彭泽令的时间确切无疑，在东晋安帝义熙元年（405），十二年后为义熙十三年（417），是年陶渊明66岁或53岁。

诗序说得很清楚，这组诗歌是诗人这年秋天闲居中饮酒之后陆陆续续写出并积攒起来的。因为是酒后之作，所以题名《饮酒》，并不是说这二十首诗全部是写饮酒的。当然，因是酒后所作，所以，在广泛的吟咏内容中不乏酒的内容，如其一、其三、其七、其八、其九、其十三、其十四、其十八、其十九、其二十等十首就或多或少涉及了饮酒，占去了组诗半数，有的（如其十四）甚至整首诗都在正面写饮酒和酒中感受。写酒之外，这组诗反复抒发的主要还是归隐情怀。通读二十首组诗，最为令人肃然仰止的是诗人不为世俗利益诱惑而坚隐不出的节操。陶渊明写作这组诗的背景是比较特殊的，这年九月，刘裕北伐至长安；次年六月为相国，封宋公，加九锡；后年七月晋爵为宋王；大后年六月即篡位称皇帝。"可见《饮酒》诗正作于刘裕加紧篡位、晋朝将亡之时。"（袁行霈语）依世俗的眼光和惯常思维，在刘裕如日中天、权倾朝野之时，对于曾经作为刘裕参军即重要幕僚的陶渊明，是再投刘裕门下千载难逢的好机会，若能复出，享尽荣华富贵是自然而然的事情，同时从诗中也确实看到有人曾力劝他复出，但却都被陶氏坚拒了。拒绝荣华富贵实在是需要意志和毅力的，所以读《饮酒》中"咄咄俗中恶（愚），且当从黄绮"、"且共欢此饮，吾驾不可回"、"一往便当已，何为复狐疑"等诗句时，不可能不对诗人的抉择感慨系之。

其 一

衰荣无定在，彼此更共之①。邵生瓜田中，宁似东陵时②。寒暑有代谢，人道每如兹③。达人解其会，逝将不复疑④。忽与一觞酒，日夕欢相持⑤。

[注释]

①"衰荣无定在"二句：是说衰败与繁荣不会固定不变，彼此相互交替共同存在。联系下四句，知是比喻人的门第盛衰和仕途穷达。更：更迭；交替。共之：共同存在。一说都是如此。②"邵生瓜田中"二句：是说邵平在瓜田中种瓜的时候，哪里还像做东陵侯时那般荣耀。邵生：即邵平，秦时官至东陵侯，秦亡后为平民，因家贫而在长安城东种瓜，前后境遇大不相同。详见《史记·萧相国世家》。此处陶渊明意在以邵平自比。宁：何，即怎么。③人道：人生的道理和规律。兹：这，指寒暑更替变化。④"达人解其会"二句：是说通达的人能理解其中的道理，誓将不再疑惑（一说隐居不再犹豫）。达人：通达事理的人。会：理之所聚，即要理。逝：通"誓"，表示坚决态度。一说离去，指隐居。⑤"忽与一觞酒"二句：是说忽然得到一杯酒（一说快快给我一杯酒），每天晚上欢饮不停。忽：忽然；快。与：犹"得"。一说给予。觞：指酒杯。日：每日。一说"日夕"连读，为从白天到晚上。相持：似为相坚持，即不停止。

[评析]

本首诗中，诗人从自然变化的盛衰更替，联想到人生的穷达荣辱，也可能联想到了自己门第的兴旺与败落，其落脚点在言衰，反以言荣为陪衬，正因领悟了其中的要理——天道与人道，"故不以一己之穷达为意，而能安贫守拙，躬耕自乐"（袁行霈语），豁达欢饮。此诗语调平静、通达，不见斧斤，磊落清壮，"忽"、"将"、"不复"等字之妙，早为前人所称道。

其 二

积善云有报，夷叔在西山①。善恶苟不应，何事空立言②？九十行带索，饥寒况当年③。不赖固穷节，百世当谁传④！

[注释]

①"积善云有报"二句：是说积善说是有好报，伯夷、叔齐这样的积善之人却为什么饿死在西山？云有报：说是有报应，指善报。夷叔：伯夷、叔

齐,商朝孤竹君的两个儿子。孤竹君死后,兄弟二人都不肯继位,一起逃至周,周武王伐纣,他们叩马而谏,反对以暴易暴。周灭殷后,二人以食周粟为耻,隐居在首阳山,采薇(挖野菜)为生,最终饿死首阳山。详见《史记·伯夷列传》。西山:即首阳山,当在今河南省洛阳市偃师境内。②"善恶苟不应"二句:是说善恶如果都不报应,为什么还要空立"善有善报,恶有恶报"、"天道无亲,常与善人"的格言?立言:立格言,指司马迁在《史记·伯夷列传》中就伯夷、叔齐积善而饿死之事所质疑的"天道无亲,常与善人"等格言。③"九十行带索"二句:是说荣启期九十岁尚且还贫穷得用草绳作腰带,更何况处在饥寒中的壮年人呢(一说更何况他壮年时期呢?一说饥寒交迫更甚过他壮年期)?言外之意是九十岁的老人尚能做到以贫为乐,壮年人则更应该处贫犹乐。九十行带索:指春秋隐士荣启期,他年已九十,隐居泰山,极贫,披鹿皮为衣,用草绳作腰带,却鼓琴而歌,很快乐。孔子问原因,他除讲了万物之中他为人、男女之中他为男人、寿夭人中他得长寿的快乐理由外,还认为贫穷是文士的常态,死亡是人生的归宿,处常态而得归宿,没有理由不快乐。详见《列子·天瑞》。"行"为"且",尚且。"带索"为以索为带。"索"为绳索、草绳,"带"为衣带、腰带。况:何况。一说甚。一说比况,推想。④"不赖固穷节"二句:是说荣启期若不是依靠着固守贫穷的节操,百代之后还有谁传颂他呢?此二句是陶渊明以隐士荣启期自比。固穷:固守贫穷,即甘于贫穷,不失气节。百世:即百代。当:借为"尚",尚且,还。

[评析]

  这首诗与第一首明显不同,怨愤之情贯穿全诗。如果说第一首特引邵平而感叹世事无定准的话,此诗则首引伯夷、叔齐而否定天道更无定准。前首诗的感叹中作者怀有适应的感情,这首诗的否定中所怀有的愤激之情,矛头直指善恶不分的社会现实。前首诗感叹后以酒消解,归结为豁达自乐,这首诗则引出九旬仍极贫穷的隐士荣启期,实怀酸楚与不平,归结为固守穷节流芳名的倔犟与自信。两首诗作,两种格调,正是真实的渊明真实的诗。

其 三

道丧向千载，人人惜其情①。有酒不肯饮，但顾世间名。所以贵我身，岂不在一生②？一生复能几③，倏如流电惊④。鼎鼎百年内，持此欲何成⑤！

[注释]

①"道丧向千载"二句：是说上古的无为之道已经沦丧了近千年，人人都吝惜自己真率自然的性情。向：将近。惜：吝惜，指隐蔽不肯表露。②"所以贵我身"二句：是说人们之所以宝贵自己，难道不就是为了一生吗？贵：宝贵；重视。③复能几：又能有多久。④倏（shū）如流电惊：是说快如闪电令人心惊。倏：快；迅速。流电：闪电。⑤"鼎鼎百年内"二句：是说忙忙碌碌一生，不过百年时间，靠追名逐利又想成就什么呢？言外之意是还不如率性饮酒，及时行乐。一说一生光阴虚度，依靠这些怎能有所成？言外之意是时光迅速，应及时立名。鼎鼎：扰扰攘攘的样子，形容为名利奔走忙碌。一说"大舒"、"宽慢"之意，即蹉跎岁月，虚度光阴。两解正相反。百年内：指一生中。此：指"世间名"，即世俗功名。一说指虚度光阴。

[评析]

此诗旨意历有争议，一说表达及时立名之旨，一说表达及时行乐之旨。元人刘履《选诗补注》卷五说："此言大道久丧，情欲日滋，当世之人，不肯适性保真，而徒恋惜世荣，殊不知一生之内，倏如电之过目，今乃舒缓怠惰，不自速悟，持此以往，欲何所成而垂名乎？盖不特以之讽人，亦以自警焉尔。"很明显，刘履认为，陶渊明此诗旨在表达及时立名的思想，并且重在以不能及时立名而自我警示。清人何焯《义门读书记·陶靖节诗》更不惜曲解诗句句意来阐发及时立名思想，称："'有酒不肯饮'，直是有人不肯做之托词耳。百年几何，奈何不及时自立也？"针对如上说法，清人方东树在《昭昧詹言》卷四中作了正面否定，认为此诗旨在表达及时行乐思想无疑:"言由于不悟大道,故惜情顾名,而不肯任真,不敢纵饮,不知即时行乐。此即身后名不如生前一杯酒,与上篇似相背,然惟其能固穷,是以能忘忧而饮酒,固是一串意,非相背也,不可以文害义也。此即《神释》之意,注说及何义门解,皆失之滞,书生之见。"今之学者也多分从如上两说。笔者以为,"及时立名"说致使此诗诗意前后矛盾,难以说通,而"身后名不如生前一杯酒"的"及时行乐"说也不免过激。细味全诗,其实陶渊明的情感脉络颇为清晰自然,就是通过对那种只顾追名逐利而隐蔽真性情之人的否定,表达了诗人达观而逍遥率性的人生态度。

"语语清澈圆映"(清杨雍建语)是此诗艺术上的可称道处。

其 四

栖栖失群鸟①,日暮犹独飞。裴回无定止②,夜夜声转悲。厉响思清远,去来何依依③!因值孤生松,敛翮遥来归④。劲风无荣木,此荫独不衰⑤。托身已得所,千载不相违⑥。

[注释]

①栖(xī)栖:心神不安的样子。②裴(péi)回:即"徘徊",原为来回踱步,此指来回地飞,犹豫不决的样子。③厉响:鸟鸣声哀而激越。依依:留恋的样子。一说依托。④值:遇。敛翮:收敛起翅膀,指停飞。"翮"为鸟羽根茎,代指翅膀。⑤"劲风无荣木"二句:是说在强劲的寒风摧刮下,不再能看到繁茂的树木,唯有这棵茂盛的孤松不凋零。荣:茂盛。荫:树茂成荫,指茂盛。⑥"托身已得所"二句:是说既然已经得到了松树这个托身之所,就永远不再分离。已:既,既然已经。违:违弃,即分离。

[评析]

此首诗通篇比喻,以失群的归鸟自喻,以孤生松喻田园,以劲风喻乱世,以"荣木"和"荫"喻志节。全诗分前后两层,前六句为第一层,写自己在官场迷途徘徊,进退无依;后六句为第二层,写迷途知返,终得托身田园,表示永久退隐的决心。清人邱嘉穗《东山草堂陶诗笺》卷三解此诗说:"陶公自彭泽解绶,真如失群之鸟,飞鸣无依,故独退守田园,如望孤松而敛翮,托身不相违也。公尝有《归鸟》四言诗,正与此诗意同。"此解后半深得诗心,只是首句"陶公自彭泽解绶"应改为"陶公彭泽解绶之前"。归鸟是陶渊明诗文中常见的意象。至于此诗是仅自写高致,还是有讥刺"殷景仁、颜延年之辈附丽于宋"(宋李公焕语)、"若劲风无荣木也"(清蒋薰语),古人有不同看法,今人已多从前者。

其 五

结庐在人境,而无车马喧。问君何能尔?心远地自偏。采菊东篱下,悠然见南山。山气日夕佳,飞鸟相与还。此中有真意,欲辩已忘言①。

[注释]

① "此中有真意"二句:是说从飞鸟在山气夕阳下结伴而归的意境中,领悟到了里面所蕴涵的人生的真正意义,但是想要辩说却已经忘记了怎样表达,也就是说不需要表达。此中:指上二句所指山气、日夕、飞鸟。有版本作"此还",则专指上一句飞鸟,虽亦通顺,得自然之妙,但不如作"此中"所包更广。真意:所解众多,当以解作人生的真谛即人生的真正意义为上。陶渊明认为,飞鸟知还,人也应当知还,人生的真正意义在于返归自然。辩:言说。忘言:忘掉言说,指不需要言说,其真意也非语言所能说出。语出《庄子·外物》"言者所以在意,得意而忘言"句。

[评析]

此首诗是历来被人们反复叹赏的名篇,写隐居自得的高趣,感悟回归自然的人生真谛,"'心远'二字,千古名士高人之根"(明钟伯敬语),"通章意在'心远'二字,真意在此,忘言亦在此"(清王士禛语)。在历代评论鉴赏文字中,袁行霈笺注本[析义]

后来居上，颇得诗心，所言亦更具总结性，兹转录于此，以代笔者评析："'心远地自偏'，颇有理趣，心与地之关系亦即主观精神与客观环境之关系，地之喧与偏，取决于心之近与远。隐士高人原不必穴居岩处远离人世，心不滞于名利自可免除尘俗之干扰。'采菊东篱下，悠然见南山'，瞬间之感应，带来无限愉悦。在偶一举首之间心与山悠然相会，自身仿佛与山交融成为一体。日夕之山气，相与之归鸟，诸般景物仿佛不在外界而在心中，构成一片美妙风景。此乃蕴藏宇宙、人生之真谛，此真谛即还归本原。万物莫不归本，人生亦须归本，归至未经世俗污染之真我也。苏轼《东坡题跋》曰：'因采菊而见南山，境与意会，此句最有妙处。近岁俗本皆作"望南山"，则此一篇神气都索然矣。'晁补之《鸡肋集》卷三三曰：'东坡云：陶渊明意不在诗，诗以寄其意耳。"采菊东篱下，悠然望南山"，则既采菊又望山，意尽于此，无馀蕴矣，非渊明意也。"采菊东篱下，悠然见南山"，则本自采菊，无意望山，适举首而见之，故悠然忘情，趣闲而累远，此未可于文字精粗间求之。'吴淇《六朝选诗定论》曰：'"心远"为一篇之骨，而"真意"又为一篇之髓。'此说不为无见，但'心'在己身之中，'意'在物象之中。心不远则不能得真意，'心远'是根本，'真意'是主旨。"除袁说之外，不妨再按此诗顺序，汇集补说几点妙处：诗一开头就用"结庐在人境，而无车马喧"两句指出一种不寻常的现象，这一现象仅用一个"而"字便自然转折，了无痕迹，可为一妙。"问君何能尔？心远地自偏"两句，还传达出了诗人一种悠然自得的心境，又是一妙。"采菊东篱下，悠然见南山"，除前圣时贤所论诸多妙处之外，恐怕以采菊传达诗人"远我遗世情"和以菊花品格自况的妙用也不可忽视；同时诗人"见南山"的刹那感受中，可能不会没有"高山仰止"的肃然之情。也许那南山暮色为"相与还"的"飞鸟"所提供的如画背景，正是这种肃然之情的来源，因为诗中的"飞鸟"与前首诗中的归鸟一样,同样是诗人的自况。末二语除思想深度外,其言有尽而意无穷也为写作之妙。

最后,曾为王国维所称道的此诗所创造的境在环中、神游象外的无我之境,更是不应该为读者所忘记的艺术成就。

其 六

行止千万端①,谁知非与是。是非苟相形,雷同共毁誉②。三季多此事③,达士似不尔。咄咄俗中恶(愚),且当从黄绮④。

[注释]

①行止千万端:是说人的行为举止千万种,也就是该做什么不该做什么,取舍差别千万种。一说指人事变化千头万绪。行止:行为举止。端:种;类。②"是非苟相形"二句:是说世上的是非因比较而暂时体现,并没有本质区别,但世俗却人云亦云,共同对是非加以赞誉或者诋毁。苟:暂且。相形:相比较。雷同:人云亦云,随声附和。语出《礼记·曲礼上》。③三季:夏、商、周三代的末期,此当隐指晋末。此事:指是非不分,人云亦云,雷同毁誉之事。④"咄咄俗中恶(愚)"二句:是说简直惊奇世俗中如上雷同毁誉的恶习(或说让那些世俗中的愚笨之人惊怪去吧),我暂且还是追随"商山四皓"隐居去。咄咄:惊怪声,表示惊讶的叹词。恶:当指恶习。有版本"恶"作"愚",皆通,指愚笨之人。黄绮:夏黄公、绮里季,秦末汉初隐士,与东园公、甪里先生为避乱隐居商山,皆须发尽白,被称为"商山四皓"。此处代指"商山四皓"。

[评析]

此诗可能承上篇"忘言"意而作,本《齐物论》而立意,抨击"雷同共毁誉"即不分是非、人云亦云、同诋毁、同称誉的恶劣社会现象。这种恶习处在晋宋易代之际的"三季",或迫于篡晋者的淫威,或为个人仕途利益,自当愈加炽烈,此五字被称为"括尽末世情态"(明张自烈语)。诗人对此难抑愤慨之情,遂以笔伐之。同时,诗人又警示自己当明达独立,但处在是非不分的末世,要想做到明达独立,唯一的选择只能是"且当从黄绮",即自甘隐居。

其 七

秋菊有佳色,裛露掇其英①。泛此忘忧物,远我遗世情②。一觞聊独进③,杯尽壶自倾④。日入群动息,归鸟趣林鸣⑤。啸傲东轩下,聊复得此生⑥。

[注释]

①裛(yì)露掇(duō)其英:是说带露摘菊花。一说摘几朵含露的菊花。裛露:沾湿露水,即含露。"裛"通"浥",沾湿。英:花,指菊花。②"泛此忘忧物"二句:是说让菊花瓣漂浮在忘忧的酒中(用菊花泡酒),饮后使我遗弃世俗的情怀更加高远了。泛:浮行、漂浮,此指浸泡。此:指菊花。忘忧物:指酒。遗世:遗弃世俗,指隐居。③一觞:一杯。独进:指无伴自饮。进:奉上。④壶自倾:指从酒壶中再往杯中倒酒。⑤"日入群动息"二句:是说太阳落山后各种活动着的物类都停止了活动,归鸟也鸣叫着飞回林中。群动:运动着的万物,指各种活动着的物类。息:止息,指停止活动。趣:同"趋",趋向、归向,指飞回。⑥"啸傲东轩下"二句:是说在东窗下自由放任,暂且复得满足此生。啸傲:旷放自得、自由放任的情态。"啸"为噘口出声,即吹口哨。"傲"为倨傲,无拘束。复:有失而复得之义。得:满足。一说得到。一说体会到。

[评析]

本诗主要写赏菊与饮酒。前已说过,《饮酒》组诗二十首是饮酒后写的诗,并非全指诗写饮酒本身的内容,此首则是例外,不仅直写饮酒,而且从"裛露掇其英(带露摘菊花)"的早晨,"杯尽壶自倾(杯里喝干,酒壶接着倒)",一直独自饮到"日入群动息(太阳落山、万物休息)"的傍晚,渊明可谓完全沉醉酒中。诗人写饮酒赏菊主要是表达自己的遗世独立之情和隐居自适之意,旨在揭示生命的意义在于旷放自得的道理。"遗世之情,我原自远,对酒对菊,又加远一倍矣"(明黄文焕语),"对菊饮酒至暮,遗世而自得也"(清邱嘉穗语),正道出了此诗的旨趣所在。不过,以审美的眼光视之,此诗的妙处更在菊而不在酒,正如宋人定斋所说:"自南北朝以来,菊诗多矣,未有能及渊明之妙。如'秋菊有佳色',他花不足当此一佳字。然艮斋曰:'"秋菊有佳色"一语,洗尽古今尘俗气。'"(宋李公焕《笺注陶渊明集》卷三引)至于秋菊晚开,诗人陶渊明常用以自况,象征自己品格的高洁,则是人所共知的。承接第五首,重又出现归鸟意象,以鸣写寂,用来象征退隐,也丰富了此诗的意蕴。

其 八

青松在东园①,众草没其姿②。凝霜殄异类,卓然见高枝③。连林人不觉④,独树众乃奇。提壶挂寒柯,远望时复为⑤。吾生梦幻间,何事绁尘羁⑥。

[注释]

①东园:陶渊明居处有一东园,其四言《停云》诗曾提到此园。一说指园之东。②没(mò):埋没;淹没。③殄(tiǎn):灭绝。异类:指"众草"。见:同"现"。④连林:树木相连成林。⑤"提壶挂寒柯(kē)"二句:是说提着酒壶挂在松树枝上,时而向远处眺望。壶:指酒壶。柯:树枝,因是冬天的树枝,故称"寒柯"。远望时复为:"时复为远望"的倒装,是说还时不时地重复向远处眺望。为:做,指远眺的动作。⑥绁(xiè):绳索,此处作动词,用绳索捆绑,指束缚。尘羁:尘世的羁绊。

[评析]

本首诗,也是一个例外,和其七一样写到了饮酒,只不过不是对菊自饮,而是松下自饮。"四首言松,五首言菊,皆未及言饮酒。七首申言对菊之饮,以掇英为下酒物,此八首又申言对松之饮,以远望为下酒物。菊色佳在浥露,松姿卓在傲霜,菊在东篱,松在东园,娓娓详言,相赏但患酒尽。"(明黄文焕语)陶氏在诗中以孤松自喻，以众草喻世俗之辈，表达自己不畏严霜的坚贞品质和不为流俗所染的高尚节操。具体而言，前六句皆咏孤松，以众草、连林为陪衬，突出其傲霜孤高品质；后四句写诗人与孤松为伴，亲爱神交，并于酒中闲眺，不为尘俗所羁绊的志趣。笔者以为，诗末"吾生梦幻间"二句表现的既非如人所说醉生梦死的消极之绪，亦似非愤世嫉俗的慨然之情，而是一种与松为伴道不孤的超然境界，是抱奇姿而终于隐遁的洒脱与自负，正所谓"此生亦不嫌其孤矣"（清吴瞻泰辑语）。

其 九

清晨闻叩门，倒裳往自开①。问子为谁欤②？田父有好怀③。壶浆远见候，疑我与时乖④。褴缕茅檐下，未足为高栖⑤。一世皆尚同，愿君汩其泥⑥。深感父老言，禀气寡所谐⑦。纡辔诚可学，违己讵非迷⑧！且共欢此饮⑨，吾驾不可回⑩。

[注释]

①倒裳：颠倒衣裳，古代上衣为衣，下衣为裳，形容匆忙中穿颠倒了衣服，表示急忙。语出《诗经·齐风·东方未明》。②子：古代对男子的尊称，此指田父。③田父（fǔ）：年老的农民。好怀：好意。④"壶浆远见候"二句：是说提着酒壶大老远地来给予问候，责怪我不合时宜。浆：酒。见：受到。候：问候。疑：责怪；埋怨。一说怀疑。与时乖：与世俗相违背，犹言不合时宜。一说背运。"乖"为"背离"。⑤"褴缕茅檐下"二句：为田父的话，是说穿破烂的衣服，住茅草房，不足以算作高隐（一说不值得让您这样高雅的人居住）。高栖（qī）：高隐。一说高雅的人居住。⑥"一世皆尚同"二句：仍为田父的话，是说世上的人都喜欢随大流，希望您也能同流合污。汩（gǔ）其泥：搅浑泥水，指同流合污。语出《楚辞·渔父》。"汩"同"淈"，搅浑。⑦"深感父老言"二句：为陶渊明的答话，是说深深感谢父老的劝告，我的天性难与世俗相合。禀气：禀受的元气，即禀性、天性。寡：少，引申为难、不。谐：合。⑧"纡辔诚可学"二句：仍为陶渊明的答话，是说回驾从政确

实可以学习,但是违背自己的本性难道不是迷误吗?纡辔:曲辔,即回驾、回车,喻回过头来步入仕途做官。一说纡辔缓行,放松马缰绳缓行,喻做官,似不确。"纡"为"曲","辔"为马缰绳。违己:违背自己的本性。讵:岂,难道。⑨且:暂且。⑩驾:车,喻志向。回:逆转。

[评析]

　　此诗也写到了饮酒,不同的是其七、其八写诗人独饮,这首诗则写与人共饮。此诗模仿《楚辞·渔父》的写法,设置主客对话形式,表达诗人坚持长期隐居下去,誓不回头从政的决心。魏晋时期大隐隐朝市、小隐隐山林的隐居风尚本就颇盛,诗中"田父"未必真有其人,然依陶渊明的身份和影响,当时类似于用东方朔、庞士元劝人离开茅庐而隐于朝中的做法去勉励陶渊明者,应该不乏其人,陶渊明写这首诗应该就是对这一世风的一个公开回应。在世俗的"田父"眼中,隐者就应"高栖",就应与世"尚同"而"汩其泥",而不应该"蓝缕茅檐下"那样寒酸,但陶渊明不愿违背自己的天性和初衷,"禀气寡所谐","吾驾不可回"可见其坚持茅庐之隐的态度之坚决。为表明这一志节,诗歌运用了开阖有致的写作手法,诗人的答话颇为典型,"深感父老言",感激肯定,可为一开,而"禀气寡所谐",对父老之言又予否定,可为一阖;"纡辔诚可学",又似真心肯定,又为一开,而"违己讵非迷",却又予否定,态度坚决,又为一阖;"且共欢此饮",共欢同饮,无疑又是肯定,又为一开,而"吾驾不可回",则终又否定,且无可回旋,终归阖起。几开几阖,抑扬尽致,颇耐咀嚼。

其　十

　　在昔曾远游,直至东海隅①。道路迥且长,风波阻中途②。此行谁使然?似为饥所驱③。倾身营一饱,少许便有馀④。恐此非名计,息驾归闲居⑤。

[注释]

①"在昔曾远游"二句：是说从前我曾经出仕远游，一直到东海的边缘。远游：指宦游于远方，即在远方任官职。东海：地名，在今江苏省连云港一带。各说不一，有云在曲阿县，即今江苏省丹阳县，详见袁行霈笺注本[题解]。②风波阻中途：是说半路上还曾被风波阻挡。可能暗喻当时人事险恶，时局动荡。③为饥所驱：指被饥饿所驱使的缘故。④"倾身营一饱"二句：是说竭尽全力谋求的只不过是一顿饱饭而已，而一顿饱饭所需很少便有了剩余。营：经营；谋求。⑤"恐此非名计"二句：是说恐怕这种远游谋官的做法不是保全名声的好计策（一说这种远游谋官的做法不是明智之举），遂停止做官回归休闲的隐居之处。非名计：不是保全名声的良策。一说不是明智的计策。"名"为名誉、名声。一说"名"通"明"，明智。

[评析]

此诗追忆并后悔当初曾为饥饿所迫而远游做官之事。至于追述的是哪一次行役出仕，前人历有异说。元人刘履持东晋安帝元兴三年（404，陶53岁或40岁）为刘裕镇军参军说，王瑶、龚斌、孟二冬从之；清人陶澍、近人梁启超则持渊明参刘牢之军事随讨孙恩至东海说；逯钦立持东晋安帝隆安四年（400，陶49岁或36岁）请假回浔阳说；郭维森持陶35岁赴江陵任职说。袁行霈则一概否定前说，考辨认为，陶渊明从未追随过刘牢之，此已为学界共识；认为其他各说中所涉陶渊明赴职之地均距首都建康（今南京）不远，与诗句中陶氏远游的"东海隅"不符；"东海隅"在今江苏省东部海边连云港一带。由此推定，陶氏弱年曾有短暂的远游仕宦经历，此诗当是对这一薄宦之事的追忆。不过，纵观全诗，笔者以为明明是追述由仕途而退归田园之事，若追悔的是二十来岁时的一次出仕经历，怎么能一下子跳跃到晚年的退隐上来呢？故简列各说，以待高明。

此诗在追悔为生计而误涉仕途并经历了风波之后，反思不值得为求温饱而在官场竭尽心力，应当就此打住，归隐闲居以保持节操。此诗思想上的大胆之处,在于敢于自揭疮疤,不讳己短。君子固穷,多讳言饥饿,诗人则直写曾为一顿饱饭而违背初衷的不明智之举,这一点为历代评论者所激赏。

此诗艺术上也有受到前人称赞的特别之处,"'此行谁使然?'问得冷,妙。'似为饥所驱。'答得诙谐,却妙在一'似'字,若非己所得主者。末六句一句一转,低徊欲绝"(清吴瞻泰辑语)。

其十一

颜生称为仁①,荣公言有道②。屡空不获年③,长饥至于老④。虽留身后名,一生亦枯槁。死去何所知?称心固为好⑤。各养千金躯,临化消其宝⑥。裸葬何必恶,人当解其(意)表⑦。

[注释]

①颜生:指颜回,孔子最得意的弟子。称为仁:被称为仁者。《论语·雍也》:"子曰:'回也,其心三月不违仁……'"②荣公:指荣启期,春秋时期隐士。见本组诗其二注③。言有道:被称为有道心。指《列子·天瑞》所载荣启期回答孔子有关快乐的一段言论,大意是天地万物人为贵,我得为人,一乐也;人中男尊女卑,我得为男人,二乐也;男人之中有寿夭,我已行年九十,三乐也。贫穷是文士的常态,死亡是人生的归宿,处常态而得善终,为何不快乐!言:言说、说成,与上句"称"对举。③屡空不获年:是说颜回生活贫困,未能长寿。屡空:食用时常空乏,指生活贫困。语出《论语·先进》。不获年:未能获得天年,即未得长寿,早卒。据载,颜回死时年仅四十一岁。④长饥至于老:是说荣启期长期贫穷挨饿,直到老死。⑤称(chèn)心:指任情适意,顺随自己的性情。固:本来;必。⑥"各养千金躯"二句:是说虽然各自保养自己的千金之躯,但是一旦面临死亡,生前所珍视的一切都会一同消失。各:有版本作"客",人生如临时寄居世上的过客。千金躯:犹贵体,贵如千金的身体。临:面对;临近。化:指死亡。宝:可宝贵的、值得珍视的东西,指身躯、荣华富贵、名誉地位、精神灵魂等。⑦"裸葬何必恶"二句:是说人死后裸体埋葬有什么可厌恶的呢(一说有什么不好呢),人们应

当理解杨王孙要求裸葬的言外之意（即真情）。恶：一读 wù，厌恶、讨厌；一读 è，不好。皆通。其（意）表：意之外，即言外之意，指汉人杨王孙要求死后裸葬的真情。《汉书·杨王孙传》载，杨王孙病危时嘱其子曰："吾欲裸葬，以反吾真。死，则为布囊盛尸，入地七尺，既下，从足引脱其囊，以身亲土。"可见，杨王孙要求死后裸葬的言内之意，是要以身亲土，而其言外之意（即真情）是回归自然。

[评析]

这首诗表达的是诗人的人生观、价值观和处世态度。关于这一点，孟二冬注本概括颇为到位，故录此备参："诗人认为，那种为追求身后的名声而固穷守节、苦己身心的行为是不值得的；同样，那种为希望能得长寿而认真保养贵体的行为也是不值得的。人死之后，不但贵体消亡，而且神魂灭寂，一无所知。所以诗人主张人生当称心适意、逍遥自任，不必有所顾忌，亦不必有所追求。"具体到此诗结构而言，前八句言名不足赖，后四句言身不足惜，而陶渊明的落脚点则是身名之外的性情。前八句为正说，结穴在第八句"称心固为好"一语。后四句则是反说，重在申说阐发第八句。前八句中举颜回、荣启期为例，后四句举杨王孙等为例，以实例论证，说服力则大增。不过，有趣的是，陶渊明所排斥的"虽留身后名，一生亦枯槁"的命运，却成了他自身的写照，他是典型的生前枯槁、身后留下大名的历史人物，这是诗人自己所始料未及的，更不是诗人刻意求之而得到的。

其十二

长公曾一仕，壮节忽失时。杜门不复出，终身与世辞①。仲理归大泽，高风始在兹。一往便当已，何为复狐疑②？去去当奚道，世俗久相欺③。摆落悠悠谈，请从余所之④。

[注释]

①"长公曾一仕"四句：褒扬西汉张挚一辞官而终不仕，是说张挚曾经

做过一次官，壮年时节（或说节操壮烈）一下子失去了时运（或说失去了从政时机），从此便闭门不再出仕，终身与世隔绝。长公：张挚的字。西汉人，张释之之子，官至大夫，免官后，因与世俗不合而终身不再出仕。详见《史记·张释之传》。壮节：一说壮年时节。古代三十岁入壮年。一说壮烈的节操。失时：一说失去时运，即背运。一说指失去了做官的时机。杜门：闭门。"杜"为堵塞。出：指出仕。辞：辞别，此指断绝、隔绝。②"仲理归大泽"四句：惋惜东汉杨伦隐居不能善始善终，是说杨伦因与世俗不合而辞官，回归大泽之畔聚徒讲学，他的高尚节操本来可以从这里开始。一次归隐便可永别官场（一说一次出仕便可停止），可他为什么又犹豫不决三次出仕呢（一说又有什么可犹豫的呢）？后二句有人认为指杨伦，有人认为是陶渊明自指。仲理：杨伦的字。东汉人，开封陈留人，为郡文学掾，因与世俗不合而辞官后，曾回大泽之中聚徒讲学，弟子至千余人。后被征辟，又曾三次出仕，每次又都以获罪告终。详见《后汉书·儒林传》。大泽：当指大的湖泽，不是地名。高风：一说指杨伦的高尚节操。一说指当时的高尚之风。始在兹：从这里开始。一往：一说指一次归隐。一说指一次出仕。已：停止；罢了。狐疑：像狐狸一样多疑，指犹豫。③"去去当奚道"二句：是说快归去吧，快归去吧，还有什么可说的呢？世俗已欺骗我很久了。去去：指归去，即归隐。连用两"去"字表示强调。一说相当于"罢了"，也是表示强调。当：借作"尚"，还。奚道：何道，有什么可说的。一说当走什么路。相欺：指欺我，"相"为单项所指，而没有互相的意思。④"摆落悠悠谈"二句：是说摆脱世俗言论的束缚，请跟随我隐居去吧（一说请任凭我隐居去吧）。摆落：摆脱。悠悠谈：众人无根据的闲言碎语，即世俗评论。从：跟随；随从。一说通"纵"，任凭。

[评析]

这首诗历被认为是陶渊明以张挚、杨伦作比，再次表达归隐决心的。笔者以为，笼统地这样概括此诗主旨是没问题的，但具体而言，诗人是如何以张、杨二人为比的，似乎历代评论者的理解多未必符合作者本意。如明人黄文焕在《陶诗析义》卷三中说："首章（指《饮酒》其一）贬驳邵平，此殊推尊张挚、杨伦。邵平无可奈何而种瓜，张挚、杨伦自甘辞官而不出，品地各不同也。"依黄氏之见，陶渊明是把西汉的张挚和东汉的杨伦同时作为正面榜样用以自况和效法的。清人邱嘉穗所谓"此又借古人仕而归者,以解其辞彭泽而归隐之本性"之说,温汝能所谓"篇中引用二子,渊明盖以自况"之论等,也都表达了和黄文焕相同的看法。今人王瑶、逯钦立、龚斌、郭维森、孟二冬等注本皆从前人之说,或直言,或注引《后汉书·儒林传》中杨伦履历时截至杨伦辞职后"讲授大泽中,弟子至千馀人"止。意在强调杨伦归隐不仕。其实这可能是对此诗文本的一种误读。笔者受清人方东树"首叙二人,一伸一缩"评语的启发,信从袁行霈的分析。实际上陶渊明是仅以西汉张挚"终身与世辞"为楷模用以自况的。其举杨伦之例恰好相反,是以杨氏的行为为反面典型,讽喻隐志不决、隐而复仕者的。理由很简单,《后汉书·儒林传》杨伦本传记载很清楚,杨伦辞去陈留文学掾后,根本没有像张挚那样终身隐居,又接受征召三次出仕,并且每一次出仕的结果又均是获罪告终。获罪之后,接受征召仍又出仕,足见其入世俗怀多么强烈,陶渊明怎么可能以这样的人自况表达隐居决心呢?再说,诗歌表达的意思也很明白,所谓"一往便当已,何为复狐疑",就是说一次归隐便应当永别官场,为什么又犹豫不决,重新出仕呢?这明明与杨伦的履历吻合,是在否定他的行为。肯定者认为,此二句是陶渊明写自己的思想活动而不是写杨伦的。这又是对文本结构的误读。很明显,全诗共十二句,分三个层次,每四句一层,首四句正面写张挚,中四句反面写杨伦,末四句写诗人自己。既然叙述两位历史人物,一先一后,句数对称是自然而然的,不可能叙前一人物用四句,后一人物用两句。从表达效果看,此诗一正一反,感情起伏,内容转折,胜过同一视角的重复举证是不言而喻的。另外,"诗末径言'请从余所之',似有为而发"(袁行霈语)。

其十三

有客常同止,取舍邈异境①。一士长独醉②,一夫终年醒③。

醒醉还相笑④,发言各不领⑤。规规一何愚,兀傲差若颖⑥。寄言酣中客,日没烛当秉⑦。

[注释]

① "有客常同止"二句:是说有两人常同住在一起,但他们出仕和退隐的志趣迥然不同。有客:一说诗中所设的两个人物,一说泛指诗人之外的某人。止:止息,即居住。取舍:获取和舍弃,喻指入世和出世,即出仕和退隐。邈异境:境界相差很远。② 一士:一说为诗人所设譬的两人中的一人,一说诗人自指。③ 一夫:一说为诗人所设譬的两人中的一人,一说指首句的"客"。④ 相笑:相视而笑。⑤ 发言:对话。各不领:互相不能领会和理解。"领"为领会。⑥ "规规一何愚"二句:是说醒者拘谨何等愚蠢,醉者旷放较为聪明。规规:浅陋拘谨的样子,此指醒者。语出《庄子·秋水》。兀傲:兀然、傲然,旷放不拘礼节的样子,指醉者。差:比较;尚且;差不多。颖:聪颖;聪明。⑦ "寄言酣中客"二句:是说传话给正在酣饮的那位客人,要夜以继日举着蜡烛而痛饮。日没(mò):太阳落山,指天黑。烛当秉:应当举起蜡烛,指夜以继日。语本《古诗十九首·生年不满百》"昼短苦夜长,何不秉烛游"句。

[评析]

这首诗以"醉者同醒者设譬,表现两种迥然不同的人生态度,在比较与评价中,诗人愿醉而不愿醒,以寄托对现实不满的激愤之情"(孟二冬语),也就是说陶渊明在诗中赞成醉者,否定醒者。诗人认为,"醉者若愚而实不愚,醒者若不愚而实愚。世事既不可为而强为之,徒然无益也。世事既不可为而不为,委顺自然也"(袁行霈语)。袁行霈笺注本称:"渊明本欲有为者也,世之相违,不得已而退隐,遂以醉者自许。"认为诗中醉者为陶渊明自指,可聊备一说。诗中评醒者之愚用"一何"一词,评醉者用"差若"一词,否定得干脆,肯定得委婉,被前人称为成功妙句。

其十四

故人赏我趣,挈壶相与至。班荆坐松下,数斟已复醉①。父老杂乱言，觞酌失行次②。不觉知有我，安知物为贵③？悠悠迷所留，酒中有深味④。

[注释]

①"班荆坐松下"二句：是说铺好树枝杂草坐在松树下面，才饮几杯便已开始醉了。班荆：铺荆于地，语出《左传·襄公二十六年》。"班"为铺设；"荆"为落叶灌木，此指荆棘杂草。斟：执壶倒酒，指饮酒。复：复始；开始。②觞酌失行（háng）次：是说倒酒饮酒全乱了先后顺序。指不拘礼节，不分长幼座次，随意乱饮。觞：向人敬酒或自饮。酌：倒酒；饮酒。行次：行列次第。③"不觉知有我"二句：形容醉后悠然恍惚的状态，是说在醉意中连自我的存在都感觉不到了，怎么能知道身外之物的可贵与否呢？④"悠悠迷所留"二句：是说悠然自得，迷恋所钟情的酒，因为酒中有很深的意味。一说酒中的深味就在于悠然自得，不知道身在何处。一说追名逐利者迷恋的是他们所在意的东西，而不知道酒中才有真正的深味。悠悠：闲适自得的样子。一说指追名逐利之徒，语出《列子·杨朱》。迷所留：迷恋所钟情留意的东西。"留"指酒。一说指名利。一说"迷所留"为不知所留，即不知身止何处。"迷"为迷失、不知。"留"为停留。

[评析]

此诗与前面其一、其三、其七、其八、其九、其十三等涉及酒的内容的几首相比，是组诗中首次正面详述群饮过程和醉酒感觉的一首诗。前六句写饮况，后四句写感觉。与其九中"田父"提着酒壶前来问候共饮明显不同，那是"田父"见诗人"与时乖"，不合时宜，为规劝诗人回头而来共饮的，饮者之间大异其趣，或者至少是"田父"只知诗人"与时乖"而不知诗人之真趣。所以彼此话不投机，很难沟通，因而其饮也很难尽兴。而此次提酒前来共饮的"故人"，则都是"赏我趣"者，所以共饮则完全是另一番情景：酒逢知己，铺草围坐不仅七嘴八舌随意谈笑，而且甚或敬酒、倒酒、饮酒全都不受礼节约束，没了长幼辈分和先后次序，一切率性而为。这些还只是外在形式的。而诗人的内在感觉则更达到了一种理想境界："不觉知有我，安知物为贵？"即物我两忘、超然物外的人生境界，这也正是本诗所要表达的旨趣所在。因为此二句虽然写诗人的酒后感觉与状态，但物我两忘本来就是陶渊明所追求的人生理想，所以这里又不仅仅是写醉酒而已。它既是酒中"深味"，也是诗人期待的现实之味。

其十五

贫居乏人工①，灌木荒余宅。班班有翔鸟，寂寂无行迹②。宇宙一何悠，人生少至百③。岁月相催逼，鬓边早已白。若不委穷达，素抱深可惜④。

[注释]

①乏人工：缺少人力。②班班：明显的样子，语出《后汉书·赵壹传》。一说络绎不绝、盛多的样子，语出《后汉书·五行志》。行迹：人行走的痕迹。③"宇宙一何悠"二句：是说宇宙是多么悠久，而人生又是多么短暂，很少能活到百岁。一何：多么。悠：久远。④"若不委穷达"二句：是说如果不听任穷困与显达，就违背了平素的志向而深为可惜了。委：听任、任随。穷达：指穷困与显达。素抱：平素的怀抱，即平生的志向。

[评析]

这首诗主要是诗人在贫困中感叹宇宙的悠久、岁月的遽速、人生的短暂、自己的衰老。但诗人又是达观的，他认为人最可宝贵与呵护的是自己平素的怀抱而不是其他，而诗人平素的怀抱就是顺随自然，听任困厄与显达。在诗人看来，违背了这一点就是违背了自己的素志，才是真正深为可惜的。因此，笔者以为，"催逼"和"委穷达"是此诗诗眼。

其十六

少年罕人事，游好在六经①。行行向不惑，淹留自无成②。

竟抱固穷节，饥寒饱所更③。弊庐交悲风④，荒草没前庭⑤。披褐守长夜，晨鸡不肯鸣。孟公不在兹，终以翳吾情⑥。

[注释]

①"少年罕人事"二句：回忆少年时代，是说少年时很少与人交往，神游爱好的是儒家经典。罕：少。人事：指世俗交往。游好：神游、爱好，指喜欢阅读。六经：儒家六部经典，指《诗经》、《尚书》、《礼经》（今包括《周礼》、《仪礼》、《礼记》）、《周易》、《乐经》（今失传）、《春秋》（今分附在《左传》各年之首），这里似当泛指古代典籍。②"行行向不惑"二句：回忆中年时代，是说随着时光流逝，已将近四十岁，却长久停滞，仍一事无成。行行：行而又行，不停地走，指时光流逝。向：走向；走近。不惑：指四十岁。语出《论语·为政》："四十而不惑。"③固穷节：一说在穷困时固守节操。一说固守贫穷的节操。饱：饱受，经受很多。更：经历。④弊庐：破旧的房屋。交：接。⑤庭：庭院。⑥"孟公不在兹"二句：是说刘孟公那样的知音不在这里，我的感情最终被隐蔽而不得倾诉。孟公：指刘龚，东汉人，孟公是他的字。刘龚善议论，时张仲蔚隐居，宅生蓬蒿，时人皆不理解，唯长安人刘龚理解他。详见皇甫谧《高士传》、范晔《后汉书·苏竟传》。这里陶渊明以张仲蔚自比，感叹自己没有刘龚那样的知音。以：以之，因此。翳：遮盖；隐蔽。

[评析]

这首诗"有回顾一生之意，欲有成而仍无成，遂抱固穷之节"（袁行霈语）。从大的方面讲此诗可分为前后两部分，前六句回顾过去，后六句感叹当前。而细分之，虽短短十二句，则可划分五层。首二句回忆少年时代，当时钟情并神游于六经，说明诗人政治上是有一番理想和抱负的，颇想有所作为。但同时，"罕人事"也预示了诗人性格中本就蕴有妨碍政治上有所作为的因子和欠缺。次二句回忆中年时代，四十不惑是古人成功与否的年龄标志和分水岭，诗人确认了自己中年一事无成。其无成并非因为自己没有抱负或没能力，虽诗未直言无成原因，身处乱世，及乱世与个人性格志趣之间的乖违，无疑是根本原因。正因为不少前人看到了这一点，所以很理解陶渊明的晚而归隐和耽于酒，"其不曰乐圣而曰乐酒，则其寓言，固自有由。当晋宋易代之间，士罕完节，况公乃宰辅子孙，无所逃名乎？稍以才华著，便恐不免，况以德名自树乎？隐君放言，而圣人有取焉，惟其时也。观谢灵运亦以元勋之裔，纵其才气，杀身于无名，则公之所处，合于圣人之道，超然尚矣"（清李光地语）。其实李光地之前，清人张潮、卓尔堪、张师孔等也约略注意到了这一点。再次二句，忆及晚而固守节操。又次四句，写眼前的凄婉之景。悲风交加、草没庭院的凄凉环境自不待言，其名句"披褐守长夜，晨鸡不肯鸣"写尽诗人饥寒交迫的贫困之状，更令读者读之酸楚！一代名士老人，竟因饥冻难耐而夜坐望天亮、盼鸡鸣而又抱怨鸡迟鸣。然而，在诗人心目中忍饥受冻还不是最悲哀的，最悲哀的还是精神的孤独，所以末二句在写生活贫困的基础上，落脚至眼前知音难觅，不被世人理解、衷情难诉上。所以，有前人称"翳"字为此诗诗眼是有道理的，其道出了诗人的真正悲哀之所在。

其十七

幽兰生前庭，含薰待清风①。清风脱然至，见别萧艾中②。行行失故路，任道或能通③。觉悟当念还，鸟尽废良弓④。

[注释]

①"幽兰生前庭"二句：比喻贤士怀德而等待圣明君主的重用，是说本在幽谷中的兰花生长在了殿前的庭院里，满含芳香等待着清风的沐浴。幽兰：幽谷中的兰花。兰花本生于山谷，不染尘俗，而生于殿前庭院，比喻贤士不隐于山林而出仕参与政事（取袁行霈解）。前庭：殿前庭院，代指宫廷，喻出仕。一说诗人自喻出生门第。薰：花草的香气；芳香。清风：育化万物的春风，比喻明君的关怀任用。②"清风脱然至"二句：假设句，希望之词，是说如果清风能够轻快而至，马上就能从杂草中见出兰花的不同。脱然：轻快的样子。一说或许、假如。见别：见出差别，看出不同。萧艾：指杂草。③"行

行失故路"二句：是说走着走着迷失了原来所设计的守志田园的人生道路，顺应自然之道也许还能走通（一说顺着现在走错的道路继续走下去也许能走通）。行行：行而又行，不停地走。故路：旧路，原来的人生道路，当指守志田园、隐居躬耕的本怀。一说指古代圣贤所指引的路，即达则兼善天下，穷则独善其身。任道：一说顺应自然之道。"任"为听任、顺应；"道"为自然之道，哲学概念。一说顺着现在的道路。"任"为顺着；"道"为道路，不是哲学概念，指迷失旧路后走错的道路，即做官的道路。按：两说皆通，都为下句重新选择回归"故路"做了铺垫。④"觉悟当念还"二句：是说既然已经醒悟到路走错了，就应当以回归原路为念，难道不知道鸟尽弃良弓的道理吗？念还：以回归旧路为念，指重新回归田园、躬耕守本志。鸟尽废良弓：飞鸟打光了，打鸟的好弓就要被废弃掉，比喻统治者功成后废弃杀害有功之臣。典出《史记·越王勾践世家》范蠡寄给文种的书信，云："蜚（飞）鸟尽，良弓藏；狡兔死，走狗烹。"又见《史记·淮阴侯列传》韩信被缚时语。

[评析]

此诗以幽兰自喻，以"萧艾"喻世俗，表达自己悔悟违背初衷误入仕途，迷途知返，回归田园，以守本志和节操的思想感情，并揭示了"鸟尽废良弓"的归隐之由。具体而言，"前四句以幽兰为喻，后四句以行路为喻，前后若两诗，其实不然。前以幽兰生于前庭，比喻贤人之出仕，后遂就出仕而言。贤人出仕犹失去故路也，继续任道而行或亦能通，但应以还归为上，鸟尽弓废是为诫也。前四句中有一'脱'字，后四句有一'或'字，皆假设之辞。其实，清风难至，任道难通，幽兰终当处幽谷，贤人终当隐田园也。"（袁行霈语）当然，结语"鸟尽废良弓"究竟是实有所指（如刘裕篡晋成功后滥杀功臣），还是揭示古代官廷的普遍现象，或者是自警，抑或是诗人回归田园的直接原因等，学界历有异说，也正因为"末语所指不甚明晰"（清温汝能语），恰给后人留下了咀嚼玩味此诗的空间。

其十八

子云性嗜酒①,家贫无由得。时赖好事人,载醪祛所惑②。觞来为之尽,是谘无不塞③。有时不肯言,岂不在伐国④。仁者用其心,何尝失显默⑤。

[注释]

①子云:扬雄的字,西汉学者,辞赋家。②"时赖好(hào)事人"二句:是说时常靠一些好学的人,带着酒来求学让他解除疑惑。典出《汉书·扬雄传》:"(扬雄)家素贫,嗜酒,人希至其门。时有好事者载酒肴从游学。"好事人:本指喜欢多事的人,这里指勤学好问而又热心肠的人。载醪(láo):带酒。"醪"为带糟的酒,指浊酒。祛(qū):去除,指解除。所惑:所疑惑的学术问题。③"觞来为之尽"二句:是说所有敬来的酒都一饮而尽,凡是咨询的问题无不给以解答。觞来:敬来的酒。"觞"为敬酒。为之:指为敬酒者。"之"指敬酒者。是:凡是。谘(zī):询问。塞:答,解答。一说充实。一说满,满足。④"有时不肯言"二句:是说有时候扬雄沉默不肯回答,岂不是因为问到了攻伐别国之事。此二句用春秋时期鲁僖公问柳下惠典,《汉书·董仲舒传》载:"闻昔者鲁君问柳下惠:'吾欲伐齐,何如?'柳下惠曰:'不可。'归而有忧色,曰:'吾闻伐国不问仁人,此言何为至于我哉!'"大意是说听说过去鲁僖公想讨伐齐国时,曾征求大夫柳下惠的意见,柳下惠不同意。柳下惠回到家里很忧虑,心想:我听说攻伐别的国家是不向仁德之人征求意见的,鲁僖公却为什么拿攻伐齐国的事情来征求我的意见呢?难道我不是一位仁德之人吗?此处以柳下惠喻指扬雄,指扬雄不回答有违仁德的问题。一说指扬雄闭口不谈国事。⑤"仁者用其心"二句:是说仁德之人运用他的仁心,或畅言或沉默(或显达或退隐)都没有过失(一说都没有失去仁心)。此二句承上四句,诗人又进而以扬雄自喻。失:过失;过错。一说失去。一说改变。显:一说指畅言。一说指显达。默:一说指沉默不语。一说指隐退。

[评析]

这首诗既讲西汉末扬雄的典故,又用到春秋时柳下惠的典故,所以历代对其诗旨颇有不同理解。一说诗人一方面以扬雄自况,说明自己家贫无酒,幸赖友人馈赠;一方面又以柳下惠自况,以言自己收受馈赠的原则,或为闭口不谈国事以远祸,或为倡仁者之心。一说此诗专咏扬雄,而并未兼咏柳下惠,更未贬扬褒柳。细味全诗,其意确实颇为明白,全诗就是在咏扬雄。写扬雄家贫而喜欢饮酒,前来问学的人以酒馈赠,扬雄来者不拒,对所问之学,多侃侃而谈,但对有些敏感的政治问题则沉默不言。陶渊明认为,在王莽篡汉的非常时期,扬雄的"显"与学习柳下惠的"默",即畅谈与沉默两种做法,也就是出仕与退隐,都是正常的,都是值得肯定的,当然诗人更钟情于隐默,关键在于不论仕进与隐退都坚持运用自己的仁者之心。扬雄在王莽篡汉后确实曾被迫出仕新政,并作过称赞王莽新政的文字,但他在《解嘲》中明确表露了自己不改隐者品格的心迹,所谓"知玄知默,守道之极;爱清爱静,游神之廷;惟寂惟寞,守德之宅"即是。所以,晋宋人不但不诟病扬雄的出仕新朝,反而推崇他的大隐隐朝市的做派。身处晋宋易代之际而又信守顺应自然理念和内秀品格的陶渊明,以扬雄自况也就是可以理解的了。

就艺术而言,清人吴瞻泰编《陶诗汇注》卷三中所辑王棠对此诗几字妙处的分析,有一定道理,不妨转引于此,以备参阅,"'塞'字用得奇,人问即答,必塞人之望也。'岂不在'、'何尝失'六字妙。当时刘裕举兵,岂非伐国?渊明绝口不言朝政,岂非守默?我如是,子云亦如是,仁者用心相同,如此方见六字含吐之妙"。

其十九

畴昔苦长饥,投耒去学仕①。将养不得节,冻馁固缠己②。是时向立年,志意多所耻③。遂尽介然分,终死归田里④。冉冉星气流,亭亭复一纪⑤。世路廓悠悠,杨朱所以止⑥。虽无挥金事,浊酒聊可恃⑦。

[注释]

①"畴昔苦长饥"二句:可能是指陶渊明弱冠之年曾短暂从政之事,是说过去曾因忍受不住长期的饥饿,而放弃农耕生活去学做官。畴昔:往昔;过去。苦长饥:以长饥为苦,指忍受不住长期的饥饿。投耒(lěi):放下农具,指放弃农耕生活。②"将养不得节"二句:是说从政之后,因休息调养不得法,寒冷和饥饿仍然常常困扰着自己。指薄宦后仍不能养家糊口,解除饥寒。将:与"养"同义,养息。节:法度。③"是时向立年"二句:是说这时将近而立之年,内心常因出来做官感到耻辱。向:将近;接近。立年:而立之年,三十岁。语本《论语·为政》"三十而立"。陶渊明二十九岁出任江州祭酒。志意:两字同义,指内心。多:常。④"遂尽介然分(fèn)"二句:是说于是竭尽全力坚持耿介原则,决心回归田园直到老死。介然:耿介;坚贞。分:原则。一说本分。⑤"冉冉星气流"二句:是说自从辞去彭泽令后,日月星辰渐渐流转,悠悠然又过去了十二年。冉冉:渐渐。星气流:日月星辰和节气运行变化,指时光流逝。亭亭:遥远的样子,指时间久远漫长。一纪:十二年。⑥"世路廓悠悠"二句:是说世路空阔遥远而多岔口,这正是杨朱无所适从而停滞不前的原因。世路:人世间的道路,指人生处世经历。廓:空阔。悠悠:遥远的样子。杨朱:战国时期魏国人,一说卫国人。所以止:停滞不前的原因。杨朱曾见歧路(岔路口)而哭泣,因为既可以向南,也可以向北,无所适从。典出《淮南子·说林训》及《太平御览》卷一九五引文。⑦"虽无挥金事"二句:是说虽然不能如告老还乡的疏广那样散金取乐,但也可暂时凭借着浊酒自我慰藉。挥金事:典出《汉书·疏广传》,西汉宣帝时,疏广官至太子太傅,后告老还乡,将皇帝和皇太子赐赠的七十斤黄金,每天用来摆设酒食,宴请族人故旧和宾客,与相娱乐,用掉很多。"挥"为"散"。恃(shì):依靠;凭借。

[评析]

学界已从这首诗诗意中大体推定出了其创作时间,普遍认为作于东晋义熙十三年(417)诗人66岁或53岁时。此诗专叙生平出仕而终归的过程，细味诗意，似乎可分为四个阶段：一是弱冠之年为饥寒交迫而薄宦、薄宦后仍难以养家糊口而辞归阶段。二是将近而立之年起为江州祭酒并以之为耻遂又辞归阶段。三是最后一次出任彭泽县令并坚持耿介原则再次辞官决心永归田园阶段。四是终归后十二年来的田园生活阶段。也有学者认为全诗记述的是因饥寒而出仕，由耻出仕而归田，又由归田而至于今的出处过程，也就是说诗中记述的仅是一次出仕便归隐至今。也有学者认为记述的是两次出仕两次归隐即"初隐"和"终隐"。不论此诗记述几仕几隐，但所表达的诗人的感慨和志趣都是清楚明晰的，即厌恶官场（"志意多所耻"说得沉痛），心仪田园（"终死归田里"说得坚决）。不仅认为归隐是贤士正途，自己初衷，而且不富裕的田园生活中有浊酒为伴，颇可聊以自慰，心情是惬意与满足的。

其二十

羲农去我久①，举世少复真②。汲汲鲁中叟，弥缝使其淳③。凤鸟虽不至，礼乐暂得新④。洙泗辍微响，漂流逮狂秦⑤。诗书复何罪，一朝成灰尘⑥。区区诸老翁，为事诚殷勤⑦。如何绝世下，六籍无一亲⑧！终日驰车走，不见所问津⑨。若复不快饮⑩，空负头上巾⑪。但恨多谬误，君当恕醉人⑫。

[注释]

①羲农去我久：是说伏羲氏和神农氏离我们太久远了。羲农：指太昊伏羲氏和炎帝神农氏，传说中的上古帝王，与皇帝轩辕氏并称为"三皇"。去：离开；距离。②举世少复真：是说整个人世间很少再有保持自然本性的人了（一说很少再有纯朴的社会风尚了）。③"汲汲鲁中叟"二句：是说孔子急切地想补救行事的缺失，使社会风尚变得真淳。汲汲：心情急切的样子。鲁中叟：鲁国中的老人，指孔子。弥缝：弥补缝合（或弥合缝隙），指救补行事的缺失。④"凤鸟虽不至"二句：是说虽然孔子感叹凤凰这样的祥瑞之鸟不再

飞临，自己生不逢时，但他还是尽力整理礼乐，使其暂时有所更新。凤鸟虽不至：典出《论语·子罕》："子曰：'凤鸟不至，河图不出，吾已矣夫！'"凤鸟指凤凰，古人认为凤凰是祥瑞之鸟，太平盛世时才会出现，孔子感叹凤凰不再飞临，说明自己生不逢时，一生的理想就要完了。礼乐暂得新：典出《史记·孔子世家》，据载，春秋末年，礼乐废弃，孔子整理《礼》、《诗》，正乐，并以诗礼乐教弟子，使礼乐自此可得传述，有所更新。⑤"洙（zhū）泗（sì）辍微响"二句：是说孔子死后，洙泗之滨精微要妙的言论断绝了，时光漂浮流逝，江河日下，直到狂暴的秦朝。洙泗：二水名。古时二水自今山东泗水县北合流西下，至鲁国都城曲阜北上，又分为二水，洙水在北，泗水在南，孔子曾聚徒讲学于洙泗之间。微响：精微要妙的音响，指孔子讲学的言论。漂流：指时光流逝，兼喻社会风气每况愈下。逮（dài）：至；到。⑥"诗书复何罪"二句：言秦始皇焚书事，详见《史记·秦始皇本纪》。诗书：《诗经》、《尚书》，代指儒家经典及诸子百家著作。⑦"区区诸老翁"二句：指西汉初几位老儒传授儒经事，详见《史记·儒林列传》。是说为数不多的几位老儒传授儒经特别勤勤恳恳。诸老翁：指西汉初传授儒经的几位老翁，如鲁国申培、高堂生、胡毋生，齐国辕固，燕国韩婴，济南伏生等。为事：做事，指传授儒经之事。诚：确实。⑧"如何绝世下"二句：是说为什么汉代灭亡以后，再也没有人肯亲近六经。绝世：断绝缭祀，指汉世既绝，即汉代灭亡。六籍：指六经，见本组其十六注①。无一亲：指六经中没有一种被人亲近了。⑨"终日驰车走"二句：是说看到的都是些整天为名利而驾车竞奔的人，看不见有人再像孔子那样为治国之道而问路了。驰车走：驾车跑，喻为追名逐利竞相奔走。"走"为"跑"。所：语助词。问津：问渡口，指问路，也代指问治国道理。典出《论语·微子》，孔子让子路向（隐士）长沮、桀溺问渡口。此处似以长沮、桀溺自况，感叹无孔子一类人物出现。⑩快饮：痛饮；畅饮。"快"为畅快、快意。⑪空负头上巾：指陶渊明以头巾漉酒事，是说白白辜负了头上漉酒的葛布头巾。典出《宋书·陶潜传》，有一次江州太守约请陶渊明前去，正赶上陶渊明自酿的酒熟了，他情急之下迅速取下头上的葛布头巾漉酒，漉完之后，又重新将头巾戴在了头上。⑫"但恨多谬误"二句：诗人故作醉语，以自掩饰，实心有怨愤，既是就此诗而言，也可能有针对二十首组诗之意。是说只怕我的如上言论多谬误之处，恳望各位能宽恕我这个醉人。恨：遗恨；担心。君：此处当为泛指。

[评析]

此诗为《饮酒》组诗的最后一首，历代不少评论者认为，此诗可能带有组诗的总结性质。从表面看，诗人是在感叹世风的每况愈下，先从上古的伏羲时代说起，历述世风的不可挽回。认为伏羲时代之后社会风气就很不淳厚了，至春秋时代孔子为"弥缝使其淳"，虽毕生作了不懈努力，但收效甚微；至秦始皇焚书坑儒，风气大坏；至汉代兴起，在老儒们的努力下，世风有所恢复；但汉代以后，世风却每况愈下，人人忙于追逐世俗的名利，儒家经典、治国大道竟无人问津了。面对这一无可挽回的社会现实，自己只能愤而以酒为乐了。但是，如果抛开表面的感叹，深入诗人思想深处，陶渊明在此诗中表达的可能是更为深层的哲学思考，这一点清人沈德潜已有所发现，他在《古诗源》卷九中说："晋人诗，旷达者征引老庄，繁缛者征引班（固）扬（雄），而陶公专用《论语》，汉人以下，宋儒以前，可推圣门弟子者，渊明也。"沈氏所言未必尽当，但其发现此诗表达的是陶氏复兴儒学的思想还是符合此诗实际的。对此，袁行霈笺注本的分析颇为到位，谨转录于此："此篇首言举世少'真'，'真'者，乃道家特有之哲学范畴也，孔、孟皆未言及。下忽接孔子，言孔子弥缝使其淳，是将孔子道家化矣。儒家之道家化乃当时思想界之潮流。再下又言孔子整理礼乐，始皇焚书后诸老翁传授六经，而感叹目前经术之无续，不复有孔子之徒出现。只好以饮酒为乐，寄托空虚寂寞。如此看来，渊明似是呼唤孔子再生、儒家复兴。诗末二句，自言'谬误'，似有触犯当世之处，如'六籍无一亲'，诚为激忿之语。"笔者补充两点：一是诗末二句是诗人故意以醉语说真话，若真是醉语则反而不用顾虑触犯当世了；二是此结语既可视为此诗结语，也不妨视为全部二十首组诗的结语，诗人所顾虑的既是此诗中触犯忌讳的言论，也是组诗中不少不合时宜的言论。

就艺术表现而言，最为受人肯定的是此诗的用字，用字中最受追捧的是"弥缝使其淳"句中"弥缝"二字，被称为是"他人不敢且不能"（明谭元春）之语，"道尽孔氏苦心"（明黄文焕）之语，"固尽圣人参赞之妙"（清温汝能）之语，甚至明人钟伯敬在其评选《古诗归》卷九中称此二字对孔子一生的概括，超过了戏谑孔子行为的《庄子》整部书。"《庄子》一部书，嘲谑圣贤，不如此语立言渊妙。觉孔老一生述作周流，及从来圣哲奔忙，只是'弥缝'二字。"另外，"凤鸟虽不至"的"虽"，"礼乐暂得新"的"新"，"区区诸老翁"的"区区"，其妙用也都受到了前人的青睐。

赠羊长史并序

左军羊长史①，衔使秦川②，作此与之。

愚生三季后，慨然念黄虞③。得知千载外④，政赖古人书⑤。贤圣留馀迹⑥，事事在中都⑦。岂忘游心目？关河不可逾⑧。九域甫已一，逝将理舟舆⑨。闻君当先迈，负疴不获俱⑩。路若经商山，为我少踌躇⑪。多谢绮与甪⑫，精爽今何如⑬？紫芝谁复采？深谷久应芜⑭。驷马无贳患，贫贱有交娱⑮。清谣结心曲，人乖运见疏⑯。拥怀累代下，言尽意不舒⑰。

（作于66岁或53岁时）（九月之后）

[注释]

①左军：一说指左将军朱龄石。一说指左将军檀韶。羊长史：指朱龄石或檀韶的长史羊松龄。"长史"为将军的幕僚。②衔使秦川：奉命出使秦川。衔：奉；接受。秦川：泛指今陕西、甘肃秦岭以北关中平原一带，因古属秦国而得名。"川"指"平川"。③"愚生三季后"二句：是说我生在三代衰微之

后,感慨怀念黄帝、虞舜的上古时代。愚:自谦词。三季:指夏、商、周三个朝代的末期。黄虞:传说中的上古帝王黄帝和虞舜,指上古时代。④千载外:千年以前的事情。⑤政赖:正赖,即正依靠。⑥馀迹:遗迹。⑦中都:中原的都邑,指洛阳、西安。⑧"岂忘游心目"二句:是说哪能忘记去那里游心纵目地瞻仰?无奈有函谷关、黄河的阻隔,不可逾越。关河:函谷关和黄河,似代指当时南北分裂。⑨"九域甫已一"二句:是说全国已经开始统一,我将整理车船前往中原游览古代圣贤之地。九域:九州,指全国。甫:开始。一:统一,指刘裕破后秦、灭姚泓事。逝:发语词。⑩"闻君当先迈"二句:是说听说你担任使者先行前往,我本想同去,但因抱病在身,不能同行。当:担任,指担任使者。一说将要。先迈:先行,指去关中。"迈"为"往"。负病(ē):抱病;生病。不获俱:不能同行。⑪"路若经商山"二句:是说你若经过商山,请为我稍作驻足停留。表示对古代隐者的向往。商山:山名,又名商阪、地肺山、楚山,在陕西商洛市东南,秦末汉初东园公、绮里季、夏黄公、甪里先生等四位老人为避乱隐居于此,因须眉皆白,被称为"商山四皓"。少:通"稍"。踌躇:驻足、停留的样子。⑫谢:问候。绮与甪(lù):绮里季和甪里先生,代指"商山四皓"。⑬精爽:灵魂。⑭"紫芝谁复采"二句:是说"四皓"已亡紫芝有谁还在采摘?深谷应该久已荒老了。意为"四皓"之后商山恐怕再无隐居者了。紫芝:紫色的灵芝,"四皓"隐居时曾以此充饥。⑮"驷马无贳(shì)患"二句:是说富贵不能免祸,不如贫贱多有欢乐。驷马:四马拉的车,富贵者所乘,代指高官厚禄的富贵者。贳:免除;赦免。交:前后相接不断,这里有多的意思。按:以上四句是陶渊明对《四皓歌》诗意的化用,《高士传》记"四皓"所作歌为:"莫莫高山,深谷逶迤,晔晔紫芝,可以疗饥。唐虞世远,吾将安归?驷马高盖,其忧甚大,富贵之畏人兮,不如贫贱之肆志。"⑯"清谣结心曲"二句:是说虽然"四皓"清新的歌谣牢记心中,但"四皓"之人已不可再见,时代也与我疏远了。清谣:清新的歌谣,指《四皓歌》。结:记。一说凝结。心曲:内心深处。一说心志。人乖:人背离,指古人"四皓"已不可再见。一说人与世背离,指作者自己与时代背离不合。运见疏:"见运疏"的倒置,指作者被时代疏远。"运"为世运、时代。⑰"拥怀累代下"二句:是说感慨在胸中壅积数代之下,言虽有尽,心意却不能尽情地表达在诗中。拥怀：感慨壅积于胸中。"拥"通"壅"。一说"拥怀"为"怀有感慨"。累代：许多代。舒：舒展，指尽情表达。

[评析]

这首诗被确认作于东晋义熙十三年（417），历无异议，因刘裕北伐破长安（今西安）就在此年九月，是年渊明66岁或53岁。自元代刘履始，历代注家对此诗写作背景的看法很一致，认为义熙十二年（416）八月，刘裕率军北伐后秦，十月收复洛阳，次年（417）九月攻入长安，后秦君主姚泓被擒，时任左将军的朱龄石得到捷报后，便派遣长史羊松龄前往祝贺，陶渊明则写了此诗赠给羊松龄。而今人逯钦立、郭维森、袁行霈等人则以朱龄石时驻守京都建康（今南京）而未在浔阳为由，对传统说法提出否定意见，认为派羊长史前去祝贺的应是刘裕的亲信、江州（治所在浔阳）刺史、左将军檀韶。后李华和龚斌等学者又以朱龄石乃刘裕亲信在刘裕北伐期间驻守京都与刘穆之共谋朝廷内外诸事为由，肯定传统说法，认为派左将军长史羊松龄赴关中祝捷必是朝廷行为，而檀韶作为地方官没资格、也不可能代表朝廷派其长史前往；同时，羊长史从京都出发沿长江水路赴长安，正好路过浔阳见渊明。笔者更倾向于檀韶说，因为作为亲信，个人派使者祝捷以示拍马讨好是有可能的，不必代表朝廷。同时，北伐胜利乃东晋大事，朝廷会另派高官代表朝廷祝捷的，而派下级官吏左将军长史前去不合常理，更何况受贺人是东晋实际上的执政者呢？当然，若能考辨出羊松龄究竟做过谁的长史，问题就清楚了。好在，不论羊松龄是哪位左将军的长史，并不太影响我们对这首诗诗意的理解。

这是一首赠别诗，虽题为《赠羊长史》，然却无惜别之意，全诗除"闻君"、"路若经"、"为我"、"多谢"四句点到羊长史外，其余二十句皆自述胸怀，可谓别具一格。很明显，渊明诗中表达的感情是复杂的。一方面，诗人和时人一样，视刘裕的北伐成功为统一国家的盛举，他们是欢欣和期待的；同时，作为南人的他们，对中原是有强烈的归属感和向往之情的。但是，另一方面，刘裕三年后即禅纂东晋，而此时，纂位之心已经显露，其北伐亲征只不过是为了以军功增加自己的纂晋筹码而已。敏锐的陶渊明对此已有察觉，对国家的未来走向已有预见，因此，兴奋、向往而又忧心忡忡就成为此诗的基本感情格调。诗中不铺张武功而向往中原"贤圣"、"馀迹"；而"馀迹"中不寻访三皇五帝，不追念"汉三杰"，却"多谢"高隐"商山四皓"。此种心曲可想而知：既含有易代之际个人避乱长隐的选择决心，亦暗示规劝朋友不当前往、不当趋仕新贵的深意。此诗结尾四句，感事忧时而不露痕迹，可谓"言尽意不舒"，颇能代表陶诗含蓄蕴藉的风格。

诸人共游周家墓柏下[①]

今日天气佳，清吹与鸣弹[②]。感彼柏下人[③]，安得不为欢。清歌散新声[④]，绿酒开芳颜[⑤]。未知明日事[⑥]，余襟良已殚[⑦]。

（约作于67岁或54岁时）（春季）

[注释]

①诸人：众人。周家墓：或许指周访家的墓地。据《晋书·周访传》载，陶渊明的曾祖父陶侃未显达时，遭遇父母丧，将要下葬，家中忽失一牛。陶侃寻牛时遇一老父，对侃说："前冈见一牛，眠山污中，其地若葬，位极人臣矣。"又指一山说："此亦其次，当出二千石。"说完便不见了。陶侃则将父母葬于前山，将后山指给周访。访父死后，葬后山。陶、周两家果然世代为官。周访比陶侃小一岁，曾以女儿嫁陶侃之子陶瞻，两家世婚，故渊明所游的是周访家墓地的可能性很大。②清吹：指管乐器。鸣弹：指弦乐器。③柏下人：指墓中人。古代多在坟茔周围植松柏以为标志。④清歌散新声：是说清亮

的歌曲发出新声。散:发出。⑤绿酒:新酒。新酿的酒呈绿色,故称。⑥明日事:未来之事,主要指生死之忧。⑦余襟良已殚(dān):是说我的情怀确实已经尽兴了。襟:胸怀;情怀。良:诚然;确实;很。殚:尽。

[评析]

王瑶先生依《晋书》本传所载渊明隐居后有一段时间曾与张野、羊松龄、庞遵等诗酒交往频繁,判定此诗可能写他们共游,与《岁暮和张常侍》诗时间相近,故以王说暂系于东晋义熙十四年(418)陶渊明67岁或54岁时春季。

此诗写同几位友人共游周家墓的情景。正如郭维森所说,山上墓园,未尝不是登临观赏的好去处,但是渊明此诗有意在题目中点明周墓,又在正文中点明柏下人,说明作者自有深意。其深意是什么呢?笔者以为,当是表达诗人对生死之忧的认识:一方面表明他对生死的豁达态度,一方面也略带些许忧伤。他既认为,死者已经死了,就不必再去想它,生者自当珍惜眼前,快乐生活;但同时又认为,既然人生"未知明日事",生死如此无常,倒不如及时行乐的好。应该说,陶渊明的生死观中豁达与忧患是并存的,但同时诗中的豁达又是主导的,仅此,陶氏就已高标古人了。也正因为此,这首写坟墓的诗才能一反同类题材作品的苍悲,而格调洒脱,风格明快,清吹、鸣弹、清歌、绿酒与墓柏协调融合,天然浑成。"今日天气佳"一句,直用口语而不失诗味,也同样印证了这一点。

赠长沙郡公族孙 并序①

余于长沙郡公为族祖,同出大司马②。昭穆既远③,以为路人④。经过浔阳⑤,临别赠此。

同源分流⑥,人易世疏⑦。慨然寤叹⑧,念兹厥初⑨。礼服遂悠，岁月眇徂⑩。感彼行路，眷然踌躇⑪。

於穆令族⑫，允构斯堂⑬。谐气冬暄⑭，映怀圭璋⑮。爰采春花，载警秋霜⑯。我曰钦哉，实宗之光⑰。

伊余云遘，在长忘同⑱。言笑未久，逝焉西东⑲。遥遥三湘⑳，滔滔九江㉑。山川阻远，行李时通㉒。

何以写心㉓？贻兹话言㉔：进篑虽微，终焉为山㉕。敬哉离人㉖，临路凄然。款襟或辽，音问其先㉗。

（作于67岁或54岁时）

[注释]

①长沙郡公：当指陶侃的六世孙，名不详，乃陶延寿之子。一云指陶侃五世孙陶延寿。族孙：同宗族的孙辈。东晋大司马陶侃封长沙郡公，其爵位依次传其子陶夏、孙陶弘、曾孙陶绰之、玄孙陶延寿、陶延寿之子。陶渊明为陶侃曾孙，与陶绰之同辈，故陶绰之之孙为陶渊明族孙，陶渊明为其族祖。②同出大司马：指同出陶侃。东晋名臣陶侃，死后追赠大司马。③昭穆既远：是说虽为同宗，而世系已远。昭穆：古代宗庙制度，始祖居中，二、四、六、八世居于左，称作"昭"；三、五、七、九世居于右，称作"穆"。④以为路人：互相把对方当成行走在路上的陌生人。⑤浔阳：今江西九江市西，陶渊明家乡。⑥同源分流：同一水源分出的支流，此代指同一祖先而不同分支。⑦人易世疏：一代一代人事更替而世系逐渐疏远。易：变更。⑧慨然寤叹：指慨叹醒悟了两人的同宗关系。寤：通"悟"，醒悟。⑨念兹厥（jué）初：感念当初共同的始祖。一云顾念当初的同源。兹：这；此。厥：其。⑩"礼服遂悠"二句：是说宗族关系本已疏远，加上岁月流逝又已久远。礼服：服丧的礼服，代指宗族关系。古代根据血缘关系由亲到疏，服丧时依次穿斩衰、齐衰、大功、小功、缌麻五种丧服，五种丧服的质地由最粗的麻布依次过渡到细麻布，其服边由不缝制渐次过渡到细缝制。悠：远。眇（miǎo）徂（cú）：即"渺徂"，远逝。⑪"感彼行路"二句：是说有感于宗亲成为路人，顾恋徘徊。行路：行路之人。⑫於（wū）穆令族：感叹名门望族。於穆：感叹词。令：美。⑬允构斯堂：确实能够建构这座殿堂，语出《尚书·大诰》，此处比喻继承祖

业。允:确实。堂:正室,喻父业。⑭谐气冬暄(xuān):是说长沙郡公和谐的气度像冬天的阳光一样和暖。暄:暖和。⑮映怀圭璋:是说长沙郡公的胸怀像美玉一样光辉照映。圭璋:珍贵玉器,喻美德。⑯"爰采春花"二句:是说长沙郡公光彩如同春花,又警肃如秋霜。此二句赞美长沙郡公风华正茂,性格沉稳。爰:语助词。采:光彩。载:又。⑰"我曰钦哉"二句:是说长沙郡公我太钦佩你了,你实在是我们宗族的荣光。⑱"伊余云遘(gòu)"二句:是说你我相遇,我虽为长辈,却忘记了咱们是同宗。云:语助词。⑲逝焉西东:各奔东西。逝:离去,这里指分别。⑳三湘:一云湘江上游漓湘、中游潇湘、下游蒸湘的合称,一云湘潭、湘阴、湘乡三地的合称。此处泛指长沙郡公的封地湖南。㉑九江:指陶渊明居住地。㉒行李时通:希望时有书信往还。行李:使者。㉓写心:抒发情感;表达心意。㉔贻(yí)兹话言:赠此善言。贻:赠送。㉕"进篑(kuì)虽微"二句:是说加一筐土虽然很少,但最终能积土成山,语出《论语·子罕》。此二句为勉励之辞,希望长沙郡公能不停地进德修业,成就功勋。篑:同"蒉",盛土竹筐。㉖敬哉离人:是说珍重啊,长沙郡公。此句仍为勉励之辞。敬:谨慎。离人:离别之人,指长沙郡公。㉗"款襟或辽"二句:是说再敞开胸怀晤谈的机会也许很遥远,但可以早通音讯。款襟:指敞开胸怀面对面谈心。款:恳切。襟:胸怀。辽:辽远,指时间。音问:书信问候。先:早。

[评析]

关于这首诗所赠对象,是陶侃的五世孙陶延寿,还是其六世孙陶延寿之子,历多争论,迄无定说。其争论情况今人龚斌《陶渊明集校笺》集说甚详,可备查阅。笔者以为"赠陶延寿"说似更有道理,只是因为本注评以袁行霈笺注本为底本,不便妄改题目,故评注中两说并存,好在并不影响对诗意的理解。"陶侃封长沙郡公,赠大司马,死于晋成帝咸和九年甲戌(三三四)。其子夏袭爵,夏卒,侄宏嗣。宏卒,子绰之嗣。绰之卒,子延寿嗣。宋受禅后,降延寿为醴陵侯,渊明所赠者当为陶延寿,则本诗必作于晋亡以前。"(王瑶语)依王先生考证,此诗暂系于东晋义熙十四年(418),陶渊明67岁或54岁时。陶渊明所赠诗的长沙郡公虽与渊明为同宗，惜此前并不相识，是长沙郡公路过渊明老家浔阳（今江西九江西）时才偶然相遇，互知身份的。论爵位，此长沙郡公是嫡长，但论辈分他又是陶渊明的族子或族孙，偶然相逢相识，遂又很快分别，陶渊明的身份和感情应该是复杂的，但正如袁行霈所说，他诗中的口吻不卑不亢，表现得很得体。

全诗分四章，一章写初见感叹，叹宗族悠久，传统美好；二章赞长沙郡公，赞其弘扬祖业，气度品格非凡；三章写惜别，惜会晤短暂，再见时难；四章写临别勉励，勉励对方进德修业，建功立勋。从此诗，既可见出陶渊明关怀后辈的长者情怀，又可见出他难以免俗的浓厚宗族观念，更可见出他并未忘怀的积极用世态度。正如鲁迅先生所说，陶渊明"并非一味地飘飘然"。

九日闲居并序①

余闲居，爱重九之名②。秋菊盈园，而持醪靡由③。空服其华④，寄怀于言⑤。

世短意恒多⑥，斯人乐久生⑦。日月依辰至，举俗爱其名⑧。露凄暄风息⑨，气澈天象明⑩。往燕无遗影，来雁有馀声⑪。酒能祛百虑，菊为制颓龄⑫。如何蓬庐士，空视时运倾⑬！尘爵耻虚罍⑭，寒华徒自荣⑮。敛襟独闲谣，缅焉起深情⑯。栖迟固多娱，淹留岂无成⑰？

（约作于67岁或约54岁时）（九月九日）

[注释]

①九日：指农历九月九日重阳节，古人九月九日有饮菊花酒以求长寿的习俗。闲居：辞官在家，闲静居坐。语出《礼记》，内有《孔子闲居》篇。

②爱重九之名：农历九月九日为重九，古人认为九属阳数，故重九又称重阳。"九"和"久"谐音，有寿命长久的意思，所以渊明说"爱重九之名"。③而持醪靡由：是说但无酒可饮。持醪：犹言把酒。"醪"为汁滓混合的酒，即浊酒。靡由：无缘由。④空服其华：是说空对着欣赏这里的菊花。空服：空饮，有花无酒，故称，这里当指欣赏。华：同"花"，指菊花。⑤寄怀于言：把情怀寄托在诗中，即写诗抒发情感。⑥世短意恒多：是说人生短促，忧思却很多。意：忧思，指忧思人生短暂。一说指愿望、欲望。⑦斯人乐久生：是说人人希望活得长久。斯人：人人。⑧"日月依辰至"二句：是说重阳节随着日月的运转按时到来了，本来是自然而然的事情，但整个社会风俗却都爱"重阳"这个名字，把它定为节日。辰：时。举：全部；整个。俗：风俗，也可指世俗。⑨露凄暄风息：秋霜凄凉，暖风停息，是说秋天到来，夏天离去。暄风：暖风，指夏风。⑩气澈天象明：描写秋季天高气爽、天空明媚的景象。澈：清澄。天象：天空景象。⑪"往燕无遗影"二句：是说秋天到来，燕子往南飞去，大雁从北飞来。此二句亦是描写秋天佳景。馀声：指鸣声接连不断。⑫为（wéi）：则。制颓（tuí）龄：制止衰老。"颓龄"为衰老的年龄。⑬"如何蓬庐士"二句：是说自己无可奈何地眼看着重阳节过去了，也没能搞到酒喝。如何：无可奈何。蓬庐士：居住在茅草屋中的贫士，作者自指。时运：四时运转，此指重阳节。倾：尽。⑭尘爵耻虚罍（léi）：是说酒杯生灰尘是空酒壶的耻辱，指自己长期无酒可饮。语本《诗经·小雅·蓼莪》。爵：古酒杯，三足。因无酒而生灰尘，故曰"尘爵"。罍：古酒器，形似壶，这里指酒壶。⑮寒华徒自荣：是说因无酒可泡，菊花也白白地开了。渊明常用菊花泡酒。寒华：指菊花。荣：开花。⑯"敛襟独闲谣"二句：是说整一整衣襟，肃然独吟，超然遐想，引发深情。闲谣：闲吟，不配乐而歌，这里指作诗。缅：遥远的样子，指遐想。⑰"栖迟固多娱"二句：是说闲居固然多娱乐，长期隐退不出仕难道就一事无成吗？后句"淹留岂无成"反用《楚辞·九辨》"淹留而无成"句意。栖迟：游息，指闲居。淹留：久留，指长期隐退。

[评析]

学界或以为此诗可能作于东晋义熙十四年（418），或以为可能作于元熙元年（419）。笔者更倾向于前者，因为据《宋书·王弘传》记载，王弘为江州刺史时间始于义熙十四年（418），按人之常情，新官去探望地方名流应在上任之初，而不应该在时过一年之后。所以《晋书·陶潜传》中所记渊明"尝九月九无酒，出宅边菊丛中坐久，值弘送酒至"的"九月九日"，为义熙十四年"九月九日"重阳节的可能性较大，这年陶渊明67岁或54岁。

众所周知，陶渊明嗜酒如命，正如其自言的一样，"在世无所须，惟酒与长年"。然而值此重阳佳节之日，他却无酒可饮，足见其生活已拮据到了什么程度。因而他"空服其华，寄怀于言"，写下了这首深寄感慨的诗歌，记述了重阳节这一天空赏菊花而无酒可饮的心绪。诗以"世短意恒多"五字总领全篇，奠定了感情基调；接绘重阳节的美景；再写有菊无酒的节日感慨；后写自己的人生追求。正如清温汝能所说，"于闲散无聊之况而反得此逸兴"，也如郭维森所说，"诗人的安贫与高雅恰到好处"。前贤评此诗有所谓"易代"的政治寄托，未免求之过深；不过，从"空视时运倾"、"淹留岂无成"等句中，确实能够看出闲居的陶渊明并不完全平静的心境，他对社会和人生仍有所关注和追求。

岁暮和张常侍[①]

市朝凄旧人，骤骥感悲泉[②]。明旦非今日[③]，岁暮余何言！素颜敛光润[④]，白发一已繁。阔哉秦穆谈，旅力岂未愆[⑤]？向夕长风起[⑥]，寒云没西山。厉厉气遂严[⑦]，纷纷飞鸟还。民生鲜常在，矧伊愁苦缠[⑧]。屡阙清酤至，无以乐当年[⑨]。穷通靡攸虑，憔悴由化迁[⑩]。抚己有深怀，履运增慨然[⑪]。

(作于67岁或54岁时)（岁暮）

[注释]

①岁暮：年末，一年将尽之时。一说除夕。张常侍：疑指张诠，与陶渊明同时，性情高逸，酷爱经典，朝廷征为散骑常侍，不就，后入庐山佛门，故陶称其为张常侍。常侍：官职名，散骑常侍的简称，经常侍奉在皇帝左右，以备顾问。②"市朝（cháo）凄旧人"二句：是说为世上旧人凋零而悲叹，为时光流逝而伤感。市朝：指众人会聚的场所。"市"为集市，"朝"为官府的厅堂。骤骥：疾奔的快马，此处指迅速运转的太阳。悲泉：神话传说中的日落处。③明旦非今日：是说明天将进入新年，明早升起的太阳已不是今天的太阳。言外之意是，晋安帝被杀，晋朝将亡，新朝将立。旦：日方出时，此处指元旦。今日：今岁之日。"日"为太阳，古代指帝王，此处喻指晋帝。④素颜敛光润：是说白嫩的面容收敛起光泽，指面容憔悴。⑤"阔哉秦穆谈"二句：是说秦穆公的谈论太迂腐了，人老了体力怎能不减呢？阔：迂阔，即迂腐。秦穆谈：指秦穆公偷袭郑国失败回国后对群臣所说的话。原文见《尚书·秦誓》，云："番番良士，旅力既愆，我尚有之。"意为头发花白的将士，臂力已经衰退了，但我还有体力。陶渊明此处反用其意。"秦穆"为秦穆公，春秋时秦国国君，春秋五霸之一。旅力：同"膂（lǚ）力"，指体力、筋力。愆（qiān）：丧失，此处指衰退。⑥向夕：傍晚。长风：强风。一说远风。⑦厉厉气遂严：是说寒风凛冽，寒气随即凝重起来。厉厉：同"冽冽"，寒冷的样子。严：寒气重。⑧"民生鲜常在"二句：是说人生本来就很难长久，何况愁苦缠身，衰老更在所难免。鲜：少。矧（shěn）：况且。伊：语助词，无义。⑨"屡阙清酤（gū）至"二句：是说贫穷得常常缺少酒喝，没有什么可以用来及时行乐的。阙：同"缺"。清酤：清酒。"酤"原指买酒。当年：今年、此时，指及时。⑩"穷通靡攸虑"二句：是说困厄和显达都无所思虑，憔悴衰老都听任自然的变化。化迁：指大自然的变化。⑪"抚己有深怀"二句：是说在这辞旧岁迎新年之际，扪心自问，有很深的感怀，遭逢时运，增添了深深慨叹。言外之意是深为刘裕将要篡晋易代而感慨。抚己：抚心问自己，即省察自问。履运：遭逢时运，明言逢年过节，暗指刘裕将要篡晋之事。"履"为脚踏到，转意为逢到。"运"为时节运转。

岁暮和张常侍

[评析]

　　学界普遍认为，这首诗作于东晋义熙十四年（418）十二月太尉刘裕弑安帝于东堂之月。今从之。是年渊明已67岁或54岁。学界还认为，陶渊明此诗所和张常侍乃散骑常侍张野族侄张诠，张诠亦曾被东晋朝廷征召为散骑常侍，不就，故渊明诗以常侍称之。并推测，此诗写作背景可能是散骑常侍张野去世，其族侄张诠写了一首悼诗，陶渊明便为该悼诗写了这首和诗。今亦从之。

　　此诗集岁暮、晋室将暮、张野去世、诗人已届暮年等几"暮"于一体，"从岁暮着笔，将市朝的变化、风云的严厉，同岁暮的凄冷、暮年的悲伤融为一处，使全诗笼罩着浓重的悲凉感伤的气氛。其中不仅抒发了诗人穷困愁苦、憔悴悲慨的'深怀'，而且深刻地寄托着对行将易代的忧虑与悲愤"（孟二冬语）。其具体内容，元人刘履在《选诗补注》卷五中早已作过较为清晰的勾勒，颇有导读作用，刘氏说："首言市朝老旧之人，莫不相为悲凄，而其乘马亦有悲泉悬车之感。且谓明旦已非今日，予复何言，其意深矣。中谓长风夕起，寒云没山，猛气严而飞鸟还者，以喻宋公阴谋弑逆之暴，而能使人骇散也。篇末又言穷通死生皆不足虑，但抚我深怀而践此末运，能不慨然而增愤激焉。"

　　就艺术风格而言，虽感情格调"悲愤之甚"，但"词气仍复含蓄"（清邱嘉穗语），"章法文法，曲折顿挫"（清方东树语），含蓄婉转、沉郁顿挫是此诗的基本特点，也是其能成为陶诗中上乘之作的重要原因。

怨诗楚调示庞主簿邓治中[①]

天道幽且远[②]，鬼神茫昧然[③]。结发念善事，僶俛六九年[④]。

弱冠逢世阻⑤，始室丧其偏⑥。炎火屡焚如⑦，螟蜮恣中田⑧。风雨纵横至，收敛不盈廛⑨。夏日长抱饥，寒夜无被眠。造夕思鸡鸣，及晨愿乌迁⑩。在己何怨天，离忧凄目前⑪。吁嗟身后名，于我若浮烟。慷慨独悲歌，钟期信为贤⑫。

（作于69岁时）

[注释]

①怨诗楚调：汉乐府相和歌辞中有楚调。王僧虔《技录》称："楚调曲中有《怨歌行》。"此诗就是模仿这种体裁而成，也是陶渊明现存作品中唯一一首乐府诗。庞主簿：即庞遵，字通之，陶渊明的故友，两人的交情可参《宋书》、《晋书》陶渊明本传。"主簿"是官职名，主管文书簿籍，魏晋以后为统兵大臣幕府中的重要幕僚。邓治中：名字事迹不详，也是陶渊明的朋友。"治中"也是官职名，为州刺史的助理，掌文书。②天道幽且远：是说天理幽隐难明，而且邈远难求。天道：天理或天命，即主宰人类吉凶祸福的法则。③鬼神茫昧然：是说鬼神之事茫然幽暗而不可知。昧：隐蔽不明。④"结发念善事"二句：是说十五岁时就开始准备做好事，已经努力五十四年了。结发：束起头发，指十五岁，古代十五岁开始束发，表示"成童"，见《大戴礼·保傅》、《礼记·内则》。俛俛：勤勉努力。六九年：五十四年。⑤弱冠逢世阻：是说二十岁时遇上乱世。弱冠：弱龄戴冠，指二十岁，古代二十岁行冠礼，见《礼记·内则》。身体未壮，故称"弱"。世阻：世事险阻，指乱世。渊明二十岁这年为东晋简文帝咸安元年（371），桓温废晋废帝为东海王，立丞相、会稽王司马昱为简文帝，自此政局混乱，社会动荡，故称"世阻"，见《资治通鉴》卷一○三。⑥始室丧其偏：是说三十岁时死去妻子。始室：指三十岁，古代三十而始有妻室，见《礼记·内则》。丧其偏：古代死去丈夫或妻子都叫丧偏，此处指丧妻。⑦炎火屡焚如：是说炎日似火，屡屡像焚烧一样，指多次遭受严重旱灾。⑧螟（míng）蜮恣中田：是说害虫在田野中肆虐。螟：螟蛾的幼虫，蛀食禾心的害虫。蜮：吃禾叶的害虫。⑨收敛不盈廛（chán）：是说收成不能维持一家人的口粮。廛：古代一户（有说一夫）之田，据说一廛为二亩半地。⑩"造夕思鸡鸣"二句：是说由于饥寒难耐，总嫌时间过得

慢,所以一到傍晚就盼望天快亮,而刚到早晨又盼望天快黑。造:至;到。夕:夜晚,此指傍晚。乌迁:太阳移动,即太阳落山,指天黑。"乌"代指太阳,传说日中有三足乌,故称太阳为金乌。⑪"在己何怨天"二句:是说生活贫困的原因完全在于自己,没必要埋怨上天,但又不能不为眼前所遭遇的忧患而感到凄凉和悲伤。离忧:遭遇忧患。"离"通"罹",遭遇。⑫"慷慨独悲歌"二句:是说幸运的是,庞主簿、邓治中二君确实有钟子期之贤,只有你们能理解我这首独自抒发慷慨之情的悲歌。或者说自己慷慨激昂地独自悲歌,却无人理解,由此更感到钟子期确实贤明。钟期:即钟子期,春秋时代楚国人,是音乐家俞伯牙的知音。钟子期死,俞伯牙终身不复鼓琴,见《吕氏春秋·本味》、《列子·汤问》。信:确实。

[评析]

这首"怨诗"作于南朝宋武帝永初元年(420)渊明69岁的晚年,通常的作于"渊明54岁"说不可取,道理很简单,"结发念善事,僶俛六九年"诗句中的"六九"54岁应从作者"结发"即15岁算起,而不应该从出生时间算起,刚出生的婴儿是不可能思考如何努力行善的。袁行霈的详论可参从。作者从15岁"成童"写起,历述自己少年立志、"弱冠"遇乱、"始室"丧妻、屡遭灾害、目前饥寒交迫的不幸经历,五十余年的行善努力最终事与愿违,颇有总结平生之意。由此表现出作者对"天道"公正性的怀疑,并将此怀疑放在诗歌开篇二句,意在凸显题目"怨诗"之"怨",以为全诗立下感情基调。诗用"造夕思鸡鸣,及晨愿乌迁"句描述饥寒交迫的难耐之状,可谓逼真之至,非亲历者道不出。"在己"二句,虽言沦落到如此地步全在自己不怨天,实怨情已含其中。"吁嗟"二句,则表明诗人已脱古代文人以安贫乐道邀名之俗,追求的是更高的人生境界。末二句表达的当是对庞、邓二位知音理解自己人生苦衷的感激之情,而非如明代黄文焕及当今一些学者所说抒写的是知音难觅的哀怨之情。因此诗就是写给庞、邓二故友的,怨无知音,不合人之常情。通过诗人自己的遭遇,间接反映当时农村的凋敝和农民的极端贫困，也是品读此诗不应忽视的一项内容。

清切、直抒胸臆，是本诗的艺术感染力所在。

于王抚军座送客①

冬（秋）日凄且厉，百卉具已腓②。爰以履霜节，登高饯将归③。寒气冒山泽④，游云倏无依⑤。洲渚思绵邈，风水互乖违⑥。瞻夕欲良宴，离言聿云悲⑦。晨鸟暮来还，悬车敛馀晖⑧。逝止判殊路，旋驾怅迟迟⑨。目送回舟远，情随万化遗⑩。

（约作于69岁或56岁时）（秋冬）

[注释]

①王抚军：江州刺史王弘，时为抚军将军。座送：在座上送行，即设宴送别。宋武帝永初元年（420）秋，王弘在浔阳湓口送客，邀渊明在座，故称。客：指豫章太守谢瞻，西阳太守、太子庶子庾登之。②"冬（秋）日凄且厉"二句：是说冬（秋）季风寒且急，百草全都枯黄。"冬"，有本作"秋"。厉：急。卉：草的总称。腓（féi）：草木枯萎。③"爰以履霜节"二句：是说在脚践严霜的冬季（深秋），登高饯别将要归去的客人。爰：语助词。一说于是。履霜节：脚踩到严霜的季节，当指深秋，有说指冬。饯（jiàn）：饯别、饯行，即设酒宴送别。④冒：覆盖。⑤游云倏无依：是说游云忽聚忽散，快速流动，飘忽不定。倏：急速；忽然。⑥"洲渚思绵邈"二句：是说在洲渚上环顾四周思绪遐远，风向和客人归去的水流互相背离。洲渚：水中陆地，大者为"洲"，小者为"渚"。⑦"瞻夕欲良宴"二句：是说看看天色将晚，欲设佳宴，而离别之言又令人悲伤。聿（yù）、云：皆语助词。⑧悬车：古代记时名称，神话传说，日出于旸谷，入于悲泉，至悲泉而停车马，故称"悬车"，指日落之时。⑨"逝止判殊路"二句：是说客人与主人及陪客分开，归路各不同，掉转车头怅然若失，缓缓而归。暗示隐者陶渊明自己与被送的仕者人生道路选择的不同。逝：逝去，指离去的客人。止：留，指留下来的

主人及陪客。判：分开。旋驾：回车，即掉转车头。"旋"为"回还"。迟迟：指行动缓慢的样子。一说指心情徘徊不定。⑩"目送回舟远"二句：是说既然已经目送归舟远去，离别之情也就随着万物的变化而渐渐遗忘。回舟：归舟，归去的小船。万化：万物的自然变化。遗：遗忘。

[评析]

主流看法，此诗作于宋武帝永初二年（421）秋作者57岁时，方祖燊、邓安生、龚斌、袁行霈以为作于永初元年（420）。龚斌申述方祖燊、邓安生理由，考证有说服力，可信从。若此，则依陶享年76岁说，是年诗人69岁。至于是深秋还是冬季，各版本首句首字有异，本书所依底本袁行霈本首字作"冬"。不过依诗中所写之景判断，似深秋说为胜。永初元年（420）秋，代晋自立建立刘宋政权的刘裕，为自己初立的皇太子刘义符物色了西阳太守庾登之为太子庶子、尚书左丞，庾应征入京都（今南京）；同时，原任相国从事中郎的谢瞻正好从京都赴任豫章（今江西南昌）太守，途经江州（今江西九江）。以抚军将军的身份监江州和豫州的西阳、新蔡二郡诸军事的江州刺史王弘，便在浔阳湓口（今江西九江市西）设宴为两位赴新任的朋友饯行，同时邀请了在浔阳隐居的陶渊明作陪。此诗便是宴中所作。

全诗层次井然，前八句为景语，每四句一层，交代了饯别的时间和地点。后八句为情语，每四句一层，抒写了饯别和饯别感受。全诗景为情设，层层点染，既表达了真挚的惜别之情，又暗示了自己与朋友们的不同人生选择，也传达出了诗人旷达的人生情怀。尤其是诗末"目送回舟远，情随万化遗"二句，寓意深远，正如近人丁福保在《陶渊明诗笺注》中所说："我见朱轩绣毂，帐饮饯归者，不过亦如游云晨鸟，同为万化之一耳。纵化忽及我，而我自能遗化，斯善于观化焉。"

景语风景旷阔，情语淡而有味，景语情语皆贯情，"俱带画意"

(清方东树语)等,是此诗艺术上的成功之处。

拟古九首①

其 一

荣荣窗下兰,密密堂前柳②。初与君别时③,不谓行当久④。出门万里客,中道逢嘉友⑤。未言心相醉,不在接杯酒⑥。兰枯柳亦衰⑦,遂令此言负⑧。多谢诸少年,相知不中(忠)厚⑨。意气倾人命,离隔复何有⑩?

(作于70岁或57岁时)(春季)(以下八首同此)

[注释]

①拟古:模拟古诗。②"荣荣窗下兰"二句:点明时令,又兼作比兴,兰取贞洁,柳取惜别。荣荣、密密:皆形容兰柳繁盛的样子,比喻友情亲密。③君:指游子,即后文"万里客"。④不谓行当久:没说此行要很久,也就是说很快就会回来的。当:需要。⑤中道:半道上。⑥"未言心相醉"二句:是说还未饮酒交谈,便一见倾心,好像醉了一样。接杯酒:指互相接连不断地敬酒。⑦兰枯柳亦衰:比喻友情变薄。⑧此言:指"不谓行当久"的临别之言。负:背弃。⑨"多谢诸少年"二句:是说多多告诫各位青少年,相知的朋友未必就是忠厚之人。谢:告诫、告知。⑩"意气倾人命"二句:是说你为友谊可以献出生命,他却弃你而去,又有什么情谊存在呢?意气:情谊、恩义。倾人命:送性命,指献出生命。离隔:离弃。

[评析]

拟古诗就是模拟古诗的意境和形式,抒发自己的思想感情之作。众所周知,以"古诗"为题的诗歌,今首见于《文选》所收《古诗十九首》,后又有《玉台新咏》所收《古诗八首》,另外还有一些题为"古诗"的诗歌散见于其他典籍中。而诗歌以"拟古"为题，则是从西晋陆机开始的，从陆机、张协至东晋的陶渊明，南朝宋的谢灵运、刘铄、鲍照，齐梁的江淹等人都有"拟古诗"，被《昭明文选》收录。但所不同的是，其他人的拟古诗，题目上都具体标明了模拟的是哪首古诗，唯陶渊明的《拟古九首》和鲍照的《拟古八首》没有标明，这在说明他们二人的拟古是创造性的拟古而不是陆机亦步亦趋式的拟古的同时，也为后人把握陶氏这组拟古诗的主题带来了一定难度。历代学者多以为陶渊明的《拟古九首》仅仅是借用拟古的题目而已，并非真的拟古，他要抒发的完全是自己的晋宋易代之慨。这方面的言论可以明人黄文焕《陶诗析义》卷四逐首分析为代表，录此备参："独此诗九首专感革运，最为明显，与他诗隐语不同。初首曰'遂令此言负'，扶运之怀，无可伸于人世也。二首以汉帝蒙尘行在返命，遂入山不仕之田子春为向慕，革运之慨，思一寄于入山也。其意皆隐言之。三首门庭日芜，问之巢燕，燕巢如旧，国运已易，意隐而情弥愤。四首山河满目，革运之悲于是露矣。五首孤鸾别鹤，明为晋处士者，只为吾一人耳。六首厌闻世上，堪与同心者，出门岂可得哉？以此自矜，以此自慨，而归诸长夜之太息，又牵连俱露矣。首阳不事周者也，易水欲刺秦者也，与前田子春相映，意益露矣。至末章'忽值山河改'，尽情道出，愤气横霄。若以淡远达观视之，岂不差却千里！"与这一认识相联系，历代学者如元人刘履，明人黄文焕，清人温汝能、翁同龢，近人梁启超、古直，今人王瑶、逯钦立、郭维森、龚斌、孟二冬等都认为这组诗创作于晋宋易代之初，具体时间倾向于王瑶先生的"宋武帝永初二年（421）春"说。其直接理由是，组诗第九首有"种桑长江边，三年望当采。枝条始欲茂，忽值山河改"的诗句，明确映射刘裕从义熙十四年（418）十二月立晋恭帝到元熙二年（420）六月废晋恭帝而晋亡的三年，组诗又多借春景起兴，故推测作于晋亡后的第二年（421）春，是年陶渊明70岁或57岁。不过，袁行霈先生不同意历代学者对这组拟古诗主题和创作时间的判定。他认为，拟古诗虽然有"用古人格作自家诗"（清方东树语）的特点，但还是"以不离古诗之气格为佳"，陶渊明这组拟古诗题目上尽管没有标明各自模拟了哪首古诗，但经过比对，还是找出了模拟对象，以为模拟的主要是《古诗十九首》。既然如此，他认为，这组诗多数并未涉及晋宋易代的内容，其归纳的结果是："余反复观此九诗，内容凡五类：一、友情与交往，如其一、其三、其六；二、怀念古今之贤人义士，如其二、其五、其八；三、功名难以持久，如其四；四、人生易逝，如其七；五、别有寓意，如其九。"由对这九首拟古诗内容的具体划分，袁先生进而认为，其中绝大多数作品的创作时间不能定在晋宋易代之初，而是时间不详："由此观之，未可轻易将此九诗统统系于宋初，首首坐实为刘裕篡晋而发。"笔者以为，袁先生对这组拟古诗内容的分类准确而全面，比古代学者的"易代之慨"说符合作品原意，可以作为我们把握这九首拟古诗内容的基本依据，笔者完全信从之。不过，笔者还以为，袁先生对这组诗歌内容的划分，并不能影响对其创作于晋宋易代之初时间的判定，道理很简单，因为第九首有慨于晋宋易代而"别有寓意"，是创作于宋初，而这一首和其他八首是同一组诗，既然是组诗，自应大致完成于同一时期。所以，学术界普遍判定它们为宋初的作品应该是可以信从的。

　　正如袁行霈先生所概括的，此首写"友情与交往"，"慨叹友情之难久"。具体而言，"这首诗采取拟人的手法，借对远行游子负约未归的怨恨，感慨世人结交不重信义，违背誓约，轻易初心"（孟二冬语）。全诗明显划分为三个层次：前四句写少结友谊，以兰喻贞洁，以柳喻惜别；中六句写结识新友而背叛故交，以游子不归为喻；末四句慨叹轻易背友现象，思慕"忠厚"交友准则。古人已经看出这首诗是模拟《古诗十九首》而来,清人王夫之和吴瞻泰分别认为其"合离出入,已得《十九首》项下珠矣"(《古诗评选》卷四),得"《十九首》法脉"(《陶诗汇注》卷四)。袁行霈笺注本则具体比照后认为,这首诗模拟的是《古诗十九首》的第二首,"其模仿《古诗十九首》其二甚明","对照两诗,开头两句十分相似,韵脚亦相同,而且诗之取材与主旨亦同。所不同者,《古诗》中荡子妇之身份在渊明《拟古》中已变为友人之交情。此乃拟古而不泥于古,正是渊明高明之处。渊明乃重友情之人,观其与友人酬答诗可知。一般少年丧失交友之道,渊明慨然系之"。

这首诗艺术上的最大特点是平淡中见深沉,"劈空故欲飞去,平而远,淡而深,似此亦何嫌于平淡"(清王夫之语),"造句愈古澹,亦愈沉郁"(清郑文焯语)。

其 二

辞家夙严驾,当往志无终①。问君今何行②?非商复非戎③。闻有田子春,节义为士雄④。斯人久已死⑤,乡里习其风⑥。生有高世名⑦,既没传无穷⑧。不学狂驰子,直在百年中⑨。

[注释]

① "辞家夙严驾"二句:是说辞别家室,一大早就整理车马,准备到令人向往的无终去。夙:早晨。严:整理。驾:车乘。当往:准备前往。志:向往。一作"至",若如此,则意与"往"重复,故不取。无终:古县名,汉属右北平,治今天津蓟县,即本诗中田子春的家乡。②今何行:即"今行何",现在到那里去做什么。③非商复非戎:一说不是"商山四皓"也不是老子所往之地。"商"指商山,在今陕西省商洛市东南,东园公、绮里季、夏黄公、甪里先生四位老人,秦末汉初曾为避乱隐居于此,世称"商山四皓"(见《高士传》);"戎"指西戎,西部少数民族地区,老子晚年出关到这里,不知所终(见《史记》卷六十三《老子韩非列传》裴骃《集解》引《列仙传》)。一说

不是去经商，也不是去从军。"商"指经商，"戎"指从军。④"闻有田子春"二句：是说听说无终有位名叫田子春的，气节和信义都是人中豪杰。田子春：即田畴，字子春，有版本作"子泰"，东汉末右北平无终人，以重节义而闻名。据《三国志·魏书》卷十一《田畴传》载，董卓胁迫汉献帝从洛阳迁至长安，幽州牧刘虞欲行臣节，派田畴带二十多人到长安去朝见献帝。道中历经险阻，但田畴等人还是不辱使命，到达长安朝见了献帝。献帝拜他为骑都尉，他以"天子蒙尘，不可受荷佩"为由坚辞不就。当他返回时，刘虞已被公孙瓒杀害，但他仍到刘虞墓前悼念致哀，结果激怒公孙瓒，将他拘捕。后公孙瓒怕失去民心，又将他释放。获释后，田畴隐居于徐无山中，慕名自觉前来归附他的老百姓有五千多家，他定法纪、办学校，使地方大治，夜不闭户，路不拾遗，近似世外桃源。后袁绍数次派人召他并授将军印，他均坚辞不受。乌桓常骚扰北边，田畴助曹操平定乌桓，曹操封他为亭侯，食邑五百户。田畴认为，自己开始是为避难而率百姓隐居无终的，今志义不立，反而获利，不是自己的本意，所以坚辞不受。曹操知其节义，则不再勉强。节义：气节信义。士雄：人中英雄。"士"是古代对男子的美称。⑤斯人：此人，指田畴。⑥习其风：指继承了田畴重节义的遗风。⑦生：生前，在世时。高世名：高于当世人的名声。⑧既没：已经死亡，即已死之后。⑨"不学狂驰子"二句：是说不学那些靠狂驰奔走求取名声的人，他们即使得名也仅在一生当中，不能长久。狂驰子：指为求取名声而疯狂奔走的人。直：仅；只。百年中：指人活在世上的时间。

[评析]

这首诗模拟的是曹植的《杂诗》(仆夫早严驾)一首，原诗为："仆夫早严驾，吾行将远游。远游欲何之？吴国为我仇。将骋万里涂(途)，东路安足由！江介多悲风，淮泗驰急流。愿欲一轻济，惜哉无方舟。闲居非吾志，甘心赴国忧。"不难看出，曹植原诗是一首言志诗，细味陶渊明此首拟古诗，也当是一首言志诗。陶氏在诗里究竟言的什么志呢？历代说法不一，多数人认为，诗借追慕东汉末年田子春对汉守节、对刘虞守义的行为，言的是忠于晋朝而不仕二姓之志，如宋李公焕、元吴师道、明何孟春、黄文焕、清邱嘉穗、孙人龙、马墣、温汝能等皆持此说。也有人不同意，如陈寅恪、袁行霈等认为，陶氏所慕乃田子春在徐无山的隐居生活。笔者细味诗意，感觉此诗不仕二姓、厌恶趋炎附势、向往世外桃源的思想兼而有之，且自然统一于一体。诗一开头就明言远游的目的地是自己非常向往的地方无终，为什么向往这个地方？因为这里是田子春的故乡；为什么是田子春的故乡便令人向往？因为田子春"节义为士雄"。"节"解作"气节"，"义"解作"信义"是没问题的。结合注④田子春的行迹不难看出，陶渊明心目中的"气节"和"信义"确实是就田子春在汉末大动乱时期效忠汉献帝和刘虞的行为而言的，可见，就全诗十二句中的前六句而言，说处在晋宋易代之际的陶渊明借追慕田子春言不仕二姓之志，并非无根之谈，是言之有据。然而，此诗表达的思想并未到此结束，诗的后半所谓"斯人久已死，乡里习其风。生有高世名，既没传无穷"数句，则就是陈寅恪所揭示的"渊明《拟古》诗之第二首可与《桃花源记》互相印证发明"（《桃花源记旁证》）的高隐"高世名"之志了。如果说诗的前六句推崇的是田子春生平事迹中讲"气节"不仕二姓的前半，那么，诗的后六句陶渊明所推崇的田子春就是"重点在其生平事迹之后半"，"在徐无山聚百姓五千馀家，躬耕自给，以避世乱，俨然一桃花源也"（袁行霈语）。总之，陶渊明此诗所推崇的是田子春生平事迹的全部，而不仅仅是其前半或者后半，学界争议所持之论，都不免有些以偏赅全。同时，诗的最后两句"不学狂驰子，直在百年中"，又在全面推崇田子春的基础上，使言志更深入一层，那就是超越了仕二姓还是隐居避乱的带有政治倾向的层面，上升到了人性的高度，用对比手法，对追名逐利的普遍社会现象作了揭示和否定，表达了自己"既没传无穷"的名誉观。此诗艺术上突出的特点是"未说破其名姓，而先举其地，地以人重，急拈突数，笔意最工。'当'字'志'字,选择斟酌,世界虽大,他无可往,只此一处耳"(明黄文焕语)。"冷隽"似当为此诗的语言特点。

其 三

仲春遘时雨①,始雷发东隅②。众蛰各潜骇,草木从横舒③。翩翩新来燕,双双入我庐。先巢故尚在,相将还旧居。自从分别来,门庭日荒芜④。我心固匪石,君情定何如⑤?

[注释]

①仲春:阴历二月。遘:遇;逢。时雨:按时下的雨。②始雷:开始的雷声,指春雷。东隅:东方,古人以东方为春。"隅"为角落。③"众蛰各潜骇"二句:是说众多冬眠的动物,各自都在潜伏之处惊骇而醒,草木也开始自由舒展地漫延生长。蛰:动物冬眠时潜伏地下不食不动的状态,此处代指冬眠的动物。从(zòng)横:即纵横。"从"同"纵"。④"自从分别来"二句:当是陶渊明对燕子说的话,称赞燕子不以门庭荒芜而弃旧巢。日:日益;日渐。⑤"我心固匪石"二句:当是燕子回陶渊明的话,借用《诗经·邶风·柏舟》"我心匪石,不可转也。我心匪席,不可卷也"成句,说我回旧巢的心坚定不移,不像石头那样可以转动,你的情义究竟怎么样?固:牢固,坚定不移。匪:通"非"。君:当指陶渊明。定:究竟。

[评析]

历代学者如元人吴师道,明人黄文焕,清人邱嘉穗、吴瞻泰、孙人龙、马墣、陈沆等人,都以为此诗有政治寓意,是不忘旧朝、耻仕新贵。细味诗意,笔者倒赞同袁行霈注本的说法,此诗只是借燕归旧巢抒发恋旧之情,表达不因贫穷而改变隐居素志的决心。当然,改朝换代时的社会动荡,是促使他对现实彻底失望、断掉出仕念想的催化剂,这本就是人所共知的事实。如果句句坐实历史事件,则似不合作品原意。

诗首四句写春回大地,万物复苏的景象。这四句写大好春光的诗句，暗用《礼记·月令》的描述："仲春二月，始雨水。雷乃发声，蛰虫咸动，启户始出。"中四句写上年的燕子重新回来。它们不仅对旧居环境日渐荒芜的变化毫不介意，而且是"翩翩新来"、"双双"入"庐"、"相将"还居，即欢欢快快地回来，成双成对地回来，相随相伴地回来，没有任何勉强不悦之意，集中凸显了燕子、旧巢、房屋主人的有情有义、恋旧之情。末四句写诗人由燕子依恋旧巢而益发坚定了自己隐居不仕的决心。关于这四句的口吻，历有争议，多数人认为全是诗人问燕子语，但笔者认为，这四句是房屋主人也即诗人与燕子的双向对话交流。前两句"自从分别来，门庭日荒芜"是房主对燕子说的话，意在对燕子重旧情、不嫌弃房屋破败而表感激；末二句"我心固匪石，君情定何如"则是燕子对房主的答话。袁行霈笺注本对末二句口吻的分析入情入理，已先得我心："燕既重来，则其情之固可知矣，无须主人再问。燕既重来，见门庭荒芜，不知主人有无迁徙之意，遂反问主人'君情定何如'，正在情理之中，且见天真趣味。写人与燕之感情交流，可见渊明物我情融之境。"

此诗艺术上颇有可取之处，如首四句得天理流行之妙，尤其是"始"字、"骇"字可谓点睛之笔；中四句写燕子重回，情态毕现，可谓神来之笔；末四句取对话形式，生动活泼。

其 四

迢迢百尺楼①，分明望四荒②。暮作归云宅，朝为飞鸟堂③。山河满目中，平原独茫茫④。古时功名士，慷慨争此场。一旦百岁后，相与还北邙⑤。松柏为人伐，高坟互低昂⑥。颓基无遗主，游魂在何方？荣华诚足贵，亦复可怜伤！

[注释]

①迢迢：遥远的样子，此处形容楼高高的样子。②分明：清晰。四荒：

四方荒远之地。③"暮作归云宅"二句：形容楼之高耸，是说所登之楼只有归云和飞鸟出入，晚上归云把它当做住宅，早晨飞鸟把它当做聚集的殿堂。④"山河满目中"二句：是说山河满眼，历历在目，唯独平原广大无边。⑤北邙（máng）：山名，"邙"亦作"芒"，又名邙山、芒山、北山。在河南洛阳市城北，向东绵延至郑州市城北，东汉、魏、西晋君臣死后多葬于此。这里当泛指墓地。⑥互低昂：相互错落有低有高，形容坟墓高低不齐。

[评析]

古代学者认为，此诗也是一首忠愤之诗，由晋宋易代的废立联想到最后同归于尽、走向灭亡。笔者以为，此论颇为牵强，不合诗之本意。其实这首诗模拟的是《古诗十九首》之十三和之十四的内容，由"驱车上东门，遥望郭北墓"、"古墓犁为田，松柏摧为薪"诗意而寄慨人生。与十九首中这两诗写法所不同的是，此诗从登楼远眺而诱发人生感慨写起，"江山满目，茫茫无垠，历史沧桑，古今之变，尤显人生一世，何其短暂！曾经在这片土地上追逐功名利禄的古人，早已身死魂灭，只剩下荒坟一片"（孟二冬语）。尤其可悲的是，可能生前显赫一时的人物，现在其坍塌的坟墓竟没有了主人，也即绝了后代，任其破败荒芜，墓内死者成了无处安身的孤魂野鬼。不言而喻，全诗前后如此反差的表述，抒发的自然是死亡不可避免、荣华不足凭恃的人生慨叹，同时抒发的还有诗人不慕荣华富贵、坚持隐居的高尚情怀。

此诗的突出特点就是前后对比强烈，全诗十六句，正可从中间对半分开，前半写登高所见，后半写登高所思，是登高吊古中的杰作，钟嵘《诗品》中所谓"笃意真古，词兴婉惬"，可谓千秋确评。另外，此诗的句法、行文全似《古诗十九首》，这一点早已为前人所揭示。此诗末二句有韵味，令人涵泳不尽。

其　五

东方有一士①，被服常不完②。三旬九遇食③，十年著一冠④。辛勤无此比，常有好容颜⑤。我欲观其人⑥，晨去越河关⑦。青松夹路生，白云宿檐端。知我故来意⑧，取琴为我弹。上弦惊别鹤，下弦操孤鸾⑨。愿留就君住，从今至岁寒⑩。

[注释]

①东方有一士：对此东方之士历来说法不一，有认为是古代贫寒守节的贤士，有认为是孙登之流的仙人，有认为是陶渊明自咏，有认为是古代贤士的艺术形象，同时也是陶渊明晚年自我写照。我们更倾向于袁行霈的说法，此人当是陶渊明假设的理想人物，非固定所指，亦非自指。②被（pī）服：所穿的衣服。"被"同"披"。③三旬九遇食：一月才吃到九顿饭。此句言子思事，"子思居卫，贫甚，三旬而九食"（《说苑·立节》）。④十年著一冠：十年总戴一顶帽子。此句言曾子事，与上句对仗，"曾子居卫……十年不制衣"（《庄子·让王》）。著：戴。⑤好容颜：愉悦的面容，这里有乐贫之意。⑥观其人：访问他。⑦越河关：渡河越关。⑧故来意：特地来的意思。⑨"上弦惊别鹤"二句：是说先弹奏《别鹤》，后弹奏《孤鸾》。上弦、下弦：指前曲、后曲。惊：使听者惊叹。别鹤：即《别鹤操》，古琴曲名，原曲叹夫妻分离，声悲凄。据说商陵牧子娶妻五年而无子，父兄欲为他另娶，其妻听说后，半夜倚门而悲哭，陵牧子闻哭声而生悲，便取琴作歌，即为《别鹤操》（见崔豹《古今注》）。操：弹奏。孤鸾：即《双凤离鸾》，汉琴曲名，原曲叹凤凰失偶。据说汉成帝时庆安世善弹琴，能演奏《双凤离鸾》之曲（见《西京杂记》）。这两句陶渊明所举琴曲，意在比喻东方隐士孤高的节操。⑩"愿留就君住"二句：是诗人对假设中的东方隐士所说的话，说自己愿意留下来，归从东方隐士长期隐居，直到晚年。就：趋就；归从。至岁寒：直到寒冷的冬天，《论语·子罕》说："岁寒，然后知松柏之后凋也。"故这里有比喻坚持晚节之意。

[评析]

袁行霈笺注本对此诗的精髓把握最为准确，也最富启迪意义，称："此诗抒发其理想人格也。被服不完，三旬九食，而有好容颜；居处有青松夹路，白云缭绕；所弹为别鹤、孤鸾，正见其安贫固穷、孤高不凡。全诗声吻格调绝似《古诗十九首》。'惊别鹤'之

'惊'字,绝佳。"全诗可分两层:前六句为第一层,介绍诗人假设的这位理想人物"东方一士"的精神风貌,综合古代贤人子思和曾子的典故,突出理想中隐士贫而乐道、苦中自乐的特征,这一点与陶渊明的精神追求自然契合无间。陶氏贫困至乞食的地步,也仍是"谈谐终日夕"、"情欣新知欢"的。故对这位"东方一士"流露出由衷的追慕之情并视为知己也是自然而然的。后十句为第二层,写诗人走访这位"东方一士"的经过。完全按时间和空间顺序客观描述,先写动意,次写出发,再写所见隐士外部居住环境,复写二人相见相悦,接写隐士为自己所弹乐曲,终写自己为隐士境界所感而留住不去。整个过程,着笔重在居住环境和乐曲,写环境,白云深处,青松之间,突出的是隐士人格的高洁,是"云无心以出岫,鸟倦飞而知还"(《归去来兮辞》)的休闲与自觉;写弹曲,别鹤、孤鸾,凄婉哀伤,突出的是隐士节操的孤傲。诗人最后"愿留就君住"并坚持到"岁寒",则是以孔子松柏之喻,表示对隐士孤傲节操的共鸣与鼓励,也是自己贫贱不移晚节的誓言。

通篇效法《古诗十九首》的格调,是此诗艺术上的成功之处,钟嵘所评陶氏拟古诗"笃意真古,词兴婉惬"的风格特点,在这首诗中得到了较好的表现。

其 六

苍苍谷中树①,冬夏常如兹②。年年见霜雪③,谁谓不知时④?厌闻世上语⑤,结友到临淄⑥。稷下多谈士,指彼决吾疑⑦。装束既有日⑧,已与家人辞。行行停出门,还坐更自思⑨。不怨道里长⑩,但畏人我欺⑪。万一不合意⑫,永为世笑之。伊怀难具道⑬,为君作此诗⑭。

[注释]

①苍苍:犹言"青青"。谷中树:山谷中的树,指松柏,化自左思《咏

史》其二"郁郁涧底松"句，有自喻之意。②常如兹：总是这样郁郁葱葱。③年年见霜雪：似有喻经常遇恶劣环境意。④时：季节的变化，有喻时世意。⑤世上语：当指世俗之论，包括流言飞语。⑥结友到临淄：是说欲到临淄去寻找可发生共鸣的思想家们，聆听他们的谈论。此句似具体有所指。临淄：地名，战国时齐国首都，今山东省淄博市，当时是著名的稷下学派的诞生地。⑦"稷下多谈士"二句：是说追随稷下众多的高谈之士，指望着他们能帮助破解自己的疑惑。稷下：古地名，战国齐国首都临淄稷门（西边南首门）附近地区，为当时讲学、著述、学士交游集聚处。《史记》卷四十六《田敬仲完世家》记载齐宣王时稷下高谈之士的盛况说："宣王喜文学游说之士，自如驺衍、淳于髡、田骈、接予、慎到、环渊之徒七十六人，皆赐列第，为上大夫，不治而议论，是以齐稷下学士复盛，且数百千人。"指：一说指望。一说归向。决：解决，破解。⑧装束：整理行装。既有日：已经有好几日。⑨"行行停出门"二句：写临行时又徘徊不前，犹豫再三，表示复杂矛盾的心态。行行：中途犹豫不决的样子。⑩道里：道路里程，即路程。⑪人我欺：人欺我。"人"指"谈士"。⑫不合意：见解不同。⑬伊怀：此怀。难具道：难以具体地陈说。⑭君：泛指读者。一说具体有所指。

[评析]

"这首诗以谷中青松自喻，表现坚贞不渝的意志。尽管诗中流露出犹豫彷徨的矛盾复杂心理，但仍决意不为流言所惑，不受世俗之欺，所以写诗以明志。"（孟二冬语）"前四句以松柏比喻自己之卓然独立，而又深感霜雪之寒也。于国家之治乱，心中有疑，欲向人求解，而竟无可与语者，孤独彷徨之情溢于言表。"（袁行霈语）两段分析文字都能启迪读者心智，细味文本，袁氏点评似更合诗人当时的真实心态，全诗集中表达的就是诗人迷茫、彷徨、孤独、痛苦的思想情绪，而未必是坚贞、决然、不为世欺的明朗态度。诗人渴求把握当时国家的治乱本质，但事实上又把握不准，向人寻求破解，却又怕上当受骗，贻笑世人，所以"伊怀难具道"，情感复杂，备受煎熬。正因为此，情调凄婉也就成了此诗艺术上的突出特点，甚至被近代学者吴闿生评为"千秋绝调"。

其 七

日暮天无云,春风扇微和①。佳人美清夜②,达曙酣且歌。歌竟长叹息,持此感人多③:皎皎云间月,灼灼叶中华④。岂无一时好,不久当如何⑤?

[注释]

①扇:像扇子扇风一样轻轻吹拂。微和:指春风微微和暖。②美:喜爱;赞美。③持:同"恃",凭、赖。此:指佳人所唱歌词。④灼灼:鲜艳美丽的样子。华:同"花"。⑤不久:不长久。

[评析]

这首诗是陶渊明九首拟古诗中拟《古诗十九首》味道颇浓的一首,曾先后入选《昭明文选》和《玉台新咏》,可见其为前人看重的名篇。宋明不少学者认为这首诗是抒晋宋易代之慨,有政治寓意,并寻找出了一些"微言大义",这些牵强附会之词被当今学者彻底否定是理所当然的事情。其实它就是一首感叹人生短暂的哲理诗,"古诗中颇多人生无常,良景易逝之叹,此诗亦是如此。末二句'岂无一时好,不久当如何'已点明主题矣"(袁行霈语)。正如倪其心所分析的,前四句说春天一个黄昏到夜晚,晴朗无云,晚风微暖,所以佳人酣歌达旦,及时行乐。中二句则是转折句,天亮了,歌尽了,酒醒了,佳人却慨叹起来了,乐极而生悲。末四句具体写悲叹原因,原来是良夜酣歌,虽然痛快、尽兴,但却暂时而短促,就像云衬月、叶簇花一样,凡美好的事物都不长久。人生亦总是美好短暂苦难多,这首诗的深刻之处就在于写出了历代文人的共同人生体验。正因如此,所以它感染了一代代文人墨客。

这首诗的艺术成就也历受称道。一是其颇得自然之趣。这一点古人早已看出,正如清人潘德舆《养一斋诗话》卷九所说:"《文选》《杂拟》上《杂拟》下，凡六十首，惟陶公'日暮天无云'一首得自然之趣。然亦浑然拟古，故能自尽所怀。"其自然之趣又主要体现在首二句，此前，王夫之早已发现了首二句自然之趣的所在，称此二句"摘出作景语，自是佳胜，然此又非景语。雅人胸中胜慨，天地山川无不自我而成其荣观"（《古诗评选》卷四），是诗人自我化了的自然之趣。二是欲扬先抑的成功结构模式。这一点，清人吴淇《六朝选诗定论》卷十一分析得细腻而入理，对我们具体认识此诗的成功很有帮助，不妨摘录如下："此诗写的是怨情，首四句全不露怨意，关要虚字只一'美'字，若非后六句，何由若知其为怨，且怨之深也。'日暮'二句，以云静风和，写清夜之美。佳人既以为美，当不空负此清夜矣。于是且酣且歌，以为庶几不负此清夜。及且酣且歌，自夕达曙，亦只是自酣自歌耳。歌阑更思，不空负此酣歌乎？既空负此酣歌，即空负此清夜，觉彻夜酣歌，皆自夕至曙之愁闷矣，哪得不长叹？乃见前之美清夜，正是怨清夜耳。'持此''此'字，固承悲叹，并承上'日暮'四句来。此句不重所感之人，正说其怨足以感人。'感人多'，犹言深也。怨不深，感人亦不深。'皎皎'句，从无云生，'灼灼'句又从月看出，然非实境，借以喻年华易逝，以见良时不可空负。美人之所叹者在此，旁人之所感者亦在此。"三是诗末二句警策冷峻。古人早已认识到了这一点，认为"云间月"、"叶中华"借以兴一时之好，而着上"岂无"两字、"当如何"三字，令人觉得"冷语刺骨"（清吴瞻泰语）。所谓"岂无一时好，不久当如何"就是警示人们应该冷静而明智地认识人生。四是深入浅出、心平气和、徐徐道来的语言。最后二句，耐人寻味。

其　八

少时壮且厉①，抚剑独行游。谁言行游近，张掖至幽州②。

饥食首阳薇③,渴饮易水流④。不见相知人⑤,惟见古时丘⑥。路边两高坟,伯牙与庄周⑦。此士难再得⑧,吾行欲何求⑨?

[注释]

①厉:猛烈。②"谁言行游近"二句:是说谁说这次远游游得近,从张掖游到幽州。张掖(yè):汉代郡名,在今甘肃省境内,古代西部边陲之地。幽州:古九州之一,辖今北京市、河北北部、辽宁大部等地,古代北方边陲之地。这是诗人想象纵横边疆的说法。③饥食首阳薇:表达对伯夷、叔齐的景慕之情,是说饿了就吃首阳山的野菜。首阳:即首阳山,伯夷、叔齐隐居之山,凡五处,或说在山西永济,或说在河南偃师,已难考实。薇:野菜。伯夷、叔齐是商朝孤竹君的两个儿子,孤竹君死后,兄弟二人互相谦让君位而一起逃至周。闻武王伐商,认为不应该以暴易暴,叩马而谏。周灭商后,二人耻食周粟,隐于首阳山,以采薇为生,后饿死山上(见《史记》卷六十一《伯夷列传》)。④渴饮易水流:表达对荆轲的景慕之情,是说渴了就饮易水中的清流。易水:河名,荆轲刺秦王的出发地,在今河北省中部,源出易县。燕太子丹为报灭国之仇,请刺客荆轲刺杀秦王嬴政,来到易水之上,高渐离击筑(乐器),荆轲慷慨悲歌:"风萧萧兮易水寒,壮士一去兮不复还。"(见《史记》卷八十六《刺客列传》)⑤相知人:知音,指伯夷、叔齐、荆轲等人。⑥丘:坟墓。⑦伯牙与庄周:表示希望得到知音,是说俞伯牙和庄子分别有自己的知音钟子期和惠施。《淮南子·修务训》说:"钟子期死,而伯牙绝弦破琴,知世莫赏也;惠施死,而庄子寝说言,见世莫可为语者也。"伯牙:俞伯牙,春秋时楚国人,善鼓琴,弹奏志在高山或志在流水,钟子期皆知其琴意,故称知音。钟子期死,俞伯牙认为再也没有人能听懂他的琴音了,所以摔琴断弦,终身不再弹琴(见《吕氏春秋·本味》)。庄周:即庄子,战国中期宋国思想家,道家学派代表人物,惠施善与他辩论,惠施死后,庄子路过其墓,认为再也没有理解自己而与自己辩论的人了(见《庄子·徐无鬼》)。⑧此士:指伯夷、叔齐、荆轲、俞伯牙、庄子等人。⑨吾行欲何求:是说我这次远游还想得到什么呢?

[评析]

袁行霈笺注本说:"此诗托言少时远游,而追慕两类人。其一,伯夷、叔齐、荆轲，取其义。其二，伯牙与钟子期、庄周与惠施，以寓渴望知己。渊明之追慕伯夷、叔齐，另见《饮酒》其二、《读史述》。其追慕荆轲，另见《咏荆轲》。其追慕钟子期，另见《怨诗楚调示庞主簿邓治中》。汤汉注：'伯牙之琴，庄子之言，惟钟、惠能听；今有能听之人而无可听之言，此渊明所以罢远游也。'义士既不可见，知音亦不可得，渊明深感孤独耳。"仔细玩味，甚至可以把诗人追慕的古人细分为三类，伯夷、叔齐这类义士，是宁愿饿死也不愿与新朝合作的一类，节义高尚而属于消极反抗，这一点是陶渊明后半生一直身体力行的；荆轲这类义士，是凭一腔热血，主动挑战强权的一类，对这类人物陶渊明主要停留在虽不能之、心向往之的层面，亦可见出他性情深处的豪气和侠气，其《咏荆轲》中"其人虽已没，千载有馀情"句亦足可印证这一点，这就是鲁迅所说的陶渊明的"金刚怒目"的情绪。依笔者理解，如果说诗人追慕前两类古人是在呼唤义士的同时，重在自我励志的话，其追慕俞伯牙与钟子期、庄周与惠施这样的知己佳话，恐怕主要是感叹世风了。

全诗十二句，前六句写远游，每二句一层，先说刚毅独游，次说远到北边，再说追慕节义；后六句写无成罢游，先说不遇知己，次说古贤长逝，再说悲怆罢游。既感叹世无知己，亦感叹交友道绝，所以袁行霈说这里主要写陶渊明晚年的孤独确为的论！总之，"此篇无伦无次，章法奇奥。始而张掖、幽州，悲壮游也；忽而首阳、易水，伤志士之无人也；忽而伯牙、庄周，叹知音不再而避世之难得也。公平志节，亦尽流露矣"，清人吴瞻泰《陶诗汇注》中这段评论在揭示此诗主旨和诗人晚年心境的同时，实际上也指出了此诗的写作特点，那就是浪漫手法而非写实手法。不论是诗人游张掖还是游幽州，不论是食首阳薇还是饮易水流，以及所见伯牙与庄周之高坟，都是处在南北分裂时期的陶渊明的想象而已，他是根本不可能来过北方的。这种浪漫手法，使得整首诗的气格显得"平易而慷慨，委婉而凄清"（倪其心语）。

其　九

种桑长江边，三年望当采①。枝条始欲茂，忽值山河改。柯叶自摧折，根株浮沧海。春蚕既无食，寒衣欲谁待②。本不植高原③，今日复何悔④！

[注释]

①"种桑长江边"二句：当喻东晋恭帝为刘裕所立，终受其祸。刘裕于义熙十四年（418），幽禁东晋安帝而立恭帝，至元熙二年（420）逼恭帝禅位，恭帝前后共历三年，而晋室以终。桑应种在高原而本就不该种在江边，喻恭帝为刘裕所立，本就是个阴谋。桑：暗指晋。西晋初，人们曾以桑作为晋朝的祥瑞之物，傅咸《桑树赋》及序、陆机《桑赋》、潘尼《桑树赋》等都是咏皇晋兴起的内容。陶诗则引申指东晋恭帝。望当采：喻希望继位三年的东晋恭帝能有所作为。②"春蚕既无食"二句：春蚕既然没有桑叶可食，那么御寒的衣服又准备指望谁来吐丝制作呢？无食：没有桑叶可食。欲谁待：即"欲待谁"，准备指望谁。③本：根，指桑根。植：种植。④今日复何悔：是说今天又有什么可后悔的呢？

[评析]

袁行霈笺注本将历代学者对此诗寓意所作推测进行了较为全面的梳理，现转录于此："此诗曰'山河改'，又言及沧海桑田，似有寓意。究竟何所指，则众说纷纭。汤汉注：'业成志树，而时代迁革，不复可骋，然生斯时矣，奚所归悔耶？'仅就时代迁革一般而论，着重于生不逢时之慨。此后，各家解说愈加复杂具体。何孟春注《陶靖节集》曰：'此诗全用鬼谷先生书意。《逸民传》曰：鬼谷遗苏秦、张仪书曰："二君岂不见河边之树乎？仆御折其枝，风浪荡其根，此木岂与天地有仇怨？所居然也。子见崇岱之松柏乎？上枝干于青云，下枝通于三泉，千秋万岁，不逢斧斤之患，岂与天地有骨肉？所居然也。'"黄文焕《陶诗析义》以为指恭帝之被废。恭帝戊午年立，庚申年被刘裕逼禅，首尾三年。何焯《义门读书记》曰：'此言下流不可处，不得谬比易代。'桥川时雄引傅咸《桑树赋序》：'世祖昔为中垒将军，于直庐种桑一株，迄今三十餘年，其茂盛不衰。皇太子入朝，以此庐为便坐。'兼及陆机《桑赋》、潘尼《桑树赋》，意谓晋室兴起与桑有关，'陶公此作，寓意曲据，自然分明，盖溯想黄晋建国之初兆，而俯仰古今，而发桑田碧海之叹耳'（见郑文焯批、日本桥川时雄校补《陶集郑批录》）。古《笺》曰：'此首追痛司马休之之败也。《易》曰："其亡其亡，系于苞桑。"休之为晋室之重，故以桑起兴也。'意谓休之为荆州都督刺史镇江陵，后被刘裕征讨，兵败奔于后秦，晋自此更无所恃也。张芝《陶渊明传论》以为喻指桓玄。渊明本寄希望于桓玄，以为可以中兴晋室。不料其终于篡晋且败死也。"袁行霈本人认为此诗没有政治寓意，其解脱与政治关系的理由似嫌勉强（"三年"为种桑至采桑所需时间，"山河改"为环境变化，"本不植高原"是择居不当）。笔者以为，此诗虽然句句隐语，但其政治寓意是颇为明显的，这一点从前面各注即已说明。"诗人以桑喻晋，言晋恭帝为刘裕所立，犹如'种桑长江边'，植根不固，依非其人，最终是山河改变，自取灭亡。"（孟二冬语）为了表现这一主题，诗人还是运用了一番匠心的。如"三年望当采"的"望"，"枝条始欲茂"的"始"，说明开始人们对恭帝所寄希望之大、愿望之深；"忽值山河改"句用"忽值"一词，突出恭帝逢时何其短暂；"柯叶自摧折，根株浮沧海"句，又突出恭帝被废之后，遭遇又是多么残酷！"春蚕既无食，寒衣欲谁待"句，在"既无"之后又用"欲谁待"，明显与前面"欲茂"相呼应，绝望中又回望，被称为惨不可言。最后推究遭祸的根源，那就是："本不植高原。"即开始的选择便是错谬的，祸根不在今天而在昨天。不过，话又说回来，东晋恭帝当时即使主观上不愿应命被拥立,事实上也由不得他,他的被立与被废都是强权面前被动的选择。从这一点讲,诗人也不应该一味地归咎并责怪于恭帝。

仿《古诗十九首》格调,通篇用比喻手法,感情表达却又直率不晦涩,应当是此诗艺术上的特点。收尾二句神韵悠长也是写法上的可取之处。

述 酒①

仪狄造,杜康润色之②。

重离照南陆,鸣鸟声相闻③。秋草虽未黄,融风久已分④。素砾皛修渚,南岳无馀云⑤。豫章抗高门,重华固灵坟⑥。流泪抱中叹,倾耳听司晨⑦。神州献嘉粟,西灵为我驯⑧。诸梁董师旅,芊胜丧其身⑨。山阳归下国,成名犹不勤⑩。卜生善斯牧,安乐不为君⑪。平王去旧京,峡中纳遗薰⑫。双陵甫云育,三趾显奇文⑬。王子爱清吹,日中翔河汾⑭。朱公练九齿,闲居离世纷⑮。峨峨西岭内,偃息常所亲⑯。天容自永固,彭殇非等伦⑰。

(作于70岁或57岁时)(九月之后)

[注释]

①述酒:讲述酿酒之事。②仪狄造,杜康润色之:此八字宋本称为"旧注"。学术界历有不同看法,有的说疑为陶渊明自己所加的"题注",有的说疑为宋汤汉注陶诗时所加。仪狄造:是说酒是仪狄发明酿造的。仪狄:夏禹时代酒的发明者。杜康:周代人,善酿酒者。润色之:似指加工后使酒更加完美。按:持陶渊明自注说者认为此二句有影射意,以仪狄影射桓玄,桓玄曾以毒酒鸩杀司马道子;以杜康影射刘裕,刘裕曾以毒酒鸩杀晋恭帝,未成,改为以被褥闷杀。持非自注说者认为无影射意。③"重(chóng)离照南陆"二

句：是说太阳照耀中国南部，众多凤凰的鸣叫声互相闻听。喻指晋元帝南渡之初，江左即江南中兴，人才济济。重离：代指太阳，暗喻晋代司马氏集团。"离"为《周易》八卦之一，象征火，重卦后又为六十四卦之一，卦名仍称"离"，故"重离"代指太阳。因司马氏集团传为五帝之一的高阳氏颛顼之子重黎的后代，而"重离"与"重黎"谐音，故"重离"又喻国君，暗喻东晋司马氏。照南陆：火卦为照耀南方之卦，指太阳照耀南方，暗喻司马氏统治中国南部。"南陆"喻江左。鸣鸟声相闻：是说鸣叫的凤凰很多，其叫声此起彼伏，相互都听得见。喻指东晋之初人才济济，共助中兴。"鸣鸟"指鸣叫的凤凰，凤凰喻贤才，凤凰鸣叫喻贤才生逢其时，人尽其用。④"秋草虽未黄"二句：是说秋草虽然还没有枯黄，但是春风很早就已经散去了。喻指祝融的后代东晋司马氏政权虽然没有彻底灭亡，但国势已逐渐衰微。融风：立春后的东北风，喻指司马氏的帝王之风。"融"为火，火神即祝融，祝融为帝喾时代的火官，被尊为火神。同时，祝融就是司马氏的先人重黎，故"融风"又喻指东晋司马氏的帝王之风。分：分散、散去，即消失。⑤"素砾(lì)皛(xiǎo)修渚(zhǔ)"二句：是说江水干涸，白色碎石裸露在修长的沙洲上（一说白色碎石取代美玉在修长的沙洲上显亮发光），南岳衡山上没有一朵紫云。喻指东晋政权主弱臣强（或奸臣得势），气数已尽。素砾：白色小石子。一说石子喻大臣，石子裸露，说明江水干涸，喻指帝王之气衰弱，主弱臣强。一说石子与白玉对举，喻指奸臣，石子发光喻指奸臣得势。一说暗喻桓玄盘踞江陵阴谋篡权。皛：皎洁；明亮。一说明显。修渚：修长的沙洲。"修"为"长"，"渚"为水中陆地。一说"修渚"为长江，代指整个江左。一说"修渚"代指江陵，桓玄自任荆州刺史后曾为称帝制造祥瑞。南岳：指衡山，五岳之一，在今湖南境内。因晋元帝即位诏书中曾称"遂登坛南岳"，故"南岳"代指东晋司马氏政权。无馀云：没有余下一点紫云。因"云"为紫云，指数术家所说的王气，故"无馀云"喻指司马氏政权气数已尽。⑥"豫章抗高门"二句：是说豫章郡公与高门大姓相抗衡，虞舜（晋恭帝）本来（一说只有）陵墓在这里。喻指刘裕继桓玄之后与东晋王室相抗衡，晋恭帝在零陵被幽杀之事。豫章：郡名，治所在今江西省南昌市，晋安帝义熙二年（406），封刘裕为豫章郡公，此暗指刘裕。抗：抗衡；分庭抗礼。高门：高大的门。一说"高门"即"皋门"。两解均指天子之门,喻指东晋司马氏皇权。重华:虞舜的号,他的墓冢在零陵,晋恭帝被废为零陵王并遇害。故"重华"喻指晋恭帝,"灵坟"喻指恭帝被杀。一说全句句意可解为恭帝今何在,只有灵坟。固:本来。一说但、只。⑦"流泪抱中叹"二句:一说是陶渊明悲叹晋室灭亡,一说指晋恭帝的皇后忧伤悲叹。是说我心中悲叹而流泪(一说皇后怀抱忠诚而悲叹落泪),夜不成眠,侧耳倾听雄鸡报晓,等待天亮。抱中:一说怀抱,即内心。一说犹"抱忠",怀抱忠诚。司晨:掌管早晨,指雄鸡报晓。⑧"神州献嘉粟"二句:是说神州大地曾奉献出祥瑞的嘉禾,龙凤麟龟四类祥瑞为我驯养显示瑞应。此二句暗指刘裕假托祥瑞之兆以谋篡位。神州:战国时邹衍称中国为"赤县神州",后代指中国,这里指国内。献嘉粟:指晋义熙十三年(417),巩县人得一粟九穗,刘裕献给安帝,安帝又归于刘裕。"嘉粟"多称"嘉禾",指一茎多穗的禾谷,古人视为祥瑞。"粟"为小米。西灵:当作"四灵",分别为龙、凤、麟、龟,被视为祥瑞。为我驯:被我驯服,指义熙十三年(417)晋封刘裕为宋王的诏书与宋武帝永初元年(420)晋恭帝《禅位诏》,所称"四灵效瑞"。"我"代指刘裕。⑨"诸梁董师旅"二句:是说战国时叶公沈诸梁统帅军队,讨伐白公,白公芈胜战败自杀身亡。典出《史记·楚世家》,楚人白公芈胜为替父报仇而拟攻郑,令尹子西不从,芈胜便杀令尹子西,赶走楚惠王,自立为楚王。叶公率众攻芈胜,芈胜兵败自杀,惠王复位。这两句一说是以战国时期楚国内乱暗喻东晋朝廷内讧,具体事件难指;一说是映射桓玄篡晋后又为刘裕率众所灭之事;一说指刘裕诛灭晋的宗室。诸梁:即沈诸梁,字子高,战国时期楚国人,封于叶,称叶公。董:督;统帅。师旅:军队。芈(qiān)胜:楚太子的儿子,居于吴国,封于白,称白公。⑩"山阳归下国"二句:是说汉献帝被曹丕废为山阳公侯归属在下面的浊鹿城,追谥为"灵"字之名不得安宁(一说曹丕自己成全了名声却不对献帝勤存问)。此二句影射刘裕废杀晋恭帝事。称刘裕像曹丕废汉献帝为山阳公一样废晋恭帝为零陵王,晋恭帝禅位后又遭刘裕杀害,就像汉献帝被追谥"灵"字一样不得安宁。一说指零陵王已禅位,而仍不免于被掩杀,其命运还不如山阳公善终。山阳:指山阳公刘协。建安二十五年(220),汉献帝刘协禅位,曹丕称帝后废献帝为山阳公。晋元熙二年(420),晋恭帝司马德文甘心禅位,刘裕称帝后，晋恭帝被废为零陵王，居于秣陵（今南京市故报恩寺附近）。两事性质相类，故影射。"山阳"为古县名，因在太行山之阳（南）而得名，治所在今河南省焦作市。归下国：指汉献帝被废后归属下面的小地方山阳县。一说"归下国"指禅位。成名犹不勤：化用《周书·谥法解》"不勤成名曰灵"成句，意思是生前不安者死后谥名为"灵"，指皇帝不得善终者追谥为"灵"。汉献帝刘协被曹丕废为山阳公，十五年寿终，享年54岁。晋恭帝司马德文被刘裕废为零陵王，第二年即被杀害。从被废帝位看，两事性质相类，都属于不安即不得善终，但一得寿终，一速被杀害，后者不安、不得善终更为典型。故以汉献帝被废影射晋恭帝被杀。成名：谥名；追谥。不勤：不安，指不得善终。⑪"卜生善斯牧"二句：有四种代表性解释。一为南宋人汤汉的解释，认为此二句是借曹丕代汉刘禅降服之事影射并指责晋恭帝自甘逊位，不配做国君。是说卜子夏善于辅助魏文侯（代指魏文帝曹丕）治理国家，甘于降服的安乐公刘禅是没有资格当君主的。卜生：卜商，字子夏，孔子的学生，曾为魏文侯的老师，魏文侯问政于他。牧：治理。安乐：指安乐公刘禅。三国蜀汉后主，刘备之子，炎兴元年（263）魏军逼成都，他出降，后被封为安乐公，居住洛阳，乐不思蜀。不为君：不配做君主。二为明人黄文焕的解释，认为此二句借用子书"牧乎君乎"之语，直接指责晋恭帝身为天子而不能自保其身，如自卜生平，则宁愿为牧羊人，比做国君更安乐，从而主动放弃君主地位。三为近人古直的解释，认为"卜生"为"卜年"之误，此二句是直接指责晋恭帝《禅让诏》中"卜年著其数"即认为晋朝气数已尽、甘愿放弃君位的内容。四为今人王瑶的解释，认为此二句指刘裕剪除晋朝宗室异己，为篡逆做准备，其方法如卜式牧羊。卜生：指卜式。汉武帝时大臣，原为牧羊人。善斯牧：善于牧羊。卜式善牧羊的典故见《汉书·卜式传》，他用牧羊的道理治理国家，颇得汉武帝欣赏，其道理是恶者去之、弱者夺之。此典故曹丕的大臣劝丕代汉自立时用过，陶渊明引用此典暗示刘裕铲除宗室异己。安乐：人名，汉昌邑王刘贺的臣僚。不为君：不为君主尽忠。典故见《汉书·龚遂传》，汉昭帝死，刘贺立，日益骄纵，而身为旧宰相新臣僚的安乐却不尽忠劝诫。陶渊明引用此典暗示东晋臣僚不忠于晋室。今人从第一解、第四解者较多，从上下诗意看，第一种解释较胜。⑫"平王去旧京"二句：借用周平王东迁事喻指晋室南迁江左建立东晋，中原沦于胡人之手。是说周平王离开西周首都镐京到东都雒邑（暗指晋元帝离开首都洛阳到南都建康），洛阳城中接纳的全是匈奴的后代。平王：周平王，东周的开国君主。去旧京：指平王东迁事。因周幽王的败国，西周首都镐京（今陕西省西安市）被犬戎焚毁，公元前770年周平王将首都东迁至雒邑（今河南省洛阳市），建立东周。暗指晋元帝将首都从洛阳迁至建康（今南京市），建立东晋。去：离开。旧京：西周首都镐京，今西安市。峡："郏"的借字，指郏（jiá）鄏（rǔ），今洛阳市，是东周首都，也是西晋首都。纳：接纳。遗薰：薰遗留下来的后代，即匈奴的后代。"薰"为"獯"的借字，"獯鬻"的简称，亦作玁狁、狁犹等，我国古代少数民族名，春秋时称作戎、狄，汉时称为匈奴。西晋末年攻陷洛阳致使晋元帝南迁的刘聪正是匈奴的后代。⑬"双陵甫云育"二句：指刘裕北伐成功后，加紧篡晋步伐。是说关洛一带被刘裕平定后，人民开始休养生息了，刘裕便急不可耐地派使者到京都索要"九锡"奇文了（一说祥瑞之物三足乌显示出了以宋代晋的谶纬奇文）。双陵：指崤山的二陵，即崤山的两个山谷关口，这里泛指关洛一带。甫：开始。云：语助词，无义。育：养育，指休养生息。义熙十二年（416）刘裕伐后秦，攻克洛阳，修复晋帝五陵，设置守卫守护陵墓，一派修养生息的气象。三趾：三足乌。"趾"为"足"。一说指《山海经》中所记西王母的使者，此处代指刘裕派到京都讨要加封的使者。一说指晋初西域人所献的以晋代魏的祥瑞之物，陶渊明又借用它指以宋代晋的祥瑞之物。显奇文：一说指刘裕派使者从晋安帝那里索取了"九锡"奇文。从王莽开始，"九锡"为皇帝赐给有功大臣衣物斧钺等九种物品的仪式，举行仪式时宣读"九锡文"歌颂被赐者的功德，事实上已成为篡逆大臣接受"禅位诏"之前的一个步骤，故都不是通常的文字，因此称为"奇文"。一说指祥瑞之物显示出的谶纬之言，因奇特，故称"奇文"。如西域人献三足乌，遂有赤乌集昌陵，"昌"为重日，"乌"为日中之鸟，便有了托体阳精的寓意，成了以晋代魏的谶语，陶渊明此处又借用它指以宋代晋的谶语。⑭"王子爱清吹"二句：以王子晋乘鹤化去事喻晋室衰亡。是说周灵王之子姬晋喜欢吹笙，乘白鹤仙去，正中午飞翔在黄河、汾河一带的上空。王子：指王子晋。清吹：指吹笙。据《逸周书·太子晋解》、《列仙传》记载，周灵王的太子姓姬名晋，喜欢吹笙，作凤鸣，十七

述酒　209

岁乘白鹤而仙去。或说游伊洛间，修炼二十年，后乘白鹤仙去。此处王子晋暗喻晋朝，诗中隐去"晋"字，"王子晋"倒念"晋王子"，可能暗喻被刘裕连续杀害的东晋安帝司马德宗与东晋恭帝司马德文。王子晋十七岁，可能暗喻刘裕掌控国政十七年后篡晋。王子晋乘鹤仙去，喻东晋亡去。日中：指正午，"正"就是"典"，"典"就是"司"，"午"属"马"，故"正午"即"司马"。河汾：指黄河、汾河一带，属于晋故封地，司马昭封晋公即在此。故"翔河汾"可能暗喻安帝、恭帝魂归故封地，也指司马氏的晋政权已失去。
⑮"朱公练九齿"二句：陶渊明言自处态度。是说我要修炼养生之术，退隐闲居，远离纷扰的尘世。朱公：指范蠡。范蠡为春秋末政治家，辅助越王勾践灭吴后，隐姓埋名游于齐国，到陶（今山东省定陶）改名陶朱公，以经商致富。此处朱公隐去"陶"字，是陶渊明自指。练九齿：练养生之术。"九"为最大数，有"长"之义，"九"又与"久"谐音，指长久。"齿"为年龄。"九齿"为长龄、长寿之义。世纷：指纷纷扰扰的尘世。一说指世上的纠纷。
⑯"峨峨西岭内"二句：是说高高的西山之中，安卧着我所敬慕的伯夷、叔齐两位高人。一说高高的西山内，安息着被害的恭帝，他将永久地亲近着那里的土地。西岭：西山。当指伯夷、叔齐两位高士隐居的首阳山，在河南省洛阳偃师境内。他们二人反对周武王推翻商政权，不食周粟，隐居此山，采薇充饥，饿死山中。一说指东晋恭帝的安葬地。一说指昆仑山，在新疆、西藏一带。偃息：安卧，指隐居者的风流洒脱。一说指安息，即埋葬。亲：指钦敬、敬慕。一说亲近，指亲近所安葬的土地。⑰"天容自永固"二句：是说伯夷、叔齐虽然早已故去，但是他们的天然容颜与形象本来就是永存的，无论是长寿的彭祖，还是夭折的幼儿，都是不可相提并论的。一说上天的自然容颜本来就是永存的，就是长寿的彭祖也不能相比。一说悼念晋恭帝被杀，意为恭帝虽然被害，但天子的容颜是永存不灭的，不需要以寿命的长短而论。天容：自然容颜。一说天子的容颜。固：保持；存在。彭：彭祖，传说中的长寿者，《神仙传》、《世本》说他历经夏至殷又至周，活了八百岁。一说代指长寿。殇：未成年而亡；儿童夭折。一说代指短寿。一说"彭殇"为偏义复词，仅指彭祖，殇无义。非等伦：不能等同而论；不能等量齐观。"伦"为"类"、"列"。

[评析]

此诗作于宋武帝永初二年（421），是年作者70岁或57岁。本篇词意隐曲，甚难索解，甚至为什么用"述酒"作题目都不太清楚。连北宋大学问家、大诗人黄庭坚都感叹"有其义而亡其辞，似是读异书而作，其中多不可解"。南宋学问家汤汉称其不可解的原因为"诗辞尽隐语，故观者弗省"。好在经过宋人韩子苍、赵泉山、李公焕、汤汉，明人黄文焕，清人蒋薰、陈祚明、邱嘉穗、孙人龙、陈沆、温汝能、黄丕烈、陶澍、张谐之，近人古直，今人王瑶、逯钦立、郭维森、龚斌、孟二冬、袁行霈等的先后努力，以汤汉所理解的东晋恭帝（零陵王）的哀诗为切入点和钥匙，逐步阐发，使得诗意已大体可以说通，但不少句意仍不能定论。东晋元熙二年（420）六月，刘裕废东晋恭帝司马德文为零陵王，自己称帝，改国号为宋，改年号为永初。次年九月，以毒酒一坛授给张祎，让他毒死恭帝（零陵王），张祎不忍，途中自饮而死。刘裕又令褚妃之兄褚淡之将始终不离恭帝之身的褚妃引开，让士兵越墙而入，逼迫恭帝饮毒酒，恭帝不肯饮，士兵便以被褥将其闷死。所以普遍认为陶渊明此诗以"述酒"为题乃有为而发，意在反映刘裕篡晋这一历史事件。其中"重离"、"豫章"、"山阳"、"下国"、"不为君"等语是最有说服力的证据。"诗中运用隐晦曲折的语言反映此事，表达了诗人对篡权丑行的极大愤慨，同时也表现出诗人不肯与当权者同流合污的抗争精神。"（孟二冬语）

  具体的内容层次结构，虽仍难完全明晰，但大致可以这样理解：首六句（"重离照南陆"至"南岳无馀云"）为第一层次，讲述东晋南渡后逐渐衰微的国势。怀念东晋初建、有晋中兴、人才济济；感叹国势渐衰，气数将尽，无可奈何。次十二句（第七句"豫章抗高门"至第十八句"安乐不为君"）为第二层次，讲述刘裕篡晋弑帝经过。先是拥权自重，进而假借瑞应，再借助讨伐桓玄剪除异己，终而废帝自立。记述中对篡逆者语带愤慨，同时指责恭帝不该自甘逊位，对其自甘逊位而遭不测，又寄予深深同情。再次四句（第十九句"平王去旧京"至第二十二句"三趾显奇文")为第三层次,补叙刘裕以北伐之功制造升平气象,形成篡逆之势。最后八句(第二十三句"王子爱清吹"至第三十句"彭殇非等伦")为第四层次,抒写个人处世态度和人生感悟。面对乱世,无可奈何,追慕高士伯夷、叔齐,远离纷扰尘世;哀悼已逝者,愿其魂归故土;关爱尚存者,修炼长生之术。这一层次,既情辞悲切而又脱俗悠优,既思绪飘忽而又思想深邃,颇有魏晋以来所流行的游仙诗的风致。

答庞参军并序(五言)[1]

三复来贶[2],欲罢不能。自尔邻曲[3],冬春再交[4]。欵然良对,忽成旧游。俗谚云:"数面成亲旧。"况情过此者乎[5]?人事好乖[6],便当语离[7]。杨公所叹,岂惟常悲[8]?吾抱疾多年,不复为文[9]。本既不丰[10],复老病继之。辄依周礼往复之义,且为别后相思之资[11]。

相知何必旧?倾盖定前言[12]。有客赏我趣[13],每每顾林园[14]。谈谐无俗调,所说圣人篇[15]。或有数斗酒[16],闲饮自欢然。我实幽居士,无复东西缘[17]。物新人唯旧,弱毫多所宣[18]。情通万里外,形迹滞江山[19]。君其爱体素[20],来会在何年?

(作于72岁或59岁时)(春季)

[注释]

①庞参军:名字事迹不详,当为江陵(今属湖北)刺史兼领卫军将军王弘的参军。"参军"为官职名,诸王或将军的幕僚。②三复来贶(kuàng):是说再三拜读所赠之诗。三复:再三复看。贶:赠送;赐物。③自尔邻曲:是说自从我们成为邻居。尔:语助词。邻曲:邻居。④冬春再交:是说到了第二个冬春相交的日子,即一年有余。⑤况情过此者乎:是说何况我们的感情远远比这深厚呢!⑥人事好(hào)乖:是说人世间的事情常常容易违背心愿。好:

容易发生。乖：违背。⑦便当语离：即将话别。⑧"杨公所叹"二句：是说杨朱所悲叹的，哪里只是通常的离别之悲呢？言外之意是说，自己与杨朱一样悲叹的是人生事与愿违，世路多歧。一说作者是悲叹庞参军违背归隐之愿走上仕途。杨公：战国初哲学家杨朱。他曾走在岔路口，以为可以往南也可以往北而放声大哭，见《淮南子·说林训》。⑨为文：指作诗。六朝人以有韵之文为文，以无韵之文为笔。⑩本既不丰：是说体质本来就不强壮。⑪"辄依周礼往复之义"二句：是说就依照周礼所说"礼尚往来"的道理，并且作为分别后相互思念的慰藉而写下这首诗。辄：就。周礼往复之义：指《礼记·曲礼》中"礼尚往来。往而不来，非礼也；来而不往，非礼也"等内容。⑫"相知何必旧"二句：是说相互成为知己，未必都是因为交往时间长的缘故；两车相遇，倾斜车盖相语之间，一见如故，证明前面所说"数面成亲旧"、"相知何必旧"是对的。倾盖：两车相遇，并车而语，则如伞车盖相摩倾斜，代指一见如故。典出《战国策》佚文（《太平御览》卷三六三引）和《史记·邹阳列传》，称："白头如新，倾盖如旧。"意为有的人交往了一辈子，头发都白了，也难成知己，仍如新识；有的人则路遇偶语，却能一见如故，成为知己。定：确定；证明。⑬有客赏我趣：是说庞参军与自己志趣相投。有客：指庞参军。赏：尚，指尊重。⑭林园：指陶渊明住所。⑮说（yuè）：同"悦"，喜欢。⑯或：偶尔；间或。⑰无复东西缘：是说不再有为求官位而东西奔走的机会。⑱"物新人唯旧"二句：是说事物喜欢新变，而人以旧相识为可贵，希望以后多多写信。弱毫：指毛笔。宣：通，指通音问，表达，指写信。⑲"情通万里外"二句：是说分别之后，虽然感情在千里之外仍然相通，但形体却被江山阻隔。形迹：形体，指人本身。滞江山：被江山阻隔。"滞"为阻滞不通。⑳君其爱体素：是说希望庞参军多加保重。其：语助词。体素：即素体，玉体，对人身体的美称。

[评析]

这首五言《答庞参军》诗，与另一首同题四言诗当作于同年，两诗中的庞参军当为一人。依学界主流看法，两诗皆作于宋少帝景平二年（424）陶渊明60岁时。笔者信从袁行霈的说法，两诗皆作于宋少帝景平元年（423）陶渊明72岁时。这首五言作于此年春庞参军离开柴桑赴江陵做官之际,四言则作于此年冬庞氏自江陵赴京途中路过柴桑之际。两次都是庞氏有诗见赠,渊明方作诗答之,可见庞氏对陶渊明的人格情操是深怀敬意的。正如孟二冬所说,从此诗及诗序看,尽管陶渊明与庞参军相识仅一年余,但相同的志趣使他们结为知交;尽管他们在出仕与归隐问题上有所分歧,诗人对庞氏乱世选择仕途的做法深为忧虑,但也并未影响他们之间的友谊。所以这首诗既表达了诗人对庞氏的"款款之情"(清陈祚明语),也表明了自己隐而不仕的决心。诗前小序,"雅令可诵"、"何等缠绵,令人神往"(清温汝能语),"简净,自是小品佳境"(日近藤元粹语),表现出了同时代作家难以企及的诚挚朴茂风格。就诗歌本身而言,也"自有一种深挚不可忘处"(清温汝能语),这一点袁行霈的分析颇能启迪读者:赠答诗,彼此身份至关重要,旧交新知着笔有异,为宦为隐亦不相同。此诗在"忽成旧游"上着笔渲染,结尾隐约点出彼此出处之异,颇可咀嚼。

咏二疏[①]

大象转四时,功成者自去[②]。借问衰周来,几人得其趣[③]?游目汉廷中,二疏复此举[④]。高啸返旧居,长揖储君傅[⑤]。饯送倾皇朝,华轩盈道路。离别情所悲,馀荣何足顾[⑥]!事胜感行人,贤哉岂常誉[⑦]?厌厌闾里欢,所营非近务[⑧]。促席延故老,挥觞道平素[⑨]。问金终寄心,清言晓未悟[⑩]。放意乐馀年,遑恤身后虑[⑪]?谁云其人亡,久而道弥著[⑫]!

(约作于72岁或59岁时)

[注释]

①二疏:指西汉疏广及其兄之子疏受。据《汉书·疏广传》载,疏广字

仲翁，疏受字公子，东海兰陵（今山东苍山西南兰陵镇）人。汉宣帝时，疏广为太子太傅，疏受为太子少傅。每当太子朝见皇帝时疏广和疏受也同时进见，太傅在前，少傅在后，朝上的人都以为他们叔侄二人很荣耀。他们任职五年，皇太子二十岁时已精通《论语》、《孝经》。疏广对其侄说，听说"知足不辱，知止不殆（不危险）"，"功遂身退，天之道"，做官到了二千石的高位，已宦成名立，若不趁机退下来，将来会后悔的。随即他们叔侄二人便称病不理事，满三个月之后便上书请求告老还乡。得到宣帝批准后，宣帝赐给疏广黄金二十斤，皇太子赠给他黄金五十斤，公卿大夫、满朝文武及朋友，在城东门外为他们设宴饯行，声势浩大，送行的豪华车子达数百辆之多。在辞别返乡的路上，围观的人都赞叹他们的行为说："贤哉！二大夫！"疏广回到家乡，让家人每天大开宴席，宴请族人故旧宾客同乐。连续坚持一年有余，疏广的子孙便私下找疏广信得过的族中老人代他们劝说疏广，让他留些金子为子孙们置办田产。族人依言建议疏广时，疏广答道："吾岂老悖（老糊涂违背情理）不念子孙哉？顾自有旧田庐，令子孙勤力其中，足以共衣食，与凡人齐。今复增益之以为赢馀，但教子孙怠惰耳。贤而多财，则损其志；愚而多财，则益其过（增加他们的罪过）。且富贵者，众人之怨也；吾既亡以教化子孙（我本来没能教育好子孙），不欲益其过而生怨（不想再增加他们的过错而让人产生对他们的怨恨）。又此金者，圣主所以惠养老臣也（是皇上赠送让我养老的），故乐与乡党宗族共飨其赐（所以我乐于和邻居街坊同族的人共同享受皇帝的赏赐），以尽吾馀日（安度我的晚年），不亦可乎？"于是族人心悦诚服。陶氏此诗即概括叙述这段正史内容。②"大象转四时"二句：是说春夏秋冬四季按自然规律运转，功成名就的人自然应当离去。大象：大道，即自然规律。一说天。③"借问衰周来"二句：是说请问自从东周末年以来，有几个人能得知其中的道理？借问：请问。衰周：指东周末年，因当时处于战国争雄的乱世，周政权名存实亡，故称衰周。趣：旨趣；意旨；道理。④"游目汉廷中"二句：是说放眼汉代宫廷之中，疏广、疏受叔侄二人恢复了这种功成身退的举动。复：恢复。⑤"高啸返旧居"二句：是说自由欢快地返回故乡，辞去了太子太傅和太子少傅的职务。高啸：高声地吹口哨，此处指欢歌笑语，自由快乐。旧居：过去的住所，代指故乡、老家。储君：太子。傅：指太子太傅和太子少傅之职。⑥ "离别情所悲" 二句：是说离别时情感不免有所悲伤，这多余的荣华哪里值得在意？馀荣：多余的荣华，指为疏广、疏受送行的热烈盛大场面。顾：顾念；在意。⑦ "事胜感行人" 二句：是说二疏辞归这样的盛事也感动了行人，"贤哉" 哪里是平常的赞誉？事：指疏广、疏受辞职回乡之事。胜：优越、佳妙。⑧ "厌厌闾里欢" 二句：是说疏广安逸于乡间的欢乐，所经营的不是为子孙置办田产的眼前俗事。厌厌：安逸。闾里：指乡里、乡村。古代二十五家为"闾"，乡以下的居民聚居地为"里"。近务：眼前的俗务，指置田盖房等事。⑨ "促席延故老" 二句：是说邀请故旧老人靠近而坐，举起酒杯诉说平生往事。⑩ "问金终寄心" 二句：是说当族人问起留多少金子为子孙置办田产之事时，疏广终于说出了藏在心中的想法，用清新高洁的言语晓喻未明白的人。问金：指疏广子孙托族中老人问疏广可否留些金子为子孙置办田产事。寄心：寄存在心，指藏在心中的话。清言：指疏广所讲的不为子孙置办田产的理由的那段话。晓：明白，此处是使动用法，使……明白。未悟：指迷蒙、不明事理的人。⑪遑：本为闲暇，后"遑"常作"何遑"用，解作哪里有闲暇、怎么有闲暇。恤：忧虑。⑫ "谁云其人亡" 二句：是说谁说二疏已经死去？时间越久他们的道德越显著。弥：更加；愈加；越加。

[评析]

这首《咏二疏》与下面的《咏三良》、《咏荆轲》是陶渊明写于同一时期的三首著名的咏史诗，对其写作时间的判定有几种说法，我们暂从王瑶注本423年说。"三诗诗体既皆相同，内容又互相阐发，当为一时所作。其中《咏三良》一首当为悼张祎不忍向零陵王进毒酒而自饮身死一事。因知这三诗都作于永初二年（四二一）以后，今暂系于宋废帝景平元年癸亥（四二三）"，王说大体可信。此年渊明72岁或59岁。

这首诗的主旨很明确，就是通过歌咏西汉疏广、疏受叔侄二人功成身退、挥金同乐、不置田产的行为，表达了作者与二疏共同的人生志趣。这一主旨古代学者已看得颇为清楚，如宋人汤汉注《陶靖节先生诗》卷四称："二疏取其归，三良与主同死，荆卿为主报仇，皆托古以自见云。"又如，清人邱嘉穗《东山草堂陶诗笺》卷四亦称："细玩三篇结句，正复无限深情，不待议论而其意已彰矣。渊明仕彭泽而归，亦与二疏同，故托以见意。"我们用此诗对读注释①所综合摘引《汉书·疏广传》的内容不难发现，全诗除了最后两句是诗人所发议论外，其他部分则完全是依照疏广本传所载内容顺序甚至包括疏广谈话内容的顺序客观表述的，只是一用文一用诗形式不同而已。即便清人陈祚明《采菽堂古诗选》卷十三所说的似乎与二疏事迹若即若离的开头二句，实则也是化用的疏广劝其侄子同退的谈话内容。陈祚明说："起二句与二疏若合若离，若似若不似，此情自远，通首遒劲。"陈氏既想肯定此诗，又没弄太懂，所以没能肯定到点子上。所谓"大象转四时，功成者自去"，其要义就是指出功成身退是自然规律，是"天道"。有学者解后一句认为与前一句一样仍是指季节的功成身退即季节变化。笔者以为，第一句讲的是自然大化、四季变化，即"天道"；第二句则已经转向讲人了。这两句话就是化用的《汉书·疏广传》中疏广所说的"吾闻'知足不辱，知止不殆'，'功遂身退，天之道'也"原意，甚至就是后二句的原话。这样，我们读过了注①所引本传内容，也就自然读懂了这首诗，也就会发现陶渊明咏史诗的特点，不是借题发挥，大发议论，而是用史实说话，其作者的思想倾向、人生志趣是让读者在品读"诗实"的过程中自然体会出来的。诗人仅仅在诗的关键处画龙点睛，作简单的点拨而已，如此诗的最后二句的直白评论即是。因此，陶渊明的咏史诗与他的其他诗作一样，特别耐品，总如品尝百年陈酿，味道醇厚，意蕴深远，说服力强。就此诗而言，诗人最高明的点拨之处则不在最后二句而在其第四句"几人得其趣"中的一个"趣"字。这一字的妙用清人温汝能早就发现了，且分析得很到位，不妨移置于此。其《陶诗汇评》卷四说："'趣'字最宜领会。功成而不归去，不得趣者也。古今得其趣者，曾有几人？

唯二疏知足知止，所以得趣，唯其得趣，所以散金置酒，不以多财遗子孙也。'趣'字实贯彻前后。"此点评可谓深谙诗人之心。

咏三良①

弹冠乘通津，但惧时我遗②。服勤尽岁月，常恐功愈微③。忠情谬获露，遂为君所私④。出则陪文舆，入必侍丹帷⑤。箴规向已从，计议初无亏⑥。一朝长逝后，愿言同此归⑦。厚恩固难忘，君命安可违？临穴罔惟疑，投义志攸希⑧。荆棘笼高坟，黄鸟声正悲⑨。良人不可赎，泫然沾我衣⑩。

（约作于72岁或59岁时）

[注释]

①三良：三位良臣，指春秋时期秦国子车氏的三个儿子奄息、仲行、鍼(zhēn)虎。他们三人都是杰出的人才，是春秋五霸之一的秦穆公的宠臣。秦穆公死后，三人遵穆公遗嘱为其殉葬。《左传·文公六年》载："秦伯任好（秦穆公的名）卒，以子车氏之三子奄息、仲行、鍼虎为殉，皆秦之良也。国人哀之，为之赋《黄鸟》。"《史记·秦本纪》也记载了包括这三人在内的一百七十七人为秦穆公殉葬的简况："三十九年（前621），穆公卒，葬雍。从死者百七十七人，秦之良臣子舆（车）氏三人名曰奄息、仲行、鍼虎，亦在从死之中。秦人哀之，为作歌《黄鸟》之诗。"司马迁并借君子之名评秦穆公国强地广却没能做诸侯盟主的原因，就是因为"死而弃民，收其良臣而从死"，也就是让人殉葬。《史记·秦本纪》唐张守节《正义》引东汉应劭语交代了三良殉葬的具体原因："秦穆公与群臣饮酒酣，公曰：'生共此乐，死共此哀。'于是奄息、仲行、鍼虎许诺。及公薨（死），皆从死。《黄鸟》诗所为作也。"②"弹冠乘通津"二句：是说世人只求出仕做官，占据显要地位，而惧怕时机遗弃自己。弹冠：弹去帽子上的灰尘，指准备走马上任做官。乘：指占据。通津：通达的渡口，本指交通要道，此处比喻显赫仕途，高官要职。《古诗十九

首》之四："何不策高足，先据要路津。"时我遗：即"时遗我"的倒装句，时机弃我而去。"我"似指三良。③"服勤尽岁月"二句：是说终年殷勤服侍，经常担心功绩不明显。服勤：殷勤服侍、效力。④"忠情谬获露"二句：是说忠情既已错谬地表露出来，遂被国君所偏爱，以致不得不殉身。谬获露：本不应表露却表露了，故称。"谬"为错谬、妄谬，是自谦之辞，同时也是实情。君：指秦穆公。私：偏爱；亲昵。⑤"出则陪文舆"二句：意为出入皆随秦穆公左右，深得信任。是说外出时则陪侍在华丽车子的旁边，入宫后则必定侍奉在红色的帷幔旁。文舆：彩饰华丽的车子。"文"为彩饰。丹帷：红色的帷幔，指秦穆公的安寝之处。⑥"箴规向已从"二句：意为秦穆公对三良言听计从，是说劝谏之言一说就听从，计谋建议从来都周详完备（或说从来不拒绝）。箴规：劝告，规劝。向已从：响已应，一响就回应，即一发言就听从，也就是言听计从。"向"当为"响"的借字。初无亏：从来没有欠缺，即从来都是周详完备的。一说从来不拒绝。"初"为从来；"亏"为欠缺。一说枉为。⑦"一朝长逝后"二句：是说一旦君王长逝后，三良愿意一道死去归向坟墓。言：语助词，无义。此：指秦穆公。归：归向坟墓，指死。⑧"临穴罔惟疑"二句：是说三良面对墓穴没有犹豫，献身大义正是他们的愿望。徐按：《诗经·秦风·黄鸟》"临其穴，惴惴其栗"，所写三良临穴神态与此处不同。投义：投身大义，指以身殉葬。攸：所。希：愿。⑨"荆棘笼高坟"二句：是说荆棘笼罩着三良高高的坟墓，落在荆棘上的黄鸟正为他们悲鸣。此二句化自《诗经·秦风·黄鸟》"交交（悲鸣声）黄鸟，止于棘"二句。黄鸟：黄雀。⑩"良人不可赎"二句：是说三良的生命不可能再赎回，泪水沾湿我的衣襟。赎：用财物换回抵押品，此处指挽救回生命。

[评析]

从注释所透出的部分信息可知，《左传·文公六年》、《史记·秦本纪》、《史记·秦本纪》张守节《正义》引东汉应劭语记录了三良从秦穆公殉葬的史实，除此之外，更多的资料则是对这一史实的评论。其中以诗歌形式参与评论的，除陶渊明此首《咏三良》之外，约有三种态度。第一种态度，对秦穆公的暴虐野蛮行为表示了强烈的谴责，对三良表示了极大的同情，其代表作就是著名的《诗经·秦风》中的《黄鸟》篇。全诗三章依次哀挽奄息、仲行、鍼虎三人，不仅三次重复叙述他们临被活埋时"临其穴，惴惴其栗（浑身发抖，魂飞魄散）"的极度恐惧情态和求生欲望，还三次在结尾处宣称"如可赎兮，人百其身（如果可以赎回他的命，愿死百次来替他）"。其痛惜之情、谴责之意不言而喻。第二种态度认为三良之死罪在秦穆公之子秦康公，其父死后，作为继承人的他，不应该执行其父的遗愿，这方面的代表作是柳宗元的《咏三良》。其诗说："束带值明后，顾盼流辉光。一心在陈力，鼎列夸四方。款款效忠信，恩义皎如霜。生时亮同体，死没宁分张。壮躯闭幽隧，猛志填黄肠。殉死礼所非，况乃用其良。霸基弊不振，晋楚更张皇。疾病命固乱，魏氏言有章。从邪陷厥父，吾欲讨彼狂。"虽然开头表面上也赞颂了三良的牺牲精神，但中间便已否定殉葬本身，而落脚点则是对康公的谴责。诗以魏颗为例，严厉谴责秦康公，认为魏武子病重要求死后让小妾殉葬，死后其子魏颗以父亲病中思绪混乱为由而拒绝执行父命，没有让父妾殉葬而是让其改嫁，但你秦康公为何听从父亲生前的荒唐决定而让三良殉葬，将父亲陷于不义之地呢？第三种态度是对三良提出了指责，认为君命可从又可违，三良对国君生前的荒唐决定愚从本身就是错误的，其代表作则是苏轼的《和陶诗·咏三良》。诗说："此生太山重，忽作鸿毛遗。三子死一言，所死良已微。贤哉晏平仲，事君不以私。我岂犬马哉，从君求盖帷。杀身固有道，大节要不亏。君为社稷死，我则同其归。顾命有治乱，臣子得从违。魏颗真孝爱，三良安足希。仕宦岂不荣，有时缠忧悲。所以靖节翁，服此黔娄衣。"其他人的一些咏此事的诗歌也不外这三种态度。陶渊明此首《咏三良》诗则似乎与以上各类同题材的诗歌都不相同，他对三良的从死殉葬完全持肯定态度，认为他们是为大义献身。我们对陶诗的这一表态应作何理解呢？笔者以为有几点不可忽视：其一，此诗与前面的《咏二疏》和后面的《咏荆轲》一样，都是借咏史抒写个人怀抱，而不是评论历史事件，这一点与上述各家同题诗的出发点是有区别的。其二，此诗写出了三良从殉的必然性。前文已述，陶诗借咏史抒写个人怀抱不是空洞地借题发挥，而是将个人的思想和志趣融进历史事件的描述过程中，让人在品读时真真切切地感受并自然而然地接受诗人的思想。此诗第一层即前十二句，以三良的身份和感受详细记述了他们如何逐渐受到秦穆公的专宠而越陷越深、不能自拔的过程。从初入仕途怕错过侍君机会，到殷勤服侍怕成绩不显；从忠情提前表露受到偏爱，到如影随形出入内室，再到言听计从生死难离；自然"一朝长逝后，愿言同此归"也就成为必然的了。如果说第一层是用记述的方式揭示了三良殉葬的必然性，那么第二层即"厚恩"四句，则直接指出从死的原因，同样说明了殉葬的必然性。所谓"厚恩固难忘，君命安可违"，一是指出三良为报国君厚恩而不能不从死，二是指出国君命臣子从死臣子不敢不从死。结合注①应劭依史料所记的秦穆公与群臣酒酣耳热之时所说的"生共此乐，死共此哀"的话，在当时那种特殊情势下，作为最受宠爱的三位良臣恐怕不表态愿"死共此哀"都是不可能的了，内中已经蕴涵情义加胁迫的成分。态度一表，就又有了诚信问题。所以在陶渊明笔下，虽然改《诗经·黄鸟》（"临其穴，惴惴而栗"）和王粲《咏史》（"秦穆杀三良"）的三良被杀为甘赴大义（"临穴罔惟疑，投义志攸希"）的自杀，实际上是写出了三良求生欲望不得不服从于报恩道义、君臣大义、许诺信义的情势。依生活经验体会，陶渊明的揭示应该说是颇为符合三良殉葬时的真实心态的。所以，陶公写出了三良殉葬的必然性。其三，陶渊明歌咏三良可能是有感而发。依王瑶先生注本推测，此诗可能有感于张祎饮毒酒代东晋恭帝死而作。东晋元熙二年（420）六月，刘裕废东晋恭帝司马德文为零陵王，改年号为永初。第二年，将毒酒一瓮给侍臣张祎，让其毒死恭帝，出于沐帝恩道义和君臣大义，张祎不忍为而又难于交差，故求生欲望服从道义而自饮毒酒自杀。刘裕又派恭帝妻兄将其家人引开，让士兵越墙入宫室内逼迫恭帝饮毒药，恭帝不肯饮，遂被用被褥闷死。不论陶渊明政治上是否忠于一朝一姓，但这种篡逆弑君的恶劣事件本身对于清流知识分子的他，肯定是有刺激的。其有感于张祎的义举，在《咏三良》一诗中改谴责统治者的野蛮行为为歌咏侍臣献身大义的行为，不是不可能的。我们在这前后三首咏史诗中，感受到了温和淡然的陶渊明老先生内心深处确实蕴藏着一种豪气。其四，诗的第三层即最后四句，是诗人的情感抒发。先叙后议，最后点题，是陶诗结构的特点之一。这一层完全沿用了《诗经·秦风·黄鸟》的哀婉情感基调，并化用其诗句，以"泫然沾我衣"作结，表达了诗人对三良的深切同情，凸显了全诗的凄清美。不过，袁行霈先生在其笺注本中一反历代学者之论，对陶渊明在这首诗中抒发的情感即此诗的主旨另有高见。他认为，此诗是在告诫臣子不宜"忠情之谬露"，自投罗网，而应明哲保身。袁氏之论可谓令人耳目一新，不妨转引于此以共享："此诗首言人皆求仕达，尽殷勤，建功名；次言三良受重恩于秦穆公，君臣相合，求仕者至此盖无憾矣。而厚恩难忘，君命难违，一旦君王长逝，遂以身殉之。言外之意，反不如不乘通津，不恐功微，明哲以保身也。'忠情谬获露，遂为君所私'。一'谬'字最可深味，为君所私，无异投身罗网。渊明既为三良之死而伤感，又为其忠情谬露而遗憾也。"袁先生此解很可能真的揭开了陶渊明内心深处的隐秘想法，不过，这样解释，"临穴罔惟疑，投义志攸希"两句就不好有着落了。祈方家疑义相与析。

咏荆轲[①]

燕丹善养士，志在报强嬴[②]。招集百夫良，岁暮得荆卿。君子死知己，提剑出燕京。素骥鸣广陌，慷慨送我行。雄发指危冠，猛气冲长缨③。饮饯易水上，四座列群英。渐离击悲筑，宋意唱高声④。萧萧哀风逝，淡淡寒波生。商音更流涕，羽奏壮士惊⑤。公知去不归，且有后世名⑥。登车何时顾，飞盖入秦庭⑦。凌厉越万里，逶迤过千城⑧。图穷事自至，豪主正怔营⑨。惜哉剑术疏，奇功遂不成⑩。其人虽已没，千载有馀情⑪。

(约作于72岁或59岁时)

[注释]

①荆轲：战国时期著名刺客，事迹见《战国策·燕策三》、《史记》卷八十六《刺客列传》。本诗歌颂了荆轲刺秦王的慷慨悲壮。②"燕丹善养士"二句：是说燕太子丹喜爱养士，其志向是报复强大的秦国刺杀秦王嬴政。燕丹：燕太子丹。周封召公奭（shì）于燕，以国为氏。士：门客。有多类，如文士、策士、侠士等。嬴：秦王姓嬴，这里指秦王嬴政，即后来统一六国始称皇帝的秦始皇。③缨：绳子；丝带。指系帽子的系带。④"渐离击悲筑"二句：是说高渐离敲击名叫筑的乐器发出悲壮之音，宋意放声高唱。渐离：高渐离，燕国人，与荆轲友善，擅长击筑。详见《史记·刺客列传》。筑：古代击弦乐器。形似筝，颈细而肩圆，十三弦，一说二十一弦，弦下设柱，演奏时左手握持，右手以竹击弦发声，故名曰筑。宋意：当为燕太子丹所养之士。《淮南子》许慎注说"高渐离、宋意，皆太子丹之客也"。宋意歌唱为荆轲送行事不见《史记·刺客列传》，见《淮南子·泰族训》，说"荆轲西刺秦王，高渐离、宋意为击筑而歌于易水之上"。⑤"商音更流涕"二句：二句互文见义，意为高渐离的演奏和荆轲的歌唱令人闻之流泪和内心震动。是说弹奏歌唱的凄婉商调更是令壮士们闻之流泪，弹奏歌唱的激昂羽调让壮士们闻之心惊。此二句概括《战国策·燕策三》所载如下情节："至易水上，既祖（饮酒送行），取道（上路）。高渐离击筑，荆轲和而歌，为变徵之声，士皆垂泪涕泣。……复为羽声慷慨，士皆瞋目，发尽上指冠。"商、羽：古代五音宫、商、角、徵、羽中的第二音和第五音。商音凄凉，羽音慷慨。⑥"公知去不归"二句：是说荆轲知道这次一去将不可能再回来，将为后世留些英雄美名。公知：一说荆轲

自知,"公"指荆轲。一说"公知"即"共知",指所有参加送别的人都知道。一说"公知"即明知,"公"犹"明"。此"明知"既包括荆轲,也包括所有送行的人,都明明知道。徐按:三者皆通,但陶渊明此句当是化用荆轲"壮士一去兮不复还"歌词,歌词是指荆轲自知一去不归,且自称"壮士"。且:将。⑦"登车何时顾"二句:是说荆轲头也不回地登上马车,车盖如飞地疾驰直奔秦国宫廷。此二句概括《战国策·燕策三》"于是荆轲就车而去,终已不顾"内容。何时顾:什么时候回头,意指不回头,义无反顾。"顾"为回头看。飞盖:车盖如飞。"盖"为车盖,代指车。⑧"凌厉越万里"二句:是说荆轲乘坐的马车奋进前行跨越了万里山河,曲折前进穿过了上千座城市。凌厉:奋往直前的样子。逶迤:路途弯曲延续不绝的样子,此处指曲折行进的样子。⑨"图穷事自至"二句:是说地图展尽匕首露出,行刺之事自然发生,英豪君主秦王嬴政即惊恐失神。怔(zhēng)营:惊恐失神的样子。⑩"惜哉剑术疏"二句:是说可惜呀荆轲的剑术不够精湛,这件盖世奇功竟然未能建成。疏:粗疏;不精。遂:竟。⑪"其人虽已没"二句:是说荆轲虽然早已死去,但他的事迹和精神将永远感动人心,留下了不尽的豪情。没:死。

[评析]

学术界一般信从王瑶先生的推测,将《咏二疏》、《咏三良》和这首《咏荆轲》视为创作于同一时间的一组咏史诗,我们也暂从其说。由《咏荆轲》诗对读《史记·刺客列传》及《战国策·燕策三》、《淮南子·泰族训》等史料,不难发现,除个别细节如诗句"雄发指危冠,猛气冲长缨"与列传"士皆瞋目,发尽上指冠"的顺序稍有不同外,整首诗基本就是依史实吟咏的。由此,不妨可以大体信从袁行霈先生关于此诗写作缘由和写作动机的推测。历代学者多以为此诗乃为刘裕弑逆篡晋而发,甚至认为诗人是在以荆轲刺秦王拟自己"报诛刘裕之志"(清邱嘉穗语),似乎诗人与刘宋新朝有不共戴天的血海深仇,必欲手刃之而后快,而视东晋帝王为可以为之赴死的"知己"。看来古人确实太过善于对号入座和富于联想了。前文已说过,作为乱也看惯了变也看惯了的陶渊明,对刘宋的弑逆滥杀、官场的污浊与丑恶，有切肤之痛，有慨叹是自然的，这是每个有良心的知识分子的情感常态。但是诗人看不惯的更主要的是乱世官场的普遍现象，而并不只是他要誓死忠于某姓某朝。他看不惯刘宋，也未必就看得惯司马东晋。早在司马东晋时期诗人就已辞职躬耕便可大体说明这一点。所以，坐实诗人《咏荆轲》是欲刺杀除掉刘裕所谓"刺杀"动机说绝不可信。此诗创作的直接原因，很有可能就是袁行霈笺注本所推测的，"读《史记·刺客列传》及王粲等人咏荆轲之诗，有感而作，可见渊明豪放一面"。需要补充的是，陶氏读《史记》有感，而以他博览群书的知识积累和知识素养，其对《战国策》、《淮南子》中有关荆轲、高渐离、宋意等人事迹的记载，不可能不熟悉。所以，在此诗的创作过程中，融会贯通各种史料而对《史记·刺客列传》所记有所突破（如传中未出现宋意而诗中有），也就是自然而然的了。

依笔者理解，全诗三十句，大致可分为四层。第一层约为前十句，写燕太子丹为报仇养士得荆轲，并恭送荆轲离燕刺秦王。该层突出了两点：一是强调了荆轲的英武和豪侠，凸显其愿为知己者死的勇士中的精英形象；二是初步渲染了悲剧气氛，预示了悲剧结局。不仅送行者慷慨悲愤，而且连陪去的骏马也与孝服同色，且悲鸣于大道，以示决死之志。需要指出的是，这一借马渲染，恰恰是史料中所未有的诗人的想象与创造。诗人并将正史中易水饯行临别时奏唱羽调而造成的"士皆瞋目，发尽上指冠"的悲壮场面，移植到了饯别之前的送行途中，借此，不难想见所渲染的送行队伍的浩荡与悲壮。"饮饯易水上"十句为第二层，写易水饯别。这一部分的描写，早因《战国策》尤其是《史记》的流布，而成为常人所熟悉和易受感染的情节。第二层也有两点值得注意。一是为了渲染悲慨气氛，诗歌不仅直接化用了正史上催人泪下的《易水歌》"风萧萧兮易水寒"名句，而且还突破正史记载内容，融进了《淮南子》所记人物宋意,由高渐离与荆轲二人悲声唱和,增为三人先后唱和,使凄凉和悲慨气氛更加浓烈。二则为什么此诗与正史一样都在大事渲染易水送别的悲剧气氛?道理很简单,因为对荆轲来说,这次刺杀行为必然是一场悲剧。荆轲所唱的所谓"壮士一去兮不复还",并不是只是作为预示刺杀行动失败的一种表现手法,他刺杀失败了不复还,刺杀成功了照样不可能复还!退一步说,即使劫持秦王,逼其签下归还所占诸侯土地的协议,荆轲也不可能活命回燕。不论刺杀失败还是成功,他本人都不可能逃出戒备森严的秦国宫廷的,因此他的死是必然的。成功与失败的效果区别,仅仅在于解除还是没有解除压在燕人心头上的一时之恨,而根本不存在荆轲能回来还是不能回来的区别。这一点荆轲本人和所有送行的人都非常清楚。既然生离就是死别,人人充满悲情当然也就是必然的了。(有学者就不同版本中"公知去不归"和"心知去不归"作长文讨论,以为"心"仅指荆轲自知"去不归",而"公"就是"共",则指送行的众人知其一去不归,所以必须用"公"而不能用"心",称"改'心'为'公',一字千金"云云,不免小题大做了,并未抓住问题的关键。并且"公"字与"心"字一样,都是指荆轲本人,不能解为众人,"壮士兮一去不复还"明明是荆轲自己唱的。)再从深层次来说,所有送行的人都有压在内心深处难以言说的更大郁闷,那就是燕国的前途和命运。当时的强秦与弱燕国力不可同日而语,是狼和羊的关系,秦灭燕只是个时间问题。荆轲刺杀秦王失败了,被激怒的秦王肯定会迅速发兵灭燕;如果刺杀成功了,则会激起秦国大怒,新国君更会以冠冕堂皇的理由,一举灭掉燕国。这恐怕才是燕人送行时心头更大更深的悲情。事态也正是如此发展的,荆轲行刺不久,秦国便大举进攻燕国,即便燕君献上了太子丹的头颅,也无济于事。因此,第二层次和正史的极力渲染悲剧气氛,不只是预示了刺杀行动的失败,更主要是揭示了燕人的悲情情结。第三层为"登车何时顾"六句,写荆轲赴秦的刺杀过程。笔者以为该层最值得注意的是末尾"豪主正怔营"一句,其意在突出荆轲一个小人物行为的震慑力,简洁形象地勾画出了不可一世的霸主嬴政吓破了胆、惊丢了魂的神态。诗末"惜哉剑术疏"四句为全诗的第四层,写诗人的惋惜之情与赞颂之意。其惋惜之意在前两句,惋惜的是荆轲"出师未捷身先死,长使英雄泪满襟",其惋惜荆轲失败的原因是"惜哉剑术疏"即剑术不行。这一点不只是与荆轲同时的侠士鲁勾践指出过的,也确实是客观事实,是值得吸取和总结的教训。然而后代学者却有人提出了异议。宋人葛立方《韵语阳秋》卷九认为,陶渊明"惜哉剑术疏,奇功遂不成"是以成败论英雄,他说:"余谓荆轲之不成,不在荆轲,而在秦舞阳;不在秦舞阳,而在燕太子。舞阳之行,轲固心疑其人,不欲与之共事,欲待它客与俱。而太子督之不已,轲不得已,遂去,故羽歌悲怆,自知功之不成。"此见解颇为新鲜,为我们评价该事提供了新的视角,很有启发意义。阅《史记·刺客列传》,荆轲副手人选确实深憾,平时杀人不眨眼的秦舞阳在秦王惊起的一刹那,为何不能迅猛扑上去抱住秦王而让荆轲以匕首劫持逼迫归还所占土地,或行刺?在秦王绕柱逃跑的关键时刻为何不截住秦王让荆轲追上刺死?再者,出发之前荆轲在等候所选副手时,太子丹又为何那样着急催行?有鉴于此,葛氏之论的确并非全无道理。但是,话又说回来,副手只是副手,太子急催只是急催,事情成败的关键无疑还是在于行刺人,不可能将成功的希望和失败的原因寄托或归咎到一个副手身上。正史记得很清楚,一则图穷匕首现时,秦王肯定是席地而坐的,完全处于极不利的被动地位,作为有备而来且躬身站着的荆轲,"左手把秦王之袖,而右手持匕首揕之。未至身",竟然未劫持或刺中近在咫尺、席地而坐且衣袖被抓住的秦王,这不是剑术太差又是什么?能将责任推给别人吗?二则秦王逃脱过程中因慌乱拔不出佩剑,竟能一边绕柱逃脱,一边"以手共搏之",也就是徒手与手持匕首的荆轲搏斗而未伤,这哪里像一位专业刺客?其剑术之差还有疑问吗?三则荆轲被秦王砍断大腿后,用匕首投掷秦王,"不中,中铜柱",竟然将匕首投掷到了铜柱上,使秦王毫发无损,其命中率不是完全非专业化吗?似乎连基本的专业训练都没有。笔者甚至以为,荆轲之剑术,欲干惊天动地之大事,不免令人有几分滑稽甚至儿戏之感。所以,尽管秦舞阳、太子丹对荆轲行刺失败有些责任,但归根结底,剑术不精确实是荆轲行动失败的根本原因。陶渊明的惋惜是无问题的。陶氏对荆轲的赞颂之意,主要在末二句,他认为荆轲的行为和精神"千载有馀情",永远感动和激励着人心!这一点,比较典型地表现出了陶渊明性格和诗歌中的另一面。正如南宋朱熹在《朱子语类》卷一百三十六中所概括的那样:"渊明诗,人皆说平淡,余看他自豪放,但豪放得来不觉耳。其露出本相者,是《咏荆轲》一篇。平淡底人如何说得这样言语出来?"毋庸置疑,《咏荆轲》一诗表现出了陶氏的豪放本性,而其豪放个性的具体表现,则主要在此诗的最后两句对荆轲除暴精神的推崇上。

《咏荆轲》一诗艺术上的成功,仅章法严整一点已足以说明问题。这一点前人早已发现,并作了精微分析,不妨转录于此以代绕舌,"次叙高简,托意深微,而章法明整。起四句言丹;'君子'六句言轲;'饮饯'八句叙事;'心知'二句顿挫,以离为章法;'登车'六句续接叙事;'惜哉'四句入己托意作收"(清方东树语)。方氏从章法角度对此诗层次的划分,与笔者从内容角度的划分,不尽一致,见仁见智,并不影响对此诗要义的理解。至此,我们也不妨借清人方宗诚《陶诗真诠》中一段评论对陶渊明以上三首咏史诗的共同品格作一总结:"《咏二疏》、《咏三良》、《咏荆轲》,观此三诗,渊明之忠义慷慨,直欲追踪古人,特生无道之世,又无知己用之耳。故常曰'君子死知己',又曰'知音苟不存,死矣何所悲'。

但以渊明为隐逸人，旷远人，失之远矣！渊明盖志希圣贤，学期用世，而遭时不偶，遂以乐天安命终其世耳！"

答庞参军并序（四言）①

庞为卫军参军②，从江陵使上都③，过浔阳见赠。

衡门之下④，有琴有书。载弹载咏，爰得我娱⑤。岂无他好？乐是幽居。朝为灌园，夕偃蓬庐⑥。

人之所宝，尚或未珍⑦。不有同爱，云胡以亲⑧？我求良友，实觏怀人⑨。欢心孔洽，栋宇唯邻⑩。

伊余怀人，欣德孜孜⑪。我有旨酒⑫，与汝乐之。乃陈好言⑬，乃著新诗。一日不见，如何不思！

嘉游未斁，誓将离分⑭。送尔于路，衔觞无欣。依依旧楚，邈邈西云⑮。之子之远⑯，良话曷闻⑰？

昔我云别，仓庚载鸣⑱。今也遇之，霰雪飘零⑲。大藩有命⑳，作使上京㉑。岂忘宴安㉒？王事靡宁㉓。

惨惨寒日，肃肃其风。翩彼方舟，容与江中㉔。勖哉征人㉕，在始思终㉖。敬兹良辰，以保尔躬㉗。

（作于72岁或59岁时）（冬季）

[注释]

①庞参军：名字事迹不详，参五言同题诗注①。②卫军：卫将军的简称，王弘时任此职。一云谢晦时任此职。③江陵：荆州治所，今湖北省江陵县。使：奉命出行。上都：指当时的首都建康，今南京市。④衡门：横木为门，代指简陋的房屋。衡同"横"。⑤爰：于是。⑥偃：卧，指休息。⑦"人之所宝"二句：是说别人视为宝贝的，我不以为珍贵。尚或：也许。⑧"不有同爱"二句：是说如果没有共同的爱好，如何相亲近？云胡：何以；如何。

⑨实觏(gòu)怀人：是说果然遇到了所思念的人。实：果然。觏：遇见。怀人：所思念的人，指庞参军。⑩"欢心孔洽"二句：是说欢心很融洽，居处相邻近。暗示诗人与庞参军志趣相投，以德为邻。孔：很。⑪"伊余怀人"二句：是说我所思念的人，乐于德操，孜孜不倦。伊：发语词。欣：喜悦。孜孜：努力不息。⑫旨酒：美酒。⑬陈：陈述；交谈。好言：与下章"良话"义同，指有益之言。⑭"嘉游未斁(yì)"二句：是说欢乐的同游还未尽兴，却即将分离。此二句及以下六句追忆庞参军上次出使江陵时两人的惜别。嘉：美好，指愉快、欢乐。斁：厌倦。誓：同"逝"，发语词。一云往。⑮"依依旧楚"二句：是说遥望庞参军将去的地方，无限怀恋。旧楚：指楚国的旧都郢，即湖北江陵。西云：西方的云，江陵在浔阳西，故称。⑯之子：此人，指庞参军。之远：去远方，走向远方。⑰曷：同"何"，何时；怎么。⑱"昔我云别"二句：是说上次我们分别的时候，正是黄莺始鸣的春天。此言同年春天送别庞参军之事。云别：话别。仓庚：黄莺。载：始。⑲"今也遇之"二句：指这次冬天相遇。以上四句化用《诗经·小雅·采薇》诗句。霰(xiàn)：小雪珠。⑳大藩：藩王，封疆大吏，指宜都王刘义隆。一云指谢晦。㉑作使上京：是说作为使臣出使上京。使：出使。上京：同"上都"，京都，今南京市。㉒宴安：闲逸安乐。㉓王事靡宁：是说国家的事情无休止，使你不得安宁。王事：指国事。靡：无。㉔容与：从容缓行的样子。㉕勖(xù)：勉励。征人：远行的人，指庞参军。㉖在始思终：提醒庞参军，遇事时一开始就要想到结局。㉗"敬兹良辰"二句：忠告庞参军，在这好时辰里也要谨慎，以保重自己的身体。敬：谨慎。躬：身体。

[评析]

依袁行霈的考证，这首诗创作于南朝宋少帝景平元年（423）冬，时陶渊明72岁或59岁。王弘自东晋安帝义熙十四年（418）为江州（今九江市）刺史，宋武帝永初三年（422）进号卫军将军。次年，即宋少帝景平元年（423）春，卫军将军王弘命他的参军庞某自江州出使江陵，见宜都王刘义隆（后之宋文帝）。庞某路过渊明家乡，有诗赠渊明，渊明作《答庞参军》五言诗一首答之。

这年冬天，庞某又奉宜都王刘义隆之命，自江陵出使首都建康（今南京市），途经渊明家乡浔阳（今九江市西），又有诗赠渊明，渊明便作此四言《答庞参军》诗以相答。

全诗共六章，第一章自叙隐居之乐；第二章写遇所怀有德之人庞参军；第三章写与庞参军交友的快乐；第四章追忆与庞参军春日的第一次惜别；第五章写眼前再次惜别；第六章写临别赠言。玩味全诗，既可从中品味出友情的可贵，又可感受出身处官场的庞参军的脱俗，更可从诗人的临别勉励中体悟到告诫之意，暗示了宦海的险恶。

此诗写作上也很有特点，六章之间，章章相接，层层相生。清人孙人龙称其"高雅脱俗，喻意深阔。交情笃挚，妙能写出"，颇会诗人之心。

和胡西曹示顾贼曹[①]

蕤宾五月中[②]，清朝起南飔[③]。不驶亦不迟[④]，飘飘吹我衣。重云蔽白日，闲雨纷微微。流目视西园[⑤]，晔晔荣紫葵[⑥]。于今甚可爱，奈何当复衰。感物愿及时，每恨靡所挥[⑦]。悠悠待秋稼，寥落将赊迟[⑧]。逸想不可淹，猖狂独长悲[⑨]。

（约作于72岁至75岁或59岁至62岁时）（五月中）

[注释]

①胡西曹、顾贼曹：两人名字事迹不详。"西曹"、"贼曹"皆为郡县属官名。西曹主吏及选举事，贼曹主捕盗贼事。示：拿给人看。②蕤（ruí）宾：指仲夏五月。③清朝（zhāo）：清晨。飔（sī）：凉风。④驶：疾速，指风速快。迟：迟缓，指风速慢。⑤流目：同"游目"，放眼随意观赏。⑥晔（yè）晔荣紫葵：是说紫葵花开得繁盛美丽。晔晔：光辉灿烂的样子。紫葵：蔬菜

名。⑦ "感物愿及时"二句：是说有感于此物变化，光阴流逝，就想及时行乐，但常常感到遗憾的是无酒可饮。物：承接上句，主要指紫葵花。愿：但愿；想。恨：遗憾；遗恨。靡所挥：无酒杯可举，即无酒可饮。"挥"为举杯饮酒的动作。⑧ "悠悠待秋稼"二句：是说遥遥无期地等待着秋天庄稼的收获（用来酿酒），寂寞无酒将更会感到时间过得缓慢（一说等来的也许是稀疏无收成）。悠悠：遥远。寥落：寂寞冷落。一说稀疏，指庄稼收获少。赊迟：迟缓。一说引申为稀少无收获。⑨ "逸想不可淹"二句：是说各种遐想难以遏制，情感激荡，只有独自地深深悲伤。逸想：遐想。不可淹：不可留，即不可遏制。"淹"为滞留。猖狂：恣意放纵，此处形容情怀激烈。长：深深地。

[评析]

这首诗的写作时间，有初躬耕之时说，有晚年说，有阙疑说。依诗中"感物愿及时，每恨靡所挥"句意体会，知此时渊明常无酒喝；甚至可以将诗中"悠悠待秋稼，寥落将赊迟"句意理解为渊明此时常无粮可食。因此，笔者以为此诗作于晚年的可能性较大。为方便编排，暂系于72岁至75岁或59岁至62岁时。

全诗可分为前后两部分，前八句描写仲夏五月的田园风光，和风习习，细雨蒙蒙，清新自然之中流露着几分惬意。后八句由感物盛衰而联想到盛世难再，生活难以为继，个人"又老至，不能及时收获，渐当复衰"，"而独长悲也"（清邱嘉穗语），感慨中流露出了几分酸楚。此诗兼有冲淡与激荡双重风格。

乞　食①

饥来驱我去②，不知竟何之。行行至斯里③，叩门拙言辞。主人谐余意④，遗赠岂虚来⑤。谈谐终日夕，觞至辄倾杯。情欣新知劝，言咏遂赋诗⑥。感子漂母惠，愧我非韩才⑦。衔戢知何谢？冥报以相贻⑧。

（作于75岁或62岁时）（岁暮）

[注释]

①乞食：一说乞讨、讨饭。一说求人借给粮食，以为生计。②去：指出门去，走出家门。③行行至斯里：是说走啊走啊，终于走到这个村落。行行：形容走得远，此指作者心里感受，未必真远。④谐余意：理解我想借粮而又羞于张口的心愿。"谐"犹"解"，理解，有版本作"解"。⑤遗（wèi）赠岂虚来：是说主人赠送我粮食，称：怎能让你白跑一趟呢？遗：赠送。⑥"情欣新知劝"二句：是说因新相知的朋友劝酒而心情欢欣，吟咏之间便赋出诗篇。劝：似当指劝酒。原版本作"欢"，与句中"欣"义重。遂：就。⑦"感子漂母惠"二句：是说感谢你漂母一样的恩惠，惭愧的是我不是（或说没有）韩信那样的治国之才。典出《史记·淮阴侯列传》，韩信贫贱时在城下钓鱼，有位在水边洗衣服的老妇人可怜他饥饿，便给他饭吃，韩信发誓日后报答。后韩信辅佐刘邦打下天下，被封为楚王，便派人找到那位老妇人，以千金相赠。子：对人的尊称。漂母：在水边漂洗衣服的妇女。韩：指韩信。⑧"衔戢（jí）知何谢"二句：是说内心的感激如何答谢？只有死后报答你的相赠之恩了。衔戢：指永不忘记。"衔"原为马口中用于勒马的马具，此指挂在嘴上；"戢"为"藏"，此指藏在心里。冥报：幽冥之中报答，指死后报答。"冥"为"幽暗"，指死后灵魂所居之处。贻：赠送。

[评析]

学界普遍认为，这首诗作于南朝宋元嘉三年（426），与《有会而作》同时，不论持陶享年76岁说者还是持63岁说者，大都承认此诗作于陶渊明将要走完人生历程的晚年（或75岁，或62岁，但也有个别人认为作于21岁的青年时期）。今将此诗系于渊明75岁或62岁时。

全诗记叙了一次由于饥饿而出门乞食或借贷并得人馈赠、与人畅谈、被人留饮、为人赋诗的活动。此诗的真切，没有亲身体验实难写出；同时，即便他人有"乞食"经历，也未必愿意入诗，这是陶渊明的可贵之处。孟二冬的概括、袁行霈的体验，对我们颇有启示意义。依他们的理解，此诗前四句通过具体的动作和内心状态的叙述，形象地传达出了诗人复杂的心情。首句"饥来驱我去"，一"来"一"去"，妙合无垠；一个"驱"字，凸显迫不得已，描摹"饥来"情状，惟妙惟肖。次句"不知竟何之"，诗人的身不由己，如在眼前。"叩门拙言辞"句，尽显世间求人者"求人容易口难张"的普遍心理，更何况是一位读书老人？更不想失去起码的尊严。也许开始就是饿急后的盲目出门，原来并非有意乞讨。中间六句写受到主人盛情款待的情景：主人不仅善解来意而慷慨"遗赠"，并且两人"谈谐终日"而"倾杯"畅饮，进而诗人竟"情欣""赋诗"。"乞食"变成了文人交流，既见主人之高雅，更见诗人乞食之有选择。观萧统所记诗人"偃卧饥馁有日"而仍对权贵檀道济赠送的粱肉"麾而去之"的举动，便可坚信这一点。末四句对主人表示感激之情。尤其末尾"冥报以相贻"句，寄慨遥深，说明诗人显然已知自己将穷老至死，生前已无力报恩，只有等到死后了，这里表达了诗人对自己命运的感伤与绝望之情。为了一顿饭，竟然以死后报答相许，虽然如有些学者所说，表现了渊明不为自尊而伪饰真情的率真品格，然而不难看出，诗人被感动的根本原因还是主人那种感人的厚爱真情。需要说明的是，这首"乞食"诗，究竟写的是真的讨饭，还是以"乞食"代指借粮，学界有不同认识。今人的主流看法是借粮，但袁行霈以"乞食"一词出于先秦典籍《国语》、漂母和韩信典故明讲赠饭吃之事为由，认为本诗就是写渊明讨饭，此理由不可完全忽视。不过，依常理，若因饥饿难耐方去乞讨，何来力气"谈谐终日"，之后才留餐畅饮？若"饥"泛指家将断粮，为生计而出门借粮，则"谈谐"的疑问便可冰释。

有会而作 并序①

旧谷既没,新谷未登②。颇为老农,而值年灾③。日月尚悠④,为患未已⑤。登岁之功,既不可希⑥。朝夕所资,烟火裁通⑦。旬日已来⑧,日念饥乏⑨。岁云夕矣,慨然永怀⑩。今我不述,后生何闻哉!

弱年逢家乏⑪,老至更长饥⑫。菽麦实所羡⑬,孰敢慕甘肥!惄如亚九饭,当暑厌寒衣⑭。岁月将欲暮,如何辛苦悲。常善粥者心,深恨蒙袂非⑮。嗟来何足吝,徒没空自遗⑯。斯滥岂彼志?固穷夙所归⑰。馁也已矣夫,在昔余多师⑱。

(作于75岁或62岁时)(岁暮)

[注释]

①有会而作:一说有灾而作。一说有所感悟而作。会:一说灾害。一说领会、感悟。②"旧谷既没"二句:是说青黄不接的季节,指岁暮。未登:未登场,指未成熟、未收割。③"颇为老农"二句:是说我已久为老农,却遇上了灾荒年景。颇:久;甚。值:遇上,逢着。④日月尚悠:是说日子还很长。悠:久远。⑤为患未已:是说灾害远未停止。已:停止;结束。⑥"登岁之功"二句:是说一年的收成,既然已没有希望。登:到达。功:指收获。希:希望;指望。⑦"朝夕所资"二句:是说日常生活所需,仅能维持不断炊。朝夕:每天;日常。所资:所需要的资用,指所需要的生活必需品。裁:"才"的借字,仅。通:连接。⑧旬日:十天为一旬,指近日。已:"以"的借字。⑨日念饥乏:每日感到饥饿困乏。念:指感觉。⑩永怀:即咏怀,指抒写怀抱。一说长叹。永:通"咏"。一说长。⑪弱年逢家乏:是说少年时期遭遇家道衰落。一说二十岁时遭遇家道中落。弱年:二十岁,此处似当泛指少年时代。袁行霈笺注本则认为,此处当实指二十岁。据《礼记·曲礼上》"二十曰弱,冠",渊明二十岁时桓温废晋废帝为东海王,又降封东海王为海西县公,自此政局混乱,民不聊生。渊明家道亦于是年衰落,生活发生困难。

⑫更：经历。一说又。长：通"常"，经常。⑬菽（shū）：豆类的总称。
⑭"惄（nì）如亚九饭"二句：是说饥饿的状况仅次于一月只吃九顿饭的子思，到了暑热的夏天，还穿着讨厌人的冬季衣服而无夏衣可换。惄如：饥饿愁苦的样子。"如"为语助词，相当于"然"。亚：次于。九饭：一个月只能吃上九顿饭，指子思。典出西汉刘向《说苑·立节》，称孔子的孙子子思，住在卫国时非常贫困，"三旬而九食"。当：正当；在。⑮"常善粥者心"二句：是说常常称赞施舍粥食的人的善心，而深深遗憾那位用衣袖遮面的人不肯接受施舍。善：称赞；赞许。粥者：施舍粥食救济灾民的人，指黔敖。典出《礼记·檀弓》，古时候齐国闹饥荒，黔敖便在路边设粥棚救济灾民，有位饥饿的人用衣袖遮着脸来接受施舍。黔敖不大礼貌地大声喊他快过来吃，此人便挪开衣袖露出面容，称自己正因为不吃"嗟来之食"才用衣袖遮着脸的。黔敖遂表示了歉意，可那人仍不肯吃，最终因不肯接受施舍饿死了。恨：遗憾。蒙袂（mèi）：用衣袖遮面。"袂"为衣袖。非：不对。⑯"嗟来何足吝"二句：是说对嗟来之食何必羞耻，白白饿死算白白地自我抛弃。吝：羞耻；怨恨。没：指饿死。自遗：自己遗弃自己，指饿死。按：陶渊明其实和那位蒙袂人一样都是坚持不食嗟来之食的，有学者认为，诗人此处两句可能就是有感于自己拒绝江州刺史檀道济馈赠梁肉之事而发，可备一说。事见萧统《陶渊明传》。
⑰"斯滥岂彼志"二句：是说因贫穷而越礼乱为哪是蒙袂者的意愿，固守贫穷是他平素的志向所在。此二句化用《论语·卫灵公》"君子固穷，小人穷斯滥矣（君子固守贫穷，小人贫穷了就会越轨乱为）"的典故。斯滥：不自约束，越礼乱为，指无操守的小人。彼：指蒙袂者，实作者自指。固穷：固守贫穷，指保持操守的君子。⑱"馁也已矣夫"二句：是说饥饿也就罢了，古代有很多值得我效法学习的老师。在昔：过去。余多师：我有很多值得效法的老师，指众多古代先贤，包括不食嗟来之食的蒙袂者。

[评析]

这首诗作于诗人的晚年，诗中"老至更长饥"句可证。学术界普遍认为当系于宋文帝元嘉三年（426）陶渊明75岁或62岁时，因诗序明言"值年灾"即遇上了灾荒年景，全诗又围绕灾荒与饥饿抒发感慨，而正史记载元嘉三年天下大旱且蝗灾泛滥。作者题为

"有会而作"，不论解为有灾而作还是有感而作，都合作者本意，因有灾而饥饿，因饥饿而有感，因有感而作此诗。

全诗四句一层，共四层。"弱年"四句概写一生贫困。虽仅述"弱年"和"老至"两头，其实，诗人一生酸楚、屡历贫困、常经饥饿尽括其中，"是终身未尝足食也"（宋李公焕语）。这是他为固守节操所付出的代价，也是下面写人生感悟的必要铺垫。"惄如"四句具体写灾年饥饿难耐的苦状。因"旬日已来，日念（感到）饥乏"，诗人度日如年，尤其到了青黄不接的岁暮，这位七十多岁的老人，只有无可奈何地"辛苦悲（心酸又苦悲）"了。"常善"四句饿极而抒写人生感悟，为全诗重心。诗人对嗟来之食和拒受嗟来之食者持何态度？有人认为，此处表达的是诗人的"愤语"，感叹世上少有守节人，"世不但无蒙袂者，并黔敖亦不可得"（清吴瞻泰引沃仪仲语）；有人甚至认为，此处"盖托言无岁以致慨，非真为长饥也"（清吴菘语）；有人认为，"谓不食嗟来似亦太过"（清吴瞻泰语）；有人则认为，"言已慕此人，却反言以非之"（清温汝能语）。我们认为，温汝能的体会可能更合诗人当时的心理和感悟。不过，此处也确实反映出了陶渊明饥饿难耐时的复杂感受。正如袁行霈笺注本所说："此四句沉痛之极！若非饥饿难耐，渊明不能为此语也，若非屡经饥饿，渊明不能为此语也。然渊明终不肯食嗟来之食。""斯滥"四句正面抒写固穷之节。前两句借用《论语》典故，明为称赞蒙袂者固穷之节，否定"斯滥"即穷困便越礼乱为之举，实则表达自己的人生感悟和固穷之志。末两句则以包括不食嗟来之食的蒙袂者在内的古代先贤为榜样，鼓励自己在饥饿中将操守坚持下去。又如袁行霈笺注本所说："檀道济赍以粱肉，渊明麾而去之，正是此语之应验，诚可敬哉！"不过，檀道济以粱肉馈赠饥饿中的陶渊明，与黔敖灾荒年设粥棚救助饥民，其性质是否一样，能否相提并论，倒是可以讨论的。因毕竟黔敖的施舍是慈善行为，而檀氏的施舍和陶氏的拒施都含有明显的政治因素在里面。

　　从艺术表现上讲，纵横开阖是此诗的最突出特点，这一特点集中在后八句表现诗人对蒙袂者不食嗟来之举的态度上，"'常善粥者心'二句，提笔作翻案，谓不食嗟来似亦太过。'斯滥'二句，又归正意，谓固穷之志不容假借，则昔人不食嗟来，真余师也。一开一阖，抑扬顿挫，如闻愁叹之声"（清吴瞻泰语）。全诗写诗人屡遭饥饿后的如上人生感悟，实际上是围绕着一个"固"字和一个"滥"字一开一阖，一起一伏地进行的，确实有曲尽变化之妙。

咏贫士七首[①]

其　一

　　万族各有托，孤云独无依[②]。暧暧空中灭，何时见馀晖[③]？朝霞开宿雾，众鸟相与飞[④]。迟迟出林翮，未夕复来归[⑤]。量力守故辙，岂不寒与饥[⑥]？知音苟不存，已矣何所悲！

（约作于75岁或62岁时）（岁暮）（以下六首同此）

[注释]

①贫士：贫穷的高洁贤士。②"万族各有托"二句：是说万物各自皆有所依托，唯有自己这样的贫士像飘浮的孤云一样没有依靠。族：品类。托：依托；依靠。孤云：作者自喻，并喻贫士。③"暧（ài）暧空中灭"二句：喻生命在悄悄逝去，是说云影在空中黯然自灭，不知什么时候能看见它留下的光辉。暧暧：昏暗不明的样子。④"朝霞开宿雾"二句：喻众人积极出仕，是说早晨的霞光驱散了夜雾，众多的鸟儿结伴高飞。宿雾：夜雾。⑤"迟迟出林翮"二句：自喻与众不同，勉强出仕，是说有只孤鸟很晚才慢腾腾地飞出树林，天尚未黑又早早地返回树林。翮：鸟羽的根茎，代指鸟，作者自喻并喻

贤士。复来归：自喻辞官归隐。⑥"量力守故辙"二句：是说衡量自己的能力，还是坚持走自食其力的旧道路，怎能不受冻挨饿？量力：衡量自己的能力，也可解为尽自己的力量。故辙：旧道路，指前贤隐居守贫之路。

[评析]

　　《咏贫士七首》是陶渊明晚年所作的组诗，是研究陶氏生活、思想的重要依据之一。将这七首定为一组同时写作完成的组诗，学术界没有异议，其基本理由就是七首诗结构严谨，一气呵成。而具体到对组诗写作时间的判定，学术界的意见就较为分散了，依次主要有406年说、418年说、420年说、425年说、426年说五种，其中尤以袁行霈先生的425年说和龚斌先生所阐发的逯钦立先生的426年说更合情理，现转录于此。袁行霈笺注本说："渊明隐居之初，尚不致贫穷如是，此盖屡遭灾祸，七十岁以后所作。但细细揣摩诗意与口吻，亦非临终前'偃卧饥馁'时所为，兹系于宋文帝元嘉二年乙丑（四二五），渊明七十四岁。早于《有会而作》、《乞食》一年，一年后写此二诗时贫穷之状尤甚矣。"龚斌校笺本说："王瑶注从刘履《选诗补注》，谓诗中'朝霞开宿雾，众鸟相与飞'二句，'当为喻改朝后群臣趋附之状'。因之系此诗于宋武帝永初元年庚申（四二〇）。邓谱（指邓安生《陶渊明年谱》）同。逯（钦立）系年据萧传所载江州刺史檀道济馈渊明粱肉事，谓此诗作于元嘉三年丙寅（四二六）。魏正申《陶渊明探稿》谓此诗作于渊明归田之初（指406年）。李华《陶渊明年谱辨证》系此诗于晋安帝义熙十四年戊午（四一八）。按，以上诸说，当以逯系年为近。诗云'倾壶绝馀沥，窥灶不见烟'，与《有会而作》诗序'登岁之功，既不可希，朝夕所资，烟火才通'数句所述相合。'袁安门（困）积雪，邈然不可干'二句，即萧传作记'偃卧瘠馁有日矣'。'年饥感仁妻'句之'年饥'，即年灾，盖指元嘉二三年间旱蝗之灾。'惠孙一晤叹，腆赠竟莫酬'二句，正喻檀道济馈粱肉，渊明麾而去之事。又诗云'凄厉岁云暮',则此诗当作于元嘉三年(四二六)冬日。"不难看出,袁行霈先生定组诗为425年的理由是,从感悟层面感觉到其表达的贫穷状况还没有达到426年作《有会而作》两诗时的程度;而龚斌先生定其为426年的理由则恰是,用实证证明组诗的内容与《有会而作》及陶渊明本传中拒受檀道济馈粱肉事相吻合。后者理由充分,实证性强,令人信服,故笔者从426年说,是年渊明75岁或62岁。

  说到这组陶渊明晚年咏怀之作的基本内容,历代学者的认识见解对我们多有启发,其基本结构为"首章总冒,次章自咏,下五章皆咏古来贫士以为证"(清张荫嘉语)。具体到如上三个部分的各自分工,大致是"第一首叙述贫士的高洁与孤独,第二首叙述自己的贫状与怀抱,而结以'何以慰吾怀?赖古多此贤'。以下五首便承此分咏古代著名贫士的行迹品德,而借以抒情述怀。第七首最后二句结以'谁云固穷难,邈哉此前修'总结本诗,也总括以上各篇要旨"(王瑶语)。再具体到第三部分分咏古代著名贫士行迹品德的内容,依次大致为第三首咏赞春秋贫士荣启期和子思的"不苟得",第四首咏赞春秋贫士黔娄的"安贫守贱",第五首咏赞东汉贫士袁安与阮公的至德清节,第六首咏赞东汉贫士张仲蔚不为人知的自乐其所乐,第七首咏东汉贫士黄子廉不因子女之忧而改固节之志。笔者信从袁行霈先生对组诗的整体认识,他认为,这七首诗的共同主旨"乃在欲求知音而苦无知音耳"。

  具体到第一首总帽咏贫士还是自咏,学术界有不同认识,笔者以为,此诗以自咏为主,兼及咏他人。在众多评论中,清人温汝能似更了解陶渊明的所思所想,其《陶诗汇评》卷四称:"以孤云自比,身分绝高,惟其为孤云,随时散见,所以不事依托,此渊明之真色相也。下以鸟言,不过因众鸟飞翻,而自言其倦飞知还之意尔。"认为陶渊明以孤云、独鸟自况,表现自己及贫士们高洁的品格和倦于仕途、甘守贫穷的志趣。诗前四句言己之"孤"。自己及贫士为何受穷,主要因"无依",而"无依"又分客观上有无依托和主观上想不想依托两种,诗人则两者兼有,既无祖荫可承,又无人脉可凭,再加之不屑依傍,故如天上一片孤云,只能自生自灭。次四句言己"守拙"。个人主观努力可以脱贫,而世人如众鸟天亮即结伴觅食,己及贫士则如孤鸟大异其趣,迟出而早归,无非是说世人巧捷,自己守拙,其受穷原因不揭自明。末四句"述志"。诗人本已为自己的选择付出了受穷的代价,但其宁愿受穷也要坚持自己的隐居道路不改初衷。现实生活中理解自己如上行为者少是必然的,纵无知己也不足悲。所以不悲而悲,也就成了此诗的感情基调。可见称此诗写诗人及贫士的高洁与孤独、叹知音难觅是符合作者原意的。

从艺术上讲,此诗有不少可借鉴之处,已被古人发现,如,赋比兴手法并用,清人方东树认为此诗"孤云"为比,"众鸟"为兴,"量力"以下为赋,可称为一家之言。又如,三种手法并用带来的表现效果是起伏跌宕,清人吴瞻泰认为此诗前八句的比兴归于自守,后四句的赋则"一反一正,可称沉郁顿挫",亦言之有理。再如,明人孙月峰认为此诗整体风格淡然无尘,而开头两句却来得"陡然醒快",也实属行家之论。

其 二

凄厉岁云暮,拥褐曝前轩。南圃无遗秀①,枯条盈北园。倾壶绝馀沥,闚灶不见烟②。诗书塞座外,日昃不遑研③。闲居非陈厄,窃有愠见言④。何以慰吾怀?赖古多此贤⑤。

[注释]

①秀:花,这里指青菜。②"倾壶绝馀沥"二句:是说倾倒酒壶,里面没有剩余一滴酒,看看锅灶也不见烟火。绝:断;无。沥:滤过的清酒。闚

(kuī)：同"窥"，本为从孔缝中偷看，此处指看。③"诗书塞座外"二句：指诗书虽多而没心思研读，是说诗书塞满了座位的内外，太阳偏西腹内饥饿无心研读。昃（zè）：太阳过午偏西。不遑：没时间，顾不上，此处指没心思。"遑"为"闲暇"。④"闲居非陈厄"二句：是说自己闲居，情形虽然不同于孔子在陈国受困，但私下也不免有像子路愠见孔子时的怨言（不理解为什么君子就该这样受穷）。陈厄：指孔子在陈国受困事。典出《论语·卫灵公》：孔子周游列国至陈蔡间，时吴伐陈，楚救陈，楚拟聘孔子，陈怕孔子之言对陈不利，故发徒役将孔子师徒围困在半道上。"（孔子）在陈绝粮，从者病，莫能兴。子路愠见曰：'君子亦有穷乎？'子曰：'君子固穷，小人穷斯滥矣。'"大意是说，孔子在陈国断绝了粮食，跟随的人都饿病了，爬不起来。子路生气地来见孔子说，君子也有穷得毫无办法的时候吗？孔子说，君子穷了能坚守，小人一穷就什么事都敢干。"厄"为困苦、危难。窃：私下，此为谦词。愠（yùn）见言：怨恨的情绪见于语言，即怨言。"愠"为含怒、怨恨、生气。
⑤"何以慰吾怀"二句：是说用什么来宽慰我的内心呢？幸亏赖有古代很多这类受穷的贤士（即下面所咏的贫士）。

[评析]

前述已引王瑶先生的概括，这首诗是陶渊明写自己晚年的生活苦状与怀抱的。从大的方面分，前八句说苦状，后四句抒怀抱。具体而言，第一句点明严寒冬季，第二句写人在严冬拥粗衣在房檐下晒太阳取暖，三、四两句写诗人当时所处的荒凉、破败环境，与诗人的落魄晚景和孤寂心境相映衬，奠定全诗基调。五、六两句，"倾壶绝馀沥，窥灶不见烟"具体写诗人的生活苦状，历受热评，读之令人鼻酸。嗜酒如命的老人想借酒驱寒解忧而酒无一滴，饥饿难耐之时欲觅食充饥而灶无星火。"'倾壶、窥灶'都是诗人的下意识活动，他当然知道家中早已断炊。而他在生理上受了强烈刺激后的这种不自觉活动，正为表现家境的困窘和内心的辛酸，产生了意想不到的艺术效果。"（冯钟芸语）七、八两句写饥寒折磨、书难读下，不是无暇，是无心，同时亦透出诗人是一位好读书之人。九、十两句始抒怀抱,以孔子周游天下积极用世与自己退隐躬耕、洁身避世落得同样受穷结局而对君子命运表示不平提出质疑,这就是为学者们常常提到的陶渊明"贫富常交战"的内心矛盾。最后两句"何以慰吾怀?赖古多此贤"最受历代学者称道。诗人内心矛盾斗争的结果,还是将自己守贫贱的节操坚持下去,世无知音从古人中找,以古代贤士甘守贫贱的节操激励自己。对全诗所表达的思想感情,袁行霈先生点评得颇为精准,他在其笺注本的〔析义〕中说:"贫穷之状,非亲历写不出。渊明心中有不平,亦有疑问,所谓'贫富常交战',如此才真实。能以古贤释怀,已为不易矣。"

历代学者之所以评论此诗时最为称道其最后二句,除赞赏诗人有善于自我排解自我宽慰的境界外,主要是赞赏此二句在全诗和组诗中的章法贡献。清人邱嘉穗最早发现了此二句在全诗中的章法意义,其《东山草堂陶诗笺》卷四说:"通篇极陈穷苦之状,似觉无聊,却忽以末二句拨转,大为贫士吐气。章法之妙,令人不测,大要只善于擒纵耳。公自作《五柳先生传》云:'环堵萧然,不蔽风日,短褐穿结,箪瓢屡空;晏如也。'即此诗之意。'闲居非陈厄'二句,是欲扬先抑之法,将以反起'何以慰吾怀'二句耳,非公真有愠见言也。萧统评其文云'抑扬爽朗,莫之与京',此类是也。"邱氏此段言论除"非公真有愠见言也"为误识外,其他皆抓住了此诗艺术上的突出特点和成功之处,尤其对末二句之论堪称的评。清人方东树则最早发现了末二句在组诗结构中的贡献,其《昭昧詹言》卷四说:"'赖古多此贤'句贯下三首,古人笔法之奇如此。"受邱、方二氏之论的启发,我们不难发现,此诗最后二句的艺术贡献主要在于"就全诗说,这末两句大开大阖,深沉有力;就组诗的结构说,它下启后五首。后五首具体写出古贤六人的出处。写古人,实是写自己,是借古人事进一步述怀见志"(冯钟芸语)。

其　三

荣叟老带索，欣然方弹琴①。原生纳决屦，清歌畅商音②。重华去我久，贫士世相寻③。弊襟不掩肘，藜羹常乏斟④。岂忘袭轻裘？苟得非所钦⑤。赐也徒能辩，乃不见吾心⑥。

[注释]

①"荣叟老带索"二句：是说春秋隐士荣启期这位老者在九十岁的晚年还用草绳作腰带，尚且能高高兴兴地弹他的琴。典出《列子·天瑞》，云："孔子游于太山，见荣启期行乎郕之野，鹿裘带索，鼓琴而歌。孔子问曰：'先生所以乐，何也？'对曰：'吾乐甚多：天生万物，唯人为贵，而吾得为人，是一乐也；男女之别，男尊女卑，故以男为贵，吾既得为男矣，是二乐也；人生有不见日月、不免襁褓者，吾既已行年九十矣，是三乐也。贫者士之常也，死者人之终也，处常得终，当何忧哉？'孔子曰：'善乎！能自宽者也。'"方：正在，此处可解作尚且。②"原生纳决屦（jù）"二句：是说孔子的弟子原宪脚穿破裂的麻葛布鞋，却用清脆的歌声尽情地歌唱《商颂》，以倾慕其世风高淳。典出《韩诗外传》卷一，因春秋末年世道大乱，原宪便隐居于鲁国草泽。有一次，做了卫国之相的子贡乘着华丽的车子去看原宪，原宪穿着破衣服和裂开口子的麻葛布鞋出门接子贡，"振襟则肘见，纳屦则踵决"，也就是拉衣襟便露出胳膊肘，提鞋子则露出脚后跟。子贡问原宪得了什么病，原宪说是太穷了，不是有病，遮蔽仁义、装饰车马的事情自己不忍心去做。子贡听后很惭愧，便不辞而别。"原宪乃徐步曳杖，歌《商颂》而反。声沦于天地，如出金石"，也就是说，原宪迈着缓慢的脚步，拖着拐杖，高唱着《商颂》而返回，其歌声在天地间回荡，冲击钟磬等乐器，好像钟磬和鸣。原生：即原宪，字子思，孔子弟子，鲁国人，一说宋国人。纳：穿。决：破裂；裂开口子。屦：用麻、葛等制成的单底鞋。商音：指《诗经》中的《商颂》之曲，代表当时世风的高淳。③"重华去我久"二句：意为虽然圣贤虞舜离我们很遥远了，但虞舜之后的贫士却历代不断。重华：虞舜之名，传说中的上古理想帝王，五帝之一。据《庄子·秋水》称，尧舜时代，圣人治世天下太平，无贫

穷之人。去：离。相寻：相继；不断。"寻"为继续、连续。④"弊襟不掩肘"二句：写历代贫士衣食困乏，是说贫士穿的衣服常是破旧的衣襟盖不住胳膊肘，吃的野菜汤中常常没有几粒米。此二句似分别用原宪和孔子的典故，后者见《墨子·非儒》："孔丘穷于蔡、陈之间，藜羹不糁。"斟："糁(sǎn)"的借用字，以米和羹。⑤"岂忘袭轻裘"二句：写贫士们不是不愿富贵，只是不愿不义或草率而得，是说贫士怎能不想穿轻暖的狐裘大衣？但是靠不义或随便得来则不是他们所羡慕的。此二句似用孔子之孙子思（孔伋）典故，《说苑·立节》称，子思贫居在卫时，田子方听说其无衣，便派人送去狐裘大衣，子思不接受，说："妄与不如遗弃物于沟壑，伋虽贫也，不忍以身为沟壑，是以不敢当也。"大意是，随便赠予人不如将东西扔到河沟里去，自己虽贫，也不忍心当河沟，不敢随随便便接受别人的赠予。忘：指不想，不向往。袭：穿；披。本义为衣上加衣。苟得：一说指不义而得，靠不正当手段获取，《论语·述而》中孔子说："不义而富且贵，于我如浮云。"一说指随便得来。"苟"为草率、随便。两说皆通。徐按：前说为通常解释；后说似更切全诗诗意，亦紧扣拒受狐裘典故，子思即便接受赠予也算不上"不义"。⑥"赐也徒能辩"二句：是说子贡只会善于巧辩，却不能明白我原宪内心的真实想法。此二句似用《史记·仲尼弟子列传》中原宪的典故（此典与上引《韩诗外传》记同一事，表述有异），子贡做了卫国的相，顺路探望贫居的原宪，"宪摄弊衣冠见子贡。子贡耻之，曰：'夫子岂病乎？'原宪曰：'吾闻之，无财者谓之贫，学道而不能行者谓之病，若宪，贫也，非病也。'子贡惭，不怿而去"。赐：即子贡。姓端木，名赐，字子贡，孔子弟子中"十哲"之一。能辩：善于巧辩。子贡善于巧辩，《论语·先进》中孔子按专长将弟子分为"四科十哲"，子贡划归"言语"科。乃：而；却。见：明白；发现。吾：似当指原宪，因此诗主要咏原宪，此二句用子贡与原宪典故。一说指陶渊明，表明其不改隐居初衷，亦通。因陶氏咏贫士的最终目的是以贫士自况抒写自己的怀抱。

[评析]

第三首主要歌咏了春秋时期的两位贫士，一位是年过九旬的隐士荣启期，一位是孔子的弟子原宪，主要是歌咏他们的安贫乐道尤其

"不苟得"的精神。为强调后一点，此诗除开头两句咏荣启期、五六句为过渡句外，其余主要是在歌咏原宪，"始终以原宪自况，其所以能安贫者，惟不萌苟得之念而已"（清温汝能语）。而有意思的是，陶渊明在此歌咏原宪时，又将居于鲁的原宪和居于卫的曾子（亦为孔子弟子）两人的典故整合到原宪一个人身上了，这就更强化了他的歌咏对象。这一点明人何孟春已经发现了，其注《陶靖节集》卷四称："《庄子》曾子居卫捉衿肘见，纳履踵决，曳縰而歌，声满天地。原宪居鲁，子贡曰：'先生何病?'曰：'仁义之慝，舆马之饰，宪不忍为也。'此诗决履清歌，俱以为原，盖因二人之事偶合用耳。"诗人歌咏孔伋"不苟得"，也就是慕富贵但又不愿不义而得或不随便得来，其最终目的还是抒发自己不改隐居初衷的怀抱，这一点非常难得。我们知道，陶渊明隐居后，愈到后来生活愈贫困，因此内心"贫富常交战"即存在仕与隐的矛盾是正常的。况且，随着生活的日益恶化，来自家庭的抱怨和社会逼其出仕的压力肯定越来越大，"'赐也徒能辩'，亦指当时劝之仕者"（清邱嘉穗语），"慨贫居不见谅于妻室也"（王叔岷语），当符合实际情况。贫病交加的他，能在诗的最后两句以原宪自况，抗拒巨大压力，而表明"世上纵多子贡，安能以外至之纷华而变吾不易之素哉"（清温汝能语）的隐居决心，实在不易而可敬，因为他为此付出的代价太大了。

就艺术而言，这首诗的主要成功之处是多用典故而又无艰涩之感，徐徐道来，如说家常。因为善用典故，涉及的人多，时间跨度又大，从虞舜到荣启期、孔子、原宪、孔伋，再到诗人自己，上下数千年，故此诗在结构上颇有大开大阖之风，"'重华'二句，阔大横绝，合盖古今，非小儒胸臆所有。'弊襟'二句，又遥接'带索''纳履'。'岂忘'四句，跌宕转折，总结二古人。此与下二首皆先引古人，后以已赞之、断之、论之、咏叹之、发明之为章法"。清人方东树在《昭昧詹言》卷四中的这段分析，颇为准确到位。

其 四

安贫守贱者，自古有黔娄①。好爵吾不荣，厚馈吾不酬②。一旦寿命尽，弊服仍不周③。岂不知其极？非道故无忧④。从来将千载，未复见斯俦⑤。朝与仁义生，夕死复何求⑥？

[注释]

①"安贫守贱者"二句：是说能够安于生活贫穷、坚守地位低贱的人，自古以来有位叫黔娄的可以作为典范。黔娄：战国时齐国隐士，一说鲁国隐士。其事见《列女传》、《高士传》，齐、鲁国君请他出来为相，皆辞而不受；赐他粮食也不接受。家中极贫，死时破衣被盖不全尸体，盖头则露足，盖足则露头。他的妻子与他同样"乐贫行道"，称他"甘天下之淡味，安天下之卑位。不戚戚（忧愁）于贫贱，不忻忻（欢喜）于富贵"（见《列女传·贤明传·鲁黔娄妻传》），即为陶诗本句所概括的"安贫守贱"。②"好爵吾不荣"二句：为诗人代黔娄言，是说高贵的官位我不以为荣耀，丰厚的馈赠我不接受。典出《高士传》，称："鲁恭公闻其贤，遣使致礼，次粟三千钟，欲以为相，辞不受，齐王又礼之，以黄金百斤聘为卿，又不就。"酬：应对、应答，指接受。③弊服仍不周：破衣布仍盖不全尸体。详见《列女传·贤明传·鲁黔娄妻传》记载。④"岂不知其极"二句：是说怎么能不知道已贫穷到了极点？但是贫穷无关乎道，这样的重大问题，所以也就不值得忧虑。后句化用《论语·卫灵公》"君子忧道不忧贫"句意。其：指贫穷。非道：不是道，指不关涉道。无忧：无需忧虑；不值得忧虑。⑤"从来将千载"二句：是说自黔娄以来已将近千年，还没有再见到过像黔娄这样高尚的贫士。斯俦：这类人物。"俦"为"类"。⑥"朝与仁义生"二句：化用《论语·里仁》"朝闻道，夕死可矣"句意。

[评析]

因为陶渊明对春秋贫士黔娄特别景仰，故此诗专门咏赞他。诗人对黔娄高尚品格的概括是"安贫守贱"，围绕这一概括，此诗选取了三个典型事例加以叙述：一是拒受官职，二是拒受黄金粮食馈赠，三是死后衣不蔽体。目的在于从三个方面凸显黔娄的人生观和价值观是儒家的忧道不忧贫。陶渊明对这一点特别推崇，面对自己艰难的生活处境，借黔娄寻求精神支撑与鼓舞，催化自己从矛盾与不平中解脱出来，求仁得仁，求义得义，最后明确表达了"朝与仁义生，夕死复何求"即"朝闻道，夕死可矣"的决心。与前几首不同，此首的情感表达明显爽快了许多，将道即仁义看得不仅重于生活水平高低甚至重于生命，"自比其安贫守贱之操，坚且决矣"（清温汝能语）。

此诗整体结构层次分明，先咏黔娄贫士，后抒己怀，前八句为一层，后四句为一层，尤其末二句曲终奏雅，表明自己的人生态度，不拖泥带水，警策感人。前八句写黔娄不避典型细节，详述而不觉其繁，读后令人印象深刻。

其 五

袁安困积雪，邈然不可干[1]。阮公见钱入，即日弃其官[2]。刍藁有常温，采莒足朝飧[3]。岂不实辛苦？所惧非饥寒[4]。贫富常交战，道胜无戚颜[5]。至德冠邦闾，清节映西关[6]。

[注释]

[1]"袁安困积雪"二句：是说东汉贫士袁安曾被积雪围困，他却安然僵卧而志不可冒犯。典出《后汉书·袁安传》引《汝南先贤传》，称西汉名臣袁安年轻时家极贫，有困雪故事，"时大雪积地丈馀，洛阳令身出案行，见人家皆除雪出，有乞食者。至袁安门，无有行路。谓安已死，令人除雪入户，见安僵卧。问何以不出。安曰：'大雪人皆饿，不宜干人。'令以为贤，举为孝廉"。袁安的话的意思是大雪封门，人人都饥饿，乞讨的人很多，我不应该再向人乞食给别人增添麻烦。陶渊明可能有意将袁安雪日僵卧与自己僵卧饥馁有日之事相类比，诗句将袁安的"不干人"即不求人改为"不可干"即人穷志不短、不可冒犯，与原意有所区别（从袁行霈说）。袁安：字邵公，东汉汝南

汝阳（治所在今河南省商水县西北）人。少时家极贫，清正之名闻于乡里，后为官清正，官至司徒，《后汉书》有传。困：被围困；被阻困。邈然：本义为遥远、高远的样子，此处形容安详、安然的神态。干：冒犯。一说求取。②"阮公见钱入"二句：是说阮公看见有人向自己行贿送钱进来，当天就辞去了官职。阮公：生平事迹不详，陶渊明所本何史料亦不详。③"刍藁(gǎo)有常温"二句：意为借干草当被采野禾充饥也很满足，是说干草谷秸里有恒常的温度，即铺上干草谷秸睡觉也能取暖，采些野禾就足以充当早餐。刍藁：喂马的草。"刍"为干草，"藁"为谷类秸秆，穷人无被褥，常睡在上面取暖。莒(jǔ)：稆(lǚ)的借字，野生的禾，一说野生的稻。飡：同"餐"。④"岂不实辛苦"二句：是说少时难道不实在太辛苦？但是所忧惧的在于道义不立，而不是饥寒。⑤"贫富常交战"二句：是说安贫还是求富，两种想法常常在内心交战，道义获胜，因此而没有愁容。此二句句意当本于《韩非子·喻老》或《淮南子·精神》中子夏关于瘦和肥生成原因的一段答话。前者为："子夏（答曾子）曰：'吾入见先王之义则荣之（以它为荣耀），出见富贵之乐又荣之，两者战于胸中，未知胜负，故臞(qú，消瘦)。今先王之义胜，故肥。'"后者为："子夏见曾子，一臞一肥。曾子问其故。曰：'出见富贵之乐而欲之；入见先生之道又说（悦）之。两者心战，故臞。先生之道胜，故肥。'"贫富：安贫与求富，即安于贫贱还是追求富贵。道：指仁义道德。戚颜：愁容，忧愁的脸色。"戚"为忧戚。⑥"至德冠邦闾"二句：是说袁安的至高品德冠绝全国乡里，阮公的清高节操照耀西关。西关：地名，当指阮公的故乡或居所。

[评析]

　　这首诗是歌咏东汉贫士袁安和事迹不详的阮公两人的。歌咏袁安，重在歌咏其安贫守贱的至高美德；歌咏阮公，重在歌咏其清高节操。但实际上也还是以二人自况。甚至有人认为，开头"袁安困积雪，邈然不可干"两句，就是直接比况萧统的《陶渊明传》和《南史》的本传所记载的"江州刺史檀道济往候之，（陶渊明）偃卧瘠馁有日矣"之事，并以此来逆推这组诗的写作时间为426年。

此诗很明显分为三层,"袁安"等前四句为第一层,明为咏史,实则借咏袁安安贫和阮公拒富的节操表明自己的志趣。"刍藁"等中四句为第二层,则直接表明作者忧道不忧贫的志趣。"贫富"等末四句为第三层,其为第二层的延伸,也是全诗的精髓所在,其深刻之处,前面不少诗篇的评析中已屡有涉及,那就是对"贫富常交战"即安贫与求富两种思想在内心深处剧烈斗争的揭示。其不仅揭示出了真实的陶渊明,还揭示出了中国文人的共有心态,不仅揭示出了他们共有的困惑与痛苦,更可贵的是,还揭示出了他们最终"道胜"后"无戚颜",即对痛苦的解脱。因其揭示的是我国古代正直知识分子共有的心路历程,所以,这首诗也就显得异常深刻和亲切。

其 六

仲蔚爱穷居,绕宅生蒿蓬①。翳然绝交游,赋诗颇能工②。举世无知者,止有一刘龚③。此士胡独然?实由罕所同④。介焉安其业,所乐非穷通⑤。人事固以拙,聊得长相从⑥。

[注释]

①"仲蔚爱穷居"二句:是说东汉贫士张仲蔚喜欢他的荒僻居所,环绕着他的住宅长满了蒿蓬。仲蔚:张仲蔚,东汉平陵(治所在今陕西省咸阳市西北)人。皇甫谧《高士传》说他"与同郡魏景卿俱修道德,隐身不仕。明天官博物,善属文,好诗赋。常居穷素,所处蓬蒿没人,闭门养性,不治荣名。时人莫识,唯刘龚知之"。陶渊明此诗前六句当是化用《高士传》如上内容而成。②"翳然绝交游"二句:隐蔽行迹断绝与人的一切来往,而创作的诗文却颇为精工。翳然:隐蔽的样子。工:精工。③"举世无知者"二句:是说世上没有人了解他,只有一个刘龚是他的知音。刘龚:字孟公,长安(治所在今陕西省西安市)人,是经学家刘歆之侄。《后汉书·苏竟传》称他"善议论,扶风马援、班彪并器重之"。④"此士胡独然"二句:一说张仲蔚

为何独自这样隐迹绝交呢？实在是由于世上的人很少有与他同调的。一说刘龚为什么单能识别张仲蔚这样的贫士呢？实在是由于很少有人能与他相同，即他有高人之处。此士：一说指张仲蔚。一说指刘龚。徐按：前者是贫穷的高洁之士，后者是识高士者，观上下文意，似当以前解为胜。⑤"介焉安其业"二句：是说耿介不群安于自己的本业，所快乐的事情与穷困和亨通无关，即穷困也快乐，亨通也快乐。此二句当是化用《庄子·让王》中"古之得道者，穷亦乐，通亦乐，所乐非穷通也"一段文字而来。介焉：耿介；耿直。一说坚固的样子。业：指兴趣爱好和志向。一说具体指耕稼隐居生活。⑥"人事固以拙"二句：这两句是陶渊明说自己，是说自己本来就不善于应付人事，乐得长久追随张仲蔚的行迹以终己身。固：本来；原来。以：因。拙：笨；不善于。聊：乐。一说且。

[评析]

这首诗咏赞东汉隐士张仲蔚。从大的方面可分两层，前六句为第一层，是记述；后六句为第二层，是议论。前六句从表面看，主要是依皇甫谧《高士传》所记内容，记述张仲蔚以穷居为乐，绝交于世而又善诗文创作的行迹。因其断绝世俗交往，所以当时早被人们所遗忘，袁行霈先生准确地称其为"遗世者也"，世人并不了解他，"止有一刘龚"识其品格志趣和才华。而从真正用意和深层含意看，诗人是在痛惜贫士们知音难觅。他们不仅忍受着物质生活匮乏甚至饥寒交迫的肉体痛苦，还要忍受着不被人理解的精神孤独甚至折磨，这是与张仲蔚有同样经历的陶渊明的切身体会。也正因为知音难觅，所以我们从前六句的记述中又不难看出诗人对知音的渴望与珍惜，其对刘龚的善于识人和理解人是充满赞美之情的。这从后六句的议论中看得更为清晰。如"此士胡独然？实由罕所同"二句，既可以理解为以发问的口气表示对张仲蔚隐迹绝交志趣的赞颂，也可以理解为对刘龚理解赏识贫士之举的赞颂，还可放宽眼界，理解为对他们二人的共同赞颂。他们被诗人赞颂的关键就在于"实由罕所同"，即芸芸众生难以与他们同调，难以企及他们的高格。其"介焉"二句,则既可理解为对张仲蔚人生观和快乐观的概括,也可以扩而大之理解为是对诗人自己人生观和快乐观的总结,还可再扩而大之理解为对所有"得道"者人生观和快乐观的升华。正如清人温汝能纂集《陶诗汇评》卷四所理解的那样:"《庄子》云:'古之得道者,穷亦乐,通亦乐,所乐非穷通也。'陶公得道之士,故自言所乐不在此。"那么包括张仲蔚、陶渊明等在内的历代得道之士所乐的究竟是什么呢?那就是袁行霈先生所概括的"所乐不在穷通与否,而自乐其所乐"。如果从表面看,后六句的前二句是论张仲蔚或刘龚,中二句是论张仲蔚,那么最后二句"人事固以拙,聊得长相从"则真的是直接论到诗人自己了。如前所述,此诗的深层含意也即主旨是揭示贫士知音难觅,诗人本人正因为很少能在现实生活中找到同调,所以才上求于古人,而在这组诗追慕的古代贫士中,"性刚才拙,与物多忤",每与世相违的诗人却自以为与张仲蔚的性情、爱好、志趣大致相同,算是真正的知音,故引以为同调而乐于终身相从了。至此,曲终奏雅,不仅揭示了知音难觅的客观存在,而且还揭示了诗人要觅的是什么样的知音,这就点明了诗人的终极追求和全诗的结穴所在。

此诗的艺术成就清人温汝能纂集《陶诗汇评》卷四已有所揭示:"起语一'爱'字,见贫士之异,然非贫士异人,人自异贫士耳。所罕同者,以其介焉安之也。周青轮谓'此士胡独然'一问,觉前半六句俱动,可谓善会。"即全诗前后两部分从"叙"到"论"的转折所设过渡句很成功,起到了总括前半开启后半又振动全篇的"发聩"作用。

其 七

昔有黄子廉,弹冠佐名州[①]。一朝辞吏归,清贫略难俦[②]。年饥感仁妻,泣涕向我流[③]。丈夫虽有志,固为儿女忧[④]。惠孙一唔叹,腆赠竟莫酬⑤。谁云固穷难?邈哉此前修⑥。

[注释]

①"昔有黄子廉"二句:是说从前有位贤士叫黄子廉,弹冠出仕做某著名州郡长官的副手。黄子廉:生平事迹不详,陶渊明所本何史料亦不详。综合《三国志·黄盖传》、南宋王应麟《困学纪闻》引《风俗通义》、清陶澍注《陶靖节集》等相关记载,大致判定,黄子廉为东汉颍川(治所在今禹州市)人,其名叫黄守亮,子廉是字。他是东汉尚书黄香之的孙子,赤壁之战老英雄黄盖的曾祖或四世祖,其为人极仁义,官至南阳太守。弹冠:弹去帽子上的灰尘,指准备走马上任做官。佐名州:指到著名的州郡去任州郡太守的副职。一说泛指到著名州郡去任职。"佐"为辅佐治理。②"一朝辞吏归"二句:是说一旦辞去官职回家,就清贫全难比了。略:全。俦:原指伴侣、同类,此处指比并。③"年饥感仁妻"二句:是说贤惠的妻子感慨年成饥荒,流着眼泪向黄子廉哭诉。年饥感仁妻:当为"仁妻感年饥"的倒装。一说年成饥荒感激、感谢贤惠的妻子同甘共苦。"感"为感慨,有感于。"仁妻"指贤惠的妻子。我:指黄子廉而不是指诗人,此处为代黄而言。④"丈夫虽有志"二句:为黄妻向黄子廉哭诉的话,是说丈夫您虽然有志气,但也要暂且为孩子们的活命想想呀。⑤"惠孙一唔叹"二句:是说惠孙曾唔见黄子廉而感叹他的贫穷,给予他丰厚的馈赠却竟然不被接受。惠孙:人名,生平事迹亦不详。腆:丰厚。酬:应对,此处指接受。⑥"谁云固穷难"二句:是说谁说坚守贫穷很难做到?遥远的过去就有如上各位前代贤士做了榜样。固:坚守;坚持。前修:前代的贤士、贤人,似当指以上五首所咏众贤士。一说仅指黄子廉。"修"为善、美好。

[评析]

这首诗是咏赞东汉贫士黄子廉的。由注释可知,黄子廉的生平事迹和陶渊明此诗所述黄子廉行迹的史料所本都不大清楚。从诗的内容看,陶渊明主要是歌咏黄子廉宁舍子女之忧而不弃清正之志的精神。为固守志节而辞官,因辞官而受穷,因受穷而累及妻子儿女的生活,他却宁舍妻子儿女之忧也终不改弃官之志。同时,还毅然拒绝因同情其生活贫困而馈赠其物的时人好意。诗人诗歌咏黄子廉如上行为和精神的目的主要是为了自勉自励，因为诗人的不少行为与黄子廉的行为正相仿相近。这些，前代评论者早已看出来了，如，清陈祚明《采菽堂古诗选》卷十四说："儿女之忧，非不动念，然志固不可夺，前修可师。"再如，清何焯《义门读书记·陶靖节诗》说："妻子不挠其虑，言终不为妻子所累，贬节复出也。"又如，清邱嘉穗《东山草堂陶诗笺》卷四说："此借古人以自况其彭泽归来与妻孥安贫守道之意。本传称其妻翟氏亦能安勤苦，与公同志，'年饥感仁妻'数语，似为此而发。"还如，台湾学者方祖燊《陶潜诗笺注校证论评》说："有时虽也为儿女生活为忧，但终以前贤固穷事自勉。"作者对这七首诗是有整体安排的，具体到此最后一首的整体定位和作用，也曾征引王瑶先生注释本的概括说，"第七首最后二句结以'谁云固穷难？邈哉此前修'总结本诗，也总括以上各篇要旨"。其实，此第七首最后二句的特殊价值，清人马墣在其《陶诗本义》卷四中已说得颇为全面了："末二句总结后五首，又应第二首结句'赖古多此贤'意。前二首自咏，后五首承'赖古多此贤'句，以见贫者世世相寻之意，而渊明亦自在其内也。"

　　与陶氏其他诗歌一样，实话实说、真情流露是这首诗的最主要特点，也是其最值得珍惜之处，更是受历代学者推崇的主要原因，所谓"真语，妙！老实说，此正公诗高处"（清孙人龙语）便是对此诗的确评。也正因如此，他这首诗通篇就像娓娓叙家常。由此，我们不妨借台湾学者方祖燊的话对这七首组诗及其作者作一概括评价："由这些咏贫士诗，可见他意志坚强，人格高尚。因为他在生活上感受深刻，作品也就愈见真挚动人。不是那些表面谈仁义道德，满心想高官厚禄的伪君子；也不是为沽名钓誉而假冒为善，或自鸣清高的假道学家所能相比。因此他的作品与人格高出后代的一般作家。"至于清代有学者考其诗为伪作，此处不加妄议。

四　时①

春水满四泽②，夏云多奇峰。秋月扬明晖③，冬岭秀孤松。

(作时不详)

[注释]

①此诗作者存疑，创作时间不详，"四时"即写四季风景特点。其题下有"此顾恺之《神情诗》，《类文》有全篇。然顾诗首尾不类，独此警觉"字样，不知是何人所加小注。《艺文类聚》卷三只存此四句，题作《神情诗》，且注明为"摘句"。小注所称"顾恺之《神情诗》"，仅可聊备一说，未必可信。刘斯立推测，"或虽顾作，渊明摘出四句，可谓善择"，也可备一说。"至于是否渊明所作，故存疑。"（袁行霈语）不过今各通行注本皆删除，唯袁行霈笺注本仍据各宋本将其系于第三卷之末，今从袁本。②四泽：四方湖泽。③扬：高挂。

[评析]

这首诗不论是不是陶渊明所作，它的娴熟与秀美是人们公认的。诗以"春水"、"夏云"、"秋月"、"冬岭"交代了四季的时序，紧扣题目，突显各季风光特点，概括精妙，极合生活经验。其中"冬岭"一词尤为新奇，唯至严冬，万木凋零之际，绿荫覆盖下的山岭方能露出真容，以"岭"写冬，若不是诗人的偶然悟得，便是诗人的天才创造。如果说以"水"代春、以"云"代夏、以"月"代秋、以"岭"代冬为诗人对四季的概写的话，那么，"满四泽"、"多奇峰"、"扬明晖"、"秀孤松"则当是诗人分别对春、夏、秋、冬四季景色的具体形容与描摹了，不仅生动形象，而且深蕴生活哲理：正因夏天多行云，所以白云环绕中才多现奇峰景观，其他三句也是如此。选字精准，又平添了此诗的情趣，末句一个"秀"字，使得严寒苍凉的冬季景色与前三句的秀美景色,和谐贯通,融洽无间,彰显出了全诗的秀美风格,不觉诗意情趣盎然。通俗平易,涵泳无碍,也是此诗受到读者喜爱的原因之一。

联 句[①]

鸣雁乘风飞,去去当何极[②]?念彼穷居士,如何不叹息[③]!(渊明)虽欲腾九万,扶摇竟无力[④]。远招王子乔,云驾庶可饬[⑤]。(愔之)顾侣正徘徊,离离翔天侧[⑥]。霜露岂不切?徒爱双飞翼(务从忘爱翼)[⑦]。(循之)高柯擢条干,远眺同天色[⑧]。思绝庆未看,徒使生迷惑[⑨]。(渊明)

(作时不详)

[注释]

①联句:旧时作诗方式之一。确定了某个诗题,两人或多人共作一诗,相联成篇。刘勰《文心雕龙·明诗》称:"联句共韵,则《柏梁》馀制。"相传汉武帝与群臣在其所筑柏梁台上联句作诗,每句七字,句句用韵,称《柏梁台诗》(今存《古文苑》,顾炎武考为后人拟作),所以后来这种联句形式被称为柏梁体。联句诗初无定式,有一人一句一韵的,也有两句一韵或两句以上一韵的。后来习用一人出上句,续者须对成一联,再出上句,轮流相继而成诗。这首诗属于初无定式的一人四句一韵体式。②"鸣雁乘风飞"二句:是说鸣叫着的大雁乘风高飞,不停地飞去又飞去,最终要飞到哪里?去去:指不停地飞去。当何极:将要飞到哪里才是它的终极目的地。"当"解为"将"。一说解为"宜"、"应该"。"极"为尽头,指目的地。一说止,栖息下来。一说顶点。③"念彼穷居士"二句:是说由鸣雁的高飞想起那困顿隐居的贤士,怎么能不叹息呢?(以上四句署渊明)穷:政治困顿不得志。居士:有道德学问而居家不仕的贤士。④"虽欲腾九万"二句:是说鸣雁虽然有想腾飞九万里高空的雄心,但是旋风却终究无力将其托起(或说盘旋高飞终究没有力

量)。此二句语本《庄子·逍遥游》，云："鹏之徙南冥也，水击三千里，抟(tuán)扶摇而上者九万里。"大意是大鹏鸟要飞到南海去，翅膀拍打三千里海面，乘着旋风往上飞到九万里高空。扶摇：自下而上的旋风。一说指盘旋向上高飞的样子。竟：最终；终究。⑤"远招王子乔"二句：是说从远方招来仙人王子乔，云车才差不多可以准备妥当去遨游。（以上四句署愔之）王子乔：仙人，姓王名晋，周灵王的太子。好吹笙作凤鸣。游于伊河、洛河之间，道士浮丘生接他上嵩山三十余年，后乘白鹤而去。事见《逸周书·太子晋解》、《列仙传》等。云驾：云车，云中的车驾，传说中为仙人所乘。饬(chì)：整治、准备，指备妥遨游的车马。⑥"顾侣正徘徊"二句：是说大雁在飞行中徘徊着互相顾伴侣，整齐有序地飞翔到天边。顾侣正徘徊："正徘徊顾侣"的倒置。"徘徊"为回环不前的样子。"顾侣"为互相看顾着伴侣。离离：行列整齐有序的样子。天侧：天边。⑦"霜露岂不切"二句：是说霜露难道不冷彻肌肤吗？但是要努力跟上大雁队列就顾不上爱惜翅膀了。（以上四句署循之）切：切肤，指寒气侵袭肌肤。务从：努力跟从。⑧"高柯擢(zhuó)条干"二句：是说高高的大树枝干挺拔，远远望去树枝与天空同一颜色。高柯：大树，当指松柏。"柯"为树枝。擢条干：树枝树干挺拔。"擢"为耸起，指挺拔。⑨"思绝庆未看"二句：是说想象停止，庆幸的是并没有真的仰看高高的天空；要不然，会白白地使人产生迷惑。（以上四句署渊明）思绝：思维断绝。未看：一说指未看天空，一说指未看见王子乔云驾之类。

[评析]

　　传世陶诗各本第四卷的最后都有这首《联句》，为陶渊明与愔之、循之同作，内容是咏雁的。愔之、循之二人不知其姓，生平事迹不详，也没有在诗集的其他地方出现过，《晋书》、《宋书》、《南史》几种正史中也几乎没有相关记载。仅《宋书》卷二十九《符瑞志下》有"泰始六年十二月壬辰，木连理生豫章南昌，太守刘愔之以闻"的记述，而宋泰始六年即470年时陶渊明已去世四十三年了，南昌太守刘愔之是否就是此联句作者之一的"愔之"，颇值得怀疑。明人何孟春注本称愔之、循之"必《晋书》潜本传所谓其乡亲张野及周旋人（指朋友）羊松龄、庞遵等辈中人也"，其意见可资参考。这首联句诗的诗意不太明显，且标明为渊明所作的诗句，风格与其他陶诗差异较大，诗题又是《联句》，情况特殊，难以确定真伪和创作时间。故仍从众说而附于全诗之末。

　　据推测，有可能是陶渊明、愔之、循之三人在园中见到鸣叫的大雁群飞过，于是即兴联咏成诗。按袁行霈笺注本的说法，"联句非出一人之手，意思未必首尾一贯。此篇大意谓鸣雁不能如鹏鸟之高翔，亦不必思与鹏鸟齐飞也"。笔者愚测，渊明开篇四句以雁兴悲，由飞翔的雁群与穷居的贤士对比，深感人不如雁，故而叹息不止。愔之四句咏雁群欲与展翅九万里的大鹏一样高翔，但因自身力所不及或借力不够而难得实现，因此想象借助仙人王子乔、云车而遨游天空，似寓有隐士欲施展抱负、实现理想之意。循之四句，咏雁群严霜浓露中飞翔的不易和团结协作、努力飞翔的精神。最后渊明结尾四句，归于雁既不必与大鹏攀比齐飞，也不必指望与王子乔同游，应当淡化更高的期待，否则反而会徒生迷惑，迷失自我。这似乎应该就是此诗的大意吧。

附录一：陶渊明其他作品

感士不遇赋并序

昔董仲舒作《士不遇赋》，司马子长又为之。余尝以三余之日，讲习之暇，读其文，慨然惆怅。夫履信思顺，生人之善行；抱朴守静，君子之笃素。自真风告逝，大伪斯兴，闾阎懈廉退之节，市朝驱易进之心。怀正志道之士，或潜玉于当年；洁己清操之人，或没世以徒勤。故夷皓有安归之叹，三闾发已矣之哀。悲夫！寓形百年，而瞬息已尽；立行之难，而一城莫赏。此古人所以染翰慷慨，屡伸而不能已者也。夫导达意气，其惟文乎？抚卷踌躇，遂感而赋之。

咨大块之受气，何斯人之独灵！禀神智以藏照，秉三五而垂名。或击壤以自欢，或大济于苍生。靡潜跃之非分，常傲然以称情。世流浪而遂徂，物群分以相形。密网裁而鱼骇，宏罗制而鸟惊。彼达人之善觉，乃逃禄而归耕。山嶷嶷而怀影，川汪汪而藏声。望轩唐而永叹，甘贫贱以辞荣。淳源汩以长分，美恶作以异途。原百行之攸贵，莫为善之可娱。奉上天之成命，师圣人之遗书。发忠孝于君亲，生信义于乡闾。推诚心而获显，不矫然而祈誉。嗟乎！雷同毁异，物恶其上。妙算者谓迷，直道者云妄。坦至公而无猜，卒蒙耻以受谤。虽怀琼而握兰，徒芳洁而谁亮？哀哉！士之不遇，已不在炎帝帝魁之世。独祗修以自勤，岂三省之或废。庶进德以及时，时既至而不惠。无爰生之晤言，念张季之终蔽。愍冯叟于郎署，赖魏守以纳计。虽仅然于必知，亦苦心而旷岁。审夫市之无虎，眩三夫之献说。悼贾傅之秀朗，纡远辔于促界。悲董相之渊致，屡乘危而幸济。感哲人之无偶，泪淋浪以洒袂。承前王之清诲，曰天道之无亲。澄得一以作鉴，恒辅善而佑仁。夷投老以长饥，回早夭而又贫。伤请车以备椁，悲茹薇而殒身。虽好学与行义，何死生之苦辛！疑报德之若兹，惧斯言之虚陈。何旷世之无才，罕无路之不涩。伊古人之慷慨，病奇名之不立。广结发以从政，不愧赏于万邑，屈雄志于戚竖，竟尺土之莫及。留诚信于身后，恸众人之悲泣。商尽规以拯弊，言始顺而患入。奚良辰之易倾，胡害胜其乃急。苍旻遐缅，人事无已。有感有昧，畴测其理？宁固穷以济意，不委曲而累己。既轩冕之非荣，岂蕴袍之为耻？诚谬会以取拙，且欣然而归止。拥孤襟以毕岁，谢良价于朝市。

闲情赋并序

　　初张衡作《定情赋》，蔡邕作《静情赋》，检逸辞而宗澹泊，始则荡以思虑，而终归闲正。将以抑流宕之邪心，谅有助于讽谏。缀文之士，奕代继作。并固触类，广其辞义。余园闾多暇，复染翰为之。虽文妙不足，庶不谬作者之意乎？

　　夫何瓌逸之令姿，独旷世以秀群。表倾城之艳色，期有德于传闻。佩鸣玉以比洁，齐幽兰以争芬。淡柔情于俗内，负雅志于高云。悲晨曦之易夕，感人生之长勤。同一尽于百年，何欢寡而愁殷。褰朱帏而正坐，泛清瑟以自欣。送纤指之馀好，攘皓袖之缤纷。瞬美目以流眄，含言笑而不分。曲调将半，景落西轩。悲商叩林，白云依山。仰睇天路，俯促鸣弦。神仪妩媚，举止详妍。激清音以感余，愿接膝以交言。欲自往以结誓，惧冒礼之为愆。待凤鸟以致辞，恐他人之我先。意惶惑而靡宁，魂须臾而九迁。愿在衣而为领，承华首之馀芳；悲罗襟之宵离，怨秋夜之未央。愿在裳而为带，束窈窕之纤身；嗟温凉之异气，或脱故而服新。愿在发而为泽，刷玄鬓于颓肩；悲佳人之屡沐，从白水以枯煎。愿在眉而为黛，随瞻视以闲扬；悲脂粉之尚鲜，或取毁于华妆。愿在莞而为席，安弱体于三秋；悲文茵之代御，方经年而见求。愿在丝而为履，附素足以周旋；悲行止之有节，空委弃于床前。愿在昼而为影，常依形而西东；悲高树之多荫，慨有时而不同。愿在夜而为烛，照玉容于两楹；悲扶桑之舒光，奄灭景而藏明。愿在竹而为扇，含凄飙于柔握；悲白露之晨零，顾襟袖以缅邈。愿在木而为桐，作膝上之鸣琴；悲乐极而哀来，终推我而辍音。考所愿而必违，徒契契以苦心。拥劳情而罔诉，步容与于南林。栖木兰之遗露，翳青松之馀阴。傥行行之有觌，交欣惧于中襟。竟寂寞而无见，独悁想以空寻。敛轻裾以复路，瞻夕阳而流叹。步徙倚以忘趣，色惨惨而矜颜。叶燮燮以去条，气凄凄而就寒。日负影以偕没，月媚景于云端。鸟凄声以孤归，兽索偶而不还。悼当年之晚暮，恨兹岁之欲殚。思宵梦以从之，神飘飘而不安。若凭舟之失棹，譬缘崖而无攀。于时毕昴盈轩，北风凄凄。耿耿不寐，众念徘徊。起摄带以伺晨，繁霜粲于素阶。鸡敛翅而未鸣，笛流远以清哀。始妙密以闲和，终寥亮而藏摧。意夫人之在兹，托行云以送怀。行云逝而无语，时奄冉而就过。徒勤思以自悲，终阻山而滞河。迎清风以祛累，寄弱志于归波。尤《蔓草》之为会，诵《邵南》之馀歌。坦万虑以存诚，憩遥情于八遐。

归去来兮辞 并序

余家贫,耕植不足以自给。幼稚盈室,缾无储粟,生生所资,未见其术。亲故多劝余为长吏,脱然有怀,求之靡途。会有四方之事,诸侯以惠爱为德,家叔以余贫苦,遂见用为小邑。于时风波未静,心惮远役,彭泽去家百里,公田之利,过足为润,故便求之。及少日,眷然有归欤之情。何则?质性自然,非矫励所得。饥冻虽切,违己交病。尝从人事,皆口腹自役。于是怅然慷慨,深愧平生之志。犹望一稔,当敛裳宵逝。寻程氏妹丧于武昌,情在骏奔,自免去职。仲秋至冬,在官八十馀日。因事顺心,命篇曰《归去来兮》。乙巳岁十一月也。

归去来兮!田园将芜胡不归?既自以心为形役,奚惆怅而独悲!悟已往之不谏,知来者之可追。实迷途其未远,觉今是而昨非。舟遥遥以轻飏,风飘飘而吹衣。问征夫以前路,恨晨光之熹微。乃瞻衡宇,载欣载奔。僮仆欢迎,稚子候门。三径就荒,松菊犹存。携幼入室,有酒盈罇。引壶觞以自酌,眄庭柯以怡颜。倚南窗以寄傲,审容膝之易安。园日涉以成趣,门虽设而常关。策扶老以流憩,时矫首而遐观。云无心以出岫,鸟倦飞而知还。景翳翳以将入,抚孤松而盘桓。归去来兮!请息交以绝游。世与我而相遗,复驾言兮焉求?悦亲戚之情话,乐琴书以消忧。农人告余以春及,将有事于西畴。或命巾车,或棹孤舟。既窈窕以寻壑,亦崎岖而经丘。木欣欣以向荣,泉涓涓而始流。善万物之得时,感吾生之行休。已矣乎!寓形宇内能复几时,曷不委心任去留?胡为乎遑遑兮欲何之?富贵非吾愿,帝乡不可期。怀良辰以孤往,或植杖而耘耔。登东皋以舒啸,临清流而赋诗。聊乘化以归尽,乐夫天命复奚疑!

桃花源记 并诗

晋太元中,武陵人捕鱼为业。缘溪行,忘路之远近。忽逢桃花林,夹岸数百步,中无杂树,芳草鲜美,落英缤纷。渔人甚异之,复前行,欲穷其林。林尽水源,便得一山。山有小口,仿佛若有光,便舍船从口入。初极狭,才通人,复行数十步,豁然开朗。土地平旷,屋舍俨然,有良田、美池、桑竹之属,阡陌交通,鸡犬相闻。其中往来种作,男女衣著,悉如外人。黄发垂髫,并怡然自乐。见渔人乃大惊,问所从来,具答之。便要还家,为设酒杀鸡作食。村中闻有此人,咸来问讯。自云先世避秦时乱,率妻子邑人来此绝境,不复出焉,遂与外人间隔。问今是何世,乃不知有汉,无论魏晋。此人一一为具言所闻,皆叹惋。馀人各复延至其家,皆出酒食。停数日,辞去。此中人语云:"不足为外人道也。"既出,得其船,便扶向路,处处志之。及郡下,诣太守说如此。太守即遣人随其往,寻向所志,遂迷不复得路。南阳刘子骥,高尚士也。闻之,欣然规往,未果,寻病终。后遂无问津者。

诗

嬴氏乱天纪,贤者避其世。黄绮之商山,伊人亦云逝。往迹浸复湮,来径遂芜废。相命肆农耕,日入从所憩。桑竹垂馀荫,菽稷随时艺。春蚕收长丝,秋熟靡王税。荒路暧交通,鸡犬互鸣吠。俎豆犹古法,衣裳无新制。童孺纵行歌,班白欢游诣。草荣识节和,木衰知风厉。虽无纪历志,四时自成岁。怡然有馀乐,于何劳智慧。奇踪隐五百,一朝敞神界。淳薄既异源,旋复还幽蔽。借问游方士,焉测尘嚣外？愿言蹑清风，高举寻吾契。

晋故征西大将军长史孟府君传

君讳嘉，字万年，江夏鄳人也。曾祖父宗，以孝行称，仕吴司空。祖父揖，元康中为庐陵太守。宗葬武昌阳新县，子孙家焉，遂为县人也。君少失父，奉母二弟居。娶大司马长沙桓公陶侃第十女，闺门孝友，人无能间，乡闾称之。冲默有远量，弱冠，俦类咸敬之。同郡郭逊，以清操知名，时在君右。常叹君温雅平旷，自以为不及。逊从弟立，亦有才志，与君同时齐誉，每推服焉。由是名冠州里，声流京邑。太尉颍川庾亮，以帝舅民望，受分陕之重，镇武昌，并领江州。辟君部庐陵从事。下郡还，亮引见，问风俗得失，对曰："嘉不知，还传当问从吏。"亮以麈尾掩口而笑。诸从事既去，唤弟翼语之曰："孟嘉故是盛德人也。"君既辞出外，自除吏名。便步归家，母在堂，兄弟共相欢乐，怡怡如也。旬有馀日，更版为劝学从事。时亮崇修学校，高选儒官，以君望实，故应尚德之举。太傅河南褚裒，简穆有器识，时为豫章太守，出朝宗亮，正旦大会州府人士，率多时彦，君坐次甚远。裒问亮："江州有孟嘉，其人何在？"亮云："在坐，卿但自觅。"裒历观，遂指君谓亮曰："将无是耶？"亮欣然而笑，喜裒之得君，奇君为裒之所得。乃益器焉。举秀才，又为安西将军庾翼府功曹，再为江州别驾、巴丘令、征西大将军谯国桓温参军。君色和而正，温甚重之。九月九日，温游龙山，参佐毕集；四弟二甥咸在坐。时佐吏并著戎服。有风吹君帽堕落，温目左右及宾客勿言，以观其举止。君初不自觉，良久如厕。温命取以还之。廷尉太原孙盛，为谘议参军，时在坐，温命纸笔令嘲之。文成示温，温以著坐处。君归，见嘲笑而请笔作答，了不容思，文辞超卓，四座叹之。奉使京师，除尚书删定郎，不拜。孝宗穆皇帝闻其名，赐见东堂。君辞以脚疾，不任拜起，诏使人扶入。君尝为刺史谢永别驾，永，会稽人，丧亡，君求赴义，路由永兴。高阳许询，有隽才，辞荣不仕，每纵心独往。客居县界，尝乘船近行，适逢君过，叹曰："都邑美士，吾尽识之，独不识此人。唯闻中州有孟嘉者，将非是乎？然亦何由来此？"使问君之从者。君谓其使曰："本心相过，今先赴义，寻还就君。"及归，遂止信宿；雅相知得，有若旧交。还至，转从事中郎，俄迁长史。在朝陨然，仗正顺而已，门无杂实。常会神情独得，便超然命驾，径之龙山，顾景酣宴，造夕乃归。温从容谓君曰："人不可无势，我乃能驾御卿。"后以疾终于家，年五十一。始自总发，至于知命，行不苟合，言无夸矜，未尝有喜愠之容。好酣饮，逾多不乱。至于任怀得意，融然远寄，傍若无人。温尝问君："酒有何好，而卿嗜之？"君笑而答曰："明公但不得酒中趣尔。"又问听妓，丝不如竹，竹不如肉，答曰："渐近自然。"中散大夫桂阳罗含，赋之曰："孟生善酣，不愆其意。"光禄大夫南阳刘耽，昔与君同在温府，渊明从父太常夔尝问耽："君若在，当已作公不？"答云："此本是三司人。"为时所重如此。渊明先亲，君之第四女也。凯风寒泉之思，实钟厥心。谨按采行事，撰为此传。惧或乖谬，有亏大雅君子之德，所以战战兢兢，若履深薄云尔。

赞曰：孔子称："进德修业，以及时也。"君清蹈衡门，则令闻孔昭；振缨公朝，则德音允集。道悠运促，不终远业，惜哉！仁者必寿，岂斯言之谬乎！

五柳先生传

先生不知何许人也，亦不详其姓字。宅边有五柳树，因以为号焉。闲静少言，不慕荣利。好读书，不求甚解，每有会意，便欣然忘食。性嗜酒，家贫不能常得，亲旧知其如此，或置酒而招之。造饮辄尽，期在必醉，既醉而退，曾不吝情去留。环堵萧然，不蔽风日。短褐穿结，箪瓢屡空，晏如也。常著文章自娱，颇示己志。忘怀得失，以此自终。

赞曰：黔娄之妻有言："不戚戚于贫贱，不汲汲于富贵。"极其言，兹若人之俦乎？酣觞赋诗，以乐其志。无怀氏之民欤？葛天氏之民欤？

扇上画赞

荷蓧丈人　长沮桀溺　於陵仲子　张长公　丙曼容　郑次都　薛孟尝　周阳珪

三五道邈，淳风日尽，九流参差，互相推陨。形逐物迁，心无常准，是以达人，有时而隐。

四体不勤，五谷不分，超超丈人，日夕在耘。辽辽沮溺，耦耕自欣，入鸟不骇，杂兽斯群。

至矣於陵，养气浩然，蔑彼结驷，甘此灌园。张生一仕，曾以事还，顾我不能，高谢人间。

岩岩丙公，望崖辄归，匪矫匪吝，前路威夷。郑叟不合，垂钓川湄，交酌林下，清言究微。

孟尝游学，天网时疏，眷言哲友，振褐偕徂。美哉周子，称疾闲居，寄心清尚，悠然自娱。

翳翳衡门，洋洋泌流，曰琴曰书，顾盼有俦。饮河既足，自外皆休，缅怀千载，托契孤游。

读史述九章

余读《史记》，有所感而述之。

夷　齐

二子让国，相将海隅。天人革命，绝景穷居。采薇高歌，慨想黄虞。贞风凌俗，爰感懦夫。

箕　子

去乡之感，犹有迟迟。矧伊代谢，触物皆非。哀哀箕子，云胡能夷？狡僮之歌，凄矣其悲。

管　鲍

知人未易，相知实难。淡美初交，利乖岁寒。管生称心，鲍叔必安。奇情双亮，令名俱完。

程　杵

遗生良难，士为知己。望义如归，允伊二子。程生挥剑，惧兹馀耻。令德永闻，百代见纪。

七十二弟子

恂恂舞雩，莫曰匪贤。俱映日月，共餐至言。恸由才难，感为情牵。回也早夭，赐独长年。

屈 贾

进德修业，将以及时。如彼稷契，孰不愿之？嗟乎二贤，逢世多疑。候詹写志，感鹏献辞。

韩 非

丰狐隐穴，以文自残。君子失时，白首抱关。巧行居灾，忮辩召患。哀矣韩生，竟死说难。

鲁二儒

易大随时，迷变则愚。介介若人，特为贞夫。德不百年，污我诗书。逝然不顾，被褐幽居。

张长公

远哉长公，萧然何事？世路多端，皆为我异。敛辔朅来，独养其志。寝迹穷年，谁知斯意？

与子俨等疏

告俨、俟、份、佚、佟：天地赋命，生必有死。自古贤圣，谁独能免？子夏有言曰："死生有命，富贵在天。"四友之人，亲受音旨，发斯谈者，将非穷达不可妄求，寿夭永无外请故耶？吾年过五十，而穷苦荼毒，每以家弊，东西游走。性刚才拙，与物多忤。自量为己，必贻俗患。俛俛辞世，使汝等幼而饥寒。余尝感孺仲贤妻之言，败絮自拥，何惭儿子。此既一事矣。但恨邻靡二仲，室无莱妇，抱兹苦心，良独内愧。少学琴书，偶爱闲静，开卷有得，便欣然忘食。见树木交荫，时鸟变声，亦复欢然有喜。常言：五六月中，北窗下卧，遇凉风暂至，自谓是羲皇上人。意浅识罕，谓斯言可保。日月遂往，机巧好疏。缅求在昔，眇然如何！疾患以来，渐就衰损。亲旧不遗，每以药石见救，自恐大分将有限也。汝辈稚小家贫，每役柴水之劳，何时可免？念之在心，若何可言。然汝等虽不同生，当思四海皆兄弟之义。鲍叔、管仲，分财无猜；归生、伍举，班荆道旧，遂能以败为成，因丧立功。他人尚尔，况同父之人哉！颍川韩元长，汉末名士。身处卿佐，八十而终。兄弟同居，至于没齿。济北范稚春，晋时操行人也。七世同财，家人无怨色。《诗》曰："高山仰止，景行行止。"虽不能尔，至心尚之。汝其慎哉！吾复何言。

祭程氏妹文

维晋义熙三年，五月甲辰，程氏妹服制再周。渊明以少牢之奠，俛而酹之。呜呼哀哉！寒往暑来，日月寖疏。梁尘委积，庭草荒芜。寥寥空室，哀哀遗孤。肴觞虚奠，人逝焉如！谁无兄弟，人亦同生。嗟我与尔，特百常情。慈妣早世，时尚孺婴。我年二六，尔才九龄。爰从靡识，抚髫相成。咨尔令妹，有德有操。靖恭鲜言，闻善则乐。能正能和，惟友惟孝。行止中闺，可象可效。我闻为善，庆自己蹈。彼苍何偏，而不斯报！昔在江陵，重罹天罚。兄弟索居，乖隔楚越。伊我与尔，百哀是切。黯黯高云，萧萧冬月。白雪掩晨，长风悲节。感惟崩号，兴言泣血。寻念平昔，触事未远。书疏犹存，遗孤满眼。如何一往，终天不返！寂寂高堂，何时复践？藐藐孤女，曷依曷恃？茕茕游魂，谁主谁祀？奈何程妹，于此永已！死如有知，相见蒿里。呜呼哀哉！

祭从弟敬远文

岁在辛亥，月惟仲秋，旬有九日，从弟敬远，卜辰云窆，永宁后土。感平生之游处，悲一往之不返。情恻恻以摧心，泪愍愍而盈眼。乃以园果时醪，祖其将行。呜呼哀哉！呜铄我弟，有操有概。孝发幼龄，友自天爱。少思寡欲，靡执靡介。后己先人，临财思惠。心遗得失，情不依世。其色能温，其言则厉。乐胜朋高，好是文艺。遥遥帝乡，爰感奇心。绝粒委务，考盘山阴。淙淙悬溜，暧暧荒林。晨采上药，夕闲素琴。曰仁者寿，窃独信之。如何斯言，徒能见欺。年甫过立，奄与世辞。长归蒿里，邈无还期。惟我与尔，匪但亲友。父则同生，母则从母。相及龆齿，并罹偏咎。斯情实深，斯爱实厚。念畴昔日，同房之欢。冬无缊褐，夏渴瓢箪。相将以道，相开以颜。岂不多乏，忽忘饥寒。余尝学仕，缠绵人事。流浪无成，惧负素志。敛策归来，尔知我意。常愿携手，置彼众意。每忆有秋，我将其刈。与汝偕行，舫舟同济。三宿水滨，乐饮川界。静月澄高，温风始逝。抚杯而言，物久人脆。奈何吾弟，先我离世。事不可寻，思亦何极。日徂月流，寒暑代息。死生异方，存亡有域。候晨永归，指涂载陟。呱呱遗稚，未能正言。哀哀嫠人，礼仪孔闲。庭树如故，斋宇廓然。孰云敬远，何时复还。余惟人斯，昧兹近情。蓍龟有吉，制我祖行。望旐翩翩，执笔涕盈。神其有知，昭余中诚。呜呼哀哉！

自祭文

岁惟丁卯，律中无射。天寒夜长，风气萧索。鸿雁于征，草木黄落。陶子将辞逆旅之馆，永归于本宅。故人凄其相悲，同祖行于今夕。羞以嘉蔬，荐以清酌。候颜已冥，聆音愈漠。呜呼哀哉！茫茫大块，悠悠高旻。是生万物，余得为人。自余为人，逢运之贫。箪瓢屡罄，绤绤冬陈。含欢谷汲，行歌负薪。翳翳柴门，事我宵晨。春秋代谢，有务中园。载耘载耔，乃育乃繁。欣以素牍，和以七弦。冬曝其日，夏濯其泉。勤靡馀劳，心有常闲。乐天委分，以至百年。惟此百年，夫人爱之。惧彼无成，愒日惜时。存为世珍，殁亦见思。嗟我独迈，曾是异兹。宠非己荣，涅岂吾缁？捽兀穷庐，酣饮赋诗。识运知命，畴能罔眷？余今斯化，可以无恨。寿涉百龄，身慕肥遁。从老得终，奚所复恋！寒暑逾迈，亡既异存。外姻晨来，良友宵奔。葬之中野，以安其魂。窅窅我行，萧萧墓门。奢耻宋臣，俭笑王孙。廓兮已灭，慨焉已遐。不封不树，日月遂过。匪贵前誉，孰重后歌。人生实难，死如之何？呜呼哀哉！

附录二：陶渊明传记材料

陶征士诔 并序

南朝宋·颜延之

夫璇玉致美，不为池隍之宝；桂椒信芳，而非园林之实。岂其深而好远哉？盖云殊性而已。故无足而至者，物之藉也；随踵而立者，人之薄也。若乃巢、高之抗行，夷、皓之峻节，故已父老尧、禹，锱铢周、汉；而绵世浸远，光灵不属，至使菁华隐没，芳流歇绝，不其惜乎！虽今之作者，人自为量，而首路同尘，辍涂殊轨者多矣！岂所以昭末景，泛馀波？有晋征士寻阳陶渊明，南岳之幽居者也。弱不好弄，长实素心，学非称师，文取指达；在众不失其寡，处言逾见其默。少而贫病，居无仆妾，井臼不任，藜菽不给；母老子幼，就养勤匮，远惟田生致亲之议，追悟毛子捧檄之怀，初辞州府三命，后为彭泽令。道不偶物，弃官从好。遂乃解体世纷，结志区外。定迹深栖，于是乎远。灌畦鬻蔬，为供鱼菽之祭；织绚纬萧，以充粮粒之费。心好异书，性乐酒德。简弃烦促，就成省旷。殆所谓国爵屏贵，家人忘贫者欤！有诏征为著作郎，称疾不到。春秋若干，元嘉四年月日，卒于寻阳县之某里。近识悲悼，远士伤情，冥默福应，呜呼淑贞。夫实以诔华，名由谥高，苟允德义，贵贱何筭焉。若其宽乐令终之美，好廉克己之操，有合谥典，无怨前志。故询诸友好，宜谥曰靖节征士。其辞曰：

物尚孤生，人固介立，岂伊时遘，曷云世及！嗟乎若士，望古遥集，韬此洪族，蔑彼名级。睦亲之行，至自非敦；然诺之信，重于布言。廉深简洁，贞夷粹温；和而能峻，博而不繁。依世尚同，诡时则异；有一于此，两非默置。岂若夫子，因心违事。畏荣好古，薄身厚志。世霸虚礼，州壤推风。孝惟义养，道必怀邦。人之秉彝，不隘不恭。爵同下士，禄等上农。度量难钧，进退可限。长卿弃官，稚宾自免。子之悟之，何悟之辨！赋诗归来，高蹈独善。亦既超旷，无适非心。汲流旧巘，葺宇家林。晨烟暮蔼，春煦秋阴。陈书辍卷，置酒弦琴。居备勤俭，躬兼贫病；人否其忧，子然其命。隐约就闲，迁延辞聘。非直也明，是惟道性。纠缠斡流，冥漠报施。孰云与仁，实疑明智。谓天盖高，胡愆斯义！履信曷凭，思顺何置？年在中身，疢维痁疾。视死如归，临凶若吉；药剂弗尝，祷祀非恤。傃幽告终，怀和长毕。呜呼哀哉！敬述靖节，式尊遗占。存不愿丰，没无求赡。省讣却赙，轻哀薄敛。遭壤以穿，旋葬而窆。呜呼哀哉！深心追往，远情逐化。自尔介居，及我多暇。伊好之洽，接阎邻舍，宵盘昼憩，非舟非驾。念昔宴私，举觞相诲。独正者危，至方则碍。哲人卷舒，布在前载，取鉴不远，吾规子佩。尔实愀然，中言而发。违众速尤，迕风先蹶。身才非实，荣声有歇。睿音永矣，谁箴余阙。呜呼哀哉！仁焉而终，智焉而毙。黔娄既没，展禽亦逝。其在先生，同尘往世。旌此靖节，加彼康惠。呜呼哀哉！

（中华书局影印李善注本《文选》卷五十七）

宋书·隐逸传

南朝梁·沈约

陶潜，字渊明，或云渊明字元亮，寻阳柴桑人也。曾祖侃，晋大司马。潜少有高趣，尝著《五柳先生传》以自况，曰：（引文略）。其自序如此，时人谓之实录。

亲老家贫，起为州祭酒，不堪吏职，少日自解归。州召主簿，不就。躬耕自资，遂抱羸疾。复为镇军、建威参军。谓亲朋曰："聊欲弦歌，以为三径之资，可乎？"执事者闻之，以为彭泽令。公田悉令吏种秫稻，妻子固请种粳，乃使二顷五十亩种秫，五十亩种粳。郡遣督邮至县，吏白应束带见之。潜叹曰："我不能为五斗米，折腰向乡里小人！"即日解印绶去职。赋《归去来》，其词曰：（引文略）。

义熙末，征著作佐郎，不就。江州刺史王弘欲识之，不能致也。潜尝往庐山，弘令潜故人庞通之赍酒具，于半道栗里要之。潜有脚疾，使一门生二儿舁篮舆，既至，欣然便共饮酌。俄顷弘至，亦无忤也。先是颜延之为刘柳后军功曹，在寻阳，与潜情款，后为始安郡，经过，日日造潜。每往，必酣饮致醉。临去，留二万钱与潜，潜悉送酒家，稍就取酒。尝九月九日无酒，出宅边菊丛中坐久，值弘送酒至，即便就酌，醉而后归。潜不解音声，而畜素琴一张，无弦，每有酒适，辄抚弄以寄其意。贵贱造之者，有酒辄设。潜若先醉，便语客："我醉欲眠，卿可去。"其真率如此。郡将候潜，值其酒熟，取头上葛巾漉酒，毕，还复著之。潜弱年薄宦，不洁去就之迹，自以曾祖晋世宰辅，耻复屈身后代，自高祖王业渐隆，不复肯仕。所著文章，皆题其年月，义熙以前，则书晋氏年号，自永初以来，唯云甲子而已。与子书以言其志，并为训戒，曰：(《与子俨等疏》引文略)。又为《命子》诗以贻之曰：(引文略)。

潜，元嘉四年卒，时年六十三。

(中华书局点校本《宋书》卷九十三列传第五十三《隐逸传·陶潜》)

陶渊明传

南朝梁·萧统

陶渊明，字元亮。或云潜字渊明，浔阳柴桑人也。曾祖侃，晋大司马。渊明少有高趣，博学，善属文，颖脱不群，任真自得。尝著《五柳先生传》以自况，曰：(引文略)。时人谓之实录。亲老家贫，起为州祭酒。不堪吏职，少日自解归。州召主簿，不就。躬耕自资，遂抱羸疾。江州刺史檀道济往候之，偃卧瘠馁有日矣。道济谓曰："贤者处世，天下无道则隐，有道则至。今子生文明之世，奈何自苦如此？"对曰："潜也何敢望贤，志不及也。"道济馈以粱肉，麾而去之。后为镇军、建威参军，谓亲朋曰："聊欲弦歌，以为三径之资，可乎？"执事者闻之，以为彭泽令。不以家累自随，送一力给其子，书曰："汝旦夕之费，自给为难，今遣此力，助汝薪水之劳。此亦人子也，可善遇之。"公田悉令吏种秫，曰："吾尝得醉于酒，足矣！"妻子固请种秔，乃使二顷五十亩种秫，五十亩种秔。岁终，会郡遣督邮至县，吏请曰："应束带见之。"渊明叹曰："我岂能为五斗米，折腰向乡里小儿！"即日解绶去职，赋《归去来》。征著作郎，不就。江州刺史王弘欲识之，不能致也。渊明尝往庐山，弘命渊明故人庞通之赍酒具，于半道栗里之间邀之。渊明有脚疾，使一门生二儿舁篮舆，既至，欣然便共饮酌。俄顷弘至，亦无迕也。先是颜延之为刘柳后军功曹，在浔阳与渊明情款，后为始安郡，经过浔阳，日造渊明饮焉。每往，必酣饮致醉。弘欲邀延之坐，弥日不得。延之临去，留二万钱与渊明，渊明悉遣送酒家，稍就取酒。尝九月九日出宅边菊丛中坐，久之，满手把菊，忽值弘送酒至，即便就酌，醉而归。渊明不解音律，而蓄无弦琴一张，每酒适，辄抚弄以寄其意。贵贱造之者，有酒辄设。渊明若先醉，便语客："我醉欲眠，卿可去。"其真率如此。郡将尝候之，值其酿熟，取头上葛巾漉酒，漉毕，还复著之。时周续之入庐山，事释慧远，彭城刘遗民亦遁迹匡山，渊明又不应征命，谓之"浔阳三隐"。后刺史檀韶苦请续之出州，与学士祖企、谢景夷三人，共在城北讲《礼》，加以雠校。所住公廨，近于马队，是故渊明示其诗云："周生述孔业，祖谢响然臻。马队非讲肆，校书亦已勤。"其妻翟氏亦能安勤苦，与其同志。自以曾祖晋世宰辅，耻复屈身后代，自宋高祖王业渐隆，不复肯仕。元嘉四年，将复征命，会卒，时年六十三。世号靖节先生。

（宋李公焕《笺注陶渊明集》卷末，
《四部丛刊》影印宋刊巾箱本）

陶渊明集序

南朝梁·萧统

夫自衒媒者，士女之丑行；不忮不求者，明达之用心。是以圣人韬光，贤人遁世。其故何也？含德之至，莫逾于道；亲己之切，无重于身。故道存而身安，道亡而身害。处百龄之内，居一世之中，倏忽比之白驹，寄寓谓之逆旅。宜乎与大块而荣枯，随中和而任放，岂能戚戚劳于忧畏，汲汲役于人间？齐讴赵舞之娱，八珍九鼎之食，结驷连镳之游，侈袂执圭之贵，乐则乐矣，忧则随之。何倚伏之难量，亦庆吊之相及。智者贤人居之，甚履薄冰；愚夫贪士竞此，若泄尾闾。玉之在山，以见珍而招破；兰之生谷，虽无人而犹芳。故庄周垂钓于濠，伯成躬耕于野，或货海东之药草，或纺江南之落毛。譬彼鸳雏，岂竞鸢鸱之肉；犹斯杂县，宁劳文仲之牲！至如子常、宁喜之伦，苏秦、卫鞅之匹，死之而不疑，甘之而不悔。主父偃言："生不五鼎食，死则五鼎烹。"卒如其言，亦可痛矣！又有楚子观周，受折于孙满；霍侯骖乘，祸起于负芒。饕餮之徒，其流甚众。唐尧四海之主，而有汾阳之心；子晋天下之储，而有洛滨之志。轻之若脱屣，视之若鸿毛，而况于他人乎？是以圣人达士，因以晦迹，或怀玉而谒帝，或披裘而负薪，鼓楫清潭，弃机汉曲。情不在于众事，寄众事以忘情者也。有疑陶渊明之诗，篇篇有酒，吾观其意不在酒，亦寄酒为迹也。其文章不群，词彩精拔；跌宕昭章，独超众类，抑扬爽朗，莫之与京。横素波而傍流，干青云而直上。语时事则指而可想，论怀抱则旷而且真。加以贞志不休，安道苦节，不以躬耕为耻，不以无财为病，自非大贤笃志，与道污隆，孰能如此乎！余爱嗜其文，不能释手，尚想其德，恨不同时。故更加搜求，粗为区目。白璧微瑕者，惟在《闲情》一赋。扬雄所谓劝百而讽一者，卒无讽谏，何必摇其笔端？惜哉，亡是可也！并粗点定其传，编之于录。尝谓有能读渊明之文者，驰竞之情遣，鄙吝之意祛，贪夫可以廉，懦夫可以立，岂止仁义可蹈，亦乃爵禄可辞！不劳复傍游太华，远求柱史，此亦有助于风教尔。

(《梁昭明太子文集》卷四，
《四部丛刊》影印宋刊本)

晋书·隐逸传

唐·房玄龄等

陶潜字元亮，大司马侃之曾孙也。祖茂，武昌太守。潜少怀高尚，博学善属文，颖脱不羁，任真自得，为乡邻之所贵。尝著《五柳先生传》以自况曰：(引文略)。其自序如此，时人谓之实录。

以亲老家贫，起为州祭酒，不堪吏职，少日自解归。州召主簿，不就，躬耕自资，遂抱羸疾。复为镇军、建威参军，谓亲朋曰："聊欲弦歌，以为三径之资可乎？"执事者闻之，以为彭泽令。在县公田悉令吏种秫谷，曰："令吾常醉于酒足矣。"妻子固请种秔，乃使一顷五十亩种秫，五十亩种秔。素简贵，不私事上官。郡遣督邮至县，吏白应束带见之。潜叹曰："吾不能为五斗米折腰，拳拳事乡里小人邪！"义熙二年，解印去县，乃赋《归去来》。其辞曰：(引文略)。

顷之，征为著作佐郎，不就。既绝州郡觐谒，其乡亲张野及周旋人羊松龄、庞遵等或有酒要之，或要之共至酒坐，虽不识主人，亦欣然无忤，酣醉便反。未尝有所造诣，所之唯至田舍及庐山游观而已。

刺史王弘以元熙中临州，甚钦迟之，后自造焉。潜称疾不见，既而语人云："我性不狎世，因疾守闲，幸非洁志慕声，岂敢以王公纡轸为荣邪！夫谬以不贤，此刘公幹所以招谤君子，其罪不细也。"弘每令人候之，密知当往庐山，乃遣其故人庞通之等赍酒，先于半道要之。潜既遇酒，便引酌野亭，欣然忘进。弘乃出与相见，遂欢宴穷日。潜无履，弘顾左右为之造履。左右请履度，潜便于坐申脚令度焉。弘要之还州，问其所乘，答云："素有脚疾，向乘蓝舆，亦足自反。"乃令一门生二儿舁之至州，而言笑赏适，不绝其有羡于华轩也。弘后欲见，辄于林泽间候之。至于酒米乏绝，亦时相赡。

其亲朋好事，后载酒肴而往，潜亦无所辞焉。每一醉，则大适融然。又不营生业，家务悉委之儿仆。未尝有喜愠之色，惟遇酒则欢，时或无酒，亦雅咏不辍。尝言夏月虚闲，高卧北窗之下，清风飒至，自谓羲皇上人。性不解音，而畜素琴一张，弦徽不具，每朋酒之会，则抚而和之，曰："但识琴中趣，何劳弦上声！"以宋元嘉中卒，时年六十三，所有文集并行于世。

（中华书局点校本《晋书》卷九十四
列传第六十四《隐逸传·陶潜》）

南史·隐逸传

唐·李延寿

陶潜字渊明，或云字深明，名元亮。寻阳柴桑人，晋大司马侃之曾孙也。少有高趣，宅边有五柳树，故常著《五柳先生传》云：（引文略）。其自序如此。盖以自况，时人谓之实录。

亲老家贫，起为州祭酒，不堪吏职，少日自解而归。州召主簿，不就，躬耕自资，遂抱羸疾。江州刺史檀道济往候之，偃卧瘠馁有日矣，道济谓曰："夫贤者处世，天下无道则隐，有道则至。今子生文明之世，奈何自苦如此？"对曰："潜也何敢望贤，志不及也。"道济馈以粱肉，麾而去之。

后为镇军、建威参军，谓亲朋曰："聊欲弦歌，以为三径之资，可乎？"执事者闻之，以为彭泽令。不以家累自随，送一力给其子，书曰："汝旦夕之费，自给为难，今遣此力，助汝薪水之劳。此亦人子也，可善遇之。"公田悉令吏种秫稻，妻子固请种粳，乃使二顷五十亩种秫，五十亩种粳。

郡遣督邮至县，吏白应束带见之。潜叹曰："我不能为五斗米折腰向乡里小人。"即日解印绶去职，赋《归去来》以遂其志，曰：（引文略）。

义熙末，征为著作佐郎，不就。江州刺史王弘欲识之，不能致也。潜尝往庐山，弘令潜故人庞通之赍酒具于半道栗里要之。潜有脚疾，使一门生二儿举篮舆。及至，欣然便共饮酌，俄顷弘至，亦无迕也。

先是，颜延之为刘柳后军功曹，在寻阳与潜情款。后为始安郡，经过潜，每往必酣饮致醉。弘欲要延之一坐，弥日不得。延之临去，留二万钱与潜，潜悉送酒家稍就取酒。尝九月九日无酒，出宅边菊丛中坐久之。逢弘送酒至，即便就酌，醉而后归。

潜不解音律，而畜素琴一张。每有酒适，辄抚弄以寄其意。贵贱造之者，有酒辄设。潜若先醉，便语客："我醉欲眠卿可去。"其真率如此。郡将候潜，值其酿熟，取头上葛巾漉酒，毕，还复著之。潜弱年薄宦，不洁去就之迹。自以曾祖晋世宰辅，耻复屈身后代，自宋武帝王业渐隆，不复肯仕。所著文章，皆题其年月。义熙以前，明书晋氏年号，自永初以来，唯云甲子而已。与子书以言其志，并为训戒曰：（《与子俨等疏》引文略）。又为《命子》诗以贻之。

元嘉四年，将复征命，会卒。世号靖节先生。其妻翟氏，志趣亦同，能安苦节，夫耕于前，妻锄于后云。

（中华书局点校本《南史》卷七十五列传第六十五《隐逸传·陶潜》）

附录三：陶渊明和他的田园诗

东晋大诗人陶渊明的研究资料，主要有以下几种：一是陶渊明本人的作品，这是最可靠的第一手内证资料；二是陶渊明的好友颜延之在陶去世时为其撰写的《陶征士诔》，这是距死者时间最近的外证资料，可信度很高；三是陶渊明去世60年后沈约在齐代撰写的《宋书》卷九十三《隐逸传》中所立的《陶潜传》，这是距诗人较近的正史资料，也有较高的可信度；四是陶渊明去世100年后梁昭明太子萧统所作的《陶渊明传》和《陶渊明集序》，虽离诗人已稍远，因萧统是陶渊明作品的第一位系统搜集整理编纂者，钩稽辑佚，用功颇勤，态度严谨，所以也较有可信性；五是南朝佚名的《莲社高贤传》；六是唐初房玄龄等人在《晋书》卷六十六中所立《陶侃传》和卷九十四《隐逸传》中所立《陶潜传》；七是唐初李延寿在《南史》卷七十五《隐逸传》中所立《陶潜传》等。另外，历代学者的注释研究成果也不可忽视。

一、陶渊明的家世

众所周知，陶渊明所处的东晋时代，最突出的政治特征就是门阀制度发展到了顶峰，其派生物则是门阀势力强大、门阀意识浓烈。所谓门阀，就是门第阀阅，而"门第"是宅门的高低大小和次第，代指出身地位的高低；"阀阅"是仕宦贵族之家大门外张贴功状的左右柱，代指功勋阅历。所以门阀就是指世代显贵的大族，门阀制度也就是以是否出身世代显贵大族作为用人标准和享有特权的制度。这种制度起自东汉刘秀开国，因他以西汉皇室后裔自居，故东汉一朝门阀意识颇为浓厚。直至代表中小地主阶级利益的曹操掌权后，其"唯才是举"的用人标准和制度，才对门阀势力有所遏制，但等到代表新贵利益而又文弱的官二代曹丕代汉自立后，则重又对旧的门阀贵族作出了重大让步，其所创立的"九品中正"选拔官人法，实质上就是将保护贵族特权制度化。这一制度一旦被世家大族司马氏操纵后，"上品无寒门，下品无世族"也就成了西晋政体的特产。到了东晋，由北方渡江而到建康（今南京）的山东琅玡世家大族王氏、河南太康世家大族谢氏与皇室河南温县的司马氏共天下，也就标志着门阀制度发展到了极致。到寒族出身的刘裕，靠武力获得政权建立刘宋王朝后，尽管对门阀势力有所削弱，但绵绵四百年长期形成的门阀制度与门阀意识，已经根深蒂固、难以改变了。

  在那样的时代，陶渊明的家世又是怎样的呢？据《晋书》陶侃本传载，陶渊明一族世代居住在江西鄱阳一带，西晋统一后，迁往江西浔阳（治所在今江西九江市西）一带，陶渊明的曾祖父陶侃就出生在这里。陶侃的父亲陶丹在吴国时并非一介平民，而是一位军人，并有一定官阶，只可惜因为早亡而使陶侃成了孤儿，"早孤贫"是本传对陶侃的记述。陶侃初为县吏，后举孝廉，还是西晋时期的事情。到了东晋，晋升渐快，地位渐高，以至于成为有晋一代的显赫人物。先做到江夏太守，后在击败杜弢领导的反晋武装后，升任荆州刺史，镇守武昌。明帝死后苏峻、祖约作乱，顾命大臣庾亮和大将军温峤就是依赖陶侃率军入京而收复建康的，可谓关键时刻立下了救驾大功，成为护国重臣。最终官至使持节、侍中、太尉、都督荆江雍梁交广益宁八州诸军事、荆江二州刺史、长沙郡公。尽管其本传仅称其如上职务，然而陶渊明的诗作《赠长沙郡公族孙并序》和陶渊明的几种本传中却都称陶侃为大司马，并且这一显赫称谓成了对陶侃的专称。在陶侃17个儿子中也有八九人名见旧史，其中陶渊明的祖父陶茂，官至武昌太守，在官二代里也算是一个不小的官了。只是到了陶渊明的父亲这一代才不见官职，甚至连名字也鲜为人知了，陶渊明除在《命子》诗中称其父亲"于皇仁考，淡焉虚止"（胸襟淡泊，无意为官）外，其他作品皆讳言之，可能是有什么难言之隐吧。从陶渊明作品的间接信息可知，他的父亲好像有妻又有妾，同时也有兄弟，其中一个亲兄弟所娶与自己所娶的女子是堂姐妹。在陶渊明的父辈中也出了一位较有地位的士人，那就是他的叔父陶夔，陶渊明《晋故征西大将军长史孟府君传》和《归去来兮辞》中都提到了这位叔父，他在东晋任掌管国家礼乐祭祀的太常之职，活得岁数还不算小，因为陶渊明54岁任彭泽令之职就是由他这位在任的叔父推荐的。同时，还不可忽视的一点是，陶渊明的父亲和其他父辈活得年龄都不大，都是在子女尚在童年时就撒手人寰的。陶渊明的外祖父家一族也是仕宦文士之家，据陶渊明为其外祖父孟嘉所作《晋故征西大将军长史孟府君传》可知，其外祖父不仅是一个有名士派头的人物，官至执政大臣桓温的参军，而且从其外祖父的曾祖一代开始就世代为官了，属于比较典型的仕宦家族，陶渊明的母亲孟氏为其外祖父的四女儿。

陶渊明这样一个家世，在门阀世族等级森严的东晋社会应处于一种什么位置呢？据有关史料看，陶氏家族并未能跻身于门阀世族之列，而是被视作了武功之家。所以，陶侃当时就成了一个比较特殊的既受敬重又受歧视的人物。他之所以受到时人的敬重，一是因其睿智恭礼而勤于职守，有人格魅力；二是他救驾功高，朝廷有所依重；三是他军权在握，时人毕竟有所畏惧。陶侃之所以受到时人歧视，就是因为他的出身问题。一是认为他出身寒微，早孤而贫；二是中原世族或南渡中原世族认为，他出身于蛮夷之地。陶侃自幼与寡母相依为命，撇开门阀观念不说，就人的一般心态而言，对孤儿寡母、寒门细族往往持既同情又瞧不起的双重心态。陶侃母亲"剪发待宾"，因贫穷而卖掉头发换取酒肴招待鄱阳孝廉范逵，陶侃因此受到范逵举荐而为庐江郡都督之事，就是前一种心态的表现。至于后一种心态的表现，实例就多了。西晋时，中原人不屑于做少数民族出身的孙秀将军的舍人，便派陶侃任其职，明言因侃是"寒官"。东晋时，作为同乡，豫章国郎中令杨晫与陶侃同车拜见中书郎顾荣，吏部郎温雅竟然大惑不解，质问杨晫："奈何与小人共载？"其实，当时陶侃已为孝廉并身居不甚低微的官职了，其之所以被讥为"小人"，就是因其出身孤细。尚书乐广欲召见荆扬士人，陶侃本在被举荐之列，也是因为出身问题而致举荐人遭到非议。笔者甚至认为，常被传为趣谈的陶侃搬砖的故事实际上也存在一个门第意识问题。陶侃受王敦排挤而转任广州刺史，因无事可做，竟然每天将一百块砖从室内到室外搬来搬去锻炼身体，这种打发时间的行为方式，实际是对劳动的一种轻蔑。他宁愿怪异地搬砖，也不肯在院内种片菜地锻炼身体、修身养性，因为在时人心目中劳动是"小人"干的事，所以陶侃怕别人讥笑。至于陶侃初举孝廉时，庐江太守张夔带他到洛阳数次拜谒权贵张华而遭冷遇，则恐怕更主要是其"蛮夷血统"的污点所致吧。众所周知，陶氏一族居住的江西鄱阳一带或江西浔阳一带，三国时都属于吴国的地盘，在中原世族心目中，都是蛮夷之地。直到陶侃身居要职之后，温峤还骂他为"溪狗"，据陈寅恪先生考证，陶氏家族，说不定真的可能是溪族血统呢。《晋书》本传称陶侃"望非世族，俗异诸华"，就明言他既非出身世族，也非出身汉族。所以功勋再卓，官位再显，其出身问题仍然是他终身涂抹不掉的"污点"。在那些南渡的中原世族们的眼里，这些"蛮夷血统"永远是劣人一等的。笔者读陶侃本传总有一种感觉，他的升迁固然与他的才能贡献有关，但是与他低声下气地求人干谒也不无关系。这里面浸透着他的出身意识和阶级习性。陶渊明的祖父陶茂这样的官二代甚至官三代应该算是贵族甚至世族了吧，但问题并没有那么简单。在有关史料中，言及陶侃做官而显的九子有洪、瞻、夏、琦、旗、斌、称、范、岱，并没有陶茂，且明言"馀者并不显"，即都没有什么出息。在所列位显的九位中有的尚未达到太守之职，依此标准，陶茂做到太守应该颇为显贵了。既然显子中未列其名，所以前人怀疑陶茂可能并非陶侃之子。陶渊明的祖父也许是陶侃并不彰显的其他儿子。不过，陶渊明自己的《命子》诗称其祖父"直方三台，惠和千里"，确实应该是个管理方圆千里的太守。这里只好存疑了。

如前所述，陶渊明的父辈好像多没有任什么官职，并且去世得较早。不过，依笔者理解，到陶渊明这一代，不论他的父亲做没做官，也不论他本人做官时间长短，虽然算不上门阀世族，但也绝对不能再算是细小寒族了，总该算得上中小贵族的文士之家了吧。大致说来，陶渊明也似是这样给自己及家族定位的。历代不乏学者称陶渊明隐居主要是耻仕二姓，因为他以东晋重臣的后代自居。这未免有点将陶渊明过于政治化了。但若说陶渊明骨子里面有贵族意识还是符合实际的。他辞彭泽县令的理由"岂能为五斗米折腰向乡里小儿"，绝不仅仅是知识分子的自命清高，更主要的是一种潜在的贵族意识在起作用，是贵族从骨子里面对乡里小儿的轻蔑。还有，需要注意的是，刘裕代晋建立刘宋王朝后，曾"独置始兴、庐陵、始安、长沙、康乐五公，降爵为县公及县侯，以奉王导、谢安、温峤、陶侃、谢玄之祀"（《资治通鉴》卷一百十九），在所封东晋五公之祀中就有陶渊明的曾祖陶侃，其与王谢两大世家之首王导、谢安并列，仅此一个证据就可推测，陶渊明如果不将自己定位为贵族世家就不正常了。

二、 陶渊明的生平

　　陶渊明是晋末宋初的大诗人，并且《晋书》、《宋书》、《南史》都为他立了传，但是因为其主要生活在东晋末期，入南朝刘宋后活了不足八年，所以后人习惯上称他为东晋末年大诗人。

　　关于陶渊明的籍贯也就是祖居地，有江州浔阳郡浔阳县（今江西省九江市西）和江州浔阳郡柴桑县（今江西省九江市西南）两说。据袁行霈先生考证，其实这两说并不矛盾，指的是同一个地方。陶渊明出生之时，江州下有浔阳郡，浔阳郡下有浔阳县和柴桑县，两县南北毗邻，浔阳县在北，柴桑县在南。同时，浔阳县又是江州治所的所在地，柴桑县又是浔阳郡治所的所在地。陶渊明祖居在浔阳郡浔阳县是毫无疑问的，这由陶诗写自己居处在浔阳和好友颜延之《陶征士诔》称其为"浔阳陶渊明"、"卒于浔阳县之某里"可证。但是，到了东晋义熙八年（412）陶渊明61岁（或称48岁）的时候，浔阳县合并到了柴桑县。所以，沈约《宋书》陶渊明本传称他为浔阳郡柴桑县人，萧统从沈约之说也称其为柴桑县人，用的都是陶渊明晚年的新区划名称，这个名称在沈约和萧统时还在沿用。而陶渊明自己和好友颜延之则是沿用的他出生时的旧区划名称。两者称呼不同，实际上所指地点未变。

　　与陶渊明的籍贯没有多少争议不同，说到陶渊明的出生时间，争议就多了，这主要是由众多的享年说造成的。据记载，陶渊明去世于南朝宋文帝元嘉四年（427）是毫无异议的，所以，有多少个享年说，就有多少个不同的出生时间。其中较有代表性的观点从小到大依次有51岁说，52岁说，56岁说，59岁说，63岁说，76岁说。其中63岁说已得到普遍认同，为主流说法。之所以如此，其主要理由是正史《宋书》陶渊明本传中明确记载："潜，元嘉四年卒，时年六十三。"而萧统的《陶渊明传》也从其说称："元嘉四年，将复征命，会卒，时年六十三。"然而，问题就出在正史的本传上。因为此前陶渊明的好友颜延之为陶渊明所写的诔文中并未说明陶渊明活了多大年龄，仅称"春秋若干，元嘉四年月日，卒于寻阳县之某里"。既然当时的好友都未说明或者不大清楚诗人的年龄，沈约在60年后作《宋书》时怎么就忽然知道了陶渊明的享年了呢？再说，仓促之间不足一年时间就完成的《宋书》，误记显贵传主年龄的例子比比皆是，而对一位隐士的年龄发生误记的可能性就更大了。袁行霈先生受南宋张縯说的启发，详考证实了陶渊明享年76岁说的可靠性。其最有说服力的实证就是陶渊明的《游斜川》诗。诗人在诗序开句明言创作时间是"辛丑（401）正月五日"，这天他"与二三邻曲，同游斜川"，并有意地"各疏年纪乡里，以记其时日"，而诗的首二句又明称"开岁倏五十，吾生行归休"，也就是说，诗人自称辛丑这年即401年的新年不觉忽然已经50岁了，自己的生命行将结束了。既然401年50岁，427年去世时自然就是享年76岁而不是63岁了。陶渊明的出生时间自然就是东晋穆帝永和八年壬子即352年而不是享年63岁说的365年了。陶渊明的出生时间比正史记载足足提前了13年。笔者还可增加一条间接内证，陶渊明在他去世前两个月的《自祭文》中称自己"寿涉百龄，身慕肥遁"，即快到百岁了还仍然依恋着退隐生活。一般学者多将"涉百龄"泛泛地理解为老年，实则60多岁称"涉百龄"是不太合适的，有些早了，指称七八十岁更合情理。

　　陶渊明应该是出生于祖居地浔阳县，少年时一直居住在这里的园田居旧址。他有一个比自己小三岁的同父异母的妹妹,与他一起在老家长大,后来嫁到武昌一程姓人家。因其妹5岁丧父,9岁丧母,陶渊明自然对妹妹更多了一份手足之情与呵护之意。兄妹二人感情甚笃,后来其妹早自己22年而死,陶渊明远赴其丧,并以此为借口请假辞职,永归田里,所作祭文,甚为悲痛。从《归园田居》其四"试携子侄辈"句可知,陶渊明既然有侄子,应该是有兄弟的。从其作品中还了解到他还有两个堂弟,一个叫敬远,一个叫敬德,敬德排行老二,故渊明称他为仲德。陶渊明与他们兄弟二人既是堂兄弟,又是堂姨表兄弟(有人认为是亲姨表兄弟),都是很有操守、人缘和才情的人。陶渊明虽然年长他们二三十岁,但居住在一起,志趣相投,感情甚深。只可惜这两位堂弟也远早于陶渊明而死。所以,陶渊明在晚年所写诗文中,对他们的不寿都表示了极大的悲痛。

　　问题是,陶渊明兄妹以及他的堂弟们,孤儿寡母是靠什么生存的呢?靠的自然是祖业。逯钦立先生考论认为陶氏家族是得荫在老家有较多田产的,并且还会有人代耕。因此儿时的陶渊明是不需要以下田辛勤劳作为生的。可以想见,不大富裕但又能悠闲自得地读书,当是陶渊明儿时的主要生活内容和生活常态,这在他的作品里也说得颇为清楚。

　　陶渊明儿时的性情是什么样的呢?从他的作品中可以发现明显地表现为两面性,一是爱静不爱动,二是有建功立业的远大志向。用他自己的话说就是"少年罕人事,游好在六经"(《饮酒》其十六),"总角闻道"(《荣木》),"猛志逸四海,骞翮思远翥"(《杂诗》其五)。陶渊明15岁之前就已读了不少书,他读的主要是经世致用的儒家经典,儒经不仅使他"总角闻道",即15岁时就已明白了经世治国的大道理,同时也激发了他建功立业的政治热情。积极用世是每一个青少年男子的自然本能,这种本能会促进自己的读经渴望，而读经又会自然激发潜在的进取本能，甚至激发男儿的"四海"之志。读经与用世是相辅相成的。但同时，在少年陶渊明身上，又有性格的另一面，他爱闲静，爱山水，爱自然，不同流俗。其自称"少学琴书，偶爱闲静，开卷有得，便欣然忘食。见树木交荫，时鸟变声，亦复欢然有喜"（《与子俨等疏》），"少无适俗愿，性本爱丘山"（《归园田居五首》其一）。其实，这些都说明陶渊明自幼崇尚的是一种精神自由。他即便读经也是"游好"凭兴趣，"欣然"闲读，带有很大的随意性。而这种自由脱俗的性情与繁杂的世俗社会是格格不入的，这也就决定了陶渊明并不大适合进入官场去建功立业。但话又说回来，大隐隐朝市，身在朝廷心在山林倒是东晋一朝的世风，在这一点上陶渊明的性情与当时的社会反倒有些暗合。

陶渊明在老家闲居读书到20岁，也就是简文帝咸安元年辛未（371）时，东晋朝廷和陶渊明的家庭都发生了重大变故，致使他对自己的生活方式第一次作出了新的选择。朝廷的变故是执政大臣桓温野心完全暴露，意欲篡晋而大闹废立，废废帝而立简文帝，从此内乱杀戮开始。陶家的变故则是与东晋同步家道中落，供全家生活的物质基础已经维持不下去了，不足以支撑已经成年的陶渊明再闲居下去。面对家里的生存困境，20岁这年，陶渊明第一次选择了外出谋生。说到这里，陶渊明一生曾几仕几隐，学术界有不同看法。主流说法称陶渊明曾三仕三隐，但笔者信从四仕四隐说，其四仕年龄为：第一次20岁，第二次29岁，第三次47岁，第四次53岁。下面分段简述之。

陶渊明20岁时为生活所迫首次短暂出仕，这一信息实际《宋书》本传上已明确透露过，云："潜弱年薄宦，不洁去就之迹。""弱年"也就是20岁，"薄宦"也就是短暂地步入仕途，从事了下层吏职。作者的《饮酒》其十可能就是回忆这次薄宦的，大致任职的地点就是诗中所说的"东海隅",即东海郡(治所在今江苏省镇江市)内偏远而近海之地,大概在今苏北沿海一带。估计在那里干了一年左右,因不适应而辞职回家开始了闲居生活,这次闲居的地点是"园田居"。陶渊明这次在家闲居的时间共约有八九年,直到29岁第二次出仕。生活的主要内容和常态,大概还应该是读书,只是这八九年的生活过得颇为贫困清苦。要不然,他不大可能又第二次出仕。

陶渊明29岁即晋孝武帝太元五年庚辰(380)时又第二次出仕了。关于这次出仕各正史本传都有记载,陶渊明的作品也有反映,学术界没有异议。《宋书》本传记载说是"亲老家贫,起为州祭酒,不堪吏职,少日自解归",陶诗《饮酒》其十九说是"畴昔苦长饥,投耒去学仕。将养不得节,冻馁固缠己。是时向立年,志意多所耻"。两相对照不难发现这样几点:一则与第一次出仕一样,这次也完全是因生活所迫,家庭生活甚至比第一次还艰难,到了"苦长饥"的地步;二则这一次是在"向立年"即将近而立之年的时候出仕的,所以学术界都将此事系于29岁时;三则这次出仕的是一个颇为重要的官职江州祭酒——一个省级政府分掌地方军队、治安、粮仓、户口等最有实权的肥缺,在常人眼中是既荣耀又实惠的;四则此次出仕又是"少日"就"自解归"了,而辞职的原因用他自己的话说就是"志意多所耻",这种职务违背自己的性情,感到屈尊。由上述分管事务可知,祭酒这一职务每天处理的事情极为繁杂,这与陶渊明率性自然的性格和多年养成的自由散漫生活习惯是格格不入的,他难以适应这种案牍劳形的生活方式当在情理之中。

陶渊明第二次回家闲居的时间颇长,大约从30岁一直闲居到47岁。在约十六七年的闲居生活中,陶渊明的主要生活内容当一是劳动,二是读书,三是创作,四是会友。这段时间内他的家庭生活发生了如下变化：30 岁时曾遭丧妻之故（见《怨诗楚调示庞主簿邓治中》"始室丧其偏"）。有人认为，陶渊明大约 20 岁时与第一任妻子结婚，妻子姓氏不详，可能没有生育。大约丧妻后两三年，陶渊明又续娶了第二任妻子。第二任妻子为他生育了四个儿子。陶渊明 35 岁时有了长子陶俨，小名阿舒，这在当时已算要孩子很晚了，此前不能免俗的陶渊明曾在《命子》诗中表达了"三千之罪，无后为急"的焦虑心情。37 岁时生了次子陶俟，小名阿宣。38 岁时生了双胞胎三子陶份，小名阿雍；四子陶佚，小名阿端。大约 41 岁时，陶渊明又一次丧妻，并很快再娶。43 岁时第三任妻子生了陶佟，小名阿通（各子年龄见《责子》诗）。

　　陶渊明第三次出仕是在闲居十六七年后的 47 岁时，时为晋安帝隆安二年戊戌（398）。这次出仕的主要原因倒与前两次有所区别，晋安帝司马德宗是个白痴，会稽王司马道子专权骄纵，挟持朝廷。各州起事，推原执政大臣桓温之子桓玄为盟主，桓玄出身于世家大族，富有雄才大略，仪表堂堂，当时的个人野心还未暴露出来，代表的是反腐朽宫廷的正义力量，也许陶渊明从他身上看到了东晋中兴的希望，激发了一丝潜在的政治热情，加之陶渊明所敬仰的外祖父孟嘉又曾是桓温的爱将，所以就投到桓玄幕府中做了一名参军。当然，陶渊明的这次出仕，也不能说与经济考量没有一点关系，因为较长时间的闲居生活使他完成了再娶生子延续家族香火的夙愿，但同时家中平添群丁也无疑大大加重了经济压力。陶渊明出仕不久，桓玄便攻取了长江中游战略要地荆州，为荆州刺史，随之野心渐显。不久，便求增任都督荆、司、雍、秦、梁、益、宁七州诸军事，遂又求增领江州刺史和八州八郡诸军事。朝廷均不得不应。身为桓玄参军的陶渊明，对桓玄逐步彰显的政治野心不可能没有觉察（因任参军之职，甚至有学者推测认为，陶渊明奉使进京说不定就是代交桓玄求职之书），这无疑是他托故尽早离开的主要原因。陶渊明这次出仕在桓玄幕府干了约 3 年时间。通过对《庚子岁五月中从都还阻风于规林二首》、《游斜川》、《辛丑岁七月赴假还江陵夜行涂口》几诗的推测，我们了解到陶渊明这三年的一些行踪。他平时主要供职于桓玄的办公地点荆州治所（今湖北省江陵县），49 岁那年的年初曾奉桓玄之命由荆州赴京都建康（今江苏省南京市），估计此次进京的使命是代桓玄上书请求征讨向京师逼近的农民起义军孙恩，因朝廷清楚桓玄的野心，请求未得获准。五月份陶渊明离京复命，从建康到江陵，水路路过江州，加之途中遭遇风雨，陶渊明便借机顺路回了一趟老家，探望了老母孟氏。在家待了不长时间便回荆州复命了。大约到了冬天，陶渊明又借故回浔阳老家探母，并在家中迎新年过了春节。春节后便是陶渊明的 50 大寿，正月五日他约了几位友人同游了家乡附近的斜川。节后不久返回了荆州幕府。50 岁那年的七月初陶渊明又一次回到了家乡，这一次可能是法定的假期，他在家休假一个月后，重又返回江陵。这年冬天，陶渊明的母亲孟氏去世，他又第三次回到了家乡，这次借居母丧之故，便不了了之，再也没有回到桓玄幕府中去。也正是在这期间，桓玄的政治野心显露无遗，终于在陶渊明 52 岁即晋安帝元兴二年癸卯（403）的年底代晋自立，建立楚国，改元永始，并将晋安帝司马德宗迁至陶渊明的老家浔阳。陶渊明正好躲开了这场重大内乱和政治变故。

陶渊明第四次出仕是在 53 岁即晋安帝元兴三年甲辰（404）出任镇军将军刘裕的参军。这次出仕的原因估计还是未泯的政治热情起了主导作用。有意思的是，这次侍刘裕是为了讨伐桓玄。桓玄靠武力公然篡逆，引来各路军阀的起义与征讨。依笔者推测，在陶渊明心目中，这无疑是一场征讨篡逆、匡扶晋室的正义之战。刘裕虽出身布衣，但确实是一位有雄才大略的政治家。更何况桓玄溃离京师刘裕率军入京复晋后，以身范物，整肃朝纲，使京师几天之内就恢复了正常秩序。这对陶渊明不可能没有触动，他不仅会视刘裕为正义的代表，还可能为刘裕的雄才大略所折服；作为东晋重臣的子孙，他甚至可能从刘裕身上看到了东晋中兴的希望。加之刘裕还兼任都督陶渊明家乡江州诸军事之职；并且桓玄败退京师后又到陶渊明家乡浔阳挟持了自己所废的晋安帝，在江陵重置百官建立了小朝廷，陶渊明任职过的江陵和自己的家乡浔阳成了晋军和叛军反复争夺的两个主战场。面对家门口发生的如此重大的政治事件和各方延揽人才所谓"会有四方之事，诸侯以惠爱为德"（《归去来兮辞并序》）的现实，陶渊明不可能无动于衷。正义感促使他再次出仕投至"以惠爱为德"的刘裕幕下是情理中的事情。当然，经济压力仍然是不可忽视的另一原因，这一点《归去来兮辞并序》中说得已颇清楚。不过话又说回来，陶渊明一方面欲随刘裕有所作为，但另一方面因误识桓玄的教训，他对刘裕是否有政治野心，是否又可能成为第二个桓玄，也肯定是有所顾虑的。这一点在其去京口赴任途中所作《始作镇军参军经曲阿》一诗中，有含蕴表露。表面看是写欲仕欲隐的矛盾情怀，似不想违背自己钟情自然的天性，实蕴有忧虑甚至恐惧仕途险恶之意。陶渊明在刘裕幕中都具体做了些什么，有何建树，不大清楚。估计他在镇军参军的位置上工作不足一年（约从404年3月至405年2月），便离开了刘裕，54岁那年的三月份就改任建威将军刘敬宣的参军了。陶渊明之所以这么快就离开刘裕，总的原因可能还是性格不适应官场，即赴任途中所说的"望云惭高鸟，临水愧游鱼"，"聊且凭化迁，终返班生庐"（《始作镇军参军经曲阿》），而具体原因则不可考。陶渊明任刘敬宣参军的时间很短，三月上任，八月前便离开了，前后不到五个月。之所以离任应该还是不适应，他上任执行任务时就自觉不该任此职务："伊余何为者，勉励从兹役。一形似有制，素襟不可易。"（《乙巳岁三月为建威参军使都经钱溪》）具体原因也许与这位上司的职位变化有关,同时也可能与他看不上这位上司有关吧。陶渊明在这个位置上做的一件事值得一提,他上任不久即奉命在三月份进京一次,此次进京的任务也许是代刘敬宣祝贺安帝复位,也许是代刘敬宣上表解职,因为史载这年三月安帝还建康,同月刘毅提醒刘裕,认为刘敬宣任江州刺史不合适,刘敬宣不自安而上表自解职,后被改任为宣城内史。有意思的是,陶渊明作为一介书生,从仕桓玄到仕刘裕,再到仕刘敬宣,前后断断续续七八年,竟然全是任的军职,并且这几年又是东晋政局最动荡的时期。袁行霈先生认为陶氏之所以主动陷入政治旋涡,主要是想在政治上有所建树,因桓玄的荆州军和刘裕的北府军代表了左右朝廷的两大军事力量。陶渊明从刘敬宣幕府辞职后又到彭泽县做了一名县令。据陶渊明自己说,这一职位是在朝廷任太常之职的叔父陶夔推荐所得。这个地方是陶渊明自己选定的,主要理由是时局不稳,怕到远处做官,抛家别子。陶渊明在这个县令位子上待的时间更短,仅八十余日,八月上任,十一月就辞职了。这次辞职成为了文学史上说不尽的佳话。按正史的记载,此次辞职的原因是人所共知的督邮来县检查工作,陶渊明不愿"为五斗米折腰向乡里小儿"。而陶渊明自己的《归去来兮辞并序》则道出了辞职的真正原因:"质性自然,非矫励所得。饥冻虽切,违己交病。"即自己生性真率自然,不是靠理性克制所能做作出来的,挨饿受冻虽然痛苦,但违背自己的本性则更加痛苦。也就是说诗人辞职的根本原因还是性格不适应官场。陶渊明说的是真话,他从不撒谎。督邮来县检查仅是诗人辞职的导火索而不是真正原因。这根导火索不只是表现了文人的清高甚至狂傲,实在是陶渊明潜在的贵族意识的自然流露,在这位东晋辅弼重臣之后的眼里,那个趾高气扬的督邮确实就是个乡里小儿。此时恰逢其妹在武昌去世,他便以奔妹丧为借口挂冠而去。并且这一去诗人终生再未出仕,在农村度过了他最后22年的漫长岁月。需要强调的是,诗人每次出仕和每次退隐肯定都是经过痛苦的思想斗争的，绝不是草率而为，不是不负责任地想仕就仕想隐就隐，他是一位质性自然的人，同时又是一位性情谦和而负责任的人。至于有学者认为陶渊明的辞职终隐是逃避刘裕清剿桓玄余党，也可作为一家之言，启发人们的思考。

下面，对陶渊明54岁那年年底至76岁那年年底23个年头的隐居生活作一简要勾勒。

由于第三次和第四次出仕的较高俸禄和公田收入，应该为陶渊明的隐居生活奠定了一定的物质基础，加上他归隐后耕作较为勤勉，隐居前期的生活还是有保障的，并且常有酒喝。劳动、读书、创作、交友是他的主要生活内容，诗人进入了一生中创作的高峰期，大部分作品都是这一时期创作的。总体而言，生活是充实的，劳动是快乐的，心情是愉悦的。这从他55岁那年春夏所写的《归园田居五首》和《读山海经十三首》两组组诗中可以看得很清楚。他开始隐居的地方应该是"园田居"，这里是陶家的旧居，有人说这个地方在旧京，有人说在柴桑里。陶渊明在这里住了两年多（有人说一年多）的时间，于晋安帝义熙四年戊申（408）57岁那年的六月份，发生了一场火灾，房屋损毁严重。陶渊明全家无处可去，便暂时住在了附近的一条船上，第二年过火的房屋修好后才重新搬了回来。尽管如此，陶渊明的心情还是愉悦的，这从他记失火诗《戊申岁六月中遇火》和赠友人诗《和刘柴桑》中不难看得出来。

陶渊明60岁这年，他的堂弟敬远不幸去世，大约30余岁，可谓英年早逝，陶渊明与敬远既是堂兄弟又是堂表兄弟，虽然年龄相差很大，感情却甚笃厚。陶渊明为他所写《祭从弟敬远文》，情哀意切，催人泪下，说明作者是个很重感情的人。陶渊明62岁时，高僧慧远在庐山建台立佛影，并作《万佛影铭并序》，陶渊明的著名组诗《形影神》可能就是为驳难慧远此诗所宣扬的有神论而作。陶渊明64岁时，宫廷召其为著作佐郎，他称疾不到，与周续之、刘遗民被誉为"浔阳三隐"。其作《五柳先生传》以明己志。估计这一年他的另一个堂弟敬德即敬远的弟弟仲德英年早逝,事过两年,诗人过其遗宅,睹物思人,悲不能禁,曾写下催人泪下的《悲从弟仲德》诗。陶渊明65岁时,刘裕攻克洛阳,北伐成功,代晋野心已明,一面让朝廷加其九锡,一面任坏官檀韶为战略要地江州刺史。檀韶苦请"浔阳三隐"之一的周续之出山点缀其政权,让他与学士祖企、谢景夷三人在浔阳城城北讲授并校勘礼经。这个地方紧挨马队,陶渊明于是病中写了《示周续之祖企谢景夷三郎》诗,讥刺他们车马厩旁讲校礼经的滑稽,暗寄对其违志仕恶的批评。陶渊明66岁时在居所写下了著名的组诗《饮酒》二十首,以言己志,是其著名的代表作。陶渊明67岁这年为晋安帝义熙十四年戊午(418),王弘继任江州刺史。新官上任自然拜访当地名流,故欲造访渊明,但又怕渊明不见。于是派陶渊明的好友庞通之带上好酒趁渊明前往庐山的路上在半道截住了他,找了个合适的地方,大家欣然共饮。一会儿,王弘赶到,陶渊明也没什么不高兴,他们终得尽兴。后来陶渊明这位布衣竟与王弘这位一省之长成了好朋友。每当他无酒可饮时总会想起王弘来。据本传记载,有一年九月九日,陶渊明无酒可饮,便一直呆呆地坐在宅边的菊花丛中,后来,果然王弘派人送来了美酒,陶渊明便就地痛饮,醉后方归。同在陶渊明67岁这年年底,国家发生了一件重大政治事件,刘裕在十二月十七日勒死了晋安帝司马德宗,立司马德文为晋恭帝,至此,篡晋之势已成。这一消息大约在当月二十日以后传到了陶渊明这里,他便在除夕写了一首《岁暮和张常侍》诗,表达了对重大政治事件的严重关注和沉重的易代之忧。这说明隐居期间的陶渊明没有也不可能真正忘怀尘世,尤其是国家的前途和命运。

420年即陶渊明69岁时,刘裕苦心经营16年后终于代晋自立,建立了刘宋王朝。对这一改朝换代的重大历史事件,有两点需注意：一是刘裕是受禅自立的,他的弑帝恶行发生在此前和此后,而并未发生在此年,尤其是他示意要代晋时,中书令傅亮将起草好的禅位诏书让新立之君晋恭帝司马德文抄录时,司马德文心甘情愿,没有丝毫勉强。政权形式上的交接既是非常顺利的,在人们心目中也是理所当然的,还预示着晋恭帝未来的存在不会也不可能给新王朝带来任何威胁。二是作为寒族出身的刘裕,即位后虽对东晋门阀世族势力有所遏制,对其原爵位作了降级处理,但并未取消。尤其是专设了始兴、庐陵、始安、长沙、康乐五公,以分别供奉王导、谢安、温峤、陶侃、谢玄之祀,这被奉的五祀中就有陶侃。这种既削弱又安抚的策略,对于隐居中的陶渊明来说应该是有抚慰作用的。既在隐居中关注政治,同时又对动荡的政治颇为厌倦,这可能就是陶渊明在改朝换代之际的真实心态。笔者推测,在陶渊明心目中,从人性的角度讲,只要不太过分,他都还是能够看得开的,不会在作品中作出激烈反应。所以,两年前刘裕弑安帝和第二年杀已禅位的恭帝都在陶渊明的作品中有所反映,反而本年改朝换代的大事件在他的作品中没有反映。这年诗人所作的两首诗《于王抚军座送客》和《怨诗楚调示庞主簿邓治中》,一为朋友饯别,一向友人倾诉饥寒,都无关政治。通过前一首诗还知道,刘裕称帝后为自己的皇太子刘义符物色了西阳太守庾登之做太子庶子,庾氏从西阳（今湖北黄冈）应征入京都建康,正好路过江州,同时相国从事中郎谢瞻被新任为豫章（今江西南昌）太守,从建康到任所去,也正好路过江州,江州刺史王弘便在浔阳湓口这个地方为两位路过的朋友饯行,便约陶渊明作陪。陶渊明便在酒桌上写了这首饯别诗,表达了与朋友的惜别之情和旷达之意,并暗示了与朋友不同的人生选择,仅愿隐居。面对新朝皇太子的属官,诗人表现的完全是一颗平常心,看不出对朝代更替有什么反应。

刘裕称帝的第二年,便开始了谋杀已禅位并被贬为零陵王居住于秣陵县的司马德文,先是派侍臣张祎用药酒一瓮药杀,张祎不忍而饮之自杀。遂又派褚妃的哥哥褚淡之,想办法引开身不离恭帝左右的褚妃,让士兵翻墙入居室,逼其服药,"王不肯饮,兵人以被掩杀之",残忍地将心甘情愿禅位并不可能对新王朝造成任何威胁的司马德文用被褥活活闷死。更为虚伪可恶的是,安葬这位被杀的前恭帝时,身为新皇帝的刘裕却率领满朝文武前去送葬。如上非人性的残忍行为和伪诈的政治游戏,应该说是率性的陶渊明最无法接受的,是有悖于世道人心的,也是最令他痛苦的。所以,事件发生后他创作了一首隐晦曲折、风格特殊的《述酒》诗,以影射其事,并表慨叹之情与远离政治之意。他的慨叹不是忠于一朝一姓,不是为了哪位皇帝,而是为国事忧虑。笔者臆测,说不定正是刘裕式的废立杀戮政治游戏,促使早已从官场退隐到田园的陶渊明,幻想出了一个比田园更为远离官场的桃花源也未可知。

陶渊明73岁时,因刘裕两年前已卒,宫廷闹废立,为迎宜都王刘义隆继位而外放刘义真的好友颜延之为始安(今广西桂林)太守。颜延之上任途中路过浔阳,逗留了一段时间,在浔阳期间,每天请老友陶渊明畅饮,甚至自晨达昏,以至于江州刺史王弘几次请陶渊明赴宴,陶渊明都抽不出身来。后来颜延之临走时,留给了陶渊明二万钱,被陶渊明全部寄存到了酒家,随时准备取酒喝。

陶渊明晚年的隐居生活,经历了一个由富足到逐渐困窘的过程,70岁之前可能还有最低的生存保障,而70岁之后的生活则发展到了"倾壶绝馀沥,阒灶不见烟"的断炊地步。这既有灾荒的原因,也有诗人年老体衰不胜耕作的原因。73岁这年因有颜延之的接济,估计过了一段温饱日子。75岁就很难熬了,这从其著名的七首《咏贫士》诗中可见出大概。这年岁末,陶渊明实在忍受不下去了,经过反复的思想斗争后,竟下决心,放弃尊严而做出了出门到邻居家乞食之举。这样一位名士,竟用"冥报以相贻"死后报答来感激主人，足见此次所乞之食对诗人及全家是多么重要了。

宋文帝元嘉四年丁卯即427年，是76岁的陶渊明生命的最后一年。由本传、作品及其他史料可知：其一，由于贫病交加，诗人很可能在青黄不接的春天就已卧床了。其二，头一年五月刚被宋文帝擢拔为征南大将军、开府仪同三司、江州刺史的檀道济，前来探望欲说服其出山，并馈以粱肉，却被病饿中的陶渊明挥手拒绝了。萧统《陶渊明传》是这样记载这一著名文坛佳话的："江州刺史檀道济往候之，偃卧瘠馁有日矣。道济谓曰：'贤者处世，天下无道则隐，有道则至。今子生文明之世，奈何自苦如此？'对曰：'潜也何敢望贤，志不及也。'道济馈以粱肉，麾而去之。"袁行霈先生认为，檀道济之所以拜访陶渊明，一是陶为当地名士，二是他们同在刘裕幕下做过参军，是旧相识。而陶渊明之所以对他持倨傲态度，主要还是道不同，志趣大异，反感他的悲天悯人之相和讽喻仕宋动机。之所以对前任江州刺史王弘的态度在依违之间，是因王弘单纯地以自己为酒友。袁说确为的见。其三，此年九月，诗人预感大限将至，提前为自己写了著名的《自祭文》，总结了自己的生活，表达了自己的志趣和对死亡的态度。其四，陶渊明可能病卒于写完《自祭文》后约两个月，即这年的十一月。其依据是南宋朱熹的《通鉴纲目》，称："十一月，晋征士陶潜卒。"这一月正好距陶渊明辞去彭泽令归田园整整22周年，23个年头。陶渊明病卒的地点是"寻阳县之某里"（《陶征士诔》）。其五，陶渊明卒后安葬在浔阳县南山的陶氏祖茔中。这一点他在《杂诗》其七中已提前作了交代："家为逆旅舍，我如当去客。去去欲何之？南山有旧宅。"其大体位置在今江西省九江市与星子县交界处的面阳山下，现有陶姓子孙在清乾隆初年所立墓碑。

三、陶渊明的思想

陶渊明是一位大诗人,但又是一位思想者。陈寅恪先生甚至称他为"吾国中古时代之大思想家"(《陶渊明之思想与清谈之关系》)。和身为文学家的鲁迅被誉为伟大的思想家一样,陶渊明对社会、人生、宇宙的思考,都是源于对自己所处时代社会现实深层思考的结果。他们虽然没有完备严密的哲学思想体系,甚至也没有专门的哲学论著或哲学文章,但他们的思想对后世的影响却远远大于同时代专门的思想家。因为专门思想家的哲学论著建构的是一个自我封闭的独立思想体系,只能代表各自所处的那个时代,而陶渊明、鲁迅这类具有文学家身份的思想家,其思想是感悟式、生活化和文学化的,因此也是开放性的。所以,他们的思想影响往往不受所处时代的局限,会跨越时空而代代产生影响,甚至影响会越来越大。陶渊明思考最多的是宇宙人生等哲学层面的大问题,也涉及政治理想和社会理想问题。这些思考的结果都通过他的文学作品尤其诗歌作品表现了出来。

哲学思想。关于陶渊明的哲学思想,袁行霈先生著有《陶渊明的哲学思考》专文予以讨论,有兴趣者不妨读一下。笔者借此将其要点提炼阐发如下。袁行霈先生认为,陶渊明在哲学层面常常思考的有三个问题,一是人如何保持本真自然不被异化,二是人如何顺应不可抗拒的自然规律,三是人应如何"养真"。第一个问题与第三个问题看似有些重复,依笔者理解,两者当是从属关系。第一个问题说明陶渊明对保持人的本真思考最多,也最为苦恼和困惑,第三个问题似更具体一些。

先说第一个问题。陶渊明非常崇尚自然本真,这是他的思想核心。零星表述这一思想的诗句颇多，而比较系统地阐发该思想的是《形影神》组诗。诗中"形"即形体，代指人求长生的愿望；"影"即身影，代指求立善的愿望；"神"即灵魂，代指人的理智。"形"因天地山川不老而最灵长的人却生命短促深表苦恼，故借酒忘怀痛苦而幻想长生。"影"则否定"形"化解痛苦的方法，欲以立善扬名实现人生价值拉长人生。"神"则用理性开导"形"，称酒幻长生反伤身短寿；又用理性开导"影"，称乱世本无是非标准，以善立名为空名，最明智的办法是"纵浪大化中，不喜亦不惧。应尽便须尽，无复独多虑"。可以想见，这里的"形"、"影"、"神"实际上代表了陶渊明思想深处矛盾痛苦的三个方面，他时常为人生的无常而困惑，总想把这个问题想清楚，解决掉。而思考出的最终方法则是用理性说服自我，缓和矛盾，化解痛苦。再往深层体会，"形"、"影"、"神"实际上还依次代表了道、儒、诗人理性三派思想的价值体系。诗人力图用自己的价值体系调和化解儒道的价值取向，其开出的上面四句良方，实际上就是认为刻意改变自己无意义，回归自然了，顺应自然了，把一切都视作自然而然，痛苦也就消失了。诗人理论上如此思考，行动上也做了尝试，他认为最简便、最有效的实践活动是离开官场、归耕田园。他自己实践了。

再说第二个问题。为什么要顺应自然？陶渊明认为道理很简单，因为自然规律是不可抗拒的，不论宇宙大化的发展变化，还是人的生老病死，都是如此。所谓"三皇大圣人，今复在何处？彭祖寿永年，欲留不得住。老少同一死，贤愚无复数"（《形影神·神释》），"运生会归尽，终古谓之然。世间有松乔，于今定何间"（《连雨独饮》），"自古皆有没，何人得灵长"（《读山海经》其八），"天地赋命，生必有死。自古贤圣，谁独能免"（《与子俨等疏》），"有生必有死，早终非命促"（《拟挽歌辞》其一）是也。如何顺应？他认为，机遇未来时不必强求，机遇到来时也不必回避，就是"聊且凭化迁"(《始作镇军参军经曲阿》)。机遇如此,生老病死也应如此,他认为人的生老病死实际上是一个"化"的过程,"憔悴由化迁"(《岁暮和张常侍》),"化"完了,也就完了。他甚至认为,人和万物一样,本来就是大自然中的一种禀气之"物",生命结束了,气没了,这个"物"本来就该重新回到大自然之中。既然如此,人就应该"聊乘化以归尽,乐夫天命复奚疑"(《归去来兮辞并序》),自觉而快乐地完成生命历程,"死去何所道?托体同山阿"(《拟挽歌辞》其三),死后将本来就是禀气之"物"的人体,重新归还大地即可。不要想着什么超越"腾化"。形死神灭,也没有佛家所说的什么来世和彼岸。为了强化人死是"物"的回归,陶渊明甚至主张裸葬,"裸葬何必恶,人当解其(意)表"(《饮酒》其十一)。说到这里,需要注意三点:一是陶渊明的顺应自然不是无所为,而是知其不可为而不为,是一种明智之举,是消除苦恼的良方。二是陶渊明的理论和情感不尽一致,他在顺应人的生死规律方面,理论上是达观的,而生活实践中又是悲观恐惧的。口称无喜无惧,而在作品中却反反复复地强调这一问题,这本身就说明他惧怕死亡,并且越到晚年越惧怕,因为惧怕,所以总是放在心里挂在嘴上。其《自祭文》最后两句所谓"人生实难,死如之何",既是对生的失望,又是对死的恐惧,还是对死后的困惑与迷茫。诗人一涉及自己的死亡,总是自我壮胆,自我打气,自我安慰,自我说服。三是陶渊明这一思想的进步意义在于,"人生短暂的感叹和对死亡的恐惧,是自汉末以来诗文中经常出现的主题。……陶渊明不同于前人的是,他用'顺化'的思想去化解前人的生死困惑,而使他的诗有一种旷达的气度。至于人是否真的想通了又当别论,至少他主观上希望自己不再为死亡的到来而忧虑,并努力在诗里说服自己。他的许多诗便是这种哲学思考的真实记录"(袁行霈《陶渊明研究》第16页,北京大学出版社,1997年7月版)。

再说第三个问题。袁行霈先生称,"养真"是陶渊明终生奉行的生命哲学。具体如何"养真"即如何涵养真性情呢?如前所述,陶渊明认为最好的办法是远离官场,归耕田园,所谓"养真衡茅下,庶以善自名"(《辛丑岁七月赴假还江陵夜行涂口》)。因为步入仕途便似"误落尘网中",也就意味着对功名利禄的争取,要获得功名利禄,就不可能不约束个性,扭曲灵魂,异化本我,平时只能以假面目出现,时间一久,也就很难再保持原有的自我了。但陶渊明自己却又几次步入仕途,并混迹于政治旋涡,这又该如何理解呢?他又是如何"养真"的呢?对此,陶渊明确实有痛苦,有自责,他在赴任途中常常犹豫不决,还未上任就已想着辞官回来的事了。所谓"望云惭高鸟,临水愧游鱼"(《始作镇军参军经曲阿》),"商歌非吾事,依依在耦耕。投冠旋旧墟,不为好爵萦"(《辛丑岁七月赴假还江陵夜行涂口》),便是这种感情的流露。但是,他毕竟出仕了。笔者很赞成袁行霈先生的分析,为在仕途与"养真"中间找到契合点,陶渊明想出了一个两全其美的办法,那就是他在主观上把心灵和行迹分开,用心灵自由弥补行迹的不自由,也就是他自己所说的"结庐在人境"而"心远地自偏"(《饮酒》其五),"真想初在襟,谁谓形迹拘"(《始作镇军参军经曲阿》)。至于生活实践中能否做到这一点,是另外一回事,但他主观上毕竟这样努力尝试了。说到这里,笔者以为,陶渊明这一自我调适的形神分离法,应当不是他的首创,似乎在他之前,整个东晋就已成为一种风气,那时官场上的不少大人物似乎都秉持着一种身在宫廷心在山林的理念和心态,行为举止都表现出了特有的儒雅与从容。他们虽然日理万机,而精神上却似乎都在追求着独立与自由,也许陶渊明的"养真"哲学命题正是对这一世风的理论总结与升华吧。由此可见,陶渊明的哲学思考或称哲学思想,主要是从东晋时代和自己的生活实践中得来的,而主要不是从古代思想资料库中得出来的。借用陶渊明自己的话打个比喻，就是"先师有遗训，忧道不忧贫。瞻望邈难逮，转欲志长勤"（《癸卯岁始春怀古田舍》其二），"人生归有道，衣食固其端"（《庚戌岁九月中于西田获早稻》），前代思想家的理论太高深，我还是自己从最基本的实践做起吧。所以袁行霈先生称陶渊明的哲学思想具有突出的实践性特征。他的思想从实践中得来，又力图运用到实践中去，现实生活是他思考问题的出发点，又是思考问题的落脚点。所以他的哲学命题没有从概念到概念的抽象思辨，更没有烦琐的逻辑推理，而是用诗的语言点到为止。

政治和社会理想。陶渊明深层哲学思考的目的无疑是为了实现美好的政治和社会理想。虽然他在作品中对这一理想直接表述的内容并不算多，而且有些支离破碎，但结合诗人的行为细细品读，还是能够拼凑出他心目中大致完整的社会蓝图的。笔者以为，陶渊明心目中的理想社会蓝图是由圣君、贤臣、达士、廉吏、朴民组成的社会结构；没有剥削，没有压迫，生活富足，平等和谐的社会制度和社会关系；尤其是没有奸诈、没有巧伪、没有贪欲、没有异化的真淳世风。后一点是他理想社会的终极标准。当然，另外还有优美、幽静的生存环境。笔者理解，陶渊明这一社会理想的样板和范本应有两个，一是传说中的上古时代，具体为伏羲、神农、黄帝、东户季子、虞舜等时代，这是被儒家一代代逐渐美化出来的理想盛世，陶渊明接受了这一影响；二是陶渊明的《桃花源记并诗》，这是他在总结历史、观察现实、体验田园生活基础上，经过深层的哲学思考后自己设计出来的一幅蓝图的大概。

陶渊明的如上政治和社会理想是如何在其作品中体现的呢？

首先，陶渊明认为，圣君是建构理想社会的决定因素，所以他特别崇尚传说中的圣王太昊伏羲氏、炎帝神农氏、黄帝轩辕氏、东户季子、虞舜以及夏商周三代开国之君。《饮酒》其二十"羲农去我久，举世少复真"，从反面慨叹角度，表达了对伏羲和神农的向往与怀念。刘裕北伐胜利,朝廷派遣长史羊松龄赴长安祝贺慰问,欣喜中的陶渊明诗赠羊长史称:"愚生三季后,慨然念黄虞。得知千载外,政赖古人书。贤圣留馀迹,事事在中都。岂忘游心目?关河不可逾。"(《赠羊长史》)不仅再次表达了对黄帝、虞舜的敬仰之情,而且对他们开辟的盛世和留下的遗迹顶礼膜拜,恨不得亲赴北方去朝圣。《读山海经》其四"岂伊君子宝?见重我轩黄"则借咏《山海经》中的故事,把受到轩辕黄帝的重视作为对"丹木"肯定的标准,实际上是间接表达了对黄帝的崇拜之情,他笔下的黄帝不仅是可敬的,而且是可亲的,一个"我"字亲情尽现。《读山海经》其十三"何以废共鲧?重华为之来"则歌颂了虞舜的明辨忠奸、善于用人。陶渊明还在作品中几次提到"三代"、"三季",实则也是表达了对夏、商、周三代开国之君的推崇和对三代末世的否定。

其次,陶渊明还认为,贤臣也是构建理想社会的主要因素,所以他在敬慕上古圣君的同时,还崇敬历代辅佐圣君的贤臣。如,辅助农耕的虞舜农官后稷、治水功臣契(《读史述》),春秋时期力挽颓风的孔子(《饮酒》其二十),战国时期力荐贤才的楚臣归生(《与子俨等疏》),都是陶渊明作品中赞颂的对象。尤其春秋时期辅佐齐桓公成就霸业的执政大臣管仲,更是诗人仰慕和反复推崇的典型,他既在《读山海经》其十三中盛赞"仲父献诚言"的临终忠告、遗爱国运,又在《读史述》中称颂其与鲍叔牙"奇情双亮,令名俱完"的君子情义、清流高节,更在《与子俨等疏》中倾慕"鲍叔、管仲,分财无猜","遂能以败为成"而辅就霸业,并至嘱五个儿子学习他们的榜样。尤其值得强调的是,由于东晋乱和篡的严酷现实,陶渊明切身体会到君主用人重德的重要性。《读山海经》其十三通篇咏史,而咏史则开宗明义,揭示"岩岩显朝市,帝者慎用才"的主旨。告诫慎用才则痛陈首辨忠奸、重选其德。诗人从反面以雄霸一时的风云人物齐桓公,因误用奸佞易牙等人而致"临没告饥渴,当复何及哉"的政败身亡惨痛教训,警示误用佞臣之害;又从正面称颂虞舜严惩佞臣之利。这也许是诗人有为而发,也许只是一位文士的社会责任感,但同时也不能排除诗人为实现社会理想而归纳用人措施的可能性。

再次,陶渊明还认为,贤士和廉吏也是构建理想社会的重要因素。贤达之士是社会清流,对净化世风有导向性和榜样性作用,是不可或缺的健康力量,因此陶渊明的不少作品也歌咏了他们。如,《劝农》"谁其赡之?实赖哲人"句中的"哲人",《与殷晋安别》"良才不隐世"中的"良才",《癸卯岁十二月中作与从弟敬远》"历览千载书,时时见遗烈"中的"遗烈"(即贤士),《饮酒》其六"三季多此事,达士似不尔"中的"达士",等等,陶渊明都对他们充满了敬意。陶渊明还认为,庞大的地方官吏队伍,是构建理想社会的根基,他们的廉洁与否最为重要,所以在作品中对不少廉洁官吏予以了热情歌咏。如,有位做地方官的阮公,因为有人给他行贿送钱,他便于行贿当天愤而辞职,陶渊明便在《咏贫士》其五中歌咏了他的这一行为,称"阮公见钱入,即日弃其官"的廉洁之举"至德冠邦闾,清节映西关"。又如,黄盖的曾祖父东汉黄子廉,曾为河南南阳太守,在任时廉洁到每次饮马"辄投钱于水"的地步,所以辞职后致使一贫如洗家徒四壁,陶渊明甚为这位前贤所感动,在《咏贫士》其七中述其"一朝辞吏归,清贫略难俦。年饥感仁妻,泣涕向我流。丈夫虽有志,固为儿女忧"的辛酸之后,遂将此人敬为自己效法学习的榜样,以激励自己坚守节操:"谁云固穷难?邈哉此前修。"另外,诗人还歌咏了东汉袁安等人。诗人虽明言歌咏他们的目的是用以自我激励,"何以慰吾怀?赖古多此贤",然而其终极目的又何曾不是为了净化世风呢?

既然陶渊明理想社会的最高标准是世风清醇,所以如前所述,他对理想社会成员的期待主要是君王贵在"圣明",辅臣贵在"忠贤",名士贵在"贤达",官吏贵在"廉洁",其精神实质都归结为一个"德"字。笔者愚测,生逢道德沦落乱世的陶渊明,忧心如焚的恐怕就是个世道人心问题,他最期待的恐怕也是道德和人性复归问题。其作品中处处流露出了他的这一心理期待。如,《读史述·屈贾》希望为官者"进德修业,将以及时";《赠长沙郡公族孙》希望长沙郡公族孙"进篑虽微,终焉为山",逐步修炼品德;《酬丁柴桑》期待丁柴桑"秉直司聪,于惠百里",正直廉洁,造福一方;《命子》以曾祖、祖父"伊德"、"慎终"注重道德修养为自豪,并以此教育子女;甚至在为外祖父、从弟、妹妹所写传文的追悼文字中也不忘将评述他们的德操作为重要内容;更有甚者,在《五柳先生传》中也未讳言自己"不慕荣利"之操守。笔者以为,这一切都蕴涵着陶渊明对理想社会孜孜以求的精神。

最后,陶渊明理想中的朴民,在其田园诗中已有出现,多为打上诗人移情色彩的隐士化的农民形象,诗人与他们多有心灵契合。不过,陶渊明最理想化的朴民形象还是集中出现在《桃花源记并诗》内和上古理想中。《桃花源记并诗》中的朴民,生存环境优美且幽静,外部环境为"桃花林,夹岸数百步,中无杂树,芳草鲜美,落英缤纷";内部环境为"桑竹垂馀荫","土地平旷,屋舍俨然,有良田、美池、桑竹之属";生活方式古朴而勤劳,"阡陌交通,鸡犬相闻","俎豆犹古法,衣裳无新制","虽无纪历志,四时自成岁","相命肆农耕,日入从所憩","菽稷随时艺";性情友善而乐观,见外人来,"为设酒杀鸡作食","咸来问讯","馀人各复延至其家,皆出酒食","黄发垂髫,并怡然自乐","童孺纵行歌,班白欢游诣";生活富足安康,没有剥削和压迫,"春蚕收长丝,秋熟靡王税"。可谓一幅理想化的幸福祥和安居图。但是,这样概括和形容,总觉仅说出了对它的外在感受,陶渊明真正想告诉我们的,则是蕴涵在这幅图画中的一种精神,那就是"怡然有馀乐,于何劳智慧",即生活在这样一个桃花源般环境中的人们,之所以幸福而和谐,其根本原因就是都不屑于玩心计,他们都性情本真,未被异化。同样道理,陶渊明之所以常常向往和怀念上古时代,从根本上讲,就是向往先民没有变伪的清醇世风,即所谓"悠悠上古,厥初生民。傲然自足,抱朴含真"(《劝农》)。他在家中失火食缺用乏之时,首先想起的便是传说中路不拾遗的东户季子时代,"仰想东户时,馀粮宿中田"(《戊申岁六月中遇火》),羡慕那时多余的粮食就地存放在田里,竟然没有人会想到去偷取,因为时民"鼓腹无所思,朝起暮归眠",压根儿不知道思考劳作之外的事情。陶渊明之所以怀念伏羲、神农时代,也是因为慨叹今日"举世少复真",人都变假了。他之所以感谢敬仰孔老夫子,同样也是因为"汲汲鲁中叟,弥缝使其淳。凤鸟虽不至,礼乐暂得新"(《饮酒》其二十),孔子能在礼崩乐坏的末世,经过不懈努力使颓败世风有所"弥缝",有所清醇。他之所以对现实失望甚至绝望,也正是痛感于"真风告逝,大伪斯兴",造成了严重的社会恶果。陶渊明甚至认为,智伪不仅是造成社会堕落混乱的罪魁,甚至"智巧既萌,资待靡因"(《劝农》),也是造成经济崩溃、民生凋敝的根源。因此,作为"质性自然"的诗人,尽管因隐居而"饥冻虽切",也不愿再出仕而使自己"违己交病"(《归去来兮辞并序》),违背本性,而更加痛苦不堪。决心"拥孤襟以毕岁,谢良价于朝市"(《感士不遇赋》),谢绝官场出高价对自己灵魂的收购。这里需要说明的是,陶渊明"质性自然"保持本真性情是真自然,并不是那种以狂诞反抗现实或礼教的行为,那种行为实际上是另一种形式的心灵扭曲,平和的陶渊明所追求的本真主要是不虚假的自然而然。

至此,大体可以看出陶渊明的基本思路,他从自己做起,由官场退居到田园,由田园进而设计出理想的桃花源,尽可能地保持自己的本真性情不被异化；再由己及人，尽可能多地影响其他人，让他们按着桃花源和上古社会的两个样板从自己做起，尽量保持或恢复个体的本真性情，一个个单人的真性情得到了保持或回归，积少成多，局部或整个社会的"大伪"之风就会得到遏制或改变，逐渐回归本真之风，社会风气得以复真，动乱国家回归到理想的太平盛世也许有望。如果笔者推测不错的话，陶渊明应该大致就是这样想的。

他的这一社会理想能够实现吗？很显然，在当时只能算是一种良好的愿望。其实，陶渊明所向往和怀念的上古盛世，也许本就没有存过，那是被儒家一代代逐渐美化和理想化出来的。谁都知道，社会越发展，文明程度才会越高，越远古，先民越愚昧野蛮。氏族公社时期，由于生产力低下，生活资料没有剩余，也许在氏族内部有过平均分配、没有剥削的事实，但是，那种低层次的平等也仅仅局限于氏族内部，氏族与氏族之间，从来就不可能有过平等与和谐相处，他们为了争夺生活资料，无疑是充满野蛮厮杀的。从某种角度看，唯有智慧和文明的发展，才会最终解决社会混乱和社会不公问题。伪诈也许是人类文明发展过程中经历的必然阶段，不能以牺牲文明发展为代价而消灭之。对此，袁行霈先生有精辟的概括："陶渊明看到了社会的腐朽，但他没有力量去改变它，只好独善其身，追求自身道德的完善。他看到了社会的危机，但没有正确的途径去挽救它，只好求救于人性的复归。这在他自己也许能部分地达到（特别是在他所创造的诗境中），但作为医治社会的药方却是无效的。"（袁行霈《陶渊明研究》第22页，北京大学出版社，1997年7月版）最后再补充说明几点：其一，在陶渊明的政治和社会思想体系中，大一统观念从未动摇过，其《赠羊长史》"九域甫已一，逝将理舟舆"句明晰可鉴；其二，若要硬将陶渊明来源于实践的思想归派，则他没有脱离魏晋思想主流，主要是以道释儒，儒道合流，其自幼服膺六经，《饮酒》其十六"少年罕人事，游好在六经"，《饮酒》其二十中痛斥秦始皇焚六经、感激汉儒传六经、惋惜当世轻六经，均可见崇儒思想，追求自然可见用的是道家思想；其三，陶渊明开出的救世药方无论有效还是无效，作为一位杰出作家和思想家、文人，他的巨大社会责任感和忧患意识是非常可敬可佩的；其四，陶渊明的思想虽救世无效，但对他的诗歌创作却产生了至关重要的影响，对于一位诗人来说，这一点恰恰是最重要的。袁行霈先生将陶渊明的思想对其诗歌的影响归纳为三点，一是哲学思考给了陶渊明"异乎寻常的慧眼"，使他的诗歌充满了理趣；二是"超然悠然的心境"使他的诗歌平淡流出，形成了独特的恬淡风格；三是回归自然的思考，淡化了对诗歌社会功用的要求，无意为诗而写出的诗，自然成了审美佳作，这恐怕是连陶渊明自己也始料未及的。

四、 陶渊明田园诗的内容

陶渊明现存诗歌125首，其内容"主要有五类：第一类是田园诗，写他本人的田园生活以及田园风光。代表作如《时运》、《归园田居》、《庚戌岁九月中于西田获早稻》等。第二类是咏怀诗，写他本人在现实生活中的感慨与不平。代表作如《饮酒》、《拟古》、《杂诗》等。第三类是行役诗，写他为官行役的劳苦和思念田园的心情。代表作如《始作镇军参军经曲阿》、《乙巳岁三月为建威参军使都经钱溪》等。第四类是赠答诗，是友朋之间的赠答之作。代表作如《答庞参军》、《赠羊长史》等。第五类是咏史诗，吟咏历史人物。代表作如《咏贫士》、《咏荆轲》、《咏三良》等"（袁行霈《陶渊明研究》第148页，北京大学出版社，1997年7月版）。因为奠定陶渊明崇高文学史地位的是他的田园诗，人们也习惯于称其为东晋田园诗人，这里拟仅就陶渊明的田园诗一类题材作统览式介绍。

田园诗是陶渊明的首创，他开辟了我国诗歌创作的新题材和新领域，标志着魏晋文学对中国古代文学的独特贡献。具体而言，在现存陶诗中，约有50首涉及这一内容，大致涵盖六个方面，依次表现为：对田园生活的向往和怀恋，田园的静美之景和诗人的闲适之情，对田园躬耕生活的体验，农村田园的凋敝，田园躬耕生活的清苦与贫困，对田园生活的不舍与坚守等，这六个方面大致记录了陶渊明的田园生活状况和心路历程。

（一）对田园生活的向往和怀恋。陶渊明生性热爱自然，虽然为生活所迫曾先后在桓玄、刘裕、刘敬宣等人的幕府任职，但其却一直身在官场而心系田园，对那里充满了向往之情。如，《庚子岁五月中从都还阻风于规林》其二，对比园林的宁静与淳朴，诗人认为，对复杂险恶的官场应该毫不犹豫地辞去，趁着尚在壮年，当及时地放情于田园之中。又如，《辛丑岁七月赴假还江陵夜行涂口》一诗，回忆起在家乡"诗书敦宿好，林园无俗情"的闲适，再次表达了弃官归隐的愿望，认为像宁戚那样汲汲求仕不是自己所愿，依依怀恋的仍是长沮、桀溺式的田园躬耕生活；高官厚禄不萦己怀，期望能在简陋的茅屋下修养真性，独善其身。

如果说上两首诗所表达的诗人对田园生活的向往之情颇为浓烈的话，那么改任建威将军刘敬宣参军的陶渊明，在代刘敬宣出使京都上辞职表时所作的《乙巳岁三月为建威参军使都经钱溪》一诗，对田园则已是朝思暮想、梦牵魂绕了。诗人认为，自己决不能再与日夜思念的田园长久地分离下去了，必须尽快回到归宿中来，并告诫自己要像松柏一样经得起严霜的考验。陶渊明这种"一心处两端"的心态，在同年所写的《杂诗》中也作了反复表达，如其九

"慷慨思南归"句所表归田决心；其十"慷慨忆绸缪，此情久已离"句对久违了的田园友情生活的深情回忆；其十一"愁人难为辞，遥遥春夜长"句为春燕、边雁、离鹍皆有归宿自己未能归田而愁闷。

刚终隐回到田园的陶渊明，春夏之季以极其欢快的心情写下了著名的组诗《归园田居五首》和《读山海经十三首》，秋冬还写下了《归鸟》诗。诗人在《归园田居》其一中，不仅敞开心扉追忆了自己"少无适俗愿，性本爱丘山"的自然本性，还追悔了自己长期落入世俗和官场"误落尘网中，一去三十年"的错误选择，表达了自己在官场对田园"羁鸟恋旧林，池鱼思故渊"般的眷恋之情，以及终离官场后"久在樊笼里，复得返自然"的欣慰之意。四言诗《归鸟》共四章，作者通篇以归鸟自比，托物言情，抒写了自己从官场退居田园过程中及归隐后的心理感受。其中，第一章写离林远飞而思归，鸟儿飞到八方极远的地方，在高入云端的山峰休息，没有遇到和谐的春风，便转翅回飞以求遂己心愿。实写诗人自己从官场退居田园的决心。第二章写归路所感，鸟儿归路虽遥，多有阻隔，然性爱旧林，无论何林，见则思依。实写诗人的夙愿，只要能回归所向往的田园，一切都是无所谓的，不论是什么样的田园，在作者心目中都是美好可依的精神家园。

（二）田园的静美之景和诗人的闲适之情。这是陶诗的重点内容之一。这部分内容除少数作于第三次出仕前的闲居时期外，基本都是作于最终隐居后。其中较早时期以《和郭主簿二首》其一最具代表性：

蔼蔼堂前林，中夏贮清阴。凯风因时来，回飙开我襟。息交游闲业，卧起弄书琴。园蔬有馀滋，旧谷犹储今。营己良有极，过足非所钦。春秫作美酒，酒熟吾自斟。弱子戏我侧，学语未成音。此事真复乐，聊用忘华簪。遥遥望白云，怀古一何深！

真是一幅静美闲适的田园生活图画。仲夏时节，好像凉爽的清阴全部储存在了堂前茂密的树林下，随时可以供诗人汲取一样；南风也很体贴人意，及时吹来撩开人的衣襟，阵阵凉爽沁人心脾。又有幼子戏侧，牙牙学语。在这样的环境中，诗人读书抚琴，丰衣足食，享受天伦，暂忘功名，不乐又如何呢？

终归田园后，诗人很自然地经历了一个对田园由新鲜感知到理性观察，再到深刻体认的认识过程，这一过程，也被诗人自然而然地记录在了诗作之中。笔者以为，不仅著名的《归园田居》组诗、《读山海经》组诗、《饮酒》组诗与其他各首同类作品之间的排列，体现了诗人的情感流变轨迹，即便组诗内部各首之间，也当是依写作时间的先后排列的，同样反映了诗人的情感流变轨迹。

先看《归园田居五首》其一的八句以后部分：

> 方宅十馀亩，草屋八九间。榆柳荫后园，桃李罗堂前。暧暧远人村，依依墟里烟。狗吠深巷中，鸡鸣桑树颠。户庭无尘杂，虚室有馀闲。久在樊笼里，复得返自然。

这一首为陶渊明初归田园所作，因此，对新的生存环境充满了新鲜感。"方宅十馀亩"八句写自己初归田园的居住环境，勾画出了一幅平和静穆的田园风光图，仿佛带领读者参观新居，由近景实景地几亩、屋几间、树几株、花几种，一一指点，如数家珍；再到远景虚景，远处依稀可见的村落，缕缕轻冒的炊烟，引人远眺；又从空间到时间的转移，以村落的鸡犬之声烘托出田园的宁静。由此，让读者体会到的是，诗人去忙就闲，一种刚刚挣脱沉闷官场羁绊、重获自由如释重负的轻松之感和愉悦之情，当然，更有诗人的高洁情趣。

同年的《读山海经十三首》其一，则写出了一样的幽静居所，一样的愉悦情怀：

> 孟夏草木长，绕屋树扶疏。众鸟欣有托，吾亦爱吾庐。既耕

亦已种,时还读我书。穷巷隔深辙,颇回故人车。欢然酌春酒,摘我园中蔬。微雨从东来,好风与之俱。泛览周王传,流观山海图。俯仰终宇宙,不乐复何如?

不难看出,前首诗写的是居所春景,此首诗写的是居所初夏之景。两诗的写法有所不同,前首用罗列法、展览式逐一介绍居所景物,重在突出居所环境的"静";此首则用动态的词语和写法,重在强调诗人的"闲"。孟夏时节,草木竞相生长,树木扶疏,众鸟有托,都写出了环境的"动",而正是各物的动,恰恰写出了环境的恬静,暗示了读书的好处所。而"耕"、"种"、"辙"、"车"、酌酒、摘蔬,甚至微雨东来,好风与俱,从物到人,无一不给读者"动"的感觉,而正是这一个个表动态的词语,却告知了一个休闲时节,让人感受到了诗人的一种闲适心情。因为此诗的主旨是写田园的读书之乐,所以,如果说首四句暗示了诗人读书的好处所的话,"既耕"二句则写出了诗人耕作之余读书的好时节,"穷巷"二句写出了诗人读书的好心境,"欢然"二句写出了诗人读书的好情致,"微雨"二句写出了诗人读书的好天时,善解人意的"微雨"和"好风"结伴而至,为诗人创造了读书自娱的好时光。两诗还有一点不同,前首诗人的愉悦之情是读者读后自然而然地感受出来的,此首诗人的欢娱之意是诗人自己最后情不自禁地说出来的。

两年后的六月57岁的诗人居所失火,前两诗中所描述的八九间草屋连同房前屋后的园林化为灰烬,诗人全家只好临时移居在门前朋友提供的船上。经较长时间的忙乱,新秋七月,灾后事宜方料理完毕。令人钦佩的是,家中遇到这么大的变故,诗人竟能旷达到似乎什么都没发生一样,在其七月所写纪实性的诗篇《戊申岁六月中遇火》中,火后故宅的月夜仍是那样宁静美好而令人神往:"迢迢新秋夕,亭亭月将圆。果菜始复生,惊鸟尚未还。中宵伫遥念,一盼周九天。"诗人月夜园中仰望天空、遐想的结果是"灵府长独闲",

"且遂灌我园"，闲适而惬意。此外，《酬刘柴桑》诗"新葵郁北牖，嘉穟养南畴。今我不为乐，知有来岁不？命室携童弱，良日登远游"，虽有及时行乐的颓废情绪，但也描写了田园美景，抒发了隐居的悠然之情。《止酒》诗虽写自己戒酒的心路历程，但也以幽默诙谐的笔调抒写了自己的隐居之乐。

人们耳熟能详的著名的《饮酒二十首》其五"采菊东篱下，悠然见南山。山气日夕佳，飞鸟相与还。此中有真意，欲辨已忘言"数句，其实写的也是居所环境之美和隐居之乐，只不过此诗所写居所之美是以庐山烘托的虚写法，写乐是升华到哲理层面的人生之乐罢了。其七"日入群动息，归鸟趣林鸣。啸傲东轩下，聊复得此生"数句，勾勒了诗人的隐居之所和隐居之情，只不过放达自得中似乎多了几分伤感而已。诗人晚年所写《和胡西曹示顾贼曹》一诗，虽然后半不免有叹老嗟衰之情，但前半所写仲夏田园风光和诗人的惬意之感还是颇为清楚的："蕤宾五月中，清朝起南飔。不驶亦不迟，飘飘吹我衣。重云蔽白日，闲雨纷微微。流目视西园，晔晔荣紫葵。于今甚可爱，奈何当复衰。"和风习习，细雨蒙蒙，葵花朵朵，美不胜收，面对此景，诗人既感到清新，又觉舒心。

与宁静淳朴的田园风光令诗人怡然自得相比，田园生活中友人的诗酒之会更令诗人心情爽快。陶渊明终隐期间，有些诗歌就成功地表现了这方面的内容，其较有代表性的作品有《移居二首》、《饮酒二十首》其十四、《答庞参军并序（五言）》等。如诗人在《移居》其一中开篇即称"昔欲居南村，非为卜其宅"，自己早就想搬到南村来居住的原因，并非因为这个地方风水好，而是为了选择这里的好邻居。为此，诗人不惜委屈自己，居住"取足蔽床席"的"弊庐"，即仅能遮蔽床和席子睡觉的破草屋。究竟是什么样的邻居有如此大的魅力？原来"闻多素心人，乐与数晨夕"，这里居住的多是和自己一样淡泊名利、不慕荣华的隐居高士，他们是诗人灵魂的知音。正是由于这些"邻曲时时来，抗言谈在昔。奇文共欣赏，疑义相与析"，陶渊明的闲居生活才充满了快乐和生气。其二写他们不仅为高声谈古论文碰撞出思想火花而兴奋，还写他们为"春秋多佳日，登高赋新诗"即结伴同游，相互唱和而欢欣。不仅写他们为"过门更相呼，有酒斟酌之"以酒为友，不分你我而爽快，与《归园田居》其五"漉我新熟酒，只鸡招近局"有异曲同工之妙，还写他们为"相思则披衣，言笑无厌时"即彼此神交、无话不谈而幸福。《饮酒》其十四则主要写知己间的饮酒之乐："故人赏我趣，挈壶相与至。班荆坐松下，数斟已复醉。父老杂乱言，觞酌失行次。"其酒友首先是"赏我趣"即理解作者人生之趣的知己，所以才能随便席地围坐而畅饮，也才能七嘴八舌谈笑风生，斟酒饮酒全乱辈分，一切都率性而为。因此也才充满快乐。

从上三首诗不难发现，陶渊明隐居期间的交友之乐重在志趣相投，这一情结，似乎愈到诗人后来表现得愈强烈，其晚年所写《答庞参军并序（五言）》一诗，尤其强调友人对自己人生志趣的理解："有客赏我趣，每每顾林园。"其次则是友人的脱俗："谈谐无俗调，所说圣人篇。"再次才是友人间的饮酒之乐："或有数斗酒，闲饮自欢然。"这对嗜酒如命的诗人来说是最为难得的。由此可见，闲居中的陶渊明，是不乏朋友和欢乐的。

（三）对田园躬耕生活的体验。中国古代贵族士大夫阶层历来轻视劳动甚至鄙视劳动，在门阀森严的晋代更是如此。同样作为士大夫的陶渊明，其可贵甚至伟大之处就在于，他不仅闯过了常人难以跨越的利禄关，退出了利禄官场，还闯过了一般隐士隐居山林寺庙的常规隐居关，直接归隐到了农村田园，更跨越了文人士大夫最难跨越的一道门槛——躬耕劳动关，这一点甚至意味着陶渊明超越了自己的阶级属性。因此，在他的田园诗中，反映其躬耕生活与劳动体验内容的部分，无疑是最富独创性和最有价值的部分，甚至是前无古人，后无企及者的。陶渊明这类诗歌，从三个层面体现了作者的思想感情，一是心灵体验劳动之乐，二是从理论上认识劳动意义，三是在基于劳动重要意义认识的基础上劝勉重视农业劳动。

先说第一层面。《癸卯岁始春怀古田舍二首》先后写到诗人最初耕作的勤劳与快乐，如其一称自己一早便准备好了农具和车马，刚一启程心就先飞到田野中去了。其二"平畴交远风，良苗亦怀新。虽未量岁功，即事多所欣"，称经过自己整理过的平坦田野上吹来习习春风，种出的庄稼苗儿充满新的生机。虽然尚没有估量一年的收成，但眼前的劳动之事本身就已给人带来了许多快乐与满足。尤其是"日入相与归，壶浆劳近邻"句，太阳落山后诗人与农夫们结伴而归，回到柴门所掩之庐，便提上一壶浊酒与左邻右舍小聚闲饮，以解除一天劳作的困乏，字里行间流露出诗人的惬意与自足，充满浓郁的生活气息。著名的《归园田居》其二、其三也表达了诗人初归田园躬耕劳动的生活体验。其二"白日掩荆扉，虚室绝尘想"二句，以柴门日掩暗示刚归隐的主人每天都到田间辛勤劳作。"时复墟曲中，披草共来往。相见无杂言，但道桑麻长"四句，则通过空间转换，生动再现了诗人在田间劳作时与农人相见攀谈的情景，令人有身临其境之感。写诗人的生活内容和话题已农民化，关注点已经转移，将耕作之外的话题全视为了杂言。"桑麻日已长，我土日已广。当恐霜霰至，零落同草莽"四句是诗的结尾，写劳动成果及充满丰收期待的同时，表达了诗人的担心与牵挂。如果说前面四句写农民式的话题意味着诗人外在生活方式的变化的话，这四句对庄家遭霜歉收的担心，则又说明诗人内在思想感情的变化，一个文人士大夫已有了普通农民的喜和忧。其三是更为典型的劳动生活和感受记录，开篇"种豆南山下，草盛豆苗稀"二句，老实交代了作为一介劳动新手的文人糟糕的劳动效果，其表述不乏幽默风趣。"晨兴理荒秽，带月荷锄归"则写自己虽然劳动不在行，但却很尽心、很勤快,披星戴月,并且早出晚归的劳动生活使自己心境宁静而充实。"道狭草木长,夕露沾我衣。衣沾不足惜,但使愿无违"同样是诗末归结劳动体验和感受。此处的体验比上首更深一层,颇有弦外之音,并非真的在乎衣服被露水打湿,其"愿"也绝非仅仅是庄稼的好收成,而是对自己弃官归隐选择的无悔。

经过几年实实在在的劳动生活体验,诗人在感受劳动快乐的同时,也进而体会到了劳动的辛苦,并由己及人想到了农人的艰苦。其《庚戌岁九月中于西田获早稻》一诗,诗人和普通的农人一样,已将一年四季春耕、夏耘、秋收、冬藏作为自己的常业,将预算一年的收成、晨出晚归的劳作当做生活的主要内容,由自己的劳动体验和"山中饶霜露,风气亦先寒"的歉收牵挂,联想到了辛苦的农人没有办法摆脱这种艰难的困境,对他们表示出了莫大的同情。又经过几年的躬耕劳作,已步入老年的陶渊明真的有些干不动了,此时的他,对劳动的体验更多的则是辛劳和生存的不得已,但他却仍然坚持着。这一点从其《丙辰岁八月中于下潠田舍获》诗中即不难体会到,一位65岁或52岁的老人,此时的"戮力""稼穑"已没有多少精神需要,而是"贫居"时赖以生存的需要了,"春作苦"已不必去说了,为了能使自己和家人"欢初饱"即填饱一次肚子,老人竟为到远处"东林隈"收获一片庄稼,不惜半夜起床"束带候鸣鸡"而赶水路转山路。但老人称,尽管自己归耕田园十二个年头了,已经衰老了,但农耕之事"未云乖",还要坚持下去。

如上大概就是陶渊明十几年田园劳动生活体验的心路历程。

次说第二层面。陶渊明一反孔子以来知识分子士大夫阶层对劳动的不正确认识,颠覆了千年的传统观念,在归耕田园劳作之初就从理论高度认识到了劳动的意义,且有意识地通过自己的劳动实践不断印证着自己理论的正确,这些也都反映在了他的诗歌作品中。诗人称颂劳动的重大意义,其道理简单而朴素:"人生归有道,衣食固其端。孰是都不营，而以求自安！"（《庚戌岁九月中于西田获早稻》）他认为，人是归向道义的，但是穿衣吃饭就是归向道义的开始，一切道义都是从关注人的生存开始的。笔者不是借此有意拔高陶渊明，实际上马克思主义也是从研究人的吃饭穿衣问题开始的。人之所以为人，首先是其具有吃喝拉撒求生存的动物性，其次才是其社会性和道德性。陶渊明对道义的基本认识无疑是正确的，其对劳动意义的认识是极为重要的。正是基于这一认识，他认为作为一个人，穿衣吃饭这样的事情都不经营，是不能自安的。

也正因如此，陶渊明对孔老夫子影响深远的"忧道不忧贫"的理论提出了质疑："先师有遗训，忧道不忧贫。瞻望邈难逮，转欲志长勤。秉耒欢时务，解颜劝农人。"（《癸卯岁始春怀古田舍》其二）机智的诗人并不直接质疑圣人孔子的观点，而只是说仰望遗留下来的教导，高远而不可企及，所以才转而立志长期从事农耕劳动。理性品读孔子的言论，确有提升人的道德境界或治国意识的重大意义，但其也不免犯了以偏赅全忽视社会分工之弊。按通常理解，"忧道不忧贫"之"道"主要指治国之道，若然，则对于千千万万个普通劳动者来说，确实是遥远不相干的，那应是当政者和当政者的后备军知识分子的事情。故陶渊明在质疑这一观点普适性的同时，"解颜劝农人"，微笑着劝勉农夫热爱劳动无疑是正确之举。

也可能正是基于对劳动意义的如上认识，陶渊明为激励自己践行自己的理论，所以才屡屡在诗中将春秋时期躬耕田野的隐士长沮、桀溺、荷蓧丈人作为自己效法的榜样（见《癸卯岁始春怀古田舍》其一），诗人甚至对荷蓧丈人启示了自己表示由衷的感谢（见《丙辰岁八月中于下潠田舍获》），并决心从其而栖，躬耕下去（见《庚戌岁九月中于西田获早稻》）。这里需要提醒注意的是，历代诗人难以做到弃官躬耕，荷蓧丈人和长沮、桀溺做到了隐居躬耕而又不是诗人，唯有陶渊明既做到了躬耕田园又创作了躬耕诗歌，所以他伟大。

再说第三层面。陶渊明这一层面的诗作，主要为四言诗《劝农》。全诗共六章，从远古写到当时，从多个角度勉励人们重视农业劳动，并从理论上再次申述了圣人不事农耕的行为高不可攀，人生在世必须勤勉劳作的一贯主张，比较集中地体现了诗人的农本思想。

（四）农村田园的凋敝。陶渊明生当乱世，当时宫廷篡逆和地方战乱时有发生，因而农村凋敝、民不聊生的景况是不难想象的。但是，因为陶渊明是怀着对官场厌倦、对田园向往的心态回归农村的，他主观上是将淳朴农村作为污浊官场的对立面和审美对象来审视的，所以诗人眼中和笔下的农村田园难免被赋予主观化美好色彩。故而，对农村的负面认识不深、描写不多、反映不够，也就成了陶渊明作品的一个弱项和特色。尽管如此，我们还是读到了陶氏正面描写农村凋敝的两首诗作《还旧居》和《归园田居》其四。两诗虽为感悟世事沧桑、人生无常而作，但客观上却为后人留下了当时农村破败的真实记录，令读者以小见大感受到了那个时代。在前一首诗中，诗人看到六年前上京的田间小路虽依旧未变，可仅仅六年，村舍房屋却已成为断壁残垣，自己绕村一周，原有的老人、熟人已所剩无几，不免一阵凄凉。诗人虽未告知我们村落破败的原因，但读者大致可以想象得出，是由于战乱或饥荒，一些能跑得动的年轻人也许逃荒或逃难到别处去了，因走不动而留守下来的老人多贫病死去则是自然的事情。在后一首诗中，诗人刚从官场退隐到园田，出于新鲜感，携子侄辈到周围转一转是很自然的，但不经意中从墓地（或土丘田埂）中依稀辨认出，这里曾是人们居住过的地方：水井、炉灶还有遗迹，桑树、竹子还残留朽株。询问打柴人才知道，这个村落的人全都"死没无复馀"了，原因仍然不外战乱和饥荒。与上首中诗人所见相比，这个村落的废弃虽然可能是比较远的事情,但既然能够"薪者向我言",说明事情的发生并不十分遥远。所以,同样可以以小见大,让读者感受到东晋后期那个动荡混乱的年代,感知那个年代百姓的苦难。

(五)田园躬耕生活的清苦与贫困。陶渊明一生四仕四隐,但其实四次出仕加在一起也就七八年时间,绝大部分时间都是在农村度过的。按常理推测,除了早期家族享受祖荫外,他的整个生活状况都应该是比较清苦的,其几次出仕都与养家糊口有关。不过,间断而短暂的为官期间由于俸禄和代耕的待遇,应当稍有积蓄,因此,他生活的贫困带有间歇性。晚年终隐后生活则逐步走向终极贫困。这就成为诗人各个时期的诗作中都有写贫困的内容而尤以晚年为多的缘故。

诗人在晚年的《饮酒》其十和其十九中回忆早年出仕的原因都谈到在田园躬耕的苦况,说明是为生活所迫才出仕的。其52岁居母丧期间写给堂弟敬远的《癸卯岁十二月中作与从弟敬远》诗中又具体说到当时家庭的窘况。

越到晚年,陶渊明的躬耕生活越艰难,以至于到了度日如年的地步。诗人69岁时所写《怨诗楚调示庞主簿邓治中》一诗倾诉了这种苦况:"夏日长抱饥,寒夜无被眠。造夕思鸡鸣,及晨愿乌迁。"一代高士竟然潦倒到因饥寒难耐而晚上盼天亮、天亮又盼天快黑的地步,读之不禁令人鼻酸!此前66岁时其在《饮酒》其十六中就已写到过类似情况:"弊庐交悲风,荒草没前庭。披褐守长夜,晨鸡不肯鸣。"严冬之夜,诗人饥寒交迫,因又冷又饿睡不着,便披衣坐等天亮,总感到夜长难熬,该报晓的鸡却迟迟不肯鸣叫。至诗人75岁高龄时,由于当地遭灾,年根岁底青黄不接之时,这位挨饿十几天的大名士,在其《咏贫士》其二中客观描述了自己的晚景和饿态,读之令人鼻酸:"凄厉岁云暮,拥褐曝前轩。南圃无遗秀,枯条盈北园。倾壶绝馀沥,窥灶不见烟。诗书塞座外,日昃不遑研。"在北风凄厉的年末,这位老诗翁身裹粗布棉衣蜷缩在屋檐下晒太阳取暖,相信眼前这一幕,每位读者读后都会留下令人同情怜悯的孤凄印象。诗人连园中的烂菜叶都吃得一片不剩,树上的干树叶烧得一叶不余。这是房外。再看看房内,倾倒酒壶,里面没有剩余一滴浊酒,这对常人没什么,而对以酒为生命的陶渊明来说,无异于要其命,诗人内心之苦可想而知。看看锅灶,早已不见烟火,也许已经断炊数日。再重新回到房外,看看诗人晒太阳的座位,诗书塞满座下,一生爱好读书的老人,此时因饥饿心慌根本不可能读得下去,诗人内心之苦又可想而知。诗人这样一幅晚景不可能不令人感慨系之。

也许是这样的饥饿折磨令陶渊明感触太多,他在创作《咏贫士》其二的同时又连续写下了感悟饥饿的《有会而作》和叙述乞食借贷的《乞食》诗。在《有会而作》中,诗人自述少年时期家道中落就开始过起了贫困饥乏的日子,而老了之后更是经常忍饥挨饿食不果腹,窘况仅次于一月只吃九顿饭的子思,75岁高龄的自己这一年竟是这样悲苦地过来的。因此常常怀念赞许施舍粥食的黔敖的善心,而深深地遗恨那位用衣袖遮面不肯接受施舍的人的错误做法。嗟来之食何必羞耻怨恨,白白饿死实际就是白白地自我抛弃。作为一位最看重人格尊严的名士和老者,如果不是长时间经受饥饿痛苦的折磨,如何能写出如此感念古齐国设粥棚救济灾民的黔敖,而批评起那位不食"嗟来之食"的遮面人的诗句呢?

也许陶渊明实在是忍受不了饥饿的折磨了,不久他竟放下尊严亲自去乞食借贷去了。《乞食》诗客观地记录下了这一过程:

饥来驱我去,不知竟何之。行行至斯里,叩门拙言辞。主人谐余意,遗赠岂虚来。谈谐终日夕,觞至辄倾杯。情欣新知劝,言咏遂赋诗。感子漂母惠,愧我非韩才。衔戢知何谢?冥报以相贻。

诗人在饥饿实在难以忍受之时，不得不暂放尊严、鼓足勇气向邻居去借粮，此时他内心的复杂和难堪真是可想而知的：出门后不知该到谁家去，走在路上走得又是那样缓慢、犹豫不决，壮着胆子敲开门后竟又满脑空白，不知该怎么说、说什么，也羞于启齿。诗的前四句就逼真地再现了诗人这一复杂心理。好在善良的主人理解诗人的心意，不仅慷慨地借粮给他，而且还"谈谐终日"，热情地用酒食款待了他。诗人以铭感之心记下了主人的美意，并借漂母救韩信的故事作比表达来世报恩之意。不可忽视的是诗歌最后的四句感激之辞，在凸显主人善良美德和诗人重情重义的同时，还昭示了一顿饭、几升粮对诗人生命的意义，进一步烘托渲染了诗人的晚景之悲。

（六）对田园生活的不舍与坚守。由上面几首诗的内容可知，陶渊明的隐居生活尤其晚年的隐居生活是非常艰苦的，为此，他诗中有慨叹，有痛苦，甚至有愤懑，但可贵的是，陶渊明坚持归隐下去的信念却始终没有动摇过。他坚守田园的信念在其诗歌中也多有表现。这之中又可分为两种情况，一种情况是，当诗人离开自己居住的田园时，在诗中表现出极度的不舍和留恋，并表示终将回到这里。一种情况是，诗人在隐居过程中，生活上遇到极度困难思想发生动摇时，战胜思想矛盾和出仕苗头，表达坚守田园的决心。

先说第一种情况，对田园的不舍。这一部分内容主要表现在终隐之前的几次出仕时的诗歌创作中。如，休假后赴任途中所写《辛丑岁七月赴假还江陵夜行涂口》称："诗书敦宿好，林园无俗情。如何舍此去，遥遥至西荆。"对田园中读书创作的闲适和没有世俗功利的生活颇为留恋，而对自己舍田园赴官场之举表现出烦躁和不理解。三年后，诗人重离田园赴镇军将军刘裕任所为参军时，途中所写《始作镇军参军经曲阿》诗表达了同样的不舍和更为复杂的感情：

目倦川途异，心念山泽居。望云惭高鸟，临水愧游鱼。真想初在襟，谁谓形迹拘。聊且凭化迁，终返班生庐。

诗人将赴任途中的幕幕美景与自己的田园相比，对比的结果却是对途中美景的审美疲劳和厌倦，而对自己居所的不舍与牵挂；更用所见自由的高鸟和游鱼与赴任途中的自己相比，表示了羞愧与不安，其羞愧的是为功利驱动而失去自由与纯真本性。但与上诗不同的是，仕于桓玄幕下的原因连自己都说不清楚，而此次侍奉刘裕毕竟还有向往光明的政治理想所在，所以作者便自我安慰，自我说服，只要纯真本性存于胸中，即便形体在官场受到束缚也仍然是自由的。并明言，暂且顺应做官的机会去试一试，但最终还是要回到自己钟爱的田园来的。诗人尚未上任，就已做好了重回田园的准备。《杂诗》其九的"一心处两端"句，准确反映了陶渊明对官场和田园的典型心态。长期躬耕田园时为生活所迫和出于建功立业的本能，总有些不甘心，而当真有机会应招步入政坛时，却又对田园留恋不舍，害怕离开了。

　　再说第二种情况，对田园艰苦生活坚守的内容，多数表现在54岁辞官终隐后的诗歌创作中。依大致的创作时间顺序来看，较早的是诗人在《癸卯岁十二月中作与从弟敬远》诗中，向堂弟倾诉了"劲气侵襟袖，箪瓢谢屡设"的断炊之苦后，紧接着又从古圣先贤身上汲取力量，"历览千载书，时时见遗烈"，遂立下了固穷守气节的志向："高操非所攀，谬得固穷节"。躬耕期间，刘遗民几次约请并以诗相赠邀其到庐山隐居，陶渊明为拒绝邀请而作的《和刘柴桑》诗，申述了"山泽久见招，胡事乃踌躇"，即自己不能应招到庐山隐居的三个理由。第一个理由是"直为亲旧故，未忍言索居"，即不忍割舍亲情，也不忍放弃躬耕劳作养家糊口的责任。第三个理由是"去去百年外，身名同翳如"，即对身后之名不感兴趣。而诗中申述最详尽则是第二个理由："荒途无归人，时时见废墟。茅茨已就治，新畴复旧畬。谷风转凄薄，春醪解饥劬。弱女虽非男，慰情良胜无。……耕织称其用，过此奚所须？"即躬耕条件虽然清苦，但自己很满足。诗人称居处附近虽颇荒凉、凋敝，而经过自己的努力，已盖起了茅草房，开垦出了新耕地；冬天还可有薄酒暖身解乏，酒虽不好，却聊胜于无。吃饱穿暖之外，别无奢求，已知足了。在平静平淡的回拒中，可见诗人躬耕下去的决心。他向老朋友描述的田园生活虽不失真，但却未必是生活的全部，略去艰辛部分以免对方担心则是人之常情。

终隐十年后，诗人的生活虽已相当艰难，已到了"饥者初欢饱"，为获得一片粮食收成而不惜早起"束带候鸣鸡"的地步，但《饮酒》其十九再次表达了"遂尽介然分，终死归田里"，即极力保持耿介品格、终生老死在田园的决心。在《拟古》其三中借与燕子的对话再次表达了这一决心。

尤为可贵的是，陶渊明在其去世的前一年已贫病到令人可怜的地步，还在其《咏贫士》组诗中借助历代安贫乐道的贤士们的精神激励自己，反复表达不离不弃的痴心。如，其一自慰既然选择了坚守田园，理所当然地就应忍寒挨饿。其二称自己的隐居之苦虽然比不上孔子的在陈绝粮，但也不免有子路般的怨言，尽管如此，幸有历代安贫乐道的贤士作榜样，自己定会效法他们坚守到底的。其三借咏春秋隐士荣启期90高龄束草绳仍乐观面对生活，以自我激励。其四咏战国隐士黔娄拒受相职、衣不蔽尸的安贫乐道精神，以自我激励。其五则正视自己内心深处有过"贫富常交战"的思想斗争，但"道胜无戚颜"，终因道义获胜，纵然受尽了贫穷折磨也没有什么可抱怨的。其六则直言对东汉贫士张仲蔚的效法。其七则在对东汉清官南阳太守黄子廉辞官后无力养活家庭的行为表示敬佩的同时，决心以其为榜样，战胜生活困难。

五、 陶渊明田园诗的艺术成就及地位、影响

陶渊明是魏晋古朴诗歌的集大成者，魏晋诗歌在他那里达到了高峰。有关陶渊明诗歌艺术成就的研究，成果极多，在众多成果中袁行霈先生的归纳分析最得笔者之心，也颇为适合这本《陶渊明诗集》的风格。故这里抱着与读者分享的态度，将其有关内容转摘于此，并稍作阐发。

（一）自然美。陶诗的美在于真，也就是自然。这同他的思想、生活和为人是完全一致的。他作诗不存祈誉之心，生活中有了感触就诉诸笔墨，既无矫情，也不矫饰，一切如实说来，真率而又自然。他写诗只是自娱而非娱人，更不是为了求官。他的诗都是示志之作，不为时论所拘，没有得失的考虑。陶渊明爱的是自然，求的是自然，自然就是他最高的美学理想。

陶渊明的诗和生活完全打成一片，他似乎无意写诗，只是从生活中领悟到一点道理，产生了一种感情，蕴涵在心灵深处，这些道理和感情一旦受到外力的诱发，便以诗的形式，像泉水一样流溢出来。如《时运》第一章：

> 迈迈时运，穆穆良朝。袭我春服，薄言东郊。山涤馀霭，宇暧微霄。有风自南，翼彼新苗。

清晨，青山从夜雾中显现出来，仿佛洗过一般。雾气渐渐消散，为天宇罩上一层薄云。南风拂来，禾苗被吹得张开了翅膀。这首诗简直是带着孩子般的天真和喜悦写成的，无怪乎长期得到人们的喜爱。

陶诗纯以自然本色取胜，它的美是朴素美。我们在陶诗里很难找到奇特的意象、夸张的手法和华丽的辞藻。如"种豆南山下"，

"今日天气佳","秋菊有佳色","日暮天无云",全都明白如话,好像绘画中的白描,另有一种使人赏心悦目的韵味。然而,如果仅仅是朴素平淡,不会产生强烈的艺术效果,陶诗的好处是朴素中见豪华,平淡中有瑰奇。陶诗完美地统一了朴素与豪华、平淡与瑰奇这些对立的审美范畴,达到了自然化的境地,陶诗独特的艺术成就即在于此。

陶诗所描写的往往是最平常的事物,如村舍、鸡犬、豆苗、桑麻,这些在别人看来平平淡淡的东西,一经诗人笔触,就给人以新鲜的感觉。例如:"蔼蔼堂前林,中夏贮清阴。凯风因时来,回飙开我襟。"(《和郭主簿》其一)写夏日闲适的恬适心情,"贮"字用得多么有趣,好像凉爽都贮存在林下,随时可以汲取一样。南风也体贴人意,为人撩开衣襟送来凉意。又如:"平畴交远风,良苗亦怀新"(《癸卯岁始春怀古田舍》其二),"众鸟欣有托,吾亦爱吾庐"《读山海经》其一),两个"亦"字表现物我契合的境界,也是极平淡而又极有趣的。"倾耳无希声,在目皓已洁"(《癸卯岁十二月中作与从弟敬远》),仅仅十个字便写出了雪的轻柔以及出乎意外见到大雪时的惊喜之情。《归园田居》其五:

  山涧清且浅,遇以濯我足。漉我新熟酒,只鸡招近局。日入室中暗,荆薪代明烛。

不过是极为平常的一条山涧,一只鸡,一束照明用的荆薪,出自陶渊明笔下,便有了盎然的生趣。农村生活的简朴,邻人的亲切,以及乡间风俗的醇厚,全都呈现在纸上,给人以美的享受。从以上的例子可以看出,陶诗的确淡,但淡得有味,是由至醇至厚转成至淡,是美的极高境界。

陶诗的语言不是未经锤炼和雕凿,只是不露痕迹,自然得很。正如元好问所说:"一语天然万古新,豪华落尽见真淳。"(《论诗绝句》)例如《杂诗十二首》屡次写时光的流逝,一曰"及时当勉励,岁月不待人";二曰"日月掷人去,有志不获骋";三曰"日月还复周,我去不再阳";四曰"壑舟无须臾,引我不得住";五曰"去去转欲速,此生岂再值";六曰"日月不肯迟,四时相催迫";七曰"素标插人头,前途渐就窄"。同一个意思用不同的语句表达,都锤炼得十分精粹。掷人而去的日月,不肯待人的岁月,催人老的四时,都被赋予了生命。那掷字、待字、催字下得何等有力!"去去转欲速",是说越到老年时间过得越快;"前途渐就窄",是说越到老年人生的道路越窄,都是体验深、容量大、言简意赅的诗句。"壑舟"二句用《庄子·大宗师》的典故,也极其自然。如果没有高度的驾驭语言的技巧,怎么能将诗写到这样纯熟自然的地步!

陶诗富有哲理,但不是抽象枯燥的哲学说教。他的诗既有理趣,又有情趣,如"人生归有道,衣食固其端"(《庚戌岁九月中于西田获早稻》),"落地为兄弟,何必骨肉亲"(《杂诗》其一),"气变悟时易,不眠知夕永"(《杂诗》其二),"问君何能尔,心远地自偏"(《饮酒》其五),这些朴素自然的诗句,都像格言一样,言浅意深,发人深思。清人潘德舆《养一斋诗话》说陶渊明"任举一境一物,皆能曲肖神理",是很中肯的评论。

在中国古代的诗人里,陶渊明应该享有崇高的地位。他的思想和为人确有令人不能不钦佩的地方。他的自然、朴素和纯真所带来的艺术魅力,决非那些"俪采百字之偶,争价一句之奇"的时髦作品所能比拟的。辛弃疾在一首《鹧鸪天》里写道:"千载后,百篇存,更无一字不清真。若教王谢诸郎在,未抵柴桑陌上尘。"元好问在《继愚轩和党承旨雪诗》里也说:"此翁岂作诗,直写胸中天。天然对雕饰,真赝殊相悬。"辛弃疾和元好问都可以说是陶渊明的知音了!

(摘自袁行霈《陶谢诗歌崇尚自然的思想与陶诗的自然美》一文,中间有删节,见《陶渊明研究》,北京大学出版社,1997 年 7

月版,第71至75页)

（二）重在写意。在谢灵运之前,中国诗歌主要是写意,摹写物象只占从属的地位。就拿"山水"来说,《诗经》305篇没有一篇以山水为主要描写对象,山水只是作为生活的背景或比兴的媒介。这种情况在《楚辞》里也没有多大变化。直到汉末建安时期,曹操写了《观沧海》,中国诗歌史上才有了最早的一首完整的山水诗。此后,诗中的山水描写虽然逐渐增多,但仍然是以写意为主。陶渊明就是一个写意的能手。他的生活是诗化的,感情也是诗化的,写诗不过是自然的流露,所谓"不待安排,胸中自然流出"（朱熹语）,"如风吹水,自成文理"（黄彻引东坡语）。陶渊明虽被称为田园诗人,但陶诗里写景的句子并不多。陶集中称得上是山水诗的只有一首《游斜川》。乔亿说:"陶公尝往来庐山,集中无庐山诗。古人胸中无感触时,虽遇胜景,不苟作如此。"（《清诗话续编》第1078页）陶诗是写心,是写与景物融合为一的心境。他根本无意于模山范水,也不在乎什么似与不似,以及形似与神似。

（摘自袁行霈《陶谢诗歌艺术的比较》一文,见《陶渊明研究》,北京大学出版社,1997年7月版,第163至164页）

（三）启示性语言。陶渊明对言不尽意的道理似乎深有体会。既然语言本身有这种局限,那就注重言外的效果,发挥语言的启示性,以调动读者的联想和想象,去体会那些只可意会而不可言传的东西。所以我们读陶诗,越是反复咀嚼便越觉得余味无穷。从表面看诗的字句辞藻,陶诗的确是干枯清癯的,但是它们启示给读者的意义和情趣却是饱满丰富的。陶诗语言的启示性并不仅仅在用典上或字句的来历上,还有其他构成的因素,例如象征和暗喻就起着很大的作用。陶渊明常常写到青松、秋菊、孤云、归鸟。它们象征着诗人自己的性格,通过它们表现了诗人坚贞孤高的情操和爱好自由的感情。特别是菊花,由于陶渊明的爱好和赞美,有了固定的象征意义，在后人心目中几乎成了陶渊明的化身。这些词语启示给读者的意义已经远远超出了它们本身的含义。

然而上述所讲的都属于修辞的技巧，陶诗语言的启示性主要不是来自修辞。陶诗的语言达到了两个统一：平淡与醇美的统一，情趣与理趣的统一。这才是陶诗意味隽永、富于启示性的主要原因。

前人常常用平淡概括陶诗的语言风格，这是不错的。然而如果仅仅是平淡就不能启发人的艺术想象。陶诗语言的好处是在平淡的外表下含蓄着炽热的感情和浓郁的生活气息。淡是因为滤去了杂质，更醇，更美，因而更耐人寻味。陶渊明有一首五言诗《答庞参军》曰：

> 相知何必旧？倾盖定前言。有客赏我趣，每每顾林园。谈谐无俗调，所说圣人篇。或有数斗酒，闲饮自欢然。我实幽居士，无复东西缘。物新人唯旧，弱毫多所宣。情通万里外，形迹滞江山。君其爱体素，来会在何年？

这首诗里没有奇特的想象，如李白的"狂风吹我心，西挂咸阳树"；没有新颖的构思，如柳宗元的"春风无限潇湘意，欲采苹花不自由"；也没有感情的跌宕和结构上的波澜，如韩愈的《八月十五日夜赠张功曹》；更没有字句的雕琢，如谢灵运的《酬从弟惠连》。陶渊明只是把一篇平平淡淡的话组织成诗，就让读者联想起自己和好友的深挚情谊，而得到美的享受。特别是"相知何必旧"，"物新人唯旧"，"情通万里外，形迹滞江山"，这些诗句，越嚼越有味，越读越觉得美，决不是一般手笔所能写出来的。

陶诗大都是抒情之作，诗人的感情像一股泉水渗透在诗中，景物也总是饱含着感情。那些在南风吹拂下张开了翅膀的麦苗，陪伴他锄草归来的月亮，依依升起的炊烟，以及不嫌他门庭荒芜，重返旧巢的春燕，无不富于情趣。陶诗不但富于情趣，也富于理趣。他常在抒情写景之中，用朴素的语言阐说人生的哲理，给读者以启示。他的诗不是在一般意义上反映着他的世界观,而是在更高层次上表现了他对宇宙和人生的认识,是探求人生的奥秘和意义、认真思索和实践的结晶。而这一切又是用格言一样既有情趣又有理趣的语言加以表现的。如"人生归有道,衣食固其端"(《庚戌岁九月中于西田获早稻》),"不觉知有我,安知物为贵"(《饮酒》其十四),"吁嗟身后名,于我若浮烟"(《怨诗楚调示庞主簿邓治中》),"形迹凭化往,灵府长独闲"(《戊申岁六月中遇火》),"连林人不觉,独树众乃奇"(《饮酒》其八),无不言简意赅,发人深醒。

(摘自袁行霈《陶谢诗歌艺术的比较》一文,中间有删节,见《陶渊明研究》,北京大学出版社,1997 年 7 月版,第 165 至 168 页)

(四)地位影响。陶渊明的诗歌虽然在题材和思想内容方面开辟了一个全新的领域——田园诗,是当之无愧的田园诗人之祖;在艺术上取得了巨大成就——自然美;在风格上代表了一个时代——魏晋古朴诗风的集大成,是整个魏晋南北朝时期理所当然的最杰出的诗人。但是,由于南朝文风大变,声色大开,陶渊明的平淡自然诗风代表的是一个结束了的时代,自然与新时风不合,所以他的文学地位在当时没有获得认可。时人仅仅是把他当做一个隐士看待的,包括他的好友颜延之在内,为其作传也仅称他为"征士"——被征召过的隐士。南朝宋代最著名的以记载文人雅士为主要内容的志人小说《世说新语》,竟然没有一字记载陶渊明的诸多趣闻逸事,连不为五斗米折腰这样的故事都没有涉及;梁代最著名的文学理论巨著《文心雕龙》评论了历代那么多作家作品,却只字未提陶渊明;梁代最著名的文学总集《昭明文选》仅选陶诗 8 首,一个陆机就被选了 53 首;梁代最著名的评诗巨著《诗品》,将陶渊明屈居中品已是最具眼光的了。当然,我们还是要感谢萧统的文学眼光,为他的作品编了集子。

到了唐代，陶渊明的诗歌才真正受到重视，王维、孟浩然、李白、高适、杜甫、白居易、韩愈、司空图等著名作家，都对陶渊明及陶诗有所题咏，并表敬仰之情。如李白《寄韦南陵冰》称："何日到彭泽，长歌陶令前？"杜甫《江上值水如海势聊短述》诗称："焉得思如陶谢手，令渠述作与同游。"白居易不仅有《效陶潜体诗十六首》，还有《访陶公宅》诗，其《题浔阳楼》诗称："常爱陶彭泽，文思何高玄。"

至宋代，因文风和审美观念发生了巨大变化，以恬淡闲远之美为时代风尚，陶渊明的文学史地位骤然提高，毫无争议地被推崇为魏晋南北朝文学史上第一人。欧阳修、苏东坡、王安石、曾巩、黄庭坚、秦观、陆游、辛弃疾、杨万里、朱熹等著名作家和学者，对陶渊明其人其作无不真心倾慕，顶礼膜拜。苏轼不仅逐一将陶诗和作一遍，而且作题跋十七则，逐一评陶诗，甚至还说："吾于诗人，无所甚好，独好渊明诗。……李（白）、杜（甫）诸人，皆莫及也。"（《与苏辙书》）他不仅认为，整个魏晋南北朝所有诗人都不能与陶渊明相提并论，就是唐朝大诗人李白、杜甫，也都不能与陶渊明相比。辛弃疾对陶诗也有类似的评价。

自宋代确立了陶渊明的崇高文学史地位后，历代延崇不衰，直到今天。如，金人元好问《论诗绝句》说："一语天然万古新，豪华落尽见真淳。南窗白日羲皇上，未害渊明是晋人。"晚清黄遵宪把他的诗集以陶诗诗句命名为《人境庐诗草》。近人梁启超《陶渊明文艺及其作品》说："古代作家能够在作品中把他的个性活现出来的，屈原以后，我便数陶渊明。"今人朱光潜《说"曲终人不见，江上数峰青"》说："陶潜浑身是静穆，所以他伟大。"鲁迅《题未定草七》说："陶潜正因为并非浑身是静穆，所以他伟大。"等等。

陶渊明对后世文人的影响不仅仅是他的作品，他还是中国士大夫的精神归宿，许多文人士大夫仕途失意或厌倦官场后，往往都会从陶渊明身上寻找自己新的人生价值,不为五斗米折腰是他们的精神堡垒,平淡自然成了他们心目中的高尚艺术境界。还有,由于陶渊明与酒和菊的特殊关系,酒和菊不仅成了他的化身,同时还成了中国文人、中国文学中高情远致的象征。这位生前的孤独者和孤独者自言自语的诗文,成就了其"千秋万岁后"的大名,这是他自己所万万没有想到的。